BASTEI
LÜBBE
TASCHENBUCH

Veit Etzold

FINAL CUT

Thriller

BASTEI
LÜBBE
TASCHENBUCH

BASTEI LÜBBE TASCHENBUCH
Band 16 687

5. Auflage: Februar 2013

Dieser Titel ist auch als Hörbuch und E-Book erschienen

MIX
Papier aus verantwortungsvollen Quellen
FSC® C006701
FSC
www.fsc.org

Bastei Lübbe Taschenbuch in der Bastei Lübbe GmbH & Co. KG

Originalausgabe

Textredaktion: Wolfgang Neuhaus
Titelillustration: © shutterstock/Marilyn Volan
Umschlaggestaltung: Manuela Städele
Satz: Urban SatzKonzept, Düsseldorf
Gesetzt aus der Garamond
Druck und Verarbeitung: CPI – Ebner & Spiegel, Ulm
Printed in Germany
ISBN 978-3-404-16687-9

Könnte ich mir meinen Wohnsitz frei wählen, fiele meine Wahl auf das Herz einer derartigen Stadt aus faulendem Fleisch und zerfallenden Knochen, denn ihre Nähe sendet ekstatische Schauder durch meine Seele, lässt das Blut durch die Adern rasen und mein Herz in der Freude eines Deliriums pochen – denn die Anwesenheit des Todes ist für mich das Leben.

H. P. Lovecraft, *Die geliebten Toten*

Prolog

Nummer 12! Er stellte die beiden Kanister mit der dunkelroten Flüssigkeit auf den modrigen Boden des Kellers, zog sich den schwarzen Gummianzug aus, knüllte ihn zusammen und schleuderte ihn ins Feuer. Das Plastik warf Blasen, die sich schmatzend und zischend aufblähten und zusammenschrumpften, während die Flammen das Gummi verzehrten und ein stechender Geruch den Raum mit der hohen Decke erfüllte.

Er warf alles, was er getragen hatte, ins Feuer: die Maske, die Brille, die Schuhe.

12 Anzüge.

12 Opfer.

12 Leben.

Ihm dröhnte der Schädel. Grauenvoller Schmerz wühlte in seinem Hirn. Sein Magen war ein Stück brennende Kohle.

Vor sich sah er den Sarg – und das, was sich darauf befand. Er hatte es tausend Mal gesehen. Und immer wieder durchfuhr es ihn wie ein Elektroschock. Die Erinnerung an das Vergangene traf ihn auch diesmal wie ein Hammerschlag, ließ ihn nackt auf die Knie fallen, während er in einem Crescendo des Ekels und der Verzweiflung einen Schwall grüner Galle erbrach.

Dann brach auch er zusammen, lag keuchend und zitternd auf dem steinernen Boden, während das Feuer seine Kleidung verzehrte und seine geröteten Augen sich auf den Sarg richteten, der über ihm in das diffuse Licht des Kellergewölbes ragte.

Und da lag sie.

Seit Jahren.

Seit Jahrzehnten.

Verloren, aber nicht vergangen. Verborgen, aber nicht vergessen. Tot, aber träumend.

Und er lag nackt auf dem feuchten Boden, zuckend, in seinem eigenen Dreck, und irgendetwas staute sich in ihm auf, so wie sich vorhin das Erbrochene gestaut und schließlich Bahn gebrochen hatte. Und dann zerriss sein Schrei die Stille, so schrecklich, wie ihn zuvor nur Luzifer ausstoßen konnte, nachdem er von Gott in den bodenlosen Abgrund gestürzt worden war. Ein Schrei voller animalischer Angst und erstickender Hoffnungslosigkeit.

Er hatte getan, was kein Mensch tun durfte. Etwas, was ihn dazu verdammte, für immer im Feuer der Hölle zu brennen. Etwas, was er sich niemals vergeben würde.

Er hatte den einzigen Menschen getötet, der ihn je geliebt hatte.

Er verlor das Bewusstsein, und Schwärze umgab ihn.

Erster Teil

BLUT

Auch deine Seele wird ein Schwert durchdringen.

Lukas 2,35

1.

»Im Namen des Vaters und des Sohnes und des Heiligen Geistes«, flüsterte die junge Frau, die im Beichtstuhl kniete. Ihre Stimme zitterte, als sich die Tränen ankündigten.

»Gott, der unser Herz erleuchtet, schenke dir wahre Erkenntnis deiner Sünden und seiner Barmherzigkeit«, sagte der Priester mit ruhiger, sonorer Stimme. Die Frau konnte sein Gesicht durch das gitterartige kleine Holzfenster, das Sünder und Erlöser trennte, nur schemenhaft erkennen.

Sie wusste selbst nicht, was sie jedes Jahr hierhertrieb, immer am 23. Oktober, seit vielen Jahren. War es der Glaube? Nein, sicher nicht. Eher die Schuld, die sich immer wieder in ihr aufstaute und die sie loswerden musste, weil sie wie ein tonnenschwerer Stein auf ihr lastete.

Jedes Jahr sagte sie sich, wie unnütz die Beichte sei. Denn wer konnte garantieren, dass ihre Schuld damit getilgt wurde? Dass sie Vergebung fand? Das vage Versprechen Christi, in Gestalt eines Priesters die Last der Sünde von ihr zu nehmen, hielt der Gottessohn leider so gut wie nie ein. Nur kurz fand sie gewöhnlich nach einer Beichte Frieden, und das wohl auch nur, weil sie die Möglichkeit hatte, ihre Geschichte jemandem zu erzählen. Von den Albträumen und den namenlosen Schrecken wurde sie weiterhin verfolgt.

Sie hatte alles Mögliche versucht: Gesprächstherapie, psychologische Behandlung, Yoga, Tai-Chi, Meditationskurse. Geholfen hatte nichts – da war die Beichte noch das Beste.

Mit jedem Jahr wurde die Schuld unerträglicher. Es war etwas Düsteres, Bösartiges, nicht Greifbares, das sich in ihr aufbaute und emporstieg wie eine von fauligen Gasen aufgeblähte Wasserleiche, die in einem verpesteten, stinkenden Tümpel langsam und gespenstisch nach oben schwebt. Dieses Etwas in ihrem Inneren wurde größer und bedrohlicher, bis sie es nicht mehr ertragen konnte und die aufgeblähte Blase ihrer Schuld aufstechen musste, damit die fauligen Gase entweichen konnten.

Nur dass es nicht lange dauerte, bis der Pestilenzgestank sich wieder in ihr ausbreitete und auf ihre Seele drückte.

Und so fand sie sich jedes Jahr am 23. Oktober in einem Beichtstuhl in der Berliner Sankt-Hedwigs-Kathedrale wieder. Es war die Bischofskirche von Berlin; viele Priester waren abwechselnd hier. Manchmal beichtete sie bei Priestern, die ihre Geschichte schon einmal gehört hatten. Doch den Geistlichen, der ihr diesmal die Beichte abnahm, hatte sie noch nie gesehen.

»Ich bin gekommen, um meine Sünden zu bekennen. Meine letzte Beichte ... war vor einem Jahr. Am meisten beschäftigt mich ... meine Schwester ...«, sagte sie stockend, denn wie jedes Mal wusste sie nicht, wie sie beginnen sollte. »Meine Schwester war acht, als sie entführt wurde. Der Täter ... er hat sie vergewaltigt und getötet. Und es war meine Schuld.«

»Wie lange ist das her?«, fragte der Priester.

»Zwanzig Jahre.« Es war der 23. Oktober 1990 gewesen, ein Mittwoch, als sie ihre Schwester das letzte Mal gesehen hatte. Genau um 16 Uhr. »Ich wollte sie von der Schule abholen ... von der Musikschule. Sie hat sich auf mich verlassen, aber ich bin nicht gekommen. Deshalb fiel sie dieser Bestie in die Hände.« Sie fing leise zu weinen an. »Er hielt sie tagelang gefangen und hat sie missbraucht ... immer wieder. Und am Ende«, ihre Stimme war nur noch ein heiseres Flüstern, »hat er sie umgebracht.« Jetzt kamen die Tränen wie ein Sturzbach der Verzweiflung. »Er hat Fotos davon gemacht ... wie er es getan hat ...«

Der Priester blieb stumm. Schließlich räusperte er sich. »Das ist eine furchtbare Geschichte. Es ist gut, dass Sie damit zu mir kommen.« Er machte eine Pause. »Hat man den Täter gefasst?«

Eine seltsame Frage für einen Beichtvater.

Die Frau schüttelte den Kopf. »Nein. Die Polizei sagte damals, sie würden alles tun. Heute weiß ich, dass sie nichts getan haben, gar nichts. Sie haben Kaffee aus ihren Pappbechern getrunken, immer wieder auf die Uhr geschaut und um vier Uhr Feierabend gemacht, während meine Schwester vor Angst und Schmerzen wahnsinnig wurde. Ich weiß es genau.«

»Woher?«

»Weil ich auch zu dem Verein gehöre. Aber ich bin anders als diese Versager damals. Denn ich jage solche Ungeheuer wie den Mörder meiner Schwester. Ich jage und ich töte sie.«

»Sie sind bei der Polizei und jagen Mörder?«

»Serienkiller.« Sie schluckte. »Manchmal weiß ich nicht, ob es klug ist, denn immer wieder werde ich daran erinnert, wie ich bei meinem ersten und schrecklichsten Fall versagt habe. Aber es ist meine Bestimmung. Ich muss diese Bestien jagen … ich muss sie finden, und ich muss sie töten …« Sie weinte wieder.

Sie konnte das Nicken des Priesters durch das Holzgitter sehen. »Ihr Hass ist verständlich. Aber Sie dürfen nicht Tod mit Tod vergelten. Jesus hält uns dazu an, Milde zu zeigen. Um Vergebung zu finden, muss man anderen vergeben.«

»Auch dem Mörder meiner Schwester?«

»Auch ihm.«

Sie machte eine lange Pause. Vergebung für diesen Vergewaltiger? Diesen Schänder und Schlächter? Unmöglich. Ihr Hass auf diese Kreatur war grenzenlos. Sie wollte ihn in Stücke reißen, das Blut aus ihm herauspressen und die Überbleibsel zu Pulver zerstampfen, bis von dem Mörder nichts mehr übrig blieb als ein rot gefärbter Nebel.

Sie wartete, bis ihr innerer Aufruhr abgeklungen war. »Was

geschieht mit dem Mörder, wenn er stirbt?«, fragte sie dann. »Was glauben Sie?«

Der Priester faltete die Hände. »Mord verstößt gegen das fünfte Gebot. Und es ist eine schwere Todsünde. Wenn er nicht beichtet und aufrichtige Reue zeigt, erwartet ihn die ewige Verdammnis.«

»Die Hölle«, sagte sie. Sie schluckte und wischte sich mit der Hand die Tränen ab. »Ich werde erst wieder ruhig schlafen können, wenn ich ihn dorthin befördert habe. Wird er leiden in der Hölle?«

»Die Kinder von Fatima hatten Anfang des letzten Jahrhunderts eine Vision von der Hölle, die ihnen die Gottesmutter zeigte.« Der Priester zitierte die Höllenvision, die er offenbar auswendig kannte: »›Sie trieben im Feuer dahin, emporgeworfen von den Flammen, die aus ihnen selbst hervorbrachen, ohne Schwere und Gleichgewicht, unter Schmerzens- und Verzweiflungsschreien, die mich vor Entsetzen erstarren ließen.‹«

»Das ist gut«, sagte die Frau. »Etwas anderes hat er auch nicht verdient.«

»So dürfen Sie nicht denken«, sagte der Priester. »Auch Zorn ist eine Sünde. Und die Hölle bedeutet ewige Qual. Kein Christ sollte sich wünschen, dass jemand dorthin kommt.«

»Ich hoffe, dass man ihm dort die Haut abzieht, dass man ihn kastriert und in Stücke schneidet, dass man ihn foltert und quält bis ans Ende der Zeit!«, zischte sie und ballte die Fäuste. »Und es ist mir egal, ob ich dafür selbst in der Hölle schmoren muss.«

»Wie heißen Sie?«

»Clara.«

»Ich sehe, Clara, dass Ihr Schmerz groß ist und Hass Ihre Seele erstickt.« Der Priester schlug das Kreuzzeichen. »Doch Gott der Vater hat in seiner unendlichen Gnade Jesus Christus geschickt zur Vergebung der Sünden.« Er blickte Clara an.

Trotz des engmaschigen Holzgitters, das sie trennte, sah sie Mitgefühl in seinen Augen, als er die Lossprechungsformel vortrug. »Im Dienste der Kirche spreche ich dich los von deinen Sünden im Namen des Vaters und des Sohnes und des Heiligen Geistes.« Wieder schlug er das Kreuzzeichen. »Sprich vor der Mutter Gottes ein Ave Maria und versuche, die Bitterkeit aus deinem Herzen zu verbannen. Die Gottesmutter wird für dich beten.« Er schaute sie an. »Und ich werde es auch tun.«

Clara erhob sich. »Lohnt sich diese Mühe bei mir denn überhaupt?«

»Keiner ist verloren«, sagte der Priester. »Ich kann eine gequälte Seele nicht sich selbst überlassen. Ich werde dich in meine Gebete mit einschließen. Und Christus wird dir verzeihen.«

»Gut«, sagte Clara. »Doch wenn ich dem Täter begegnen sollte, werde ich ihm mit Sicherheit nicht verzeihen.« Sie erhob sich, während der Priester sie aufmerksam anschaute.

»Ich werde ihn töten.«

Clara Vidalis, Hauptkommissarin beim Morddezernat des LKA Berlin und Expertin für Forensik und Pathopsychologie, erhob sich und verließ den Beichtstuhl mit schnellen Schritten, bevor die Tränen ihr die Stimme nahmen.

2.

Das Internet ist ein allgegenwärtiges, weltumspannendes Netzwerk, das die Kommunikation von jedem mit allen ermöglicht, den beinahe gedankenschnellen Austausch von Informationen, der die Welt gleichsam auf die Größe eines Computerchips schrumpfen lässt. Die Menschen reden nicht mehr miteinander, sondern mit Webseiten, sie treffen sich nicht mehr, sondern tauschen sich über soziale Netzwerke aus. Sie setzen sich Reizen aus, die auf die gleichen Nervenbahnen im Hirn einwirken wie Nikotin und Kokain. Elektronische Drogen. 60 Milliarden E-Mails werden täglich weltweit verschickt, eine digitale Kakophonie der Kommunikation, die die Lebenswelt der Menschen immer mehr aus der Wirklichkeit in eine künstliche Welt aus Bits und Bytes verlagert.

Frühere Endgeräte musste man mittels klobiger Knöpfe bedienen, während die heutigen iPhones und iPads gestreichelt und liebkost werden wollen wie eifersüchtige Geliebte, die niemanden neben sich dulden.

Und so, wie jeder Himmel seine Hölle hat, schafft das Internet sich seine eigene Schattenwelt und seine eigene Negierung der vernetzten und scheinbar aufgeklärten Gesellschaft.

Denn das Internet ist nicht nur das größte Kommunikationsmedium und der umfassendste Wissensspeicher aller Zeiten. Das Internet ist zugleich der größte Tatort der Welt. Von Kinderpornos bis zu Horrorclips – echt oder gestellt –, von Anleitungen zum Suizid bis zu Bauanleitungen für Bomben, von Happy-Slapping-Videos zu Aufnahmen tödlicher Unfälle und Katastrophen bis hin zu Bildern betrunkener Jugendlicher, die in einer Ecke liegen, nackt inmitten der eigenen Exkremente und für alle Welt sichtbar, ist das Internet ein moderner Pranger voller Obszönitäten und Abartigkeiten, eine Schattenwelt, in der sich die dunkelsten Begierden, die perversesten Abgründe und die grausamsten Phantasien manifestieren.

Die Website giftgiver.de war eine dieser Seiten. In homosexuellen SM-Kreisen ist ein »Giftgiver« ein Mann, der bei ungeschütztem Analverkehr das HIV-Virus überträgt. Die Krankheit in sich zu tragen, sie weiterzugeben und andere zu infizieren – eigentlich ein Akt des Verbrechens – wird bei den Giftgivers als Tugend betrachtet. Ein Schneeballsystem der Perversion, in dem man nur weitergibt, aber niemals erlöst wird.

Jakob war einer der User, die fast täglich auf giftgiver.de ihre bizarren Phantasien auslebten, Kontakte knüpften und sich für Sexorgien und schäbige Parkplatz-Treffs verabredeten. Jakob war längst »gestochen« worden, wie die Entjungferung von Männern in der Szene genannt wird. Irgendwann hatte er sich bei ungeschütztem Analverkehr auf einer dunklen Kellerparty das HIV-Virus eingefangen. Seitdem war er selbst ein Giftgiver, der nicht nur das Virus in sich trug, sondern selbst ein tödlicher Erreger war.

Jakob war außerdem ein »Sub« oder »Bottom« – einer, der sich benutzen, quälen, erniedrigen ließ. Er spielte die »Frau«, bei Gangbangs, befriedigte andere mit dem Mund und ließ sich schlagen, fesseln und bespucken. Es erregte ihn sogar, wenn andere auf ihn urinierten. Die anderen, das waren die »Dominanten«, die »Doms« oder »Tops«.

Doch irgendwann reichte ihm selbst das nicht mehr. Nachdem er die verschiedensten sadomasochistischen Phantasien ausgelebt hatte, wollte er bis an die Grenzen gehen: Er wollte sich fesseln und mit einem Skalpell schneiden lassen. Jakob wusste selbst nicht, ob diese Phantasie schon immer in ihm gelauert hatte wie ein verborgener, tückischer Dämon, oder ob die ständige

Beschäftigung mit der virtuellen Hölle der SM-Seiten diese Begierde in ihm geweckt hatte.

Schließlich gab er bei giftgiver.de folgende Anzeige auf:

Geiler Boy, 31, 182, 78. Rasiert, schlank. Schwanz 17/5. Möchte von attraktivem Dom gequält werden, vielleicht mit Messern? Mache alles mit, nur keine Verstümmelung etc. Melde dich.

Noch am selben Tag erhielt er die Antwort:

Dom, 39, 191, 90. Fessle dich mit Handschellen ans Bett, dann besorg ich es dir mit Skalpellen. Du kannst sie auf einer Website bestellen (Anhang). Gefällt dir mein Foto?

Der Fremde sandte Jakob ein Foto, das nur seinen trainierten Körper zeigte; sein Gesicht war hinter einer schwarzen Maske verborgen. Aber der athletische Körper gefiel Jakob. Außerdem schickte er Jakob ein Formular, das ihn als Arzt und Geschäftskunden auswies, sodass er die Skalpelle auf einer Website für Chirurgiebedarf bestellen konnte. Jakob entschied sich für Einwegskalpelle mit grünem Plastikgriff.

Eine erregende Mischung aus Furcht und Lust erfüllte ihn, als er auf der Website auf den »Bestellen«-Knopf drückte, nachdem er seine Kreditkartennummer eingegeben hatte. Was, wenn der Fremde die Grenzen nicht einhielt? Wenn er, Jakob, ihm hilflos ausgeliefert wäre? Seltsamerweise erregte ihn dieser Gedanke umso mehr.

Als nach vier Tagen die Skalpelle kamen, schrieb Jakob wieder eine Mail:

Skalpelle sind da. Wann kommst du?

Umgehend erschien die Antwort:

Bin in einer halben Stunde bei dir. Lass die Wohnungstür auf, damit ich reinkann. Fessle dich mit einer Handschelle ans Bett. Alles andere erledige ich. Mach ein Foto von dir und schick es mir auf meine Nummer, damit ich sehe, dass du alles richtig gemacht hast.

Jakob knipste das Foto und schickte es an die Mailadresse, die er erhalten hatte.

Nach wenigen Minuten hatte er alles vorbereitet und sich mit einer Hand ans Bett gefesselt. Die Wohnungstür ließ er offen. Die Skalpelle lagen bereit.

Dann begann das Warten.

Endlich hörte er Schritte auf dem Flur.

Eine Mischung aus Lust, Erregung und Angst erfasste ihn.

3.

Albert Torino stellte seinen Blackberry auf Empfang, stopfte seine Papiere und den Laptop in seine schlangenlederne Aktentasche und ging mit wackligen Beinen über den Gang der Boeing 747, die soeben aus São Paulo in München gelandet war. Er zog seinen Rollkoffer aus der Gepäckablage über sich und ließ sich von der Flugbegleitung sein dunkelblaues Nadelstreifensakko geben, während er sich gleichzeitig ein Aspirin einwarf, zerkaute und die bitteren Krümel ohne Wasser schluckte. Er hatte kaum geschlafen, wie fast immer, wenn er die Nacht im Flugzeug unterwegs war. Und das, obwohl man in der Business Class seinen Sitz in ein Bett verwandeln konnte und sogar noch Kissen, Decken, Kulturbeutel und weiteren Firlefanz gestellt bekam, auf den die Gäste hinten im Viehtransport gefälligst zu verzichten hatten.

Vielleicht liegt es daran, überlegte Torino, *dass man dadurch, indem man sich ganz auf den Schlaf einstellt, eine Erwartungshaltung erzeugt, die das, was man erreichen will, eben* nicht *eintreten lässt – nämlich den Schlaf.*

Sonst konnte Torino überall gut schlafen, besonders bei Marketingpräsentationen irgendwelcher Werbefuzzis, die seiner Firma mal wieder überflüssige Brandingkampagnen andrehen wollten.

Er genoss den bitteren Geschmack des Aspirins, der sich in seiner Mundhöhle ausbreitete. Tatsächlich schien der Kopfschmerz ein wenig nachzulassen.

Albert Torino war Medienmanager. Nachdem er ein paar Jahre bei großen Privatsendern gearbeitet hatte und dort für einige ebenso umstrittene wie erfolgreiche Formate verantwortlich gewesen war, hatte er seine eigene Firma gegründet, die Integrated Entertainment, bei der ihm kein hirnloser Verwaltungsrat hereinreden und keine impotenten Controller etwas verbieten konnten. Er war der Boss; die Finanzierung für sein nächstes Projekt stand zu 80 Prozent, und seine Idee war brillant: In Brasilien suchten sie Straßenjungen aus den Slums von São Paulo, trainierten sie und hetzten sie beim Ultimate Fighting in Käfigen aufeinander. Die Zuschauer konnten vorher ihren Favoriten auswählen und bestimmen, wer gegen wen kämpfen sollte.

Dasselbe, hatte Torino sich überlegt, könnte man auch mit einem Superstar-Format machen. Die Waffen der Straßenjungs sind ihre Fäuste, die der Frauen ihr Aussehen. Lass die Girls mit ihren Waffen gegeneinander antreten wie die Ultimate Fighter aus den Slums, nur eben mit ihrer Schönheit und weiblicher List statt mit den Fäusten, und lass das Publikum entscheiden, wer die Schönste ist. Und der Zuschauer, der die richtige Frau gewählt hat, kann etwas Außergewöhnliches gewinnen.

Was?

Na, was wohl?

Torinos Idee würde die Medienlandschaft erschüttern. Deutschland war New Orleans, und er war der Hurrikan Katrina.

Die Stewardess am Ausgang nickte ihm zu, während er sie von oben bis unten musterte. *Schnuckelig*, dachte er, *wenn auch nicht vergleichbar mit dem, was in Brasilien herumläuft. Aber wir leben ja auch im verkniffenen Deutschland.*

Er durchquerte den Gang, wobei er Rollkoffer und Ledertasche hinter sich herzog, während der Geschmack des Aspirins allmählich aus seinem Mund verschwand. Das Kinn vorgereckt, während seine braunen Augen unruhig umherhuschten, erweckte Albert Torino den Eindruck, überall dabei sein zu wollen und ständig in Sorge zu sein, etwas Wichtiges zu verpassen.

Er bewegte sich mit der fast schon grazilen Eleganz und Leichtigkeit, die eigentümlicherweise vielen untersetzten Menschen eigen ist. Die schwarzbraunen Haare gegelt und nach hinten gekämmt, die Haut braun gebrannt, konnte er fast als Sunnyboy durchgehen, wären da nicht die paar Kilo zu viel auf den Rippen gewesen, die der Sieg von gutem Essen und Wein über Diät und Fitnessstudio mit sich brachte.

Er nestelte mit der linken Hand den Ohrhörer seines Blackberrys aus der Tasche und steckte ihn ins Ohr. Fünfzehn neue Nachrichten. Wie jedes Mal nach einem Zwölfstundenflug. Nachdem er die letzte Nachricht abgehört hatte, hellte seine Miene sich auf. Tom Myers war da.

Torino beschleunigte seine Schritte, während er das Kinn noch weiter nach vorn reckte und die Lufthansa Senator Lounge ansteuerte.

4.

Der Mann war von Kopf bis Fuß in einen schwarzen Latexanzug gekleidet. Darüber trug er einen schwarzen Mantel. Er war groß, mindestens eins neunzig, mit sportlicher Figur. Seine Bewegungen waren geschmeidig und nahezu geräuschlos, wie man sie bei Kampfsportlern beobachtet – eine pantherhafte Leichtigkeit, die binnen eines Wimpernschlags in explosive Brutalität umschlagen kann. Über einer schwarzen Latexmaske trug er eine Gummibrille; in den Händen, die in Gummihandschuhen steckten, hielt er zwei große schwarze Sporttaschen.

Er zog die Tür mit dem Fuß zu und durchquerte mit schnellen Schritten den Korridor.

Jakob lag auf dem Bett, die linke Hand an das Gitter gefesselt. Aus der Hi-Fi-Anlage dröhnte *Sweep* von Blue Foundation.

»Ich werde dir einen Höhepunkt verschaffen, wie du ihn noch nie erlebt hast«, sagte der Mann, bewegte sich mit insektenhafter Geschwindigkeit ans Bett und ließ die zweite Handschelle um Jakobs freies Gelenk zuschnappen. Sein Blick schweifte durch das große Zimmer. Zuerst blickte er auf den Laptop, der auf dem Schreibtisch stand. Die Giftgiver-Seite war geöffnet, ebenso Jakobs Profil. Der Mann ging zur Stereoanlage, drehte die Musik lauter, huschte dann wieder zum Bett und zog Jakob einen breiten Streifen schwarzes Isolierklebeband über den Mund, bevor dieser überhaupt wusste, wie ihm geschah.

Jakob wurde mulmig zumute. Was, wenn er an den Falschen geraten war? Zugleich erregte ihn die Unsicherheit, und Wellen von Adrenalin zogen ekstasegleich durch seine Adern.

Der Mann ging zum Tisch und brach eines der Einwegskalpelle aus der Plastikverpackung. Dann öffnete er eine der zwei schwarzen Sporttaschen und holte eine Edelstahlschale hervor, wie sie im Krankenhaus verwendet wird, außerdem zwei kleine Plastikeimer.

Was geht hier ab?, fragte sich Jakob, halb ängstlich, halb in erwachender Ekstase. *Klinikspielchen? Fäkalerotik? Was will der Typ mit den Eimern?*

Jakob hatte den Gedanken kaum zu Ende geführt, als der Fremde ihm auch schon mit beängstigender Routine beide Füße mit Handschellen an das Bett kettete.

Ein neuer Song lief auf der CD, *Poker Face* von Lady Gaga. Er hörte die erste Strophe.

Russian Roulette is not the same without a gun.

Er näherte sich Jakob, das Skalpell in der rechten, die Metallschale in der linken Hand. Er ließ die stumpfe Seite des Skalpells über Jakobs nackten Oberkörper gleiten. Jakob stöhnte dumpf und bekam eine unglaubliche Erektion. Dann drehte der Fremde das Messer um und führte es mit leichtem Druck über Jakobs Oberkörper, wo es eine dünne, blutige Spur hinterließ. Jakob bebte vor Lust.

And baby when it's love, if it's not rough, it isn't fun.

»Du wirst dich immer an mich erinnern«, sagte der Mann.

Noch bevor Jakob sich fragen konnte, wie diese Bemerkung gemeint war, zog der Fremde mit der Klinge einen längeren und tieferen blutigen Schnitt über Jakobs Brust. Jakob schrie vor Lust. Als der Fremde einen dritten Schnitt machte und gleichzeitig über die pralle Wölbung in Jakobs Hose streichelte, bekam Jakob einen heftigen Orgasmus.

Der Fremde sprach weiter. »Denn ich werde der Letzte sein, den du siehst.« Mit diesen Worten, bei denen Jakob ekstatisch in seine Hose ejakulierte und fast besinnungslos wurde, bewegte der Fremde das Skalpell mit einem schnellen Stoß nach vorne und schnitt Jakob die Halsschlagader durch. Jakobs

Augen blickten verstört zur Seite, gleichermaßen mit Überraschung und Schock erfüllt. Blut schoss in pulsierenden Fontänen hervor, ein neuer Orgasmus des Todes, der dem anderen auf die Sekunde folgte, während Jakob gutturale Laute durch das Klebeband hindurch von sich gab, die zusammen mit der lauten Musik eine bizarre Geräuschkulisse bildeten. Er versuchte, sich zu erheben, doch der Fremde presste seinen Körper mit unglaublicher Kraft auf das Bett. Blut spritzte auf Teppich und Nachtschrank, auf dem zerfledderte Pornomagazine und DVDs lagen. Dann bog er Jakobs Kopf mit brutaler Energie zur Seite, um das Blut in die Metallschale abfließen zu lassen.

Als die Schale und die Plastikeimer fast voll waren, erschlaffte Jakobs zuckender Körper. Alles Leben erlosch in seinen weit aufgerissenen Augen, in denen sich zuvor Erstaunen und Entsetzen gleichermaßen gespiegelt hatten.

Der Fremde ging zum Laptop, klickte sich durch die Seiten, machte sich ein paar Notizen, klappte das Laptop zu und verstaute es in einer der beiden Sporttaschen, zusammen mit Akku und Wireless-Modem. Er öffnete die zweite Sporttasche und holte zwei Plastikbehälter hervor. Dann griff er wieder zum Skalpell und näherte sich der Leiche auf dem Bett.

Die Arbeit war noch nicht beendet.

Im Gegenteil.

Sie hatte gerade erst begonnen.

5.

Clara atmete tief durch, als sie zu der riesigen Deckenkuppel hinaufschaute, die sich hoch über ihr spannte und die ihr ein Gefühl der Freiheit und zugleich der Geborgenheit vermittelte. Sie kniff die Augen zusammen, um trotz der Tränen klar sehen zu können, während die Worte des Priesters in ihrem Kopf nachhallten: *Um Vergebung zu finden, muss man anderen vergeben.*

Was hatte dieser Geistliche wohl schon alles für Geständnisse gehört, die für immer in seinem Herzen verschlossen bleiben mussten und die er nur mit Jesus und mit Gott teilte, wie das Beichtgeheimnis es verlangte? Clara fragte sich flüchtig, ob der Mörder ihrer Schwester ebenfalls gebeichtet hatte. Dann gäbe es einen Priester, der wusste, wie der Mörder aussah, was er getan hatte, und vielleicht sogar wo er zu finden war. Gab es also jemanden, der alles wusste, es aber niemals verraten würde?

Clara vertrieb den Gedanken wie ein lästiges Insekt: Eine Bestie wie der Mörder ihrer Schwester hatte mit Gott bestimmt nichts am Hut.

Die Statue der Muttergottes, vor der Dutzende Kerzen brannten, erhob sich vor ihr zur Linken des Altars. Maria trug das Jesuskind im Arm; unter ihr glühte die Sichel des Mondes, während über ihr die Sonnenstrahlen leuchteten. Der Freund einer Freundin, ein Kunsthistoriker, hatte Clara einmal erklärt, dass die unbefleckte Maria in der Offenbarung des Johannes auf einer Mondsichel stand:

Und es erschien ein Zeichen am Himmel: eine Frau, mit der

Sonne bekleidet, und der Mond unter ihren Füßen und auf ihrem Haupt eine Krone von zwölf Sternen.

Und sie war schwanger und schrie in Schmerzen des Gebärens. Und es erschien ein anderes Zeichen am Himmel, und siehe, ein großer roter Drache, der hatte sieben Häupter und zehn Hörner und auf seinen Häuptern sieben Kronen; sein Schwanz fegte den dritten Teil der Sterne vom Himmel und warf sie auf die Erde. Und der Drache trat vor die Frau, die gebären sollte, um, wenn sie geboren hätte, ihr Kind zu fressen.

Dieser Abschnitt hatte sich Clara auf seltsame Weise eingeprägt. Nicht nur, weil die Vorstellung eines gefräßigen Drachen, der ein unschuldiges kleines Kind verschlingen will, so erschreckend war, sondern weil Clara sich ständig an ihre eigene Situation erinnert fühlte, an ihre Schwester Claudia, auf die sich ebenfalls ein Drache des Bösen gestürzt hatte. Doch während in der Bibel das Kind vom Erzengel Michael gerettet wird, der den Drachen – den Satan – besiegt, hatte Claras Drache ihr alles genommen.

Wenn Gott wirklich so gütig ist, wie die Kirche behauptet, warum interessieren wir Menschen ihn dann so wenig?, fragte sich Clara. *Wo ist Gott, wenn man ihn braucht? Ist Leben immer Leiden? Und wenn das Leben die Folter des Körpers ist, ist die Hölle dann die Folter der Seele?*

Clara verharrte schweigend vor der Marienstele, während die Kerzen das Halbdunkel des Kircheninneren in einen Flickenteppich aus Licht und Dunkel verwandelten.

Maria, dachte sie. Der einzige Mensch in der Geschichte der Schöpfung, der angeblich vollkommen rein und ohne Sünde gelebt hat. Und die Beförderung folgte prompt: Mutter des Gottessohnes, Königin des Himmels.

Doch wenn es überall so viel Reinheit gäbe, müsste Clara sich einen neuen Job suchen.

Sie warf einen Euro in den Messingbehälter und zündete

gleich zwei Kerzen für Claudia an. *Ich werde dich nie vergessen*, sagte sie in Gedanken, während sich zwei weitere Lichter dem Flickenteppich der Farben im halbdunklen Gewölbe hinzugesellten.

Ein metallisches Geräusch ließ Clara zusammenzucken. Ein großer, kräftiger Mann warf ebenfalls Münzen in den Behälter und zündete eine Kerze an. Seine Bewegungen besaßen eine Geschmeidigkeit, wie Clara sie bei Mitgliedern von Sondereinsatzkommandos gesehen hatte. Seine Haare waren blond und sehr kurz geschnitten, und er trug eine Brille aus mattem Edelstahl.

»Wahre Schönheit ist immer unnahbar, nicht wahr?«, sagte er, schaute auf die Marienfigur und blickte dann Clara an. Seine linke Hand zuckte ein wenig, als er die Kerze auf den Boden stellte.

Clara nickte bloß. Der Mann war nicht unsympathisch, aber ihr war nicht nach Reden zumute.

Der Mann schien es zu bemerken. »Entschuldigung«, sagte er und trat zurück. »Ich wollte Sie nicht belästigen. Auf Wiedersehen.«

Clara verharrte vor der Statue und blickte dem Fremden hinterher, während die zwei Kerzen, die sie angezündet hatte, flackerndes Licht und huschende Schatten auf das Antlitz Marias warfen.

6.

Alles ekelt mich an. Die Menschen, das Leben und ich mich selbst. Manchmal glaube ich, ich bin schon seit Jahren tot, und man hat nur vergessen, mich zu begraben. Vielleicht wäre es besser gewesen, ich hätte den Selbstmord, den ich damals am See vorgetäuscht habe, wirklich begangen. Damals habe ich einen Abschiedsbrief geschrieben, bin ins Wasser gestiegen, weit hinausgeschwommen und habe meine Jacke in der Mitte des Sees gelassen. Dann zurück zum Ufer – und dann habe ich das Heim nie wiedergesehen. Seitdem halten mich alle für tot, und so soll es auch sein.

Vielleicht bin ich ja wirklich tot. Vielleicht ist das, was ich jetzt für die Wirklichkeit halte, nur ein Traum. Und falls ich noch lebe, soll ich jetzt Ernst machen? Eine Überdosis Insulin oder Schlaftabletten, ein stabiler Balken und ein Strick an der Decke, ein schneller Schnitt mit einer Rasierklinge?

Aber ich habe eine Mission zu erfüllen. Das Mädchen heißt Jasmin. Sie hat heute bei Facebook in die Welt posaunt, dass sie übers Wochenende nach Hannover fährt. Also kann ich in ihrer Wohnung ungestört alles vorbereiten. Ich habe sie am Hauptbahnhof gesehen. Viele haben sie gesehen, und viele haben ihr mit gierigen Blicken hinterhergestarrt. Denn sie sah aus wie Elisabeth damals. Schön, blond und strahlend.

Auch der Kerl Ende zwanzig, mit dem sie am Bahnhof einen Kaffee getrunken hat, war scharf auf sie. In den Augen dieses Typen habe ich gesehen, dass er die Blonde haben wollte, unbedingt, doch in der dumpfen Verzweiflung, die hinter der Gier in seinem Blick schlummerte, lag Hoffnungslosigkeit. Der Kerl wusste, dass er die Blonde niemals kriegen wird. Er wusste, dass sie wahrscheinlich froh war, als sie zum Zug musste und einen Grund hatte, ihn loszuwerden.

Warum hatte der Kerl sich überhaupt mit ihr getroffen? Er muss doch gewusst haben, dass die Begegnung eine Begierde in ihm weckt, die nie gestillt werden kann und die ihn für lange Zeit unglücklich machen würde.

Vielleicht reichte es ihm ja, sich der Illusion hingeben zu können, die Frau seiner Träume wenigstens getroffen zu haben –, auch in dem Wissen, dass er nie seinen Schwanz in sie reinbekommen wird. Oder er wollte vor sich selbst nicht als Versager dastehen, der eine Chance ungenutzt lässt, auch wenn sie noch so jämmerlich gering ist. Wahrscheinlich hat er sie ohnehin nur getroffen, um beim Masturbieren mal wieder ein klares Bild vor Augen zu haben.

Ob der Typ auch mal ein Killer wird? Einer, der die lebendige Frau im Café eintauscht gegen eine aufgeschnittene und ausgeweidete Leiche, weil tote Frauen nicht Nein sagen? Ich werde es nie erfahren, aber der Gedanke ist interessant.

Jasmin kommt am Sonntagabend zurück. Das steht nicht bei Facebook, sondern in ihrem bahn.de-Konto, in das ich mich eingehackt habe. Deshalb werde ich am Sonntag mein Haus verlassen. Ich werde Jasmin in ihrer Wohnung erwarten. Und ich werde sie töten.

7.

Die Abenddämmerung hatte den Himmel in ein ähnliches Farbenmeer verwandelt wie die Kerzen das Kirchengewölbe in der Sankt-Hedwigs-Kathedrale. Clara stieg in ihren Dienstwagen, einen schon ziemlich betagten Audi, fuhr die Allee unter den Linden hinunter und bog nach links in die Friedrichstraße ab, Richtung Tempelhof, zur Zentrale des LKA Berlin.

Clara arbeitete bei der Mordkommission, in der Abteilung für Forensik und Pathopsychologie, die vor Kurzem aufgestockt worden war. Je größer eine Stadt, desto mehr Geistesgestörte gab es dort, und Berlin machte da keine Ausnahme. Also wollte der Senat auf diesem Feld nicht untätig erscheinen.

Clara würde noch ungefähr zwei Stunden im Büro sein, einen Kollegen treffen, ein paar Akten zu ihrem alten Fall abarbeiten und dann nach Hause fahren. Bis auf den 23. Oktober, der ihr schon während der vergangenen Tage zu schaffen gemacht hatte, war die Woche ausgesprochen entspannt verlaufen, was auch nötig gewesen war. Der letzte Fall, den sie gemeinsam mit Kriminaldirektor Winterfeld gelöst hatte, ihrem Vorgesetzten und Chef der Mordkommission, war die Jagd auf den »Werwolf« gewesen, einen psychopathischen Killer, der eine blutige Schneise durch Berlin gezogen hatte. Er hatte in Berlin sieben Frauen auf bestialische Weise getötet, Vergewaltigung vor und nach dem Tod inklusive. Der Fall hatte bei allen Beteiligten die Nerven bis zum Zerreißen strapaziert, zumal der Polizeipräsident befohlen hatte, die Presse strikt aus dem Fall herauszuhalten, was die Sache nicht gerade leichter gemacht hatte.

Clara lenkte den Wagen in die Friedrichstraße und fuhr auf

die großen kastenförmigen Bürogebäude zu, die sich zwischen den klassizistischen Fassaden der alten Stadthäuser erhoben.

Mit Winterfeld, 59 Jahre alt und in zweiter Ehe geschieden, hatte Clara schon oft zusammengearbeitet. Ganz durchschaut hatte sie ihn aber noch immer nicht. Einerseits ein knallharter Pragmatiker, der keinen Firlefanz duldete, behauptete er allen Ernstes, so etwas wie ein Zweites Gesicht zu haben. Sein Meisterstück hatte er abgeliefert, als er – damals noch in Hamburg – den »Tütenmörder« gefasst hatte, einen Päderasten, der Kindern Plastiktüten über den Kopf gezogen hatte, während er sie vergewaltigte. Es hatte diesen Mann erregt, wie die Gegenwehr der Kinder wegen des Sauerstoffmangels immer mehr erlahmte, bis sie bewusstlos wurden und starben, während er sich an ihnen verging. Der Mann war Berufsschullehrer gewesen, einer von den Typen, die das Weihnachtskonzert an der Schule organisieren und jeden Morgen als Erste den Schnee vor ihrem Haus fegen. Ein richtiger Biedermann.

Hannah Arendt hatte den Begriff der »Banalität des Bösen« geprägt. John Wayne Gacy war so ein unscheinbarer Vertreter gewesen. Heinrich Himmler ebenfalls. Und Klaus Beckmann, der Tütenmörder, gehörte auch dazu.

Winterfeld hatte Clara damals unter seine Fittiche genommen, gemeinsam mit Sarah Jakobs, einer ebenfalls begabten jungen Kommissarin, die ein paar Jahre später als Clara beim LKA angefangen hatte, dann allerdings zum Dezernat für Wirtschaftskriminalität abgewandert war. Clara hatte sie lange Zeit nicht gesehen. Es ging das Gerücht, Sarah habe irgendeine Riesengeschichte aufgedeckt und lebe jetzt mit neuer Identität an einem unbekannten Ort, bis Gras über die Sache gewachsen war.

Sarah war so etwas wie Claras kleine Schwester, allerdings die »große kleine Schwester«. Die dunkelblonde, braunäugige Frau wirkte wie das Gegenstück zur schwarzhaarigen, blauäugigen Clara, der man den südeuropäischen Einfluss ansah. Tatsächlich strömte italienisches, spanisches und deutsches Blut in ihren Adern.

Sie vermisste Sarah in der von Männern dominierten Welt, in der sie arbeitete. Die meisten Kommissare und leitenden Beamten waren Männer, genau wie der Großteil der Täter. Oft hatte Clara an lauen Sommerabenden mit Sarah auf ihrem Balkon in der Schönhauser Allee gesessen, ein Glas Weißwein getrunken und sich unterhalten, während unten das Leben brodelte. Es gab nichts, das mehr nach Sommer aussah als die Farbe von gekühltem Weißwein in einem von der Kälte beschlagenen Glas im Gegenlicht der untergehenden Sonne, und für Clara war es der Inbegriff von Entspannung. Keine Kellner, die einen stundenlang warten ließen. Keine Touristen, die sich mit vollen Rucksäcken und dicken Hintern an den Stühlen der Cafés vorbeidrängten. Keine nervige Musik, mit der der Barkeeper die Gäste bespaßen zu müssen glaubte. Nur ein Tisch, zwei Stühle und Weißwein, während unten auf der Straße die Leute unterwegs waren, Nachbarn sich unterhielten und Fahrradklingeln rasselten. Aus offenen Autofenstern dröhnte Musik, die jäh leiser wurde, sobald die Wagen an den Ampeln beschleunigten, dies alles untermalt vom Zwitschern der Spatzen und dem Gurren der Tauben.

Sie hatten über ihre Fälle gesprochen, hatten sich über korrupte Wirtschaftsbosse, Schmugglerringe und Menschenhandel, über Raubmord, Tötungen im Affekt und Serienkiller unterhalten. Oft hatten sie aber auch über ganz normale Dinge gesprochen: über die Bücher, die sie zurzeit lasen, über Ausstellungen, die gerade in der Stadt zu sehen waren, und natürlich über Männer, bei denen die netten leider meist langweilig waren und die, die nicht langweilig waren, immer schon mit einem Fuß im Bett der Nächsten standen.

Auf Höhe der Choriner Straße, wo Clara wohnte, kroch von Zeit zu Zeit die U-Bahn aus dem Untergrund, um dann hoch über der Straße auf einem Stahlgerüst ein paar hundert Meter dahinzurollen und kurzzeitig von der U-Bahn zur S-Bahn zu werden, bevor sie auf Höhe der Bornholmer Straße wieder im Boden verschwand.

Clara musste an Vincent denken, den Freund Sarahs, der an einem ihrer gemeinsamen Sommerabende eine Horrorgeschichte von H. P. Lovecraft erzählt hatte: In der Antarktis entdeckten Forscher in einer unterirdischen Höhle einen gigantischen Wurm, der durch Tunnel unter dem Eis kroch und durch seine schiere Größe dafür sorgte, dass mehrere Teammitglieder den Verstand verloren. *Das Ding, das nicht sein darf*, hatte Lovecraft den Wurm genannt. Einer der Forscher, der am Ende der Geschichte in der Irrenanstalt landete, konnte bis zu seinem Lebensende nur noch die New Yorker U-Bahn-Stationen von Battery Park bis Central Park herunterbrabbeln. Es ist aber nicht der Wurm, der am Ende unheimlich ist, hatte Vincent gesagt, es ist die U-Bahn. Die moderne Welt versucht, die Ungeheuer der Vergangenheit zu überwinden, schafft aber neue Geister, die vielleicht sogar noch schrecklicher sind.

Clara hatte verstanden, was Vincent meinte, als wieder eine U-Bahn donnernd aus ihrem unterirdischen Reich hervorgeschossen war wie ein gigantischer Aal, der ein Insekt auf der Wasseroberfläche verschlingen will. Die Archetypen, hatte Vincent gesagt, sind tief in uns verwurzelt. Wir wissen, dass es keine Ungeheuer gibt, fürchten uns aber vor ihnen, weil diese Urangst so alt ist wie die Menschheit selbst.

Clara steuerte den Wagen vorbei am Tempelhofer Ufer, fuhr den Mehringdamm stadtauswärts, parkte den Wagen in der Tiefgarage des LKA und betrat den Aufzug. Während sie über den Flur im dritten Stock ging, hörte sie die Mailbox ihres Handys ab. Nichts Wichtiges, Gott sei Dank.

Sie ging in die Küche und schenkte sich an der uralten, rumpelnden und röchelnden Kaffeemaschine einen Becher ein. Sie hatte sich abgewöhnt, Kaffee anders als schwarz zu trinken, jedenfalls, wenn sie auf der Arbeit war. Schwarzen Kaffee gab es überall; man musste nicht umständlich nach Milch fragen, die ohnehin meist sauer war, und Zucker und Süßstoff waren entweder schlecht für die Zähne oder die Figur oder beides. Was nicht bedeutete, dass Clara sich nicht bei Starbucks mal einen übercremigen, übersüßten Caramel-Macchiato gönnte, aber Dienst war Dienst und Starbucks war Starbucks.

Clara wollte gerade die Küche verlassen, als sie schwere Schritte auf dem Flur hörte. Kriminaldirektor Winterfeld kam ihr entgegen, den obersten Hemdknopf offen, die Krawatte gelockert, in der Hand eine Packung La-Paz-Zigarillos, die er umständlich öffnete, während seine gebogene Adlernase die Luft auf dem Gang durchschnitt wie der Bug eines Schiffes das Wasser und der Blick aus seinen blauen Augen auf Clara gerichtet war.

»Ah, Señora Vidalis«, sagte er, fuhr sich mit der Hand durch seine kurzen grauen Haare und öffnete bedächtig das große Fenster gegenüber der Kaffeeküche, um wieder mal »nach draußen zu rauchen«, wie er es nannte. Es hatte immer etwas sehr Feierliches, wie Winterfeld das Fenster aufmachte, beinahe wie ein Priester, der das Tabernakel öffnet, um die geweihten Hostien für die Eucharistie herauszunehmen.

»Leisten Sie einem alten Mann Gesellschaft«, fuhr er fort, während er das Fenster ganz öffnete und der kühle Herbstwind in den Flur wehte. Winterfeld atmete die frische Luft ein, die schon ein wenig nach Schnee und Winter roch, um gleich darauf den Zigarillo zu entzünden und Rauchwolken in die Abendluft zu pusten.

Sie standen eine Zeit lang nebeneinander. Clara hielt den Kaffeebecher mit beiden Händen und genoss die wohlige Wärme, während die Herbstluft sie ein wenig frösteln ließ. Winterfeld blies dabei beinahe meditativ und in kurzen Abständen Rauch in die Abenddämmerung.

»Heute ist der Dreiundzwanzigste«, sagte er schließlich,

ohne Clara anzuschauen. »Sie müssen nicht darüber reden, aber ich hoffe, es geht Ihnen einigermaßen gut.« Winterfeld kannte Claras Geschichte.

»Ja, ich war wieder beichten«, sagte Clara und trank den Kaffee in kleinen Schlucken. »Ich weiß gar nicht, warum ich das immer wieder tue, aber es geht mir danach tatsächlich ein bisschen besser. Jedenfalls hilft es mehr als das Yoga, das ich auch mache.« Sie bewegte die Schultern auf und ab. »Ich bin beim Yoga bald so weit, dass ich mir selbst den Arm auskugeln kann, aber ruhiger macht es mich nicht.«

»Kann nützlich sein, das mit dem Armauskugeln, aber die Idee mit der Beichte ist auch nicht schlecht«, sagte Winterfeld. »Die Brüder«, damit meinte er die katholische Kirche, »haben in gewisser Weise die Psychoanalyse erfunden. Das mag den Agnostikern nicht passen, ist aber so. Sich einfach alles von der Seele reden – so läuft das bei der Kirche, und so läuft es auch bei Freud. Du musst es sagen, du musst es aussprechen, dann geht es dir besser.« Er blickte Clara an. »Wie oft hatten wir hier schon Mörder, die sich freiwillig gestellt haben, weil sie es nicht mehr aushielten, mit ihrer Schuld allein zu sein?«

Clara nickte. »Wie sagte der Kollege vom FBI, der letztes Jahr hier war? Not everyone is built for guilt.«

»Wo er recht hat, hat er recht«, sagte Winterfeld und zog an seinem Zigarillo.

Wieder schwiegen beide eine Zeit lang.

»Was ich noch sagen wollte ...«, Winterfeld fuhr sich durch die Haare und paffte an seinem Zigarillo. »Sie haben bei der Fahndung nach dem Werwolf hervorragende Arbeit geleistet. Ein so unorganisierter, animalischer Täter ist mir noch nie untergekommen. Ich will gar nicht wissen, wie die Gerichtsverhandlung abgelaufen wäre.« Winterfeld zuckte die Schultern. »Na ja, nun liegt unser Freund erst mal im Kühlraum in Moabit und nächste Woche dann eins achtzig tiefer. Dann kann er ein bisschen in sich gehen.« Ein leichtes Lächeln umspielte seine Lippen, als er sich wieder Clara zuwandte. »Ich soll Ihnen auch von Bellmann Glückwünsche ausrichten. Sie kennen ja den alten Spruch: Wenn Wasser bergauf fließt, bedankt sich jemand für einen Gefallen, und Bellmann ist da bestimmt keine Ausnahme, aber diesmal scheint es ihm ernst zu sein. Er will unbedingt noch mal mit Ihnen reden und Ihnen persönlich für den großartigen Job danken. Wie lange sind Sie noch hier?«

»Bis Freitag«, sagte Clara. Noch zwei Tage, um den Fall abzuschließen und den Papierkram zu erledigen, dann war erst einmal Urlaub angesagt. Zwei Wochen. Sie wusste noch nicht wohin. Wahrscheinlich Last Minute. Irgendwo. Irgendwie.

»Er wird noch mal vorbeikommen. Bis morgen Mittag ist er in Wiesbaden beim BKA, aber dann stehen Sie ganz oben auf seiner Prio-Liste.«

»Das freut mich«, sagte Clara, die gegenüber Bellmann, dem Chef des LKA Berlin, stets gemischte Gefühle hatte. Er war ein hervorragender Organisator, aber wenn es mal nicht so lief, wie er es gerne gehabt hätte, konnte er sehr unangenehm werden, insbesondere, wenn er im Nachhinein davon erfuhr.

»Und?«, fragte sie dann und blickte Winterfeld spitzbübisch an. »Was macht Ihr sechster Sinn? Ich hatte damit gerechnet, dass Ihnen die Stille nicht gefällt, weil es keine Stille ist, sondern nur die Ruhe vor dem Sturm. Oder haben wir diesmal wirklich Stille?«

Winterfeld zuckte die Schultern und ließ die Asche drei Stockwerke nach unten fallen, wo sie zwischen Sträuchern und Heizungsrohren zerfaserte.

»Manchmal ist Stille wirklich Stille. Aber Sie haben recht. Meist ist sie nur die Lautlosigkeit des Laserpointers im Zielfernrohr, bevor der Schuss fällt.« Er atmete tief aus und schob die Zigarilloschachtel in seine Hosentasche. »Aber vielleicht haben wir Glück. Vielleicht haben wir wirklich ein bisschen

Ruhe. Sie ja ohnehin, Sie machen Urlaub, und Hermann und ich werden den ganzen Papierkram erledigen, mit den Psycho-Typen über das Täterprofil des Werwolfs sprechen und dann hoffentlich ein geruhsames Wochenende haben.«

Hermann war Winterfelds Assistent und zudem ein Experte für Computerkriminalität, ein großer, schweigsamer Mann mit kahl geschorenem Kopf, der immer hundert Prozent präsent war, wenn es darauf ankam. Er konnte furchterregend aussehen – und es auch sein. Er kam Clara wie ein Grizzlybär vor, der immer genug Honig bekommen musste, damit er ein Teddybär bleibt.

Winterfeld stieß ein letztes Mal Rauch aus, zerdrückte den Zigarillo am Fenstersims und warf den Stummel in die Dunkelheit.

»Apropos Psychos«, sagte er dann, wobei er das Fenster wieder schloss. »Martin Friedrich ist noch im Büro. Sie wollten ihn doch kennenlernen. Morgen fliegt er nach Wiesbaden, um auf der Herbsttagung des BKA einen Vortrag zu halten, und ich weiß nicht, ob er vor Ihrem Urlaub zurückkommt.«

»Na, dann werde ich ihn mal besuchen«, sagte Clara und trank den Kaffee aus. »Vierter Stock?«

»Wo sonst?«

»Das klingt so, als gehöre er dorthin.«

Winterfeld blickte sie wieder an, ganz der erfahrene, gütige Lehrmeister, der er schon während ihrer Ausbildung gewesen war. »Die Vier«, sagte er, »ist bei den Chinesen eine Unglückszahl, weil sie ähnlich klingt wie das Wort für Tod.«

Clara lächelte. »Wieder was gelernt. War es schwer, diesen Bezug vom Zaun zu brechen?«

»Einfach war es diesmal nicht.« Winterfeld lächelte ebenfalls. »Ich wünsche Ihnen einen schönen Feierabend!« Damit drehte er sich um und stapfte den Gang hinunter.

8.

»Entschuldigung«, sagte die Empfangsdame am Schalter der Senator Lounge, nachdem Torino schon drei, vier Schritte an ihr vorbei war. »Darf ich Ihre Karte sehen? Sind Sie Senator?«

»Was soll ich denn sonst sein?«, fragte Torino unwirsch und wedelte mit der Karte, als würde er eine Fliege verscheuchen. »Ein Schlangenbeschwörer?«

Er betrat die neue Senator Lounge. Nachdem die Lufthansa und der Flughafen fast zwei Jahre lang geheimniskrämerisch die Baustelle verriegelt hatten, war Torino mehr als enttäuscht, als er die neue Lounge sah. Was, zur Hölle, hatten diese Idioten eigentlich die ganze Zeit gemacht? Schnaufend stellte er Tasche und Rollkoffer ab und wiegte Ausschau haltend den Kopf hin und her. Das können sich auch nur deutsche Bauarbeiter und Handwerker erlauben, dachte er. Ab sieben Uhr morgens Krach machen, außer Pfusch nichts zustande bringen und am Ende eine Rechnung präsentieren, auf die jeder Investmentbanker neidisch wäre.

Er ließ den Blick weiter über die Lounge schweifen und entdeckte seinen Gesprächspartner. Tom Myers, Managing Director von Xenotech, hatte sich aus dem Olymp der HON-Travellers, dem höchsten Zirkel, reserviert für die besten Kunden der Lufthansa, in die Niederungen der Senator Lounge begeben – zum einen, weil Albert Torino »nur« Senator war, zum anderen, weil der Anteil der VIPs, die Gesprächsfetzen aufschnappen konnten, hier viel geringer war. Am besten war es ohnehin, man setzte sich gleich in die Business Lounge, wenn man ungestört sein wollte. Da saßen nur subalterne Vertriebschefs und Praktikanten von irgendwelchen Unternehmensberatungen, die allesamt nichts zu melden hatten.

Tom Myers war verantwortlich für die globale Strategie von Xenotech, dem größten Webportal der Welt. Xenotube, der Videokanal des Internetgiganten, war die meistbesuchte Videopage der Welt – ein Kanal, zu dem allein Myers den Schlüssel hatte wie ein Petrus des Internets.

Torino hatte Xenotube für sein neues Show-Format ins Auge gefasst. Nun würde er Myers bearbeiten müssen, da dieser von Torinos pornographischem Star-Aktienmarkt nicht allzu viel hielt, auch wenn er die Idee »prinzipiell in Ordnung« fand, wie er beteuerte. Verstanden, so glaubte Torino, hatte er sie allerdings immer noch nicht.

Myers – rotblond, mit blauen Augen und vorstehendem Kinn, das sich wie eine Klippe in die Lounge reckte – hatte das Gesicht in einer *Financial Times* vergraben, über deren Rand er von Zeit zu Zeit hinweglugte, um abwechselnd auf den Eingang der Lounge und die elektronische Tafel mit den Abflugzeiten der Flüge zu blicken.

»Albert«, sagte er und erhob sich, als er Torino erblickt hatte. »Here you are! How was your flight?«

»Work and pleasure in good measure«, sagte Torino und sprach auf Englisch weiter. »Habe die Präsentation für die Investoren fast fertig, Essen war okay, schlafen konnte ich wieder mal kaum.«

Myers wies mit einer Hand auf den Sessel neben sich, während Torino seine Tasche und den Koffer abstellte, sich am Automaten einen Cappuccino zog und sich neben Myers in den Sessel sinken ließ.

»Also«, begann Myers. »Kommen wir zur Sache, ich muss in zwanzig Minuten in den Flieger nach Frankfurt. Du willst einen Aufguss von *American Idol* oder *Deutschland sucht den Superstar* machen, richtig?«

»Quatsch.« Torino gab Zucker in seinen Cappuccino, während er ein wenig umständlich mit einem langen Löffel in dem Becher rührte. »Das ist alles Schnee von gestern. Die üblichen Star-Formate sind von Spießern gemacht, für die es schon ein Skandal ist, wenn jemand Sex vor der Ehe hat.«

»Das sagen sie alle.« Myers nippte an seinem Wasser. »Ich habe deine Mail nur überflogen, aber ich hab zumindest so viel verstanden, dass der User sich seinen Superstar selbst aussuchen kann.«

»Korrekt«, sagte Torino. »In den üblichen Formaten ist es so, dass dem Zuschauer die Kandidaten vor die Nase gesetzt werden, die dann von der Jury gesagt bekommen, dass sie nichts weiter sind als überflüssige Embryonalzellen, die sich lieber heute als morgen von der Brücke stürzen sollten. Für einen kleinen Bruchteil gilt das aber nicht – und *die* werden die neuen Stars.«

»Funktioniert ja auch nach wie vor«, sagte Myers.

»Ja, weil die Couch-Potatos da draußen in Zombieland«, er wies Richtung Tür der Senator Lounge, als würde dort eine andere Welt beginnen, »alles schlucken. Solange niemand mit etwas wirklich Neuem aufwartet, ist jeder mit dem gleichen Käse zufrieden, auch wenn es alter Käse ist, der schon tausend Mal umgedreht wurde.«

»Und?«

»Und?«, fragte Torino zurück. »Das hat doch nichts mit der vielbeschworenen Mitmachkultur der neuen Medien zu tun. Dem Zuschauer wird diktatorisch etwas vorgesetzt, was er vielleicht gar nicht sehen will. Nur weil es den Machern gefällt, heißt das nicht, dass es dem Zuschauer gefällt. Der Wurm«, Torino hob den Zeigefinger, »muss dem Fisch schmecken und nicht dem Angler!«

»Netter Vergleich«, sagte Myers. »Und weiter?«

»Gegenfrage«, erwiderte Torino. »Was denkst du als Zuschauer, wenn du zum Beispiel auf schlanke Models stehst, der Sender dir aber die Schwabbelkolonne von den Weight Watchers aufs Auge drückt? Oder du stehst auf Vollschlanke, aber im Fernsehen ist Miss Äthiopien angesagt?«

Myers reckte sein Kinn in Richtung Zeitungsstand und kaute auf der Unterlippe. »Vielleicht käme ich dann auf die Idee, dass ich gerne mal selber entscheiden würde, wer da auftaucht.«

»Genau«, sagte Torino. »Du willst als Zuschauer die Möglichkeit haben, dein eigenes Topmodel aussuchen zu können.«

»Das heißt, die Zuschauer setzen auf die richtigen Models? Wie beim Pferderennen?«

»Korrekt.« Torino nickte, während er in seinem Cappuccino rührte und einem Tross chinesischer Geschäftsleute hinterherblickte, die an ihnen vorbei Richtung Ausgang pilgerten. »Die Models können sich auf der Plattform eine eigene Website einrichten, auf der sie sich den Zuschauern präsentieren – so wie in diesen Kontaktforen, wo man Freundschaften, Sex oder was auch immer suchen kann. Gleichzeitig können die Zuschauer ihre Favoritin über diese Plattform auswählen und Punkte vergeben.«

»Und geboten wird mit Geld?«

»Womit denn sonst? Wir leben in der Wirklichkeit. Wer viel Geld auf eine Aktie setzt, bringt damit den Kurs in Bewegung, genau wie in der Sendung der Kurswert des jeweiligen Models nach oben geht. Die zwanzig Frauen, die am Ende den höchsten Kursstand haben, werden zum Casting in die Sendung eingeladen.«

»Darum heißt die Sendung *Shebay?* Weil man auf die Frauen bieten kann?«

Torino nickte. »Unter anderem. Die Zuschauer stellen das Portfolio an Frauen zusammen, das es in die Sendung schafft. Aus diesen Frauen wählen wir dann die Miss Shebay. Der Zuschauer ist also unmittelbar an der Auswahl der Gewinnerin beteiligt. Wenn wir Glück haben, gilt das Ganze nicht mal als Glücksspiel, und wir können Server, Marketing und alles andere bequem aus Deutschland heraus steuern.«

Myers nippte wieder an seinem Wasser und faltete die *Financial Times* zusammen. »Du sagtest ›unter anderem‹. Was denn noch?«

Torino grinste. »Wir haben doch gerade davon gesprochen, dass man sich als Zuschauer oft ärgert, wenn einem im Fernsehen irgendwelche Miezen aufgetischt werden, die man auch nach drei Jahren Kloster nicht mit der Kneifzange anfassen würde.«

»Ja, verstanden«, sagte Myers und steckte Zeitung und Laptop in seine Tasche. »Darum das Auktionsverfahren wie am Aktienmarkt.«

»Genau«, sagte Torino. »Das ist das Angebot, das der Zuschauer sich selbst auswählt.«

»Fehlt nur noch die Nachfrage.«

»Richtig«, sagte Torino und beugte sich vor. »Oder besser, die Begierde.« Er ließ den Löffel los und legte die Fingerspitzen aneinander. »Tom, wie oft hast du in einer solchen Show schon eine Frau gesehen, die du so scharf fandest, dass du am liebsten sofort mit ihr in die Kiste gestiegen wärst?«

»Wie du weißt, bin ich glücklich verheiratet, und deshalb ...«

»Erzähl keinen Stuss. Geht doch jedem so. Und genau da liegt das Problem. Du siehst die geilsten Tussen im Fernsehen und die schärfsten Profile auf irgendwelchen Kontaktforen – solange du Mister 08/15 bist, der tausenddreihundert netto nach Hause bringt, wirst du keine von denen rumkriegen.«

»Natürlich nicht«, sagte Myers. »Ist ja auch 'ne Fernsehsendung und kein Besuch im Bordell.«

»Warum eigentlich nicht?«, fragte Torino scheinbar unschuldig und unwissend.

»Weil Glotze nun mal Glotze ist, und Puff ist Puff.«

Torino klatschte leise in die Hände. »Und hier setzen wir an. Frauen oder Aktienmarkt, Glotze oder Puff – bei uns ist es beides!«

Myers kaute wieder auf der Unterlippe. »Soll das heißen, die Zuschauer kriegen die Chance, mit einer der Miezen ins Bett zu steigen?«

»Bingo. Jeder kann eine Nacht mit seiner Favoritin gewinnen, egal ob sie Miss Shebay wird oder nicht, und jeder kann eine Nacht mit der Siegerin gewinnen.«

»Und die am meisten zahlen, haben die höchsten Chancen?«

»Ja. Aber es bleibt auch eine kleine Chance für alle, die nicht so viel Knete haben.« Torino lächelte. »Der Durchschnittszuschauer da draußen in Zombieland hat nun mal nicht so viel Geld. Wäre es anders, würde er nicht so lange vor der Glotze hängen, sondern sich den Arsch aufreißen, um noch mehr Geld zu verdienen, so wie wir. Aber irgendjemand muss sich ja um die kleinen Leute kümmern, und das sind wir. Wir sind die wahren Marxisten. Bei uns kann auch der Kleinverdiener den Superstar vögeln. Gleiches Recht für alle.«

Myers trank sein Wasser aus und klappte seine Tasche zu. »Du bist in etwa so marxistisch wie Ronald Reagan. Wissen die Ladys denn, auf was sie sich einlassen?«

»Was denkst du? Das ist alles wasserdicht. Die AGBs müssen sie unterschreiben, und dann werden sie rechtlich auch noch mal eingenordet. Die Anwälte sind schon an den letzten Formulierungen dran.«

»Und wenn irgendein versiffter Proll auftaucht, muss die Kleine sich trotzdem von dem besteigen lassen?«

»Nun ja, wir stellen gewisse Mindestanforderungen an die Hygiene. Grundsätzlich aber gilt: Wer schön sein will, muss leiden. Und wer berühmt sein will«, Torinos Mundwinkel zuckten nach oben, während er Myers unverwandt musterte, »noch mehr.«

Myers schwieg eine Zeit lang. »Ziemlich schräge Idee«, sagte er dann. »Aber es passt in unsere kranke Zeit. Ihr müsst nur aufpassen, dass euch das rechtlich nicht um die Ohren fliegt. Oder sendet ihr aus Holland?«

Torino blickte Myers unverwandt an. »Wie viele User haben allein in Deutschland im vergangenen Monat eure Website besucht?«

»Ungefähr zehn Millionen.«

»Dann ist alles doch ganz einfach.« Torino trank seinen Cappuccino aus und ließ den Becher auf den Tisch knallen. »Wir senden erst mal übers TV. Wenn es rechtliche Probleme gibt, senden wir als Livestream – auf der Landing Page von Xenotube.«

»Ihr wollt *unsere* zehn Millionen Nutzer für euren Schweinkram?« Myers erhob sich und blickte zur Uhr. Es war ihm anzusehen, dass er Torinos Idee faszinierend, aber auch ein wenig abstoßend fand.

»Schweinkram, der Furore machen wird«, sagte Torino, »und der aus euren zehn Millionen Nutzern auf einen Schlag zwanzig Millionen macht.«

Myers schulterte seine lederne Umhängetasche. »Ich weiß nicht ...«

»Doch, du weißt«, sagte Torino. »Und du hast jetzt eine Stunde Flugzeit bis nach Frankfurt, um dich zu entscheiden.«

»Ich denke darüber nach.« Er schüttelte Torino die Hand.

Torino nickte. »Aber nicht zu lange. Das Leben ist kurz. Zeit ist Geld. Und ein Jahr ...«

»Ich weiß«, sagte Myers, wobei man sehen konnte, wie es hinter seiner Stirn arbeitete. »Ein Jahr sind fünf Internet-Jahre.«

9.

Prof. Dr. Martin Friedrich, Leiter der Abteilung für operative Fallanalyse des LKA, war eine Koryphäe. Er hatte am Universitätsklinikum der Charité und am Johns Hopkins in Baltimore Medizin und Psychiatrie studiert, hatte an der Universität von Virginia und in Quantico Forensik belegt und in Harvard, London und Berlin Vorlesungen über das »Täterprofil des Serienkillers« gehalten. Friedrich war ein Workaholic, der das Wort Freizeit nicht kannte.

Nach dem Medizinstudium und der Ausbildung zum Psychiater hatte er beim FBI das Profiling gelernt – die Analyse der Persönlichkeit eines Serienmörders –, bei keinem Geringeren als Robert Ressler, dem Mann, der Thomas Harris beim Schreiben von *Das Schweigen der Lämmer* geholfen hatte. Ressler hatte nicht nur das Profiling zur Perfektion entwickelt, er hatte auch den Begriff »Serienkiller« geprägt. Vorher hatte man von »Massenmördern« gesprochen, doch dieser Begriff war nicht ganz korrekt: Dem klassischen Massenmörder geht es darum, mit einem Mal möglichst viele Menschen zu töten, während der Serienkiller immer wieder tötet.

Clara hatte mehrere Bücher von Ressler gelesen, darunter *Whoever Fights Monsters* und *I Have Lived in the Monster.* Sie hatte auch die Interviews von Ressler gelesen, die er mit berüchtigten Serienkillern geführt hatte, darunter mit John Wayne Gacy, der bis zu seiner Hinrichtung bestritten hatte, dreiunddreißig junge Männer getötet zu haben, weil er dies bei seiner Achtzigstundenwoche als Unternehmer »zeitlich gar nicht geschafft« hätte – wobei sich dann allerdings die Frage stellte, woher die mehr als zwanzig halb verwesten Teenager-Leichen kamen, die unter dem Keller seines Hauses gefunden wurden.

Ressler hatte auch das Interview mit Jeffrey Dahmer geführt, dem »Kannibalen von Milwaukee«, der Schwule in Bars aufgerissen, mit zu sich nach Hause genommen, narkotisiert, vergewaltigt, getötet und seziert hatte. Dann hatte er die Leichen ausgekocht und aus den Knochen und Schädeln Altäre und Schreine in seinem Wohnzimmer errichtet. Einige hatte er gefoltert, hatte ihnen bei vollem Bewusstsein die Schädeldecke aufgebohrt und ihnen Säure ins Gehirn geträufelt, um sie auf diese Weise zu willenlosen Lust-Zombies zu machen. Dahmer hatte ausgesagt, er habe sich einsam gefühlt und geahnt, dass er nie einen Menschen finden würde, der mit ihm zusammenleben wollte – jedenfalls keinen lebenden. Deshalb habe er beschlossen, Tote bei sich zu haben oder – besser – deren Überreste. Dahmer starb schließlich im Gefängnis, getötet von einem Mithäftling, der ihm einen Besenstiel durchs Auge ins Gehirn rammte.

Doch Gacy und Dahmer waren Ausnahmen. Die meisten Serienkiller töteten entsprechend ihrer sexuellen Präferenz. Und da der Großteil der Serienkiller männlich ist und die meisten Männer heterosexuell veranlagt, sind die typischen Opfer von Serienkillern – Frauen!

Wow, hatte Clara damals gedacht, *ich bin im richtigen Job gelandet!*

Mit Martin Friedrich hatte Clara vorher nur indirekt zu tun gehabt: Friedrich hatte dem Team um Kommissar Winterfeld ein detailliertes Täterprofil des »Werwolfs« erstellt, ohne dass Clara und Winterfeld damals gewusst hatten, dass Friedrich bereits für sie arbeitete: Da es Bellmann und dem Polizeipräsidenten wichtig gewesen war, die Presse aus dem Fall herauszuhalten, wurden auch innerhalb der Abteilungen chinesische Mauern errichtet. Und da Martin Friedrich erst seit vier Wochen für das LKA in Berlin arbeitete und deshalb noch niemand wusste, ob »der Neue« schon da war oder nicht, lief alles nach Plan.

Friedrich, so hatte Clara erfahren, begeisterte sich für Schottland. Dort verbrachte er die meisten Urlaube, in der Regel allein mit einem ganzen Koffer voller Bücher, darunter stets ein Exemplar der gesammelten Werke Shakespeares. In dem forensischen Gutachten zum Werwolf, das Friedrich für die Ermittler geschrieben hatte, hatte er sämtliche Teammitglieder aufgefordert, Shakespeare zu lesen, den »besten Psychologen der Menschheitsgeschichte«. *Wenn Sie Shakespeare lesen*, hatte er notiert, *finden Sie alle Höhen und Tiefen, deren die menschliche Seele fähig ist. Das Lachen und die Freude, die Komik und das Absurde, aber auch das Verborgene, Grausame und Unaussprechliche.* Insbesondere hatte es ihm die tragische Figur des Macbeth angetan, der von seiner diabolischen Gattin zum Mord am schottischen König angestiftet wurde.

Von der Faszination für Shakespeare über die Liebe zu Schottland und schottischem Whisky bis hin zu dem Fachgebiet, auf dem Friedrich ein absoluter Experte war, war es nicht weit her, bis er vor ein paar Jahren in den USA seinen Spitznamen erhalten hatte, der zu ihm passte wie kein anderer und mit dem er sich offenbar auch ganz gut anfreunden konnte: MacDeath.

MacDeath hatte sein neues Büro erst in der letzten Woche bezogen. Nun saß er an seinem eleganten Eichenholzschreibtisch, die dunkelbraune Hornbrille auf der Nase in dem schmalen, ein wenig blassen Gesicht, und hackte eine E-Mail in seinen Computer, als Clara sich in den Türrahmen stellte und zaghaft ans Holz der Türverkleidung klopfte. Friedrich hob den Kopf. Seine feinen Gesichtszüge, umrahmt von kurzen schwarzbraunen Haaren, die an den Schläfen schon einen leichten Graustich hatten, verliehen ihm das schöngeistige Flair eines Mannes, bei dem man das Interesse für die Abgründe der menschlichen

Natur auf den ersten Blick gar nicht vermuten würde. Aber so war es oft. Wie hatte Foucault gesagt? Wahnsinn und Werk schließen einander aus. Oder wie Winterfeld sagte: Wer über das Zersägen von Frauen schreibt, zersägt sie normalerweise nicht selbst.

»Guten Abend!« Friedrich erhob sich und kam mit federnden Schritten auf Clara zu. Er trug ein weißes Hemd und einen königsblauen College-Pullunder, unter dem er, in bester schrulliger Harvard-Manier, eine rote Krawatte umgebunden hatte. »Sie sind die Phantomdame, richtig?« Er kniff ein Auge zu. »Wir haben in den letzten Wochen zusammengearbeitet, ohne es zu wissen.« Er hatte einen festen Händedruck. Fest, trocken und freundschaftlich. »Chinesische Mauern, wie man so sagt.«

Clara hielt seine Hand eine Weile und ließ sie dann los. »Winterfeld hat mich eben belehrt, dass die Zahl Vier im Chinesischen als Unglückszahl gilt, weil sie ähnlich klingt wie das Wort für Tod.«

»Aha.« Friedrich steckte die Hände in die Taschen. »Deshalb sitze ich hier im vierten Stock wohl richtig?«

»Kann schon sein«, sagte Clara und ließ den Blick durch das Büro schweifen. Hinter dem Schreibtisch stand ein großer Eichenholzschrank, in dem sich die Regale unter der Last schwerer Bücher bogen. Auf dem Schrank stand eine uralte Arzttasche aus brüchigem Leder, daneben ein menschlicher Totenschädel. An der Wand gegenüber dem Schrank hingen zwei sorgfältig gerahmte Poster. Eines zeigte das *Jüngste Gericht*, Michelangelos Fresko in der Sixtinischen Kapelle; das andere war ein Filmplakat von *Titus*, der Shakespeare-Verfilmung von Julie Taymor. Auf dem Plakat war Anthony Hopkins als Titus Andronicus zu sehen.

»Das ist eine hervorragende Shakespeare-Verfilmung«, sagte Friedrich, als er sah, wie Claras Blick auf dem Plakat verharrte, das Hopkins als römischen General zeigte. »Ziemlich blutig und nicht unbedingt so, wie man es von einer Regisseurin erwarten würde, die auch *König der Löwen* inszeniert hat, aber allein schon Hopkins als Titus Andronicus ist ein Erlebnis. Sie kennen das Stück?«

Clara zuckte die Schultern, was so viel wie »schon davon gehört, aber kennen ist übertrieben« heißen sollte.

»Titus Andronicus«, sagte Friedrich und nahm seine Hornbrille ab, »ist ein treuer Vasall des Kaisers von Rom, doch ihm wird übel mitgespielt. Fast alle seine Söhne sind im Krieg umgekommen, und der Kaiser ist der dekadenten Gotenkönigin Tamora verfallen. Auf sein Geheiß werden auch die letzten Söhne Titus' ermordet, und Titus muss sich eine Hand abhacken lassen, um einen der Söhne zu retten, der dann am Ende doch getötet wird. Außerdem wird Titus' Tochter Lavinia von Chiron und Demetrius vergewaltigt, den beiden Söhnen der Gotenkönigin. Zum guten Schluss werden ihr die Hände abgehackt und die Zunge herausgeschnitten.«

»Entzückend«, sagte Clara. »Kann man das wirklich als ›guten Schluss‹ bezeichnen?«

Friedrich legte den Brillenbügel an den Mund, während er mit verschränkten Armen vor dem Poster stand. »Am Ende lädt Titus die Gotenkönigin und den Kaiser zu einem Festmahl ein, bei dem es eine Pastete gibt. Eine Pastete für die Königin. Sie besteht aus den gemahlenen, mit Blut getränkten Knochen ihrer Söhne.«

»Das war wohl kein Versöhnungsmahl«, sagte Clara.

»›Hier sind sie schon, zerhackt zu Teig, von dem die Mutter lüstern hat genossen, verzehrend das Fleisch dem eigenen Fleisch entsprossen‹«, zitierte Friedrich den großen englischen Dichter. »Kannibalismus, oder was würden Sie sagen?«

Clara nickte. »Klingt nach Hannibal Lecter. Fehlen nur die Fava-Bohnen und der Chianti.«

»Das ist das Geniale an diesem Film«, ergänzte Friedrich.

»Hopkins spielt Titus Andronicus nicht als Anthony Hopkins, er spielt ihn in der Rolle, mit der man ihn bis ins Grab assoziieren wird, als Hannibal der Kannibale.« Er nahm die Hände aus den Taschen, ging zurück zum Schreibtisch und wies auf einen der Lederstühle. »Nehmen Sie Platz.«

Clara setzte sich.

»Sie müssen verzeihen«, sagte Friedrich, setzte sich an den Schreibtisch und lehnte sich zurück. »Ich wollte früher Englischlehrer werden und habe etwas unverbesserlich Pädagogisches an mir. Stets muss ich alle und jeden auffordern, Shakespeare zu lesen. Denn wer das tut, lernt den Menschen kennen. Das Gute und das Böse in uns allen.«

»Das Böse haben Sie im letzten Fall ja hervorragend klassifiziert«, sagte Clara. »Dank Ihrer Mithilfe haben wir Bernhard Trebcken erwischt, den Werwolf.«

»Was für ein kranker Mann.« Friedrich verzog das Gesicht. »So ein Mensch ist selbst mir lange nicht untergekommen, falls man ihn überhaupt noch als Menschen bezeichnen kann.« Er blickte zur Decke. »Der exploitive Typ des Vergewaltigers und Mörders. Völlig ohne Planung, desorganisiert und unkalkulierbar – und daher sehr gefährlich. Ihm geht es nur darum, sein Opfer vollkommen zu beherrschen, zu erniedrigen und zu einem bloßen Objekt zu machen, bis es am Ende *wirklich* ein Objekt wird: ein toter Körper ... tote Materie.« Er blickte wieder in die Augen Claras. »Wissen Sie, dass der Begriff ›Werwolf‹ das Pferd eigentlich von hinten aufzäumt?«

»Inwiefern?«

»In der gesamten Menschheitsgeschichte gab es Serienkiller, auch wenn dieser Begriff natürlich noch nicht existierte. Männer, ganz selten auch Frauen, die ihre Opfer getötet und verstümmelt haben. Die Bevölkerung konnte sich normalerweise nicht erklären, wie ein Mensch zu so etwas fähig sein kann. Man kam zu dem Schluss, dass eine solche Tat nur von einem Dämon verübt worden sein könnte, von einem Ungeheuer in der Gestalt eines Mannes und mit der Kraft eines Tieres, eine Mischung zwischen Mensch und Wolf – dem Werwolf.«

Er beugte sich nach unten, um die Höhe seines Schreibtischstuhles zu verstellen; dann fuhr er fort: »Wenn man Berichte über vermeintliche Werwolfattacken aus dem sechzehnten Jahrhundert liest, kann man eine auffällige Ähnlichkeit mit unserem Mörder feststellen. Kontradiktische Verschränkung. Wir hatten im Mittelalter und der Renaissance einen Werwolf, der in Wirklichkeit ein Serienkiller war, und wir haben im einundzwanzigsten Jahrhundert einen Serienkiller, der Werwolf genannt wird. Und das zu Recht, nicht wahr?«

»Zu Recht.« Clara schlug die Beine übereinander und lehnte sich zurück, während sie den Totenschädel auf dem Eichenschrank hinter dem Schreibtisch betrachtete.

Friedrich fuhr fort: »Der Werwolf hat einige Frauen nach der Vergewaltigung, die sowohl vor Eintritt des Todes als auch post mortem stattfand, mit einer Axt zerhackt. Er hat so blindwütig auf die Leichen eingeschlagen, dass einige Axthiebe nicht nur die Gliedmaßen durchtrennt, sondern den Matratzenkern des Bettes durchschlagen und das Parkett darunter zerstört haben. Hat die Gerichtsmedizin ermittelt.«

Clara nickte. »Ich kenne die Akte. Er hat sich dermaßen in seinen Hass hineingesteigert, dass er die Leichenteile einiger Opfer in unkontrollierbarer Wut durch die Wohnung geschleudert hat. Und dann ließ er sie dort liegen.«

»Der Traum eines jeden Vermieters.« Friedrich schürzte die Lippen. »Indizien hochgradig schizoider Persönlichkeitsstörung, verbunden mit pathologischen Allmachtsphantasien.« Er schaute Clara an. »Was hatten Sie mit dem Täter zu tun?«

»Ich habe ihn erschossen.«

»Oh.« Er hob die Augenbrauen. »Ihr habt ihn in der Wohnung eines der Opfer erwischt, nicht wahr?«

Clara nickte.

»Ein klares Indiz ist diese animalische Zerstörungskraft, die hier mit einem sadistischen Hass verbunden war, wie ihn nur Menschen haben können.« Er zog ein Papier aus seiner Schublade und blickte Clara an. »Sie wollten wissen, wie ich auf ihn gekommen bin?«

Wieder nickte Clara.

»Es sind die extremen Dinge, bei denen man nach extremen Merkmalen schauen muss. Merkmale, die mit den Dingen an sich erst einmal nichts zu tun haben.« Er blätterte weiter. »Einiges von dem, was er getan hat, ist ausgesprochen ungewöhnlich und zeigt den absoluten Willen zur vollkommenen Erniedrigung seiner Opfer. Aufgrund der extremen Handlungsweise war es dann nicht so schwierig, das Täterprofil einigermaßen sicher einzugrenzen und eine ungefähre Vorstellung zu bekommen, wie dieser Mann im normalen Leben aussieht und agiert.« Sein Blick huschte über das Dokument. »Sein ›nicht normales Leben‹ ließ Rückschlüsse auf sein ›normales Leben‹ zu und darauf, wie er möglicherweise lebt und aussieht. Was das nicht normale Leben angeht«, sagte er, »müssen wir nicht weiter ins Detail gehen. Sie kennen den Fall ja.«

Clara wusste nur zu gut, was der Werwolf noch alles getan hatte. Einigen Frauen hatte er vor oder nach dem Tod die Bauchdecke und den Enddarm aufgeschnitten und sie mit ihren eigenen Fäkalien eingeschmiert. Absolute Dominanz, absolute Erniedrigung. Nur – wo war da der Zusammenhang mit seinem »normalen Leben«?

Friedrich kniff die Lippen zusammen, als hätte er Claras Gedanken gelesen.

»Aufgrund der Bestialität der Morde würde man ihn für einen heruntergekommenen, verwahrlosten Typen halten. Aber das ist er nicht.« Friedrich kaute am Bügel seiner Brille. »Dieser Typ des Vergewaltigers legt Wert auf sein Äußeres. Er möchte als toller

Kerl erscheinen, als harter Bursche. Wenn er die Frauen, die er hasst, weil er nicht bei ihnen landen kann, erniedrigt und quält, schändet und tötet, steigert das sein Selbstbild.«

»Sie haben ihn anhand seines Wagens identifiziert, nicht wahr?«, sagte Clara.

Friedrich nickte. »Eine Corvette. Es gab im gesamten Viertel, in dem wir den Killer vermuteten, nur eine zugelassene Corvette. Und die gehörte Bernhard Trebcken.«

»Man kann also von Autos auf Serienkiller schließen?«

»A Corvette makes a girl wet, wie die Amis sagen«, erwiderte Friedrich. »Entschuldigen Sie den sexistischen Spruch, aber er verdeutlicht, was ich meine. Und um Ihre Frage zu beantworten: Ja, man kann tatsächlich von einem Auto auf einen Killer schließen – zumindest kann es ein Indiz sein. Wie jemand Tango tanzt, so ist er im Bett. Wie die Leute Autos auswählen, so behandeln sie Frauen.«

»Ist das nicht ein bisschen klischeehaft?«

Friedrich hob die Brauen. »Hat es funktioniert?«

Clara lächelte. Sie musste wieder an die Beichte und die Statue der Maria in der Sankt-Hedwigs-Kathedrale denken, als ihr Blick durch Friedrichs Büro schweifte und auf dem *Jüngsten Gericht* haften blieb.

»Eine Frage müssen Sie mir noch beantworten«, sagte sie.

»Jede«, erwiderte er und fügte hinzu, wobei er spitzbübisch lächelte: »Fast jede.«

»Warum hängt der Michelangelo in Ihrem Büro?«

»Das erkläre ich Ihnen mal, wenn wir ein bisschen mehr Zeit haben. Bei einem Drink, einverstanden?«

Netter Versuch, dachte Clara.

»Ich bin die nächsten zwei Wochen in Urlaub, aber danach könnten wir's ja mal in Angriff nehmen.«

»Sollten wir«, sagte Friedrich.

Schritte näherten sich auf dem Flur. Dann erschien ein Gesicht in der Tür. Silvia, Claras Sekretärin. Ihre Augen waren geweitet, ihre Stimme zitterte. »Clara ...« Mehr brachte sie nicht heraus.

Clara fragte alarmiert: »Was ist?«

»Da ist etwas in der Post für Sie.« Silvia schluckte. »Sollten Sie sich ansehen. Sieht nicht gut aus.«

10.

Von Friedrich begleitet, betrat Clara ihr Büro, wo Kriminaldirektor Winterfeld bereits auf sie wartete. Irgendetwas sagte ihr, dass ihr Urlaub in ernster Gefahr war.

»Da«, sagte Silvia und wies auf Claras Schreibtisch. Dort lag ein brauner DIN-A5-Umschlag. Darauf nur ein Name, mit schwarzem Edding geschrieben: CLARA VIDALIS. Daneben Spritzer einer rotbraunen Flüssigkeit.

Clara starrte auf den Umschlag, und für einen Moment verschwamm alles vor ihren Augen. Manchmal haben triviale Dinge etwas Unheimliches; man kann spüren, dass etwas Grauenhaftes aus ihnen hervorkommt oder dass etwas Schreckliches in ihnen steckt, auch wenn es ganz alltägliche Dinge sind: Ein normales Wohnzimmer, in dem ein Mord verübt worden ist, besitzt diese Aura. Oder ein Vorschlaghammer, mit dem jemand der Schädel zertrümmert wurde.

Oder dieser Umschlag.

Clara zog Gummihandschuhe aus einer Schublade.

»Wir haben den Umschlag im Postkasten gefunden«, sagte Silvia, und ihre Stimme zitterte leicht. »Keine Briefmarke, kein Stempel. Er muss vorhin von Hand eingeworfen worden sein.«

»Diese rotbraunen Flecken sind mir suspekt«, sagte Winterfeld. »Lassen Sie uns nachschauen, was in dem Umschlag steckt, aber dann geht er gleich ins Labor.«

»Soll ich ihn aufmachen?«, fragte Clara.

»Ja«, sagte Winterfeld und fuhr sich durchs Haar. »Wir haben das Ding gescannt, kein Sprengstoff, kein Mandelgeruch wie bei Briefbomben. Scheint etwas Flaches drin zu sein.«

»Also dann …« Clara öffnete den Umschlag. Irgendetwas fiel auf den Tisch. Sie schnappte so heftig nach Luft, dass sie husten musste.

Eine CD-ROM. Darauf waren mit Lippenstift zwei Wörter geschrieben.

VIEL SPASS

»Verdammt, was ist das?«, fragte sie. Winterfeld stand mit verschränkten Armen neben ihr.

»Silvia«, sagte Clara, »bringen Sie uns bitte eins von den Übungslaptops aus der IT. Mit offenem CD-Laufwerk, damit der Lippenstift nicht verwischt. Und eins von den billigen Geräten, das offline ist und bei dem es keine Rolle spielt, wenn die CD virenverseucht ist.«

»Bin gleich wieder da.« Silvia verschwand.

Alle blickten auf die CD wie auf ein Kind, das unerwartet auf der Türschwelle gefunden wurde und bei dem niemand wusste, was man damit anfangen sollte.

»Was kann das sein?«, fragte Clara.

Friedrich ging näher an den Schreibtisch heran und betrachtete die CD eingehend.

Winterfeld war bereits am Telefon und sprach mit der Spurensuche. »Könnt ihr mal in den Dritten kommen?«, sagte er. »Ihr müsst was abholen und gleich ins Labor bringen. Ja, Blutuntersuchung.« Er legte auf.

»Entweder ist es wirklich ein Virus«, sagte Friedrich, »oder irgendein dummer Scherz. Oder …«

»Oder?« Clara sah ihn an.

»Oder etwas wirklich Schlimmes.«

Nach zwei Minuten kam Silvia mit dem Laptop zurück. »Hier«, sagte sie. »Ist offline, und W-LAN funktioniert nicht bei dem Ding. Offenes CD-ROM-Laufwerk ist dabei.«

Clara wandte sich ihrer Sekretärin zu. »Ich weiß nicht, was da drauf ist, und ich weiß vor allem nicht, ob Sie das sehen wollen, Silvia«, sagte sie.

»Das hier ist auch mein Job.«

»Wie Sie wollen.« Clara blickte Winterfeld an. »Soll ich?«

Winterfeld nickte, zog die Luft ein und fuhr sich noch einmal mit den Fingern durchs Haar.

Clara legte die CD in das Laufwerk und klickte auf »My Computer«. Der Rechner zeigte nach einigen Sekunden die CD-ROM an. Clara klickte auf »Öffnen«. Auf der CD war eine Videodatei:

JASMIN.MPG

Was ist das?, fragte sich Clara. *Ein Porno? Ein Chat? Irgendein Amateurvideo, mit dem jemand sich wichtig machen will?*

Die Tür ging auf. Ein Mitarbeiter der Spurensuche erschien, in der Hand eine durchsichtige Asservaten-Tüte. »Der Umschlag?«

Clara reichte ihm den Umschlag mit der rechten Hand, an dem sie den Handschuh trug, und steckte ihn in die Tüte.

»Wir schneiden ein Stückchen raus und legen es gleich unters Mikroskop. Einen Vorabcheck können wir hier machen, aber wenn ihr die Blutgruppe und dergleichen wissen wollt, müssen die Jungs in Moabit ran.«

Die »Jungs in Moabit« waren die Rechtsmediziner. Clara nickte. »Schon okay. Ja oder nein reicht erst einmal.«

»In Ordnung, bin gleich wieder da.« Der Mann verschwand mit dem Umschlag.

Winterfeld atmete tief ein und zupfte an seiner Krawatte. »Also, Film ab?«

Clara kniff die Lippen zusammen. »Film ab.«

Sie klickte zweimal auf die Datei, und der Medienplayer öffnete sich. Dann stellte sie den Ton am Laptop an und drückte auf PLAY.

11.

Es war bereits 19.00 Uhr, als Albert Torino sein Büro bei Integrated Entertainments in der Friedrichstraße verließ, um nach Potsdam zu den Aufnahmestudios zu fahren, wo das erste Casting stattfinden sollte. Er hatte noch diverse Gespräche mit Anwälten und mit dem Managing Director von Pegasus Capital gehabt. Der hatte bereits mehrere Millionen in Integrated Entertainments investiert und wollte jetzt ständig von Torino wissen, wie es weiterging. Investoren konnten ganz schön nerven. Einerseits wollten sie, dass man das operative Geschäft voranbringt und Gewinne abliefert, andererseits hielten sie einen genau davon ab, indem sie den ganzen Tag Telefonterror machten.

Ganz einfach, hatte Torino dem Mann gesagt. Genau heute geht es weiter. Beginn um 22.00 Uhr. Relativ spät, da die Studio-Nutzungsgebühren dann geringer waren.

Eine erste Dummyversion der Website von *Shebay* war bereits online geschaltet worden. Es hatten sich immerhin fünfhundert Kandidatinnen gemeldet, aus denen die User vierzig Favoritinnen ausgewählt hatten. Aus diesen vierzig Favoritinnen würden in einem Livecasting die Top Ten ausgewählt, aus denen dann Miss Shebay gewählt wurde.

Torino stieg in seinen Boxter, der in der Tiefgarage stand, aktivierte die Freisprechanlage und rief Jochen an, den Produktionsleiter vor Ort. »Schon alle da?«

»Ja. Die Miezen warten sehnsüchtig auf dich. Sieh zu, dass du bald hier eintrudelst. Wir müssen noch die Maske und alles machen. Hast du die Speaking Notes gekriegt?«

»Ja, kann ich fast auswendig.« Torino grinste, wenn er an die Sprüche dachte, die er heute Abend auf die Kandidatinnen abfeuern würde. Die Sendung wurde aufgezeichnet. Je nachdem, wie gut es lief, würde man dann die Marketingmaschinerie anwerfen und das Ganze noch einmal als scheinbares Live-Event senden. Obwohl sie Xenotech noch nicht als Kooperationspartner an Bord hatten, hatten die Investoren ein paar Hunderttausend für die Werbung springen lassen. Man würde die Show auf Privatsendern ankündigen, ebenso im Internet und durch mehr oder weniger subtile Mundpropaganda im Stile von: »Da gibt's jetzt eine Show mit scharfen Miezen, mit denen du sogar ins Bett steigen kannst.«

»Zu den richtig Hübschen musst du schon ein bisschen nett sein«, sagte Jochen, »aber dennoch hart. *Wir* sind die Bosse. *Wir* entscheiden über Aufstieg und Untergang. Das müssen die Tussen kapieren, klar?«

»Klar.«

»Fortune is a woman«, fuhr Jochen fort, »you 've got to beat her.«

»Ist das Shakespeare?«, fragte Torino, während sein Boxter die Straße des 17. Juni herunterbrauste.

»Es ist Fakt«, sagte Jochen. »Mach es so, wie es auf dem Script steht, nur ein bisschen aggressiver. Ich weiß, dass du das draufhast. Wir müssen knallhart und richtig böse sein und den Castingfuzzies dieser Welt zeigen, wo der Hammer hängt.«

Torino nickte, während er an der Siegessäule vorbeifuhr. *Bringt uns hoffentlich Glück*, dachte er.

»Wie bei den Marines«, sagte Jochen. »Nur wer auf null reduziert wird, kann auf über hundert wachsen. Gegen uns muss die Konkurrenz wie die Telefonseelsorge aussehen.«

»Das wird sie«, sagte Torino, während der Boxter Richtung Kaiserdamm beschleunigte. »Ich muss noch einen Call machen, der Typ ist gleich schon wieder im Flieger.«

»Okay«, sagte Jochen. »Wir sehen uns dann im Studio.«
Torino beendete die Verbindung, um Tom Myers anzurufen.

12.

Der Monitor des Laptops war schon eine ganze Weile dunkel. Clara fragte sich bereits, ob das nicht tatsächlich nur ein Scherz war.

Er blieb dunkel.

Zehn Sekunden.

Dreißig Sekunden.

Eine Minute.

Winterfeld blickte auf die Uhr. »Sollen wir vorspulen?«

Friedrich schüttelte den Kopf. »Kann Absicht sein. Vielleicht verpassen wir irgendwas, oder das Ding lässt sich nur einmal abspielen.« Er blickte verbissen auf den schwarzen Monitor, während die kleine Kamera im Hintergrund den Bildschirm filmte.

Plötzlich war das Bild da.

So unvermittelt und so schockierend, dass Silvia einen leisen Schrei ausstieß und Winterfeld die Luft durch die Zähne einzog.

Es war kein Scherz. Es war grauenhafte Realität.

Auf dem Bildschirm war ein junges Mädchen zu sehen, blond, die Augen voller Todesangst, das Gesicht von Tränen verschmiert. Schwarze Wimperntusche lief ihr wie eine bizarre Kriegsbemalung die Wangen hinunter. Sie schien an einen Stuhl gefesselt zu sein und blickte abwechselnd in die Kamera, nach rechts und links. Manchmal versuchte sie den Kopf nach hinten zu drehen, als würde dort irgendetwas lauern, was diese dämonische Inszenierung zu verantworten hätte.

Dann kamen die Hände. Zwei große Hände in schwarzen

Gummihandschuhen, die sich auf die Schultern des Mädchens senkten. In einer Hand blitzte eine Klinge.

Irgendetwas füllte die Wangen des Mädchens, und sie spuckte es auf den Boden, während ihr Körper zitterte und die großen Hände in den Gummihandschuhen wie die Hände einer Statue auf ihren Schultern ruhten.

Clara merkte, wie ihr etwas Saures, Ekelhaftes die Speiseröhre hinaufkroch. Dann fing das Mädchen an zu sprechen.

»Ich ... bin Jasmin«, stammelte sie, als würde sie einen Text vorlesen, und das Zittern ihres Körpers übertrug sich auf ihre Stimme, sodass sie wie ein stakkatohaftes Tremolo klang. »Ich ... ich bin bereits tot, doch das Chaos geht weiter.«

Silvia hielt sich die Hand vor den Mund und stürzte aus dem Zimmer.

»Ich bin nicht die Erste ...« Das Mädchen kniff die Augen zusammen und blickte ein letztes Mal beinahe hoffnungsvoll in die Kamera, als könnten die Zuschauer sie retten. Clara kam es vor, als würde das Mädchen ihr direkt in die Augen schauen. Sie spürte die Säure in ihrer Speiseröhre, spürte, wie irgendeine deformierte Hand nach ihrer Seele griff, um sie zwischen schuppigen, klauenbewehrten Fingern zu zerquetschen.

Dann geschah etwas mit den Augen des Mädchens. Sie wurden leer, vollkommen ohne Hoffnung. Wie die Augen eines Menschen, der längst tot ist.

»... und ich bin nicht die Letzte.«

Das Messer blitzte auf und fuhr mit eiskalter Präzision über die Kehle des Mädchens. Sie riss die Augen auf, schockgeweitet, erfüllt von einem Ausdruck zwischen Erstaunen und Erlösung. Dann öffnete sich die Wunde, die das Skalpell des Mörders geschlagen hatte – eine nur millimeterbreite Öffnung, die zuerst wie eine kosmetische Unregelmäßigkeit aussah, während die Augen des Mädchens durch die Kamera hindurch in die Ewigkeit starrten.

Die Zeit im Raum schien stillzustehen. Kein Laut war zu hören bis auf das Knistern der Zigarilloschachtel, die Winterfeld in der Hand zerdrückte.

Dann kam das Blut. Es kam niemals sofort, es kam immer ein bisschen später, aber es kam. Es strömte eine halbe Minute lang, während die schwarzen Hände regungslos verharrten.

Der Kopf des Mädchens sank nach unten.

Der Bildschirm wurde schwarz.

13.

Die längste Sekunde war die, in der das Grauen auf sich warten ließ, bevor es sich manifestierte.

Die Sekunde, die vergeht, nachdem ein Mensch etwas Furchtbares gesehen hat und bevor er es als wirklich akzeptiert. Die Sekunde, nachdem das erste Flugzeug ins World Trade Center gerast war, bis auf der anderen Seite des Gebäudes der riesige Flammenball aus der Fensterfront hervorbrach.

Oder die Sekunde, nachdem ein Messer eine Kehle durchschnitten hat und bevor das Blut sich wie ein Sturzbach des Grauens aus der Wunde ergießt.

Es war dunkel geworden. Sie saßen in Winterfelds Büro und schwiegen. Clara, Winterfeld und Friedrich. Eine Kopie des Films war bereits auf elektronischem Weg nach Wiesbaden unterwegs. Dort würde man die Daten über die Physiognomie des Mädchens durch den Großrechner beim BKA jagen. Kurz zuvor hatte die Spurensuche mitgeteilt, dass sich auf dem Umschlag tatsächlich echtes Blut befand. Alles andere hätte Clara auch gewundert. Jetzt war der Umschlag auf dem Weg in die Gerichtsmedizin, ebenso die CD-ROM, von der die IT-Abteilung mehrere Kopien gezogen hatte. Wenn die Forensik fertig war, würden die Computerexperten sich wieder über die CD-ROM hermachen und prüfen, ob noch andere Dateien darauf waren, IP-Adressen zum Beispiel – alles, was Hinweise geben konnte. Und vielleicht waren ja *doch* Fingerabdrücke darauf. Oder sie war mit einem seltenen Lippenstift beschriftet, der Rückschlüsse auf den Täter erlaubte.

Und die größte Hoffnung von allen: Vielleicht war alles nur ein Spezialeffekt.

Doch Clara glaubte nicht daran. MacDeath hatte auf dem kurzen Dienstweg einen Produzenten für Horrorfilme kontaktiert, ihn kurzerhand ins Revier beordert, ihn eine Vertraulichkeitserklärung unterschreiben lassen und ihm eine Kopie in die Hand gedrückt.

Sie haben sicher schon schlimme Dinge gesehen?, hatte er gefragt.

Der Horrorfilm-Produzent mit dem Heavy-Metal-T-Shirt und den langen, schmierigen Haaren hatte genickt.

Aber nicht so etwas. Könnte nämlich sein, dass es echt ist. Bevor Sie Alpträume davon bekommen, lassen Sie es lieber. Wir wollen nur wissen, ob es ein Spezialeffekt sein könnte.

Ihr hört noch heute Nacht von mir, hatte der Produzent erklärt und war mit der CD verschwunden.

VIEL SPASS

Clara beendete die bedrückende Stille. Zum Handeln gab es keine Alternative. Das Leben hatte sie gelehrt, dass es immer besser war, etwas zu tun. Manchmal war es sogar besser, das Falsche zu tun als gar nichts.

»Okay«, sagte sie. »Wenn das echt ist – und ich fürchte, es ist echt –, haben wir es mit einer neuen Form von Gewalt zu tun.« Sie stand auf. »Wir können uns jetzt davon fertigmachen lassen und die ganze Nacht nicht schlafen, oder wir konzentrieren uns auf das, was wir am besten können und wofür wir bezahlt werden. Das Schwein zu finden, das so etwas fertigbringt.«

Winterfeld nickte und erhob sich. »Für besonders schwierige Fälle sieht das LKA vor, den ermittelnden Beamten ausnahmsweise Hilfeleistungen zur Verfügung zu stellen, die es sonst nicht gibt.« Er ging zum Schrank und brachte eine Flasche Johnny Walker Black Label und ein paar Pappbecher zum Vorschein. »Was glaubt ihr?«, fragte er, während er einschenkte und die Becher verteilte. »Spezialeffekt oder nicht?«

Friedrich zuckte die Schultern. »Wenn es eine Computeranimation ist, wäre es extrem teuer. Reichlich aufwendig, nur um uns Bullen in Schrecken zu versetzen.«

»Vielleicht eine geschmacklose Marketingkampagne für einen Horrorfilm?« Clara hoffte weiterhin, dass der Film ein Fake war, obwohl die Vernunft ihr das Gegenteil sagte.

Winterfeld blickte skeptisch drein. »So blöd kann keiner sein«, sagte er. »Jeder weiß, dass man sich damit gewaltigen Ärger einhandelt. Denkt an die Achtzigerjahre.«

»*Cannibal Holocaust*«, sagte Friedrich. Als er Claras verständnisloses Gesicht sah, erklärte er: »Ein italienischer Regisseur, Ruggero Deodato, hat damals einen Low-Budget-Horrorfilm gedreht, der allerdings eingeschlagen hat wie eine Bombe und der noch heute zu den extremsten Horrorfilmen der Welt gehört.« Er nahm seine Brille ab. »Es geht dabei um eine Expedition in den Urwald am Amazonas, alles mit der Handkamera gedreht, wie eine frühe Version von *Blair Witch Project*. Viele Szenen und Tricks sehen noch heute verdammt echt aus. In dem Film kommen sämtliche Expeditionsteilnehmer ums Leben, und am Ende wird das Bild einfach schwarz.« Er kniff die Lippen zusammen. »Wie bei uns.«

»Aber es ist doch keiner wirklich gestorben, oder?«, fragte Clara beinahe ängstlich und setzte sich wieder.

»Nein, aber Deodato hatte mit den Schauspielern einen Deal gemacht, dass sie nach dem Filmstart ein Jahr lang untertauchen müssen, damit alle Welt denkt, sie seien wirklich tot. Viele Zuschauer haben es tatsächlich geglaubt. Leider auch die, bei denen Deodato hätte darauf verzichten können.«

»Die Bullen?«, fragte Winterfeld und tippte mit seinem Whiskybecher auf den Tisch.

»Wer sonst? Sie wollten den Regisseur einbuchten. Um dem

zu entgehen, musste Deodato nicht nur die Schauspieler, die natürlich alle noch lebten, aus ihrem Versteck holen, sondern auch alle unappetitlichen Special Effects des Films verraten, von denen es jede Menge gibt.« Er trank einen Schluck Whisky und verzog abschätzig das Gesicht, als würde er sich ärgern, dass es kein echter Highland Scotch war. »Kurzum, so etwas kann einem ganz schön um die Ohren fliegen.«

»Sehr ermutigend«, sagte Clara und schaute sich eines der Fotos an, die die Spurensuche von Umschlag und CD gemacht hatten. »Dann gehen wir mal davon aus, dass es kein Special Effect ist. Und der Mörder ist dreist genug, dass er den Mord vor den Augen der Polizei filmt und das Opfer auch noch die Rede für seine eigene Beerdigung halten lässt.« Ihr Blick schweifte von Friedrich zu Winterfeld. »Und wir sitzen hier und können nichts tun.« Sie roch an dem Whisky, ohne zu trinken. Sie wusste, dass es nicht die ganze Wahrheit war, doch auf unerklärliche Weise wusste sie auch, dass sie die ganze Wahrheit gar nicht wissen *wollte*, jedenfalls nicht jetzt. Sie stand wieder auf und ging durchs Zimmer. »Entweder möchte dieser Verrückte uns zeigen, was für ein böser, vom Teufel persönlich gesandter Killer er ist ...«

»Das ist ihm gelungen«, warf Friedrich ein.

»... oder die Tat hat eine so große Bedeutung für ihn, dass er sie mitteilen *muss*.«

Friedrich schaute sie an, während Winterfeld ein Zigarillo aus der Schachtel zog. »Einen Aspekt haben Sie gerade angesprochen, aber zu meinem Erstaunen noch nicht thematisiert. Oder absichtlich verdrängt.«

»Und das wäre?«, fragte Clara, obwohl sie schon wusste – und fürchtete –, was MacDeath gleich sagen würde.

»Die Tat *hat* für ihn eine Bedeutung. Ebenso der Empfänger.« Er setzte seine Brille wieder auf. »Oder besser, die Empfängerin.« Seine Blicke ruhten auf Clara wie die des Priesters bei der Beichte. »Er hat *Ihnen* die CD geschickt.«

14.

Tom Myers hatte endlich ein paar Minuten Zeit für ein Gespräch mit Torino, nachdem er vorher ständig zu immer neuen, scheinbar wichtigeren Telefonaten wechseln musste, während Torinos Boxter über die Avus stadtauswärts Richtung Potsdam jagte.

»Hättest du nicht früher anrufen können?«, sagte Myers. »Dann wäre ich besser erreichbar gewesen.«

»Ich habe den ganzen Nachmittag mit den Anwälten telefoniert«, sagte Torino. »Darum ist es so spät geworden. Wo bist du gerade?«

»Noch in Frankfurt. Ich nehme die letzte Maschine nach Berlin und bin gegen 22.30 Uhr in Tegel.«

»Klasse«, sagte Torino. »Dann lass uns einen Absacker trinken, und ich erzähl dir, wie die Sendung gelaufen ist.«

Myers schwieg kurz, während Dreilinden am Porschefenster vorbeiraste. »Könnte klappen«, sagte er dann. »Ich melde mich, wenn ich da bin. Was war denn mit den Anwälten?«

»Gute Nachrichten«, sagte Torino. »Es kann sein, dass das staatliche Glücksspielmonopol in Deutschland wackelt – irgendeine EU-Bestimmung. Manchmal können die verkalkten Bürokraten in Brüssel sogar ganz nützlich sein. Für uns könnte das bedeuten, dass wir alles aus Deutschland betreiben können – Server, Sender und so weiter – und uns damit juristisch keinen Ärger einhandeln. Schließlich kann man in unserer Sendung auf etwas wetten. Zwar nicht auf Zahlen, aber auf Frauen.«

»Das sind ja mal gute Nachrichten«, sagte Myers.

»Hat du schon über den Website-Deal nachgedacht?«, fragte Torino.

»Ja.«

»Und? Hast du dich entschieden?«

»Nein. Bring mir nachher das Feedback der Sender mit, was sie von der Show halten und wie viel sie dafür zahlen würden. Wie wär's, wenn wir uns kurz vor Mitternacht im Grill Royal treffen?«

Torinos Miene verfinsterte sich ein wenig. Typisch Ami, dachte er. Das Gesetz der großen Zahl. Dinge sind nur etwas wert, wenn auch tausend andere bereit sind, dafür zu zahlen. Und das war das Ursprungsland von Microsoft und Apple?

»Hört sich an, als wärst du noch skeptisch.«

»Bin ich auch. Die Sache ist nicht ganz ohne Risiko.«

»Nur Menschen, die schlafen, gehen kein Risiko ein«, erwiderte Torino. »Und selbst da gibt es Leute, die aus dem Bett fallen und sich das Genick brechen.«

»Dann müssen wir erst recht vorsichtig sein.«

»Warum? Ihr stellt doch nur die Landing Page. Mit den Inhalten habt ihr nichts zu tun. Die kommen von uns.«

»Das stimmt schon«, sagte Myers, während Torino durch die Dunkelheit die dreispurige Autobahn hinunterjagte, wobei vereinzelte Regentropfen gegen die Windschutzscheibe klatschten. »Ihr macht den Schweinkram, und wir senden ihn in die Welt. Aber egal, wie weit man den Dreck von sich wirft, ein bisschen bleibt immer am Werfer hängen. Bis nachher.«

Myers hatte aufgelegt.

Torino beschleunigte wütend auf Tempo 200 und hörte sich das Script für die Show noch einmal als Sounddatei über die Audioanlage an. Seine schlechte Laune war genau richtig für das, was jetzt vor ihm lag.

15.

Es goss in Strömen, als Clara, die Hände tief in den Taschen eines vom LKA ausgeliehenen Regenmantels, den nächtlichen Mehringdamm hinunterlief. Autoscheinwerfer brachen sich im Gegenlicht. Radfahrer und Fußgänger hatten es eilig, dem Regen zu entkommen. Doch Clara wollte draußen sein, frei sein. Sie musste ihre Gedanken ordnen, was in geschlossenen Räumen nicht so recht klappte. Die Spurensuche war bei der Arbeit, die Kriminaltechnik ebenfalls, und auch der Computer beim BKA lief auf Hochtouren. Aber sie selbst konnte nichts tun, gar nichts.

Kalte Tropfen wehten ihr ins Gesicht, begleitet vom kühlen Herbstwind, der jetzt noch stärker als vorhin den Geruch von Schnee mit sich führte.

Er hat Ihnen *die CD geschickt.*

Friedrich hatte ihr die brutale Wahrheit ins Gesicht gesagt. Er hatte das, was sie zu verschließen versucht hatte, mit blitzendem Skalpell wieder aufgeschnitten. Eiskalt, gnadenlos. Ein bisschen war Friedrich selbst wie die Ungeheuer, die er jagte.

Aber verdammt – er hatte recht. Der Umschlag *war* für sie gewesen. Irgendwas *war* zwischen ihr und dem Mörder.

Deshalb hatte Clara die SIG Sauer in der Tasche. Winterfeld hatte anfangs darauf bestanden, dass sie sofort unter Polizeischutz gestellt würde, aber Clara wollte allein sein, um zu verarbeiten, nachzudenken, irgendwie weiterzukommen. Sie konnte niemanden um sich gebrauchen. Die Waffe musste vorerst reichen.

Das Video war grauenhaft gewesen, das Furchtbarste, was

Clara je gesehen hatte. Doch die Angst, das Zittern, das Erbrechen, das Messer und das Blut waren nicht die ganze Wahrheit.

Es waren die Augen. Die Augen des Mädchens, die in die Kamera geblickt hatten. Augen, in denen man ertrinken konnte. Augen, die Clara beinahe vorwurfsvoll anschauten. Augen, die Clara schon einmal so angeschaut hatten.

Und wenn du lange in einen Abgrund blickst, blickt der Abgrund auch in dich hinein.

Der von Todesangst gezeichnete Blick des Mädchens auf der CD-ROM, die völlige Verzweiflung, die Hoffnungslosigkeit und gleichzeitig der winzige Funken Hoffnung, der noch einmal vor der schwarzen Wand des Unvermeidlichen aufflackerte, bevor er von einem gigantischen Stiefel ausgetreten wurde.

Holst du mich ab?

Das Mädchen war älter gewesen als Claras Schwester damals, aber das änderte nichts am Ergebnis.

Wieder war ein Leben ausgelöscht worden.

Und Clara hatte es wieder nicht verhindern können.

* * *

Sie zog den tropfenden Regenmantel aus, wobei sie dem Pförtner kurz zunickte, den Eingangsflur des LKA Richtung Aufzug hinunterging und auf die Uhr blickte. 23.20 Uhr. Sie fuhr in ihr Büro im dritten Stock, um ihre Sachen zusammenzupacken und dann zu versuchen, ein wenig zu schlafen. Zwei Polizisten hatten vor dem LKA bereits auf sie gewartet und ihr mitgeteilt, sie stehe heute Nacht unter Polizeischutz, jedenfalls, solange die Sache nicht eindeutig geklärt sei. *Meinetwegen*, hatte Clara gesagt, *es gibt Schlimmeres.*

Sie hängte den Regenmantel zum Trocknen über den Stuhl in der Kaffeeküche, in der sie sich heute Nachmittag Kaffee eingeschenkt hatte, vor dem Plausch mit Winterfeld am Fenster, als die Welt noch in Ordnung gewesen war und zwei Wochen Urlaub vor ihr lagen.

Sie ging in ihr Büro, nahm ihren Laptop aus der Dockingstation und steckte unbewusst eine der Kopien der CD-ROM in ihre Tasche. Sie wollte gerade das Licht der Schreibtischlampe ausknipsen, als sie das Blinken auf ihrer Mailbox sah. Sie drückte den Abhörknopf.

Es war Friedrichs Stimme.

»Guten Abend, Frau Vidalis. Sie waren plötzlich weg und hatten das Handy wohl auch nicht dabei, aber vielleicht hören Sie ja diese Nachricht.« Er räusperte sich. »Ich habe Rückmeldung von dem Produzenten bekommen. Er sagt, der Film habe die ganze Zeit die gleiche Bildeinstellung, die gleiche Perspektive und die gleiche Entfernung des Mädchens zur Kamera. Kein Schnitt, kein Zoom, nichts, wodurch man mit vertretbarem Budget irgendwelche Tricks einbauen könne.«

Clara wurde die Kehle eng.

Friedrich sprach weiter.

»Das ist kein Spezialeffekt. Das ist echt.«

16.

Torino stoppte den Wagen vor der großen Halle, griff seine Tasche und ging mit schnellen Schritten zum Eingang. Er ging sofort in die Maske, als Jochen auftauchte, der wegen seines massigen Körpers, der grünen Glupschaugen und der borstigen roten Haare auch »Schweine-Jochen« genannt wurde, und ihm die letzten Instruktionen gab.

Das Konzept war denkbar einfach: *Up or out.* Entweder die Dame kam einen Level weiter, oder sie flog raus. Die Sendung wurde zunächst live im Internet gesendet. Torino hatte dreißig Prozent Stimmanteil, die User siebzig Prozent. Wenn die User also wollten, dass eine Dame weiterkam, mussten sie Torino überstimmen. Stimmte Torino mit *out*, also null Prozent, mussten demnach mehr als siebzig Prozent der User für die Kandidatin stimmen, damit das Gesamtergebnis fünfzig Prozent betrug.

Torino schritt die Reihe der Mädchen ab wie ein Drill Instructor der US Marines auf Paris Island.

»Sehen wir den Dingen ins Auge«, sagte er. »Einige von euch sehen sehr gut aus, und ihr habt es geschafft, über unsere Casting-Website in diese Sendung zu kommen. Irgendwelche pubertären Internet-User haben euch gewählt und dafür sogar noch Geld hingeblättert. Könnt ihr stolz darauf sein? Ein bisschen vielleicht, aber nicht zu sehr. Denn das Ganze hat natürlich eine Kehrseite. Die Typen, die euch gewählt haben, wollen etwas dafür haben. Und zwar *euch.*«

Er hatte die Reihe abgeschritten und ging wieder zurück. »Habt ihr die Wahl? Ich fürchte, nein. Ich gebe mich keinen Illusionen hin. Ich weiß, dass die meisten von euch zu dumm zum Geradeauslaufen sind. Ihr glaubt doch, Waterloo wäre das neue Spaßbad in Aquaworld und die Zauberflöte ein Sextoy von Beate Uhse. Ihr glaubt, dass ihr alle reich und berühmt werdet, und das mit möglichst wenig Arbeit. Am besten mit einem reichen Macker, der die ganze Woche in der Welt unterwegs ist und euch während dieser Zeit seine Villa zur Verfügung stellt, wo ihr euch dann vom Swimmingpoolboy oder Fitnesstrainer durchbumsen lassen könnt.«

Ein paar Mädchen kicherten.

Torino senkte die Stimme. »Das ist alles möglich«, sagte er. »Das und noch mehr. Ihr könnt reich werden, ihr könnt berühmt werden. Ihr könnt Stars werden. Wenn ihr bereit seid, dafür zu zahlen. Und wenn ihr bereit seid, nach den Regeln zu spielen, die euch zu Stars machen.«

Er ließ seine Worte verklingen und schaute nacheinander die Mädchen an.

»Es gibt ein Tor zur Berühmtheit, und es gibt ein Tor zur Bedeutungslosigkeit. Es gibt ein Tor zum Himmel, und es gibt ein Tor zur Hölle.« Er schaute kurz auf das Produktionsteam um Schweine-Jochen, das ein Stück abseits der Bühne hinter den Scheinwerfern stand.

»Und dieses Tor«, Torino hob den Finger, »sind wir.«

* * *

Die erste Kandidatin hatte ein recht hübsches Gesicht, doch Hüften und Hintern waren dermaßen ausgeprägt, dass Torino sich fragte, ob seine Show besonders gut bei sehbehinderten Zuschauern ankam.

Er beugte sich vor. »Und?«

»Ich heiße Mandy«, sagte das Mädchen. »Der Name kommt aus dem …«

»Treibst du ab und zu Sport?«, unterbrach Torino, ohne abzuwarten, woher der Name denn nun kam.

Das Mädchen errötete kurz. »Ja«, sagte sie und schluckte. »Ich mache Spinning, Laufen, Jazzgymnastik und Fitness.«

»Fünf Minuten im Monat, was? Wenn du Fitness machst, was genau?«

»Gestern habe ich Bauch und Hüfte gemacht.«

Die Mädchen auf der Tribüne kicherten. Sie waren Jury und Angeklagte zugleich, denn jede von ihnen musste zu Torino nach vorne.

»Bauch und Hüfte hast du reichlich«, sagte Torino, und die Mädchen gluckten weiter. »Mach lieber mal Busen. Out! Was sagen die Jungs am Computer?«

Eine Anzeige der Online-Community wurde eingeblendet. Zustimmung von nur vierzig Prozent. Das reichte nicht, um Mandy zu retten.

Sie schlurfte von der Bühne. Das Mädchen, das nach ihr kam, sah die Tränen in ihrem Gesicht.

Die Nächste hatte zwar eine sehr schöne Figur, wie Torino fand, aber eine äußerst eigentümliche Art und Weise, ihr Gegenüber mit ihren Fischaugen anzustarren und dabei den Mund so langsam und weit zu öffnen und zu schließen, dass ihre Mimik an die eines Tiefseefisches erinnerte.

Heilige Scheiße, dachte Torino, *welche perversen User haben denn diese Matratze ausgewählt?*

»Ich bin Nadine«, sagte der Tiefseefisch.

»Hatten deine Eltern jemals lebenden Nachwuchs?«, fragte Torino.

»Äh ... ja, natürlich«, sagte Nadine und blickte sich unsicher um, wobei sie den Mund noch langsamer öffnete und schloss. Dann richtete sie ihre Fischaugen wieder auf Torino.

»Also mal ganz unter uns«, sagte Torino scheinbar freundschaftlich, »deine Figur ist so weit okay, aber dein nachgemachtes Gesicht macht alles wieder kaputt. Ich fürchte, du bist was für die ›Fahne drüber und dann fürs Vaterland‹-Fraktion. Was meint ihr, Mädels?«

Die Mädchen kreischten vor Vergnügen.

»Ihr blöden Ziegen!«, rief der Tiefseefisch in Richtung der Tribüne. »Ihr seid ja nur neidisch auf meine Figur!«

»Die Figur ist nicht alles«, rief Mandy, die Torino vorhin wegen ihres Hinterns heruntergemacht hatte.

»Aber fast, Mandy, fast, da muss ich Nadine recht geben«, sagte Torino. Er zeigte auf Mandy, um noch einmal gehörig nachzutreten für die freche Bemerkung aus dem Off: »Wenn du dir die Haare in die Stirn kämmst, Mandy, muss man bei dir auf die Füße gucken, um zu sehen, wo vorne und hinten ist. Das muss man bei Nadine nicht.«

»Siehst du!«, keifte Nadine, die jetzt auf irgendeine Weise in Torino einen Verbündeten sah. Der aber ließ die Falle, in die Nadine soeben getappt war, genüsslich zuschnappen. »Aber jetzt mal ehrlich, Nadine«, sagte er, »ich glaube nicht, dass hier jemand neidisch auf dich ist. Vielleicht auf die Figur, aber bestimmt nicht auf dein Gesicht. Das ist so hässlich, das könnte glatt von Le Corbusier sein.«

Die Mädchen auf der Tribüne bogen sich vor Lachen, obwohl die meisten den Namen wahrscheinlich nie gehört hatten. Torino senkte den Daumen. Auch der TED der User half nicht weiter, und der Tiefseefisch schlurfte von der Bühne, diesmal mit von Tränen schimmernden Glupschaugen.

Ein vielleicht neunzehnjähriges Mädchen mit rotblonden Haaren betrat als Nächste die Bühne. »Hi, ich bin die Eva.«

»Du siehst gar nicht übel aus«, sagte Torino zur Begrüßung.

Das Mädchen lächelte. »Danke«, sagte sie. »Ich schlafe auch nur auf dem Rücken, dann bekommt man keine Falten.«

»Ein guter Tipp«, sagte Torino. »Einige deiner Kolleginnen sehen nämlich aus, als würden sie im Schrank schlafen.«

Es entstand eine kurze Stille. Das Mädchen schaute sich ein wenig unbehaglich um.

Torino nahm den Ball wieder auf. »Kannst du sonst noch was, außer auf dem Rücken schlafen?«

»Ich schreibe Gedichte«, sagte das Mädchen ein wenig unsicher.

»Oho«, sagte Torino, »ein weiblicher Goethe. Dann sag mal was auf.«

Das Mädchen begann unsicher: »›Wir sind beide eins, wir sind für uns geboren. Ich träumte, dass wir uns lieben und uns nie verloren.‹«

Stille.

»Das ist ein Liebesgedicht«, sagte das Mädchen dann und strich sich eine Haarsträhne hinter das Ohr.

»Ach. Ich dachte schon, es wäre die Declaration of Independence.«

»Die was?«

»Egal. Ist jedenfalls großer Mist und bestimmt nicht von dir. Das hat doch dein pickeliger Freund letzte Nacht aus Wikipedia rauskopiert, stimmt's? Aus den Löschkandidaten.«

Die Mundwinkel des Mädchens zuckten, wie bei jemandem, der kurz davor ist, in Tränen auszubrechen. »Ich habe gerade keinen Freund. Und das Gedicht ist von mir. Wirklich wahr!«

»Umso schlimmer«, sagte Torino, »denn Scheiße bleibt nun mal Scheiße. Out!« Er senkte den Daumen. Doch die User hatten anders gewählt und retteten Eva – vielleicht, weil sie gerade keinen Freund hatte.

Torino hob die Augenbrauen. »Glück gehabt«, sagte er. »Hoffentlich schreibt die Nächste nicht auch Gedichte. Abmarsch.«

Eva verließ die Bühne und ging hocherhobenen Hauptes an der Tribüne vorbei.

Es vergingen ein paar Minuten, ehe die nächste Kandidatin auf die Bühne kam. Sie war in ein langes Tuch gehüllt, das ihre gesamte Figur verbarg, und hatte sich einen Zipfel des Tuches über ihr Gesicht gezogen, sodass nur ihre Augen hervorblickten wie bei einer orientalischen Tempeltänzerin.

»Hier macht's ja jemand ganz spannend«, sagte Torino. »Ist das Inszenierung, oder willst du den Leuten deinen Anblick ersparen?«

»Entscheide selbst«, sagte eine glockenhelle Stimme, während im selben Augenblick das schwarze Tuch zu Boden fiel.

Stille.

Nur das Quietschen der Kabel, die über den Boden scheuerten, als die Kameras bewegt wurden, war zu hören. Kein Laut auf der Tribüne, kein Laut von Torino, selbst Schweine-Jochen glotzte aus großen Augen und vergaß fast, den Scheinwerfer auf die Person zu richten, die nun alle Blicke auf sich zog.

Die Figur der Frau konnte man nur als makellos bezeichnen. Als hätte ein griechischer Bildhauer oder ein Leonardo da Vinci versucht, den perfekten weiblichen Körper darzustellen. Doch der hier war echt, in 3D und in der wirklichen Welt.

Das Mädchen trug einen silberfarbenen Bikini, der so wenig verbarg, dass er eigentlich mehr zeigte, als wenn er gar nicht vorhanden wäre. Torinos Blick glitt von den perfekt geformten Beinen über die ausladenden, aber nicht zu breiten Hüften, über den flachen Bauch bis zu den makellosen Brüsten, die in nahezu aggressiver Weise den Raum vor sich beanspruchten und die sich scheinbar auf ihn zuzubewegen schienen. Torino spürte, wie etwas in seiner Hose hart wurde, als die rosé gefärbten Lippen zu sprechen begannen und die graublauen Augen unter den platinblonden Haaren ihn verführerisch anblickten.

»Ich bin die Sünde«, sagte sie.

Torino öffnete den Mund, brachte aber kein Wort hervor, da ihm beim besten Willen nichts einfiel, was er auf diesen durchaus zutreffenden Satz erwidern sollte. Schließlich sagte er: »Natürlich bist du das.«

»Vielleicht gefalle ich dir?« Sie schaute erst Torino an und wandte sich dann zur Tribüne. »Und euch?«

Sie blickte jedem der Mädchen in die Augen. Auch denen fiel es sichtlich schwer, den Blick von der jungen Frau zu lassen, die in ihrem reflektierenden silberfarbenen Bikini mit dem Licht der Scheinwerfer um die Wette strahlte.

Sogar die Tussen finden sie toll, dachte Torino und zog seine Hose zurecht, als er wusste, dass die Kamera ihn nicht im Visier hatte. *Sind zwar eh alle lesbisch, die Schlampen, aber wenn die sich ihren Zickenkrieg verkneifen können, ist das der beste Indikator, dass die Maus absolutes Starpotenzial hat.*

Als hätte sie Torinos Gedanken erraten, drehte *die Sünde* sich zu ihm um und ging mit langsamen Schritten auf ihn zu.

Scheiße, dachte er, *wenn die mir jetzt in den Schritt fasst oder so was, müssen wir das alles schneiden oder noch mal drehen.*

Doch so weit kam es nicht, denn ungefähr zwei Meter vor ihm blieb das blonde Phantom stehen.

»Du sagst ja gar nichts«, stellte sie zutreffend fest.

Torino riss den Blick von ihr los. Jochen, der bei den Kameras und der Technik stand, bedeutete ihm durch wilde Gesten, doch endlich den Mund aufzumachen, so als wollte er fragen: *Wer ist hier eigentlich der Moderator?*

»Guter Auftritt bisher«, sagte Torino und ärgerte sich, dass sein Mund so trocken war, dass die Worte nur krächzend hervorkamen. »Gute Basis fürs Weiterkommen und definitiv ausbaufähig. Lass es dir nur nicht zu Kopf steigen. Äh … Hochmut kommt vor dem Fall.«

Torino ärgerte sich, dass ihm nichts Klügeres eingefallen war. Er sah, wie Jochen die Augen verdrehte, den Kopf schüttelte und mit seinem dicken Wurstfinger auf das Script tippte.

»Bevor Dinge fallen«, sagte die *Sünde* und schaute frivol auf Torinos Hose, »steigen sie erst. Oder etwa nicht?«

Torino räusperte sich. »Darum sind wir hier«, sagte er knapp. »Diesmal klares Votum: Up! Was sagen die anderen?«

Stille von der Tribüne. Der TED blitzte auf dem Monitor auf.

98 Prozent.

»Klares Votum auch vonseiten der User«, sagte Torino, nachdem er einen Schluck Wasser getrunken hatte. Er wünschte sich nichts sehnlicher, als jetzt mit der *Sünde* oder wie immer sie hieß, alleine zu sein, aber nicht vor der Kamera mit all den Leuten. »Glückwunsch zum Weiterkommen.«

Die Sünde verließ die Bühne, während die Mädchen auf der Tribüne hinter ihr her gafften und das schwarze Tuch auf dem von Scheinwerfern beschienenen Boden liegen blieb.

17.

Das ist kein Spezialeffekt.

Die Worte von MacDeath erklangen immer wieder in Claras Kopf, als sie die Wohnungstür aufschloss, Mantel und Tasche auf das Sofa im Wohnzimmer warf und die Lampe neben dem Couchtisch einschaltete.

Das ist echt.

Sie bewegte die Schultern auf und ab, um die Spannung in ihren Muskeln zu lösen. Ihr Puls raste, ihr Magen brannte. Sie streckte die Arme zur Decke, hörte die Gelenke knacken und die Sehnen knirschen. Seufzend ging sie zum Schrank und schenkte sich einen doppelten Whisky ein.

Normalerweise versuchte sie, unter der Woche nichts zu trinken, harte Sachen erst recht nicht, aber es funktionierte nicht immer, besonders, nachdem sie auf dem Revier schon einen halben Pappbecher Whisky getrunken hatte. Doch normalerweise sah sie kurz vor Feierabend auch keine Live-Tötungen junger Mädchen auf CDs, die ein perverser Killer beim LKA in den Briefkasten geworfen hatte, adressiert auf ihren Namen.

Clara öffnete die Balkontür, trat nach draußen, genoss den kühlen Wind, der über die Schönhauser Allee wehte, und trank in kleinen Schlucken.

Ein Film, der einen echten Mord zeigt, dachte sie.

»Snuff Movies« waren eine der unheimlichsten Großstadtlegenden, die das 20. Jahrhundert hervorgebracht hatte, und allein schon das vage Gerücht von einer Untergrundmafia, die »Kunden«, die bei normalen Pornos nicht mehr auf ihre Kosten kamen, mit besonders explizitem Material versorgte, reichte aus, um bei fast jedem Menschen den nackten Horror hervorzurufen. Denn Snuff Movies nennt man Filme, in denen Menschen vor laufender Kamera gefoltert und getötet werden, um damit ein wie auch immer geartetes, vor allem aber gut zahlendes Publikum zu unterhalten.

Ein Film, der einen echten Mord zeigt, dachte Clara noch einmal.

War es ein Snuff Movie?

Keine Spezialeffekte.

Alles echt.

Clara hatte damals an der Akademie die FBI-Definition von Snuff Movies gelernt: »In einem Snuff Movie ist eine Person am Anfang lebendig und am Ende tot. Die Darstellung der realen Mordtat dient der sexuellen Erregung des Zuschauers, und das Video wird allein aus diesem Grund an gut zahlende Kunden verkauft.«

Nach dieser Definition des FBI macht erst die Absicht der kommerziellen Verwertung eines Mordes in Bild und Ton ein Snuff Movie zu einem echten Snuff.

Die Frage blieb: Gab es Snuff Movies wirklich? Manche glaubten, dass der erste Snuff im Jahre 1969 gedreht wurde, als Tex Watson und Susan Atkins von der Charles Manson Family in Bel Air bei Los Angeles die schwangere Sharon Tate und sieben weitere Personen bestialisch ermordet hatten. Alle wussten, dass Sharon Tate zum Zeitpunkt der Tat schwanger gewesen war, doch dass Tex Watson ihr bei lebendigem Leib das Baby aus dem Leib geschnitten hatte, wusste nur die Polizei. Dennoch war ein Film über diese Gräuel nie gefunden worden, und die Frage blieb: Gab es Snuff Movies wirklich? Oder hatte Clara gerade den ersten echten »Snuff« gesehen?

Wofür immer Menschen zu zahlen bereit sind, das gibt es, sagen manche. Wenn die Leute also für Snuff Movies zahlten, dann gab es sie auch.

Snuffs sind wie der Heilige Gral, sagten andere, auch das FBI. Ständig gesucht, oft diskutiert, aber nie gefunden.

Hoffentlich, dachte Clara. Aber warum hatte jemand ihr das Video geschickt? Hatte die Tat irgendeine Bedeutung? Oder hatte sie, Clara, irgendeine Bedeutung in dem Film? War es ein Hinweis auf eine im Untergrund operierende Snuff-Mafia, die grausame Hinrichtungen für perverse Zuschauer filmte? Wollte ein Gangmitglied das andere verpfeifen, indem es die CD-ROM der Polizei zuspielte? Oder wollte die Mafia zeigen, wie mächtig sie war? Wollte sie zeigen, dass selbst das LKA machtlos war gegen ihr weltweites Vertriebsnetz zum Verkauf von Filmen, die man auch »Torture Porn« nannte?

Oder ...

Clara versuchte, den Gedanken zu verdrängen, als er aufkam, doch ihr Hirn meldete ihn bereits mit stoischem Pflichtbewusstsein:

Oder wollte man sie, Clara, darauf vorbereiten, dass sie die Nächste auf dem Folterstuhl war?

Sie zitterte – und das nicht wegen des kalten Windes, der in ihr Wohnzimmer blies und die Vorhänge wie in einer Gespenstergeschichte ins Zimmer wehen ließ. Sie trank einen großen Schluck Whisky und blickte jetzt doch mit einer gewissen Beruhigung auf das Polizeifahrzeug, das unten an der Straße stand.

Es gab keine andere Möglichkeit. Sie musste herausfinden, welche Botschaft in dem Video steckte. Sollte MacDeath recht haben, und die CD war für sie bestimmt, musste irgendein Hinweis darauf zu finden sein. Aber bis jetzt hatten sie keinen gefunden.

Clara schaute zum Himmel, wo dunkle Regenwolken wie zerknüllte Gewänder am nachtschwarzen Firmament vorüberzogen. Eigentlich hatte sie eine Tablette nehmen wollen, um ein paar Stunden Schlaf zu finden, aber ein Gedanke kroch in ihrem Inneren hoch, so wie sich vorhin der saure, ekelhafte Kloß in ihrer Speiseröhre in die Höhe bewegt hatte. Es war ein Gedanke, der ebenso perfide war wie die Vorstellung, sie selbst könnte der nächste »Star« in einem Snuff-Video sein. Ein furchtbarer Gedanke, völlig irrational, aber gerade deshalb nicht aufzuhalten. Die rationale Seite ihres Hirns, die am Ende doch immer den Kürzeren zog, fuhr bereits reihenweise Gegenargumente auf, die Clara in einer Breitseite nach der anderen auf den einen Gedanken abfeuerte: Es ist viel zu spät ... die Spurensuche ist doch schon dran ... warte bis morgen, du kannst eh nichts unternehmen ... wenn du dir das noch mal anschaust, wirst du die ganze Nacht nicht schlafen ...

Doch wie jedes Mal waren sämtliche Gegenargumente nutzlos, und der dunkle Gedanke schob sich weiter in die Höhe und durchbrach schließlich die Oberfläche.

Clara ging zu ihrer Tasche und holte Laptop und CD heraus. Sie musste wissen, ob es einen Hinweis gab. Und wenn es ihn gab, musste sie ihn finden.

Sie würde sich das Video noch einmal anschauen.

Und wenn es sein musste, noch einmal.

Und noch einmal.

18.

»Was war denn da los?« Schweine-Jochen starrte Torino vom Beifahrersitz des Boxters mit noch weiter hervorstehenden Augen an als gewöhnlich, während Torino den Wagen von Potsdam aus auf die Avus Richtung Berlin steuerte. »Ich geb's ja zu, die sah geil aus, aber *du* bist der Moderator und nicht die.«

Torino schwieg ein paar Sekunden und starrte auf die regennasse Fahrbahn. Er hatte gerade versucht, Tom Myers zu erreichen, aber seit einer Stunde meldete sich nur die Mailbox. Wo steckte der Kerl? Torino schob den Blackberry in die Tasche.

»Ich hab's mir auch überlegt«, sagte er, »aber sieh es mal so. Wenn der knallharte Showmaster, der diese Schlampen einnordet, dass sie nur noch *so* klein sind mit Arschgeweih«, Torino machte mit Daumen und Zeigefinger eine Geste und ließ seinen Blick eine Sekunde auf Jochen ruhen, »wenn der also selbst nicht mehr weiterweiß und ihm die Worte fehlen, dann ist das doch hundert Prozent authentisch, oder?« Wieder blickte er Jochen an. Der schwieg.

»Oder?«, bohrte Torino nach.

»Vielleicht«, sagte Jochen.

»Vielleicht«, äffte Torino ihn nach. »Natürlich!«

Sie jagten wieder an Dreilinden vorbei. Torino sah kurz den Bronzebären, der in der Mitte der Autobahn zwischen den Fahrstreifen die Reisenden nach Berlin begrüßte. »Wie war das damals mit Verona Feldbusch bei Kerner, als die plötzlich losgeheult hat, weil der Bohlen sie so beschissen behandelt haben soll? Wann war das noch? 2001?«

»Das war einstudiert. Das war Fake!«, schnaubte Jochen.

»Ja, aber achtundneunzig Prozent der Typen da draußen in Zombieland haben gedacht, es wäre echt, und fanden es geil. Geil und authentisch.«

»Du willst damit sagen, dass Unprofessionalität authentisch sein kann?«

Torino nickte. »An der richtigen Stelle, ja!«

Jetzt schwieg Jochen.

»Ist ein Argument«, sagte er schließlich. »Die Alte war aber auch wirklich scharf.«

»Wirklich scharf?« Torino blickte wieder zu Jochen, während er am Radio herumfingerte, das winselnde Popmusik von sich gab. »So was habe ich noch nie gesehen! Was glaubst du, wenn die Plattenlabels die Sendung sehen, die Placement Agents, die Top-Model-Shows? Nach so einer suchen die alle! Und wer hat die Rechte? Wir! Wir haben den Vertrag!« Er griff in seine Tasche und holte einen USB-Stick heraus. »Und das hier habe ich für Myers. Kann er sich gleich live im Grill Royal anschauen, wenn er kommt. In Blu-ray-Qualität.« Es war die Aufnahme vom Auftritt der *Sünde.* »Wenn ihn das nicht umstimmt, ist er impotent.«

»Du willst dann aus allen Rohren feuern? Mit Mega-Medienpräsenz und so?« Jochen legte die Stirn in Falten.

»Natürlich. Und diesem Gierlappen von Pegasus Capital werde ich das auch um die Ohren knallen.« Er nickte zur Bestätigung, während der Wagen an der Spanischen Allee entlangjagte und in der Ferne, am regenverhangenen Horizont, der Funkturm zu sehen war. »Wir sind revolutionär! Wir finden Stars, die *wirklich* gewollt werden. Weil sie von denen gewählt werden, die scharf auf sie sind und sie deswegen wählen, weil sie mit ihnen ins Bett steigen dürfen. Wenn das mal kein Anreiz ist! Das ist Konsumentenanalyse und keine schwachsinnige Psycho-Umfrage. Das ist Star-Entwicklung und kein blödes Vorsingen irgendwelcher Hits aus den Siebzigern. Wir werden Mediengeschichte schreiben!«

Sie fuhren eine Zeit lang schweigend die Avus hinunter.

»Wie heißt *die Sünde* überhaupt?«, fragte Torino.

»Andira. Hab's gerade vorhin noch gecheckt«, sagte Jochen. »Wenn du sie nach oben pushen willst, muss sie beim ersten Finale gewinnen.«

»Wird sie auch.«

»Und wenn nicht?«

»Dann sorgen wir dafür!« Torino fletschte die Zähne. Sein Blackberry klingelte. Er erkannte die Nummer.

»Tom, how is life?«

»Bin gerade erst gelandet, Maschine kam nicht aus Frankfurt weg, und jetzt mussten wir in Schönefeld landen wegen dem Nachtflugverbot in Tegel«, sagte Tom Myers am anderen Ende. Es war kurz vor Mitternacht. Torino war das mit der außerplanmäßigen Landung in Schönefeld auch schon ein paar Mal passiert.

»Kann in dreißig Minuten im Grill Royal sein«, erklärte Myers. »Passt das?«

Torino grinste Jochen an.

»Passt wie die Faust aufs Auge.«

»Kriegen wir da noch was zu essen?«, fragte Myers.

»Dafür sorge ich schon.«

Er beendete das Gespräch, und der Boxter jagte über den Kaiserdamm Richtung Mitte, während am Flughafen Schönefeld Tom Myers in ein Taxi stieg.

19.

Es war ein Uhr früh, als Clara den Rechner hochfuhr und die CD-ROM ins Laufwerk schob.

Déjà-vu, wie vorhin. Die Datei mit dem Namen jasmin.mpg. Der Doppelklick. Der Bildschirm, der fast eine Minute lang schwarz blieb.

Dann das Gesicht. Die Wimperntusche, die die Wangen hinunterlief. Die eigene Todesmeldung, die das Opfer vor der Hinrichtung verkünden musste, als würde es von jemand anderem sprechen, als wäre es selbst schon tot. Und genau das sagte sie ja letztendlich auch:

»Ich bin Jasmin. Ich bin bereits tot. Doch das Chaos geht weiter.«

Die großen Hände in den schwarzen Handschuhen, die das Messer umschlossen, das plötzlich aus dem Off auftauchte und ein paar Sekunden verharrte, bevor Jasmin – oder wie immer sie wirklich hieß – ihre eigene Todesnachricht verkündet hatte.

Clara stoppte das Video, bevor die Szene kam, vor der sie sich fürchtete, die irgendetwas in ihrem Inneren aber auch herbeisehnte, vielleicht, um es endlich hinter sich zu bringen, um sagen zu können, ja, ich habe es zwei Mal gesehen, ich habe es zwei Mal überstanden, und es hat mich nicht zerstört, es hat mich vielleicht sogar stärker gemacht.

Sie stand auf, schenkte sich noch einen Whisky ein und trat hinaus auf den Balkon. Unten der Polizeiwagen und am Himmel dunkle Wolken, die den halb vollen Mond wie ein schwarzes Leichentuch bedeckten.

Das Internet ist voll mit solchen Filmen, dachte Clara. Sie hatte einmal mit dem Direktor des Obscene Publications Squad, der »Sittenpolizei« von Scotland Yard, darüber gesprochen. Es gab Filme, bei denen man wusste, dass sie nicht echt waren, die aber echt aussahen, und es gab Filme, die wie ein untoter Spuk immer wieder im Internet auftauchten, egal, wie oft die Behörden Internetseiten sperrten oder Server lahmlegten. Wie in einem Hase-und-Igel-Spiel des Perversen waren sie plötzlich wieder da, gesendet von irgendeiner verborgenen Festplatte auf irgendeinem versteckten Rechner an irgendeinem vergessenen Ort der Welt, gesendet von irgendwelchen gestörten Hackern, die ihre fünfzehn Minuten Ruhm brauchten – wenn nicht für sich selbst, so doch für das, was sie aus der Tiefe des Internets gezogen und für alle sichtbar gepostet hatten, während sie mit diabolischer Freude die Klickraten verfolgten, die auf den Videoportalen in die Höhe schnellten.

Von 300 auf 1000.

Von 1000 auf 10 000.

Von 10 000 auf 100 000.

Dazu die Kommentare.

You think this is real?

No, it's fake :)))

Check this out, this is REAL!

Und dann irgendein Link zu irgendeiner anderen Seite, die in keiner Suchmaschine auftauchte.

Clara atmete die kalte Luft und trank den Whisky in kleinen Schlucken. Ihre Augen brannten vor Müdigkeit, wie ihre Kehle von dem Whisky brannte; dennoch wusste sie, dass sie diese Nacht nicht schlafen würde, wenn sie nicht herausfand, ob noch etwas anderes, jenseits des Mordes, in dem Video steckte.

You think this is real?

Clara kannte die Filme. Sie hatte sie bei Scotland Yard gesehen, und es gab sie noch immer.

The Dark Side of Porn war eine Reportage über Snuff Movies und über die Frage, ob sie existierten oder nicht. Es waren Filmszenen zu sehen, von denen man geglaubt hatte, sie könnten echt sein. *Cannibal Holocaust*, *Faces of Death*, *Flowers of Flesh and Blood*. Die Reportage war brutal, mit Bildern, die man nur schwer vergessen konnte, ein grausamer Tritt in den Magen, aber der Bericht selbst war sachlich: Keine der Filmszenen war echt, und an keiner Stelle wurde behauptet, dass irgendetwas echt *sei*.

Two girls one cup war echt und noch immer online. Kaum war es irgendwo gelöscht, tauchte es woanders wieder auf. Zwei Frauen, die sich in den abartigsten Auswüchsen der Fäkalerotik vergnügten, nur anderthalb Minuten lang, aber mit Abstand das Ekelhafteste, was selbst Clara je gesehen hatte. Doch es war bloß widerlich; niemand wurde getötet.

Three guys one hammer hingegen war ein Video, das bei Menschen, die nicht jeden Tag sahen, was Clara oft sah, nachhaltige psychische Störungen hervorrufen konnte – und es war nach wie vor online. Es zeigte die »Dnepropetrowsk Maniacs« aus Russland, die ihrem Opfer mit einem Hammer das Gesicht zerschlugen und mit einem Schraubenzieher Bauch und Gesicht zerstachen. Aufgenommen mit der Handykamera eines der Mörder.

Es war Folter, es war Mord – und es war *echt*.

Von *Two girls one cup* – wie auch von *Three guys one hammer* – gab es eine ganze Serie von Amateurfilmen, die Menschen dabei zeigten, wie sie sich den Film anschauten, und ihre Reaktionen festhielten. Menschen, die sich voller Ekel abwandten, die Augen zukniffen und sich meistens übergaben.

Das Betrachten des Betrachtens, dachte Clara. Das Internet hatte die Perversion des Spektakels auf ein neues Level gehoben.

20.

»Ich kipp gleich aus den Latschen, wenn ich nicht was zu beißen und zu trinken kriege«, sagte Torino, als er mit Jochen die Treppe zum Ufer an der Friedrichstraße hinunterstieg und das Grill Royal wie ein Feldherr betrat. Sie hatten den Wagen nahe dem Friedrichstadtpalast geparkt und waren die paar Meter durch die regennasse kalte Luft zu Fuß gegangen. Drinnen sah es allerdings nicht mehr so aus, als hätte man sich auf eine große Party eingerichtet, an einem Mittwochabend schon gar nicht. Die meisten Gäste waren in Aufbruchstimmung. Nur an zwei oder drei Tischen saßen noch einige wenige beim Grappa und Espresso nach dem Essen.

»Sie möchten noch etwas trinken?«, fragte ein Kellner, als Torino und Jochen sich an einen der freien Tische gesetzt hatten.

»Wir möchten vor allem noch was essen«, sagte Torino. »Ich habe tierischen Kohldampf. Habt ihr so was wie 'ne Speisekarte?«

»Tut mir leid, mein Herr«, sagte der Kellner, »aber die Küche ist bereits geschlossen. Wir hätten höchstens noch ein paar Oliven mit Baguette.«

Torino schüttelte den Kopf. »Das gibt's ja wohl nicht!«, schimpfte er. »Wo sind wir hier? In Berlin oder in Ghana?«

»Berlin, soweit ich weiß.« Der Kellner stand stocksteif da und verzog keine Miene.

»Okay, scheiß drauf, dann her mit den Oliven, oder?« Er blickte Jochen an. Der zuckte die Schultern. »Essen wir halt nachher noch 'n Döner, wenn die hier krampfhaft kein Geschäft machen wollen.«

»Was wünschen die Herren zu trinken?«

Torino hob die Augenbrauen. »Ach, zu trinken gibt's noch?«

»Selbstverständlich.« Der Kellner schien körpereigene Abwehrkräfte gegen Ironie zu haben. »Allerdings letzte Order.«

»Alles andere hätte mich auch gewundert. Dann zwei große Pils«, sagte Torino und blickte Jochen an. »Oder?«

»Klaro.« Jochen nickte gütig und verdrehte seine Glupschaugen. »Aber schön kalt. Nicht so 'ne warme Plörre wie in den Szenekneipen in Prenzlberg.«

»Sie haben es gehört«, sagte Torino. »So kalt, dass einem die Eier abfrieren.«

»Kommt sofort.« Der Kellner machte sich auf den Weg.

* * *

Albert Torino und Jochen hatten jeder einen Teller voller Mischmasch aus Oliven, Feta-Käse und Baguette vor sich stehen und waren dabei, mit ihren Biergläsern geräuschvoll anzustoßen, als Tom Myers in der Eingangstür erschien und sich, das Kinn nach vorne gestreckt, blinzelnd im Saal umschaute. Kurz darauf hatte er Torino und Jochen entdeckt und eilte mit schnellen Schritten auf den Tisch zu.

»'n Abend, Leute«, sagte er und setzte sich.

»Tom!« Torino erhob sich. »Morgens in München, abends in Berlin, so gehört sich das für Global Players. Jochen kennst du? Jochen, das ist Tom.«

»Haben schon mal telefoniert«, sagte Myers, schüttelte Jochen die Hand und setzte sich.

»Ist das Bier gut?«, fragte Myers.

»Becks«, sagte Torino. »Spitzenqualität aus Bremen! Liegt in Norddeutschland. War früher 'ne stolze Hansestadt. Hat sich leider in den letzten Jahren Richtung Sozi-Schuldenhochburg verwandelt. Aber Bierbrauen können die immer noch.«

»Vorsichtig«, sagte Jochen, der selbst aus Bremen kam, mit erhobenem Zeigefinger.

»Das nehme ich auch.« Myers nickte. »Was habt ihr bestellt?«

»Oliven mit Käse und Baguette. Was anderes gibt's nicht mehr.« Torino schüttelte wieder den Kopf. »Wie in der DDR.«

»Bevor ich verhungere, nehme ich das auch.« Myers zuckte die Schultern, während er seinen Blackberry wie einen Schutzengel neben sich auf dem Tisch platzierte.

Torino wedelte mit der Hand und rief: »Noch mal dasselbe für unseren Freund!«

Der Oberkellner nickte.

»Das heißt nicht dasselbe, sondern das Gleiche«, sagte Jochen. »Dasselbe heißt es nur, wenn ihr euch das Essen teilen würdet.«

»Das ist sicher nicht nötig, bei dem Erfolg, den wir bald haben«, sagte Torino und wandte sich an Myers. »Du glaubst nicht, was wir heute erlebt haben, Tom.«

Während das Bier für Myers und schließlich auch die Oliven-Mahlzeit kam, erzählte Torino die ganze Geschichte. Er kam kaum zum Essen, während Myers und Jochen zuhörten und andächtig auf ihrem Feta-Käse herumkauten.

»Was sagst du dazu?«, fragte Torino, als er geendet hatte.

»*Dir* hat es die Sprache verschlagen?«, fragte Myers. »Du hast nicht mehr gewusst, was du sagen solltest?« Myers musterte Torino, während er sich den Mund abwischte und einen großen Schluck Bier nahm. »Kann ich mir gar nicht vorstellen.«

»War aber so.« Torino griff in seine Tasche, holte den Laptop hervor und schloss den USB-Stick mit der Aufnahme an den Rechner an. Er öffnete die Mediendatei und spielte den Film ab.

»Das ist sie.«

Myers war zu kontrolliert, um allzu große Emotionen zu zeigen, doch es entging Torino nicht, dass er mit zunehmender Faszination auf die Filmsequenz und den Auftritt von *Andira, die Sünde,* starrte.

»Wenn das nichts für Xenotube ist«, sagte Torino, »weiß ich auch nicht mehr. Wir senden nächste Woche. Die Privatsender stehen bereits Schlange, und wir haben schon Angebote von Plattenlabels, die Andira unter Vertrag nehmen wollen. Überleg's dir.« Er schaute Myers durchdringend an und blickte dann, scheinbar desinteressiert, zur Decke des Lokals. »Nur diesmal nicht allzu lange.«

Myers zupfte an seiner Unterlippe und strich über sein vorstehendes Kinn, während er den Teller zur Tischmitte schob und noch einen Schluck Bier trank. »Das ist in der Tat interessant, Albert. Aber wenn wir das machen, wollen wir an künftigen Einnahmen beteiligt sein. Ich hab's dir bereits gesagt, das Format ist genial, aber es ist auch ein bisschen anstößig, und das kann uns um die Ohren fliegen. Betrachte die Umsatzbeteiligung von uns als ...«, er schien zu überlegen, »Risikoprämie.«

Torino kniff die Lippen zusammen. *So musste es wohl sein,* dachte er, *umsonst ist bekanntlich der Tod.*

»Welche Umsatzbeteiligung schwebt euch vor?«, fragte er. Erste Verhandlungsregel: Immer den anderen das erste Angebot machen lassen.

»Wir brauchen die Zuschauerzahlen, die ihr auch ohne uns erreichen könntet, die möglichen Werbeeinnahmen, die durchschnittliche Dealgröße der Plattenfirmen und Star-Schmieden, die für Andira bieten würden, sowie den künftigen Geschäftsplan für die Expansion der Firma.« Sein Blick blieb in der Mitte des Raumes hängen, ohne irgendetwas zu fixieren. »Habe ich alles? Ich glaube, ja.«

»Wann könnt ihr mir eure Einschätzung liefern?«, fragte Torino.

»Wann immer du uns die Daten lieferst.«

Torino blickte auf die Uhr und ahnte schon, dass es auch diese Nacht nur wenig Schlaf für ihn geben würde. »Am besten so schnell wie möglich?«

Myers nickte. »Schick es mir und meiner Assistentin am besten noch heute Nacht, dann hast du morgen den Entwurf einer ersten Absichtserklärung und nach der Show einen Vorvertrag von unseren Anwälten.«

Torino presste die Lippen zusammen, halb vor Freude und halb in Sorge. Endlich war der Deal da, doch er und Jochen würden sich die ganze Nacht noch einmal an die Prognosen setzen müssen, die Torino gerade mal eben so in den Raum gestellt hatte. Andererseits schien Myers endlich anzubeißen. Eine Premiere auf der Landing Page von Xenotube mit mehr als zehn Millionen Besuchern in Deutschland – das war zu schön, um wahr zu sein.

»Kriegst du alles«, sagte Torino und streckte die Hand aus. Myers ergriff sie mit festem Druck.

»*Shebay* auf der Landing Page von Xenotube?«, fragte Torino, als wollte er einen mündlichen Vorvertrag aufsetzen.

»Nicht unwahrscheinlich«, sagte Myers und klopfte Torino auf die Schulter. »Versuch, diese Nacht schneller zu schlafen, und schick mir alles, so schnell es geht.«

* * *

Shebay *auf der Landing Page von Xenotube.*

Für Menschen mit scharfem Gehör waren diese Worte auch vier Tische weiter noch zu hören. Zum Beispiel für den Mann, der als einer der letzten Gäste bei einem Glas Wasser am Tisch saß. Ein großer Mann mit kantiger Figur und langsamen, geschmeidigen Bewegungen, die sich innerhalb kürzester Zeit in explosive Brutalität verwandeln konnten. Ein Mann mit kurzen blonden Haaren und einer Brille mit mattem Edelstahlrahmen, der die drei Männer am Tisch aufmerksam, aber unauffällig beobachtete, während er seine linke Hand, die ein wenig zitterte, mit der rechten festhielt.

21.

Clara trank noch einen Schluck Whisky und setzte sich wieder an den Rechner, wo das tränenüberströmte Gesicht des Mädchens und das in dämonischer Ruhe verharrende Messer im Standbild festgehalten waren.

Sie drückte erneut auf den PLAY-Knopf – und zuckte zusammen, als das Messer, scheinbar ohne Vorwarnung, wieder über den Hals des Mädchens fuhr, wie die Augen ins Leere starrten, und dann, nach einer Sekunde – die ihr wie eine Ewigkeit erschien –, das Blut aus dem langen Schnitt lief, erst langsam, als würde es sich unsicher in die neue Umgebung tasten, dann schneller, kräftiger, bis der Kopf des Mädchens nach vorne sank, das Messer und die schwarzen Handschuhe aus dem Bildrahmen verschwanden und der Monitor dunkel wurde.

Clara trank den Rest des Whiskys in einem Schluck und knallte das Glas auf den Tisch.

Sie hatte irgendetwas gesehen.

Irgendetwas, das ihr vorher nicht aufgefallen war.

Wenn ich es mir noch ein paar Mal anschaue, werde ich wahnsinnig, ging es ihr durch den Kopf. Aber sie *musste* wissen, was da war.

Die eine Sekunde, dachte sie. *Die Verzögerung zwischen der Tat und ihrem Ergebnis. Wenn es irgendwo ist, dann da.*

Sie ließ den Film zurücklaufen bis zu der Stelle, an der das Messer aufblitzte, und ließ ihn dann langsam, in Zehntelsekundenschritten, vorwärtslaufen.

Sie wusste nicht, ob die Zeitlupenaufnahme des Mordes sie eher an eine schlechte Parodie erinnerte oder ob die quälende

Langsamkeit alles nur schlimmer machte. Doch dann sah sie es wieder. Da blitzte etwas auf. In Weiß. Zwischen den einzelnen Bildern. Sie verlangsamte den Film noch mehr, sah ein Standbild in das andere übergehen.

Wieder das Weiße.

Und dann erkannte sie es.

Es war ein Name. Und eine Zahl. Ein Name und eine Zahl, die kurz in das Bild eingeblendet wurden und einen Lidschlag später wieder verschwanden.

Sie spulte noch einmal zurück, schaute sich die Sequenz noch einmal langsam an. Dann noch einmal. Und noch einmal.

Dann hatte sie alles erkannt.

Jasmin Peters 13

Sie schenkte sich ein letztes Glas Whisky ein und griff zum Telefon. Die Nachtschicht der Spurensuche vom LKA.

»Hört mal«, sagte sie, »ihr seid doch an dem Fall Jasmin dran, der Mord auf der CD … ja, richtig. Ich weiß, ihr könnt nicht zaubern, aber in dem Video ist der vollständige Name des Opfers versteckt, Jasmin Peters. Und dazu noch die Zahl dreizehn … ja, keine Ahnung, was das bedeutet, mit Sicherheit Unglück, aber vielleicht hilft euch die Information. Also, Jasmin Peters dreizehn. Sagt mir sofort Bescheid, wenn ihr irgendwas findet. Danke. Gute Nacht.«

Es war 2.30 Uhr.

Clara legte auf, trank den Whisky aus und klappte mit einem Gefühl der Befriedigung den Laptop zu, während der vierte Whisky an diesem Abend ihre Kehle in eine Straße aus Lava verwandelte.

Dann fiel sie aufs Bett und schlief binnen Sekunden ein.

22.

Das Klingeln ihres Handys weckte Clara aus tiefem, traumlosem Schlaf. Sie nahm das Gespräch an, wobei sie blinzelnd auf die Uhr schaute. 5.10 Uhr.

»Hallo«, sagte sie mit schleppender Stimme.

»Winterfeld«, erklang es am anderen Ende.

Sofort war Clara hellwach. »Was gibt's?«

»Die Spurensuche sagte, Sie wollten unbedingt als Erste erfahren, wenn die was haben.« Eine kurze Pause, die er wahrscheinlich dazu nutzte, sich wieder mal durch die Haare zu fahren. »Nun, die haben was.«

Clara setzte sich aufs Bett und schaltete die Nachttischlampe an.

»Und was?«

»Der Name Jasmin Peters und Ihre Dreizehn«, sagte Winterfeld. »Falls alles so ist, wie es scheint, war es ein Volltreffer.«

»Geht es ein bisschen konkreter?«, fragte Clara. Wieder der weise Lehrmeister, der es spannend machen muss. Sie stand auf, ging zu ihrem Schreibtisch im Wohnzimmer, steckte den Bluetooth-Ohrhörer ins Ohr und schob das Laptop und die Mappe mit den Fallunterlagen in ihre Tasche.

»Das Labor hat das Blut auf dem Umschlag analysiert und die Blutgruppe A RH positiv mit dem Namen Jasmin Peters abgeglichen. Es gibt diverse Jasmin Peters, die vor ein paar Jahren Blut gespendet haben. DNA-Check läuft, aber vielleicht sind wir so schneller.«

Clara kannte den Vorgang. Bei jeder Blutentnahme, die in einem Krankenhaus gemacht wurde, wurden in einer sogenannten Kreuzreaktion die Antikörper getestet, um die Blutgruppe festzustellen. Gleichzeitig wurde der DNA-Code ermittelt und dokumentiert. Da die Zahl der Blutgruppen verschwindend klein war im Vergleich zur Anzahl der DNA-Codes, war die Identifizierung über die Blutgruppen die schnellere Methode – allerdings war sie auch ungenauer. Doch Winterfeld schien es eilig zu haben. Er sprach weiter.

»Mithilfe der Daten vom Einwohnermeldeamt und den Klinik-Ergebnissen wurden mehrere in Berlin wohnhafte Personen mit dem Namen Jasmin Peters und der Blutgruppe A RH positiv ermittelt.«

»Und?« Clara ging mit dem Ohrhörer in die Küche, stellte den Wasserkocher an und schüttete Cappuccino-Pulver in einen Becher.

»Es gibt in Berlin einige Dutzend gemeldete Jasmin Peters mit dieser Blutgruppe.«

»Aber?«

»Aber es gibt nur eine mit der Hausnummer dreizehn.«

»Und wer ist das?« Clara blickte blinzelnd nach draußen in das schmutzig graue Dämmerlicht des Herbstmorgens. Regen prasselte gegen die Scheiben.

»Jasmin Peters, Sonnenallee dreizehn in Neukölln«, sagte Winterfeld. »Das MEK ist schon abmarschbereit, wir wollen sofort los. Am besten, Sie fahren mit dem Polizeischutz direkt hin. Wann können Sie unten sein?«

Clara schaute auf die Uhr, vergaß Wasserkocher, Cappuccino und die Zeit im Bad, die ja bei Frauen angeblich immer so lange dauert.

»Zehn Minuten.«

»Gut. Sagen Sie den Kollegen, sie sollen mit Blaulicht fahren. Wir sehen uns in fünfzehn Minuten.«

23.

Es war 5.40 Uhr. Der Regen war dicht und ging in der grauschwarzen Morgendämmerung dieses Herbsttages wie eine Wand auf die von faulig gelben Straßenlaternen beleuchtete Sonnenallee nieder. Zwei Polizeifahrzeuge, zwei Rettungswagen sowie Einsatzwagen des Mobilen Einsatzkommandos standen bereits vor der Hausfassade, als der Wagen, in dem Clara saß, vor Nummer 13 hielt. Clara stieg aus und sah im selben Moment den schwarzen Mercedes herangejagt kommen, der mit kreischenden Reifen bremste. Kriminaldirektor Winterfeld stieg aus, blickte missmutig in den bleigrauen Regenhimmel und stellte den Mantelkragen hoch.

»Guten Morgen, Clara«, sagte er, während die MEK-Beamten mit Sturmgewehren und Rammbock losrannten, wobei Marc, der Einsatzleiter, ihnen Befehle zubrüllte.

»Vierter Stock, Zweizimmerwohnung, zum Hinterhof«, fuhr Winterfeld fort. »Sieht nicht danach aus, als ob …« Sein Handy klingelte. »Hier Winterfeld … ja, sind schon vor Ort … in zehn Minuten? Wunderbar. Bis gleich.« Er klappte das Handy zu. »MacDeath«, sagte er. »Er ist in zehn Minuten da. Nimmt einen späteren Flug nach Wiesbaden.«

Clara nickte und betrachtete die regennasse Fassade, die einmal klassizistisch gewesen war, jetzt aber nur noch vor Schmutz starrte. Ihr Blick schweifte über die von Graffiti verunzierte Haustür und die Hausnummer 13.

»Sieht nicht nach einem Hinterhalt aus«, sagte Winterfeld, »aber man kann nie wissen.« Er schob das Magazin in seine SIG Sauer und lud die Waffe durch; dann folgten er und Clara den

MEK-Beamten nach drinnen. Auch Clara entsicherte ihre Waffe, als sie den Hausflur durchquerten, in dem zerrissene Kartonfetzen und aufgeweichte Zeitungen lagen, vorbei an rostigen, ramponierten Briefkästen und mit Unrat gefüllten, halb offenen Plastiktüten auf dem dreckstarrenden Fußboden. Zwei junge Männer Anfang zwanzig, die offenbar gerade von einer Sauftour zurückgekehrt waren, wichen ängstlich zur Seite, als der Tross, angeführt von den fünf schwarz gekleideten MEK-Leuten mit Heckler & Koch-Gewehren und Marc, den Rammbock in den Händen, an ihnen vorbeistürmte.

»Sie haben doch den sechsten Sinn, oder?«, sagte Clara, als sie mit Winterfeld die erste Treppenflucht nach oben stieg. »Was erwartet uns da?«

Er fuhr sich durch die Haare. »Nichts Gutes.«

Die Lampen an den Gewehren des Sturmkommandos durchschnitten die Finsternis des Treppenhauses, in dem nur hier und da eine einzelne Lampe geisterhaft flackerte. Es roch nach Zigarettenkippen und feuchtem, bröckelndem Putz. Eine von den Wohnungen, die Studenten lieben, weil sie im Kiez liegen, günstig und irgendwie »authentisch« sind, was immer das bedeuten mag.

Die schweren Stiefel der MEK-Beamten polterten über die Treppe nach oben. Dann war ein dumpfer Knall zu hören, als Marc, der mit Philipp die Vorhut bildete, mit dem Rammbock die Tür im vierten Stock aufbrach.

Nichts Gutes, hatte Winterfeld auf die Frage geantwortet, was sie erwarten würde. Clara packte ihre Waffe fester und versuchte sich vorzustellen, was es sein könnte. Die Leiche? Eine leere Wohnung? Oder war alles umsonst gewesen? Waren ihre Informationen falsch gewesen? Würden fünf schwarz maskierte Beamte eine lebende Jasmin Peters aus dem Schlaf reißen und ihr den Schreck ihres Lebens einjagen?

Clara stieg die Treppen zum vierten Stock hinauf. Je höher sie kam, desto schmerzhafter krampfte ihr Magen sich zusammen. Sie spürte wieder einen Schwall ätzender Magensäure, der ihre Speiseröhre hinaufschoss – wie jedes Mal, wenn sie wusste, dass etwas Furchtbares auf sie wartete.

Sie hatte schon viele Tatorte gesehen. Alle waren verschieden und dennoch ähnlich: Die beklemmende Atmosphäre, die in der Luft hing und noch immer eine Aura von Angst atmete. Die Gewissheit, dass hier ein Mensch um sein Leben gefleht, gelitten und geschrien hatte und schließlich gewaltsam gestorben war. Das Schlimmste aber war der Geruch. Clara kannte den Geruch von Leichen aus der Rechtsmedizin. Der süßliche Geruch des Todes, der einem tagelang nicht mehr aus der Nase wich, wenn man ihn erst eingeatmet hatte. Doch am Tatort, der Crime Scene oder Killing Scene, wie man beim FBI sagte, kam noch ein anderer Geruch hinzu: der Geruch nach Blut und Innereien. Ein Geruch, der auf verstörende, grässliche Weise fehl am Platz war. Denn dieser Geruch gehörte in ein Schlachthaus, aber mit Sicherheit nicht in eine Wohnung, in der Sessel, Tische und Bücherregale standen.

Es war der metallische, kupferne Geruch nach Blut, vermischt mit dem süßlichen Gestank des Todes, der einen Tatort zu einem Todesort machte, manchmal durchsetzt mit dem Geruch nach Exkrementen, da das Opfer in seiner Todesangst seine Körperfunktionen nicht mehr unter Kontrolle hatte.

Dies war dann nicht mehr der Geruch des Todes. Dies war der Geruch des Bösen.

Noch roch Clara nichts, aber da war etwas Dunkles, Undurchdringliches, Grauenvolles, das sich wie ein schwarzer Schatten aus dem vierten Stock nach unten zu ihr vorarbeitete, das sie erwartete, die Klauen nach ihr ausstreckte und ihr einen Hauch von Verwesung, Blut und Schmerz ins Gesicht blies.

Sie hatte die Wohnungstür erreicht, die mit aufgesprengtem

Schloss in den Angeln hing, während zwei MEK-Beamte das Wohnzimmer zur Rechten, einer das Bad zur Linken sicherte und Marc und Philipp den Korridor durchquerten.

Clara schaute sich um. Die typische Wohnung einer jungen Frau, vielleicht Studentin, vielleicht in ihrem ersten Job in der großen Stadt. Poster von der New Yorker Skyline auf dem Flur; daneben eine Schwimmweste von British Airways, die sie selbst oder ein Freund offenbar aus einem Flugzeug entwendet hatte und die jetzt als Trophäe neben dem Poster hing.

»Nichts«, rief der eine MEK-Mann aus der Küche.

»Nichts«, meldete der andere sich aus dem Wohnzimmer.

Kurzer Blick nach links. In der Küche ein kleiner Esstisch, Weinflaschen, auf einem Regal geordnet. Kurzer Blick nach rechts. Sofa, Couchtisch, sofern es im diffusen Licht der Dämmerung auszumachen war. Ein Schreibtisch mit Stuhl, daneben ein Regal mit Büchern. Eine Zimmerpalme mit ausladenden Blättern am Fenster. Auf einer Anrichte Urlaubsfotos.

Die zerkratzte Tür am Ende des Flurs war geschlossen wie ein Mund, der die Wahrheit nur dann ausspricht, wenn er gewaltsam geöffnet wird. Wenn es in dieser Wohnung irgendetwas gab, was man nicht sehen sollte, dann versperrte diese Tür beinahe trotzig den Blick auf das, was sich hinter ihr befand.

Marc, der direkt an der Tür stand, machte ein Zeichen, worauf Clara und Winterfeld sich ins Wohnzimmer zurückzogen, während Philipp, der ebenfalls im Flur stand, sich gegen die Wand drückte. Es konnte sein, dass jemand sich im Schlafzimmer aufhielt und durch die Tür feuerte; deshalb musste der Flur frei sein, wenn die Beamten die Tür aufbrachen.

Philipp blickte Marc an. Als der nickte, drückte Philipp die Klinke nach unten, stieß die Tür auf und sprang zurück, als sie nach innen schwang. Beide warteten, die Gewehre ins Zimmer gerichtet. Eine halbe Ewigkeit verging, aber drinnen rührte sich nichts.

Marc sah Philipp an und wies mit dem Kopf in Richtung Zimmer. Marc war der Boss, aber allwissend war er nicht.

Rein?

Philipp nickte.

Rein.

Beide verschwanden im Zimmer. Clara spürte wieder den sauren, beißenden Geschmack in ihrer Speiseröhre. Marc und Philipp waren Profis; zusammen mit ihnen hatte sie den Werwolf hochgenommen, und der war eine Klasse für sich gewesen. Trotzdem war die Ungewissheit auch nach fünfzehn Dienstjahren schwer zu ertragen – die Frage, was sich hinter einer Tür verbarg, die in eine andere Welt führte. Eine Welt aus Angst und Schmerz und Blut und Tod.

Clara wartete.

Eine Sekunde. Zwei. Drei.

Mein Gott, was war da drin los?

Fünf Sekunden. Sechs.

»Scheiße!«, rief Marc plötzlich. Dann noch einmal: »*Scheiße!*«

»Was ist?«, rief Winterfeld.

»Müsst ihr euch selbst ansehen.«

Clara atmete durch und betrat das Schlafzimmer.

Gestern war ein besonderer Tag gewesen.

Gestern hatte sie wieder daran gedacht, dass sie vor zwanzig Jahren an genau diesem Tag ihre kleine Schwester zum letzten Mal gesehen hatte.

Gestern hatte sie zum ersten Mal Post von einem Killer bekommen, an sie adressiert.

Und gestern hatte sie zum ersten Mal einen Mord auf CD-ROM gesehen.

Doch was sie jetzt sah, war jenseits von allem, was sie erwartet hatte.

* * *

Clara kannte den Geruch des Todes – aber hier gab es nichts dergleichen. Allenfalls den schwachen Geruch von altem Leder, das ein wenig angefault war.

Und den leichten, zitronenartigen Geruch nach Insekten.

Und dann sah sie die Käfer.

Sie krabbelten im ganzen Zimmer umher – auf dem Boden und auf dem Bett, auf dem Schrank, dem Nachttisch, dem Stuhl, dem Deckenstrahler.

Und auf der Leiche, die auf dem Bett lag.

Aufgrund der Physiognomie vermutete Clara, dass es sich um eine Frau zwischen zwanzig und dreißig handelte. Die Gesichtshaut war völlig ausgetrocknet und spannte sich wie dünnes Pergament über den Wangenknochen, und die Zähne unter den geschrumpften Lippen waren zu einem grässlichen Grinsen gebleckt. Einzig die blonden Haare erinnerten Clara noch an die Person, die sie auf dem Video gesehen hatte.

Die Augen der Toten waren zu gelblichen Eiweißklumpen geschrumpft und starrten aus halb leeren Höhlen zur Decke. Der Oberkörper war vom Hals bis zum Bauch aufgeschnitten; die Enden der abgetrennten Rippen ragten aus der offenen Brusthöhle wie die Planken im Rumpf eines versunkenen Schiffes. Ein Nebel aus weißlichen, watteartigen Schimmelpilzen bedeckte den ganzen Körper.

Stumm blickte Clara auf diese morbide Installation des Grauens, während sie neben Marc, Philipp und Winterfeld stand, die ebenfalls wortlos auf das Bett starrten. Winterfeld vergaß sogar, sich durch die Haare zu fahren.

»Ich habe was Übles erwartet, aber das hier sind hundertfünfzig von hundert Prozent«, sagte er. »Was meinen Sie?«

Clara war keine Rechtsmedizinerin, doch sie sah sofort, dass der gesamte Körper mehr oder weniger mumifiziert war. Ohne allzu nah an die Leiche heranzutreten, blickte sie in die geöffnete Brust- und Bauchhöhle und sah die Wirbelsäule und die hinteren Rippen, aber keine Organe: keine Lunge, kein Herz, keinen Magen.

»Der Täter hat offenbar die gesamten Innereien entfernt«, sagte sie. »Möglicherweise hat er ihr auch noch das Blut abgezapft.«

Sie schaute Winterfeld, Marc und Philipp an. »Das erklärt auch, warum es keinen Geruch des Todes gibt: Mumien, die vertrocknen, riechen nicht.«

»Und Tote, die vertrocknen, fallen niemandem auf.« Eine Stimme, die sie schon einmal gehört hatte, erklang an der Tür. Im Türrahmen stand Martin Friedrich, alias MacDeath, in einem grauen Herbstmantel. Unter dem blauen Pullunder trug er heute eine hellblaue Krawatte. Er schien bereits eine Zeit lang in der Türöffnung gestanden zu haben, gemeinsam mit einem Polizisten, der ihn nach oben begleitet hatte und nun offenen Mundes auf die Szenerie starrte. »Noch weniger als ohnehin schon in einer Stadt, in der im Fünfminutentakt die Leute ein- und ausziehen und sich keiner allzu sehr darum kümmert, wie lange er vom Nachbarn schon nichts mehr gehört hat.« MacDeath trat näher an das Bett heran.

Clara fixierte die rechte Gesichtshälfte der Leiche, wo die Käfer Teile der Wange weggefressen hatten, sodass die Backenzähne freilagen.

Er hat recht, dachte Clara. *Niemand wurde vermisst. Denn es gab keinen Geruch des Todes. Keinen Geruch nach Blut. Keinen Geruch des Bösen.* Doch die Abwesenheit dieses Geruchs machte die Situation nicht erträglicher. Im Gegenteil: Es machte alles nur noch schlimmer.

»Das heißt, der Mörder hat ein besonderes Interesse daran, dass niemand die Leiche so schnell findet?«

Friedrich nickte. »Ich denke, jeder Mörder hat ein Interesse daran, dass niemand die Leiche schnell findet. Deshalb ist ein perfekter Mord ein Mord ohne Leiche.«

»Leichen werden normalerweise vom Mörder versteckt oder entsorgt«, sagte Clara.

»Was meist das Problem ist«, sagte Friedrich, »und zwar für den Mörder. Entweder versteckt er die Leiche an einem Ort, wo sie gefunden werden kann – beispielsweise in einem Fluss, einem Müllcontainer, einem Wald oder einer dunklen Gasse ...«

»Oder er versteckt sie bei sich zu Hause«, ergänzte Clara. »So wie Gacy.«

»Gacy und viele andere«, sagte Friedrich. »Beides wirft Probleme auf: Im ersten Fall werden die Leichen früher oder später gefunden. Bei Verstecken im privaten Bereich ist es ähnlich. Es gibt immer den ein oder anderen Nachbarn, der gesehen hat, wie jemand irgendetwas Schweres in einem schwarzen Plastikbeutel oder Ähnlichem in seine Wohnung oder seinen Garten gezerrt hat. Oder wie jemand mit in die Wohnung gegangen ist, aber nicht wieder herausgekommen ist.«

Clara trat einen Schritt zur Seite, damit die Spurensuche Fotos von der Leiche machen konnte. »Öffentliche Orte werden besucht, private Orte hingegen nicht so häufig«, sagte Friedrich. »Würden Sie bei einer guten Freundin, die Sie lange nicht gesehen haben, einfach die Tür eintreten?«

Clara schüttelte den Kopf.

»Aber was hat dieser Irre davon, das Mädchen umzubringen und dann hier in der Wohnung vertrocknen zu lassen?«, fragte Winterfeld. »Geld? Vergewaltigung? Rache? Alles auf einmal?«

»Das frage ich mich auch«, sagte Friedrich, »und das müssen wir herausfinden.« Er trat an das Bett heran und betrachtete die Käfer. »Ist es normal, dass bei einer Leiche so viele Käfer auftauchen? Vor allem stellt sich die Frage, woher die Biester kommen.« Er drehte sich um. »Das Fenster ist geschlossen und hier ...« Er deutete auf den Fußboden. »Das ist mit Sicherheit von *ihm*.«

Auch Clara fielen jetzt die kleinen Wasserbehälter auf, die entlang der Wände aufgestellt waren und in denen mehrere Dutzend tote Käfer schwammen. Der Täter hatte die Möbel an einigen Stellen zur Seite gerückt, um die Behälter aufzustellen.

»Sind die für die Käfer?«, fragte Clara.

Friedrichs Blick folgte der Kamera der Spurensuche, die Fotos von den Wasserbehältern machte.

»Ich nehme es an. Er wollte verhindern, dass die Käfer die Wände hinaufklettern, aus dem Fenster krabbeln, was immer auch anstellen, um ...«

Clara beendete den Satz: »Um aufzufallen? Die Aufmerksamkeit der Nachbarn zu erregen?«

Sie wandte sich an Winterfeld. »Dann hat er die Käfer extra hierhergeschafft?«

Winterfeld nickte. »Sieht ganz so aus. Es gibt bei Leichen öfter Insektenbefall, Fliegen- und Käferlarven, aber das hier ist weit mehr als der Durchschnitt.«

»Biologische Beschleunigung der Mumifizierung durch Käfer?«, fragte Clara.

Winterfeld nickte. »Die alten Ägypter haben das ähnlich gemacht. Wir sollten gleich die Biologen in der Rechtsmedizin fragen, was das für Käfer sind.«

Er klappte sein Handy auf und wählte eine Nummer. Während er sprach, schweifte Claras Blick noch einmal über die Leiche. In diesem Moment sah sie es und spürte wieder den brutalen Schlag aus Ekel und Erstaunen, der sie jedes Mal wie aus dem Hinterhalt traf, wenn sie etwas entdeckte, was sie nicht erwartet hatte: Der Täter hatte dem Mädchen vier Löcher in die Schädelhöhle gebohrt, Löcher, aus denen nun ebenfalls die schwarzen Käfer hervorkamen.

»Dieser Bastard«, sagte sie und zeigte auf die grausige Entdeckung, die sie gerade gemacht hatte. Der Polizist, der MacDeath nach oben begleitet hatte und noch an der Tür stand, wandte sich ab. »Er hat ihr Gehirn freigelegt.«

Selbst Friedrich, der bisher keine Miene verzogen hatte, schluckte. »Er wollte alles mumifiziert haben«, sagte er. Und dann nach einer Pause. »Das ist einer von der übleren Sorte. Gestern die CD-ROM, heute das hier. Und wir wissen nicht, was noch alles kommt. Wir sollten aufpassen.« Er schaute Winterfeld und Clara an. »Auch auf uns.«

Auch auf uns, echote es in Claras Kopf. *Gestern die CD-ROM, heute das hier.* Und die CD war auf Claras Namen abgegeben worden. *Was wollte dieser Kerl? Ihr zeigen, was er alles drauf hatte?*

Sie ging noch einmal vorsichtig um das Bett herum, während der restliche Trupp der Spurensuche bereits an der Tür wartete und die Käfer zu ihren Füßen herumkrabbelten. Es mochten Hunderte sein. Im Hintergrund hörte Clara das Klicken von Winterfelds Handy, als er eine Nummer eingab und sprach. »Winterfeld hier. Wir sind am Tatort zur CD-ROM von gestern Abend, Jasmin Peters, ihr wisst Bescheid? Gut ... Mord. Das Opfer wurde mumifiziert, offenbar mithilfe irgendwelcher Käfer. Ihr habt einen Insektenforscher am Institut, richtig? Entomologen, oder wie immer die heißen. Alles klar, stellt schon mal einen Experten ab, wir kommen nachher vorbei. Danke.«

Das ist einer von der übleren Sorte, wiederholte Clara in Gedanken Friedrichs Worte. Im Zimmer schien sich alles wie in Zeitlupe abzuspielen: Friedrich, der irgendetwas in einem altmodischen, abgewetzten Buch notierte; die Leute von der Spurensuche, die UV-Licht eingeschaltet hatten, mit Lasern den Raum ausmaßen, mit Graphitpinseln über Tür und Möbel tupften und weitere Aufnahmen machten; das schnappende Geräusch von Winterfelds Handy, das er nach dem Gespräch zuklappte.

Clara schaute aus dem Fenster, wo sich allmählich in grauschmutziger Farbe ein weiterer nasskalter Herbsttag ankündigte. Ihr Blick glitt weiter. Neben dem Bett ein Schrank. Auf einem Stuhl lag ein Kapuzenpullover. Auf dem Nachttisch ein Buch von Thomas Harris und irgendein Lifestyle-Ratgeber. Es war Staub auf den Schränken und Regalen; ansonsten sah das Zimmer aus, als hätte das Mädchen gestern noch gelebt.

Einer von der übleren Sorte.

Sie schaute weiter in Richtung Bett – und ihr Blick verharrte noch einmal auf dem Gesicht des Mädchens, als würde ein perfider Magnet sie immer wieder zu diesem Bild des Grauens ziehen, diesem Gesicht, das einmal hübsch gewesen war und jetzt ohne Augen zur Decke starrte. Nur die Haare waren noch so, wie sie zum Zeitpunkt des Mordes gewesen sein mochten. Wie auf der CD. Blond, mit leichten Platinsträhnen.

Er hat ihr Gehirn freigelegt.

Clara riss den Blick beinahe gewaltsam von dem mumifizierten Antlitz los und ließ ihn erneut durchs Zimmer schweifen. *Der erste Eindruck ist immer entscheidend.* Denn oft sah man beim ersten, vorbehaltlosen Blick Dinge, die man bei späterer, genauerer Untersuchung nicht mehr bemerkte. Claras Blick glitt weiter über die Wände, das Monet-Poster, die Pflanze auf der Fensterbank bis zu dem kleinen Sekretär, der an der Wand neben der Tür stand.

Auf dem Sekretär stand ein Laptop. An der Wand über dem Sekretär sah sie einen Kalender. Einer dieser Kalender zum Abreißen.

Und wieder traf ein brutaler Tritt sie in den Magen.

Das Datum auf dem Blatt war der 10. März.

24.

Clara saß auf der Rückbank des schwarzen Mercedes, Winterfeld am Steuer. MacDeath hatte neben ihm auf dem Beifahrersitz Platz genommen. Clara hatte ein Notizbuch hervorgeholt und kritzelte ein paar Diagramme und Schaubilder auf eine Seite.

»Meint ihr, die Leiche liegt dort seit dem zehnten März?«, fragte sie. »Seit mehr als einem halben Jahr?«

»Nicht unwahrscheinlich«, sagte Winterfeld, während er den Wagen am Hermannsplatz vorbeisteuerte, wobei ihnen beinahe ein paar alkoholisierte Junkies vors Auto liefen. »Um *die* sollte sich unser Killer mal kümmern«, schimpfte er, während er scharf abbremste, und wandte sich dann wieder Clara zu. »Vom ersten Eindruck her sind mehr als sechs Monate nicht unwahrscheinlich. Was meinen Sie?« Er wandte sich an MacDeath. Der nickte. »Näheres müssen die Jungs mit den Gummihandschuhen rausfinden«, sagte Winterfeld und wischte mit der Hand über die beschlagene Scheibe. »Einige der Käfer sind schon unterwegs nach Moabit. Die Leiche kommt dann gleich hinterher, wenn die Spurensuche fertig ist.« Er nestelte an der Heizung des Wagens herum, während er vor einer weiteren Ampel abbremste.

Die »Jungs mit den Gummihandschuhen« waren die Rechtsmediziner in Moabit, die nachher die Obduktion von Jasmin Peters' Leiche vornehmen würden. Dann würde man auch endgültig wissen, ob es sich tatsächlich um Jasmin Peters handelte, doch die Wahrscheinlichkeit lag jetzt schon bei nahezu hundert Prozent. War die Tote jemand anders, würde es bedeuten, dass eine fremde Leiche mehr als sechs Monate lang in der

Wohnung gelegen hatte, ohne dass es Jasmin Peters aufgefallen wäre.

Dermaßen unwahrscheinlich, dass es unmöglich ist, dachte Clara.

Den Laptop auf dem Sekretär hatte die Kriminaltechnik ebenfalls mitgenommen. Im Revier würden sie zuerst das Passwort knacken und die gesamte Festplatte untersuchen, Bilder, Dateien, Briefe und E-Mails checken, überprüfen, mit wem Jasmin Peters zuletzt wann in Kontakt gestanden hatte, ob sie Mitglied bei sozialen Netzwerken war – alles, was Hinweise darauf geben konnte, wer der Täter war, ob sie ihn vorher gekannt hatte oder ob er so plötzlich in ihr Leben getreten war wie die grauenvolle CD von gestern Abend in Claras Leben.

»Was eine Vergewaltigung angeht«, sagte Friedrich, »bin ich mir nicht sicher. Und ich fürchte, bei dem Zustand der Leiche kann man nicht mehr allzu viel herausfinden.« Er wandte sich an Winterfeld. »Was meinen Sie?«

»Ich bin kein Rechtsmediziner«, sagte Winterfeld. »Aber bei der ausgesprochen brutalen Vorgehensweise des Killers ist natürlich alles möglich.«

»Oder auch nicht«, sagte Friedrich und drehte sich zu Clara um. »Es schien mir fast, als wäre der Höhepunkt für ihn die filmische Inszenierung des Mordes. Das verträgt sich nicht so ganz mit einer Vergewaltigung, wo es andere Höhepunkte gibt. Vor allem hat er mit den Worten ›Jasmin Peters dreizehn‹ der Polizei dabei geholfen, die Leiche so schnell wie möglich zu finden. So als wollte er unbedingt, dass wir eher heute als morgen in die Wohnung kommen. Was meinen Sie?«

»Sie hatten es ja so schön formuliert«, erwiderte Clara und hasste ihn wieder für diese kristallklare und zugleich unerfreuliche Wahrheit. »Er hat *mir* die CD geschickt. Vielleicht interessiert es ihn, wie ich darüber denke … wie ich darauf reagiere.«

»Und wie reagieren Sie?«

Sie lächelte ironisch. »Andere kriegen Pralinen oder Blumen von Fleurop. Frau Vidalis kriegt von unbekannten Verehrern mit Lippenstift beschmierte CDs, auf denen Morde zu sehen sind.« Sie klappte ihr Notizbuch zu. »Und weil wir Polizisten offenbar ein bisschen doof sind, unterstützt uns der hilfsbereite Killer, indem er uns Nachnamen und Hausnummer seines Opfers nennt. Nein, im Ernst, ich reagiere ausgesprochen verstört. Und die Tatsache, dass er Jasmin sagen lässt, sie sei nicht die Erste und nicht die Letzte, zeigt doch, dass es sich um einen Serienmörder handelt. Der hört so schnell nicht auf. Und falls er schon andere Frauen getötet hat – hat er diese Morde auch gefilmt? Und wenn ja, an wen hat er das Material geschickt? Und reicht ihm das als Kick? Und falls er es nur an mich geschickt hat – und nur bei diesem Mord –, was hat er dann mit den anderen Frauen gemacht? Hat er auch diese Morde gefilmt? Und warum? Um sich daran aufzugeilen?«

Friedrich nickte. »Ein Serienmord an Frauen, der nicht sexuell motiviert ist, ist ausgesprochen unwahrscheinlich. Vielleicht hat die Vergewaltigung vorher oder sogar post mortem stattgefunden.« Er drehte sich zu Clara. »Vielleicht auch nicht. Ich denke, vor allem ging es ihm darum, Ihnen den Mord zu zeigen. Die Ermordung des Opfers, ob mit Vergewaltigung oder ohne, scheint mir eher eine Vergewaltigung von *Ihnen* zu sein.« Er blickte Clara durchdringend an. »Ich bin sicher, er hat sich gestern den ganzen Abend ausgemalt, wie Sie die CD anschauen und welche Reaktionen das bei Ihnen auslöst.«

Clara gefiel dieser Gedanke überhaupt nicht. Dass es plausibel klang, machte es umso schlimmer.

»Aber warum?«

»Er scheint irgendein Bindeglied zwischen sich und Ihnen zu sehen«, antwortete Friedrich. »Vielleicht gehen Sie mal in sich und überlegen, ob es in der Vergangenheit irgendetwas gab –

Personen, Ereignisse – die einen Zusammenhang erkennen lassen. Ich werde ebenfalls darüber nachdenken.«

* * *

Clara schaute aus dem Wagenfenster, als draußen der Regen in grauen Fäden in die schmutzigen Pfützen des Mehringdamms fiel, während Winterfeld Kurs auf die LKA-Zentrale nahm.

Irgendetwas in meiner Vergangenheit, dachte sie. Sie ertappte sich dabei, dass das ganze Grauen, die nächtliche Sichtung der CD, die mumifizierte Leiche, die Käfer und der Schrecken eine willkommene Abwechslung gewesen waren, um von einer Bedrohung abzulenken, die sie noch immer zu verdrängen versuchte, die aber nach wie vor im Raum stand: Der Täter hatte ihr, Clara, die CD geschickt.

Warum?

25.

Clara betrachtete die junge Frau auf dem metallenen Sektionstisch der Rechtsmedizin in Moabit, blickte in das lederartige Gesicht, das einmal hübsch gewesen war, auf den Körper, der einmal schön und grazil gewesen war, auf die Augen, die einst voller Leben gewesen sein mussten, jetzt aber nur noch eine zerkrümelte, gallertartige Masse waren. Der menschliche Körper besteht zu mehr als siebzig Prozent aus Flüssigkeit. Mumien wiegen daher oft nur noch zwischen zwanzig und dreißig Kilo.

Die Frau war viel zu jung, um hier zu liegen – sechsundzwanzig, wie die Daten des Einwohnermeldeamtes ergeben hatten. Sie hatte Träume gehabt, Hoffnungen, Wünsche, Pläne. Und alles war an dem schrecklichen, blutigen Tag zu Ende gegangen, als das Monster mit seiner Kamera und seinem Messer in ihre Wohnung gekommen war.

»Wir fangen alle besser an, als wir enden.«

Das war Dr. von Weinstein, der stellvertretende Direktor des Instituts für Rechtsmedizin. Mit seinem gebräunten Teint, den gegelten, nach hinten gekämmten schwarzen Haaren, die von grauen Strähnen durchzogen waren, und der silbernen Designerbrille entsprach er nach Claras Empfinden überhaupt nicht dem Klischee eines Rechtsmediziners.

Die Obduktion war noch im Gang. Winterfeld stand an der Stirnseite des Obduktionstisches, dort, wo sich der Kopf der Mumie befand. Die Sektionsassistenten hatten Brust und Bauchhöhle vollständig geöffnet. Einer war gerade dabei, mit einer Oszillationssäge Jasmins Schädel aufzusägen, um das Gehirn zu entnehmen. Clara kannte die Vorschriften, Paragraph 89, Strafprozessordnung: Die Leichenöffnung muss, soweit der Zustand der Leiche es gestattet, stets die Öffnung der Kopf-, Brust- und Bauchhöhle mit einbeziehen.

Und hier war er wieder, hier im Sektionssaal in Moabit, stärker als je zuvor: der Geruch des Todes. Dieser süßliche, perfide Gestank, den niemand mehr vergisst, der ihn einmal wahrgenommen hat.

»Insektenfraßtypische Defekte«, sagte von Weinstein und leuchtete mit einer kleinen Lampe in die Bauchhöhle der Toten, wo noch immer die verfluchten Käfer durcheinanderwimmelten. »Und sämtliches Blut ist aus den Arterien verschwunden.« Claras Blick folgte dem Schein der Lampe. Reste von Darm und Magen waren im Körper verblieben, und auch dort waren die Käfer, die in den vertrockneten, von Fäulniskristallen gespickten Innereien wie in einer grotesken Tropfsteinhöhle herumkrabbelten.

»Das ist äußerst ungewöhnlich«, fuhr von Weinstein fort und tippte mit seinem Skalpell auf den Oberkörper der Leiche wie ein Dirigent. Clara hatte diese Angewohnheit schon immer gestört, weil sie es als pietätlos empfand, doch vielleicht war es für Weinstein eine Möglichkeit, eine gewisse Distanz zu dem Grauen zu wahren, dem er täglich ausgesetzt war.

»Es gibt Menschen, die so verlassen und vergessen sind«, fuhr von Weinstein fort, »dass sich niemand mehr um sie kümmert und die monate-, sogar jahrelang in ihrer Wohnung liegen, bis jemand sie findet.« Er musste die Stimme heben, da der Sektionsassistent damit begonnen hatte, den Kopf der Frau aufzusägen. Er hatte vorher die Schädeldecke aufgeschnitten und die Kopfhaut der Leiche über das Gesicht gezogen, um den Schädelknochen freizulegen. Jetzt war die Schädelhöhle geöffnet, und der Assistent förderte die handtellergroßen Reste des Gehirns zutage, legte sie in eine Schale und stellte diese dann auf eine Präzisionswaage. Nur noch fünfhundert Gramm.

»Danke«, sagte von Weinstein zu dem Assistenten, »wir kommen gleich darauf.« Er blickte Winterfeld und Clara an, die schaudernd das zerbröselnde Etwas betrachteten, das einmal das Leben und Denken von Jasmin Peters bestimmt hatte.

»Normalerweise«, fuhr von Weinstein fort, »handelt es sich dabei um extreme Fälle sozialer Isolation. Menschen, die durch eine Scheidung oder den Verlust eines geliebten Menschen abgestürzt sind, die abhängig wurden von Alkohol oder Medikamenten und ohne soziale Kontakte vor sich hin vegetieren.« Er verstummte und blätterte im Bericht der Spurensuche.

Winterfeld schaute auf die Uhr. Clara wusste, dass von Weinstein dazu neigte, Dinge oft umständlich zu erklären und nicht sofort auf den Punkt zu kommen. Aber Winterfeld war manchmal nicht anders; vielleicht störte ihn diese Unart bei von Weinstein deshalb umso mehr.

»Zur Sache, Herr Kollege«, sagte Winterfeld. »Wir haben es hier mit einem Mord zu tun, nicht wahr? Besonders vor dem Hintergrund der Videoaufnahme.«

»In der Tat«, sagte von Weinstein und nickte. »Die Schnittverletzung hier«, er zeigte mit dem Skalpell auf den Hals der Frau, »und die Darstellung des Mordes auf der CD stimmen zu hundert Prozent überein. Ungewöhnlich aber ist«, er ging um den Tisch herum, »dass hier offenbar ein Mörder den Prozess der Mumifizierung benutzt hat, um den Verwesungsgeruch zu vermeiden, der in der Regel dazu führt, dass Leichen gefunden werden.« Von Weinstein schnüffelte zur Verdeutlichung seiner Worte. »Leichen riechen, Mumien nicht.«

»Das letzte Kalenderblatt in der Wohnung war vom zehnten März«, sagte Clara. »Könnte der Mord an diesem Tag verübt worden sein?«

»Möglich«, sagte von Weinstein. »Die Käfer hatten auf diese Weise ausreichend Zeit, sämtliche Feuchtigkeit aus dem Körper zu extrahieren. Der Täter«, er zeigte auf das vertrocknete Gehirn, das noch immer in der Metallschale auf der Waage lag, »hat dem Opfer sogar Löcher in die Schädeldecke gebohrt, damit die Käfer auch das Gehirn dehydrieren konnten.«

»Ich verstehe, worauf Sie hinauswollen«, sagte Clara. »Normalerweise trifft es vereinsamte und kranke Menschen, die nach ihrem Tod niemand entdeckt, weil ihre Leichen auf natürliche Weise vertrocknen – zum Beispiel, weil sie nahe am Heizkörper liegen und die Körper durch Insektenfraß sämtliche Feuchtigkeit verlieren, sodass die Leiche nicht riecht.«

»So ist es«, sagte von Weinstein und blickte Winterfeld an. »Erinnern Sie sich noch an den siebzigjährigen Säufer im letzten Jahr?«

Winterfeld nickte.

»Das Fenster zu seiner Wohnung«, fuhr von Weinstein fort, »war monatelang geöffnet, und das im tiefsten Winter, ohne dass jemand es bemerkt hätte. Selbst das Radio dudelte wochenlang vor sich hin – so lange, bis die Stadtwerke den Strom abstellten, weil die Rechnungen nicht bezahlt wurden. Die Miete hingegen ging per Lastschrift ein und war durch die Renteneingänge gedeckt, sodass der Vermieter sich nichts dachte.«

»Der Traum eines jeden Vermieters«, sagte Winterfeld, »ein sehr ruhiger Bewohner, der pünktlich zahlt.«

Clara blickte ihn ein wenig strafend an.

»Tierlieb war unser Mieter auch«, sagte von Weinstein, als wollte er auf Winterfelds geschmacklosen Scherz noch einen draufsetzen.

So sind Männer halt, dachte Clara. *Frauen weinen sich bei ihrer besten Freundin aus, Männer versuchen den Schrecken mit dummen Witzen zu kompensieren.*

»Tauben und andere Vögel konnten durch das offene Fenster in die Wohnung«, fuhr von Weinstein fort. »Der Boden war vollständig mit Vogelkot bedeckt. Wissen Sie noch?«

Winterfeld nickte. »War kein besonders erfreulicher Anblick.«

Von Weinstein nickte, scheinbar erfreut über Winterfelds Unbehagen. »Irgendwo in diesem Pfuhl aus Kot, Schmutz und Unrat lag die Leiche von Manfred Timm, von den Vögeln angepickt und angefressen. Er war halb nackt. Die Kronkorken der Bierflaschen, auf denen er gelegen hatte, waren wie Siegel ins Fleisch eingewachsen. Fast wie ein Kunstwerk von Damien Hirst.« Er kniff die Lippen zusammen. »Erinnern Sie sich?«

»Ja, leider. Aber worauf wollen Sie hinaus?«, fragte Winterfeld.

»Einer Mumifizierung geht normalerweise kein gewaltsamer Tod voraus«, erwiderte von Weinstein. »Jemand ist Alkoholiker ... er ist krank, einsam. Und er stirbt, ohne dass von außen Gewalt angewendet wird. Wird er von seinem Haustier angefressen, und die Bissspuren sehen wie Messerstiche aus, müssen wir beweisen, dass es kein Mord war.« Er tippte wieder mit dem Skalpell auf den Oberkörper der Leiche. »Doch diese Frau hier, Jasmin Peters, war offenbar sehr hübsch. Sie hatte Freunde, hatte Fotos von diversen Urlauben und war im Kiez und in der Szene bekannt. Sie wurde umgebracht. Und irgendjemand – wahrscheinlich ihr Mörder – wollte verheimlichen, dass sie tot in der Wohnung lag.«

»Richtig«, sagte Winterfeld. »Der Täter hat alles getan, damit der Mord nicht auffällt. Er hat sie ausbluten lassen, hat sie ausgeweidet, hat die Käfer auf sie losgelassen und hat ihr die Schädeldecke aufgebohrt, damit die Käfer die Flüssigkeit aus ihrem Hirn saugen, sodass alles vertrocknet, ohne verdächtige Gerüche zu verströmen.«

»Ganz genau.« Von Weinstein nickte.

Clara schauderte und dachte an den ersten Bericht der Spurensuche, die gleich nach den Ermittlern in der Wohnung gewesen war. Manche Mörder planten eine Tat lange Zeit voraus, doch dieser Mörder hatte nicht nur die Tat, sondern auch die Zeit *danach* präzise geplant. Er hatte Türen und Fenster mit

Dichtungsmasse zugeklebt und an sämtlichen Wänden Wasserbehälter aufgestellt, sodass die Käfer nicht die Wände hinaufkrabbeln oder auf irgendeine Weise in die Wohnungen der Nachbarn eindringen konnten.

»Ich weiß, worauf Sie hinauswollen«, sagte Clara, schockiert von dem Gedanken, der ihr gerade gekommen war. »Der Täter konnte es nicht dabei bewenden lassen, dass die Leiche möglichst geruchlos in der Wohnung liegt. Er musste hin und wieder nach dem Rechten sehen.«

»So ist es«, erwiderte von Weinstein. »Er hat offenbar die toten Käfer eingesammelt und die Wasserbehälter nachgefüllt.«

»Vielleicht hinkt der Vergleich«, sagte Clara, »aber wenn man einem Kunden ein Produkt verkaufen will, bereitet man sich auf das Verkaufsgespräch vor, verkauft das Produkt und kümmert sich hinterher weiter um den Kunden, damit er auch langfristig mit dem Produkt zufrieden ist. Wenn dieser Killer wollte, dass niemand Jasmin Peters vermisst ...«

Winterfeld brachte den Satz zu Ende: »... muss er dafür gesorgt haben, dass ihre Abwesenheit keine Aufmerksamkeit erregt.«

Für einen Moment schwiegen alle. Dann sagte Clara in die Stille hinein: »Normalerweise planen Mörder ihren Mord bis ins Detail, töten das Opfer, verstecken es und suchen sich ihre nächste Beute, wenn es Serienmörder sind.« Sie blickte nacheinander von Weinstein, Winterfeld und den Sektionsassistenten an, der noch immer an der Waage mit dem Gehirn stand. »Unser Mörder hat mehr getan. Er hat sich nicht nur um die Vorbereitung der Tat und die Tat selbst gekümmert, sondern auch um die Zeit danach. Üblicherweise bringen Verkäufer ihre Produkte an den Mann und vergessen dann den Kunden. Normale Mörder verfahren genauso. Auswahl des Opfers, Planung des Mordes, der Mord selbst, das Entsorgen der Leiche. Wenn es ein Serienmörder ist, geht das so lange weiter, bis er erwischt wird. *Unser* Mörder hat seine Kunden – die Opfer – auch nach dem Mord nicht vergessen.« Sie senkte den Kopf, während sie sprach. »Er hat die Wertschöpfungskette des Mordes um eine Komponente erweitert.«

* * *

Dankbar trank Clara den schwarzen Kaffee aus einer Tasse mit dem Logo von Hertha BSC Berlin. Von Weinstein hatte den Kaffee höchstpersönlich in der Küche der Gerichtsmedizin gekocht. Gerade hatte Winterfeld mit dem Revier telefoniert. In den letzten sechs Monaten war keine Vermisstenmeldung zu Jasmin Peters eingegangen, was bei dem großen Freundeskreis, den sie offenbar gehabt hatte, höchst ungewöhnlich war.

Der Täter muss noch ein wenig mehr gemacht haben, als nur die Leiche zu mumifizieren, dachte Clara. Und das wiederum bestärkte sie in der Überzeugung, dass sie es hier mit einem besonders berechnenden, geduldigen und gerissenen Mörder zu tun hatten. Und wenn er der Polizei sogar mehr oder weniger den Tatort mitteilte, war er entweder gnadenlos dumm, oder er konnte sich diese Offenlegung leisten. Clara fürchtete Letzteres. Denn wie hatte MacDeath gesagt? *Das ist einer von der übleren Sorte.*

Sie standen in einem vom Sektionssaal abgetrennten Raum, bei dem man durch eine große Glasscheibe den Obduzenten bei der Arbeit zuschauen konnte. Jasmin Peters' Überreste lagen auf dem mittleren der fünf Tische im Obduktionssaal von Moabit. Einer der Sektionsassistenten entfernte soeben etwas aus ihrer Bauchhöhle und beförderte es in einen gläsernen Asservatenbehälter.

Clara nahm noch einen großen Schluck Kaffee und war dankbar für dessen kräftiges Aroma, das den süßlichen Todesgeruch in ihrer Nase ein wenig überdeckte. Einerseits fühlte sie sich hellwach, andererseits konnte sie nicht verleugnen, dass sie in der letzten Nacht gerade mal drei Stunden geschlafen hatte. Und auch der viele Whisky von gestern Abend lag noch wie ein Stein in ihrem Kopf.

»Wir werden noch eine Weile für die Leiche brauchen«, sagte von Weinstein. »Die Identifizierung ist ja auch noch nicht zu hundert Prozent erledigt.«

Die Rechtsmediziner würden dafür den Zahnstatus ermitteln, ein Vorgang, bei dem Clara nicht unglücklich war, dass sie ihn nicht gesehen hatte. Da alle Menschen ein individuelles Gebiss hatten, konnte man anhand der Zähne relativ einfach die Identität einer Person feststellen, wenn Röntgenaufnahmen oder der Zahnstatus vorlagen. Dafür wurden der Kiefermuskel durchtrennt, die Gelenke geöffnet und der Unterkiefer entfernt. Beim Oberkiefer wurden Knochen und Zähne aus dem Jochbein gesägt. Clara hatte das einmal gesehen, und es hatte ihr gereicht.

Ober- und Unterkiefer wurden dann in die Abteilung für Endontologie gegeben und dort mit bestehenden Akten und Röntgenbildern abgeglichen.

»Und das Mordmotiv ist ja auch noch nicht geklärt.« Von Weinstein bewegte den Kopf in Richtung Obduktionssaal. »In diesem Stadium des Zerfalls eine Vergewaltigung festzustellen, ist nicht so einfach. Auch was Misshandlungen vor der Tat angeht, wird es schwierig.« Er trank den Kaffee aus.

»Wie lange werden Sie brauchen?«, fragte Winterfeld und fuhr sich mit der linken Hand durch die Haare, während er mit der rechten die Kaffeetasse zum Mund führte.

»Wir müssten spätestens gegen Mittag fertig sein.« Er warf einen Blick an Clara vorbei in den Sektionssaal. »Ich rufe Sie sofort an, und die Akte kommt dann gleich hinterher. Vielleicht komme ich auch selbst vorbei.«

»Machen wir so, vielen Dank«, sagte Clara.

Ihr Handy klingelte. Eine Nummer des LKA.

»Clara Vidalis.«

»Clara, hier ist Hermann«, sagte die Stimme am anderen Ende. »Ich sitze hier mit den Computertechnikern. Wir durchforsten gerade Jasmins Laptop.«

»Und?«

»Ihrem Facebook-Account zufolge ist Jasmin Peters noch sehr lebendig.«

Adrenalin schoss durch Claras Venen und versetzte ihr einen stärkeren Kick, als Kaffee es je vermocht hätte. »Wie bitte?«, stieß sie hervor.

Winterfeld und MacDeath blickten sie neugierig an.

»Sie hat seit März ununterbrochen mit ihren Freunden kommuniziert«, sagte Hermann.

Clara nahm das Handy ein wenig vom Ohr und blickte fassungslos in den Obduktionssaal, in dessen Mitte sie schemenhaft den verschrumpelten Körper der jungen Frau sah, die bis vor Kurzem angeblich noch online mit ihren Freunden kommuniziert hatte.

»Was sagst du da?«

»Das letzte Posting«, sagte Hermann, »ist von gestern.«

»Wir sind sofort da!« Clara beendete das Gespräch. »Ich erkläre alles im Auto«, sagte sie zu Winterfeld und MacDeath, während sie schon Mantel und Tasche ergriffen hatte und zielstrebig zum Ausgang marschierte. »Wir müssen sofort ins Revier.«

26.

In der Abteilung für Kriminaltechnik saß Hermann mit zwei Computertechnikern an einem großen Schreibtisch, der mit Schrauben, Platinen, flüchtig beschrifteten CDs und DVDs, Laufwerken, Festplatten, Computerzeitschriften, USB-Sticks und Kabeln übersät war. Clara hatte sich immer gefragt, wie man in diesem Chaos arbeiten konnte, doch bisher hatte die IT-Abteilung stets einen guten Job gemacht, und so gehörte das Chaos wohl dazu oder war als Auflockerung geradezu notwendig in einer ansonsten sterilen Welt aus reiner Logik – einer Welt, die nur aus Einsen und Nullen bestand. In der Mitte des Tisches stand der geöffnete Laptop von Jasmin, ein silbernes Apple MacBook Pro. Die Forensik hatte bereits das Blut auf dem Umschlag eindeutig als das von Jasmin Peters identifiziert. Selbst an dem Lippenstift, mit dem die CD beschriftet worden war, hatte man DNA-Partikel der jungen Frau gefunden. Die CD hingegen enthielt außer der Mediendatei mit der Ermordung nichts – keine versteckten Rootkits, keine Würmer, keine Viren. Doch die Tatsache, dass die definitiv tote Jasmin Peters gestern noch etwas gepostet hatte, ließ ohnehin alles andere unwichtig erscheinen.

»Das letzte Posting ist von gestern?«, fragte Clara noch einmal. Sie konnte es immer noch nicht glauben, auch wenn ihr bewusst war, dass es unmöglich Jasmin selbst gewesen sein konnte, die die Nachricht gesendet hatte.

Hermann kaute Gummibärchen, nickte und hielt Clara die Tüte hin. Doch ihr war nicht nach Süßigkeiten zumute.

»*Jasmin Peters ist in Shanghai*«, las Hermann kauend vor.

Der Name des Nutzers stand in fetten Buchstaben, wie bei Facebook üblich. Dann kam das, was der User über sich selbst erzählen wollte. Er las weiter vor: »*Heute auf dem Pearl Oriental Tower gewesen nach zwei Stunden Schlange stehen. Tolle Aussicht.*«

Clara hörte gespannt zu und las gleichzeitig den Text mit. Auf Jasmins Facebook-Seite waren Bilder der Skyline von Shanghai zu sehen. Hermann las weiter vor:

»*... dann erfahren, dass man auch den Club im zweiundneunzigsten Stock des Shanghai Financial Centers besuchen kann. Der ist noch viel höher und kostenlos, und Schlange stehen muss man auch nicht.*«

Hermann blickte Clara an und las den letzten Satz vor. »*Hinterher ist man immer klüger.* Zwölf Kommentare, zwanzig Personen gefällt das.«

Clara stand auf, biss die Lippen zusammen und überlegte. »Dieser raffinierte Mistkerl«, sagte sie dann. »Er schickt Jasmin virtuell nach China, sodass sie hier in Berlin niemand vermisst.« Sie schaute auf den Bildschirm. »Wie lange ist sie schon dort?«

»Wie es aussieht, war sie im Februar noch in Berlin und hat ihr Studium beendet«, sagte Hermann, »das steht in ihrem Google-Mail-Account, in den wir uns auch eingehackt haben.«

»Was hat sie studiert?«

»Kulturwissenschaft und BWL an der Humboldt-Uni«, sagte Hermann und griff wieder in die Tüte.

»Und dann?«

»Und dann hat sie ihren Freunden und Eltern mitgeteilt, Last Minute eine Weltreise zu machen.« Er schaute Clara an. »Am elften März. Dann gibt es Postings aus Indien, Thailand, Japan, Südkorea und China. Als Nächstes steht Australien auf dem Programm.«

Clara blickte finster vor sich hin. »Hat sie wirklich eine Weltreise vorgehabt, oder ist das *sein* Plan?«

Hermann kratzte sich den kahlen Schädel. »Am Wochenende des neunten und zehnten März hat sie ihre Eltern in Hannover besucht, ihnen aber offenbar noch nichts von einer möglichen Weltreise erzählt.« Hermann klickte durch die Seiten, während er noch einmal in die Gummibärchentüte griff. Clara fragte sich immer, wie Hermann das machte. Er war zwar nicht gerade ein Strich in der Landschaft, nahm aber von dem Junkfood bei Weitem nicht so zu, wie man es erwarten sollte. »Hier«, sagte er. »Freitag, neunter März, vierzehn Uhr: Wieder ein Facebook-Posting, wahrscheinlich auch wirklich noch von ihr: *Jasmin Peters setzt sich gleich in den Zug, um ein erholsames Wochenende in Hannover zu verbringen.*« Er scrollte durch die Seiten. »Fünf Personen gefällt das«, sagte er. »Einer wollte noch am Hauptbahnhof einen Kaffee mit ihr trinken, eine Freundin fragt, ob sie nächsten Mittwoch in Clärchens Ballhaus dabei ist, und so weiter.«

»Der Killer hat also möglicherweise durch dieses Posting gewusst, dass Jasmin an dem Wochenende nicht zu Hause ist?«, fragte Clara.

»Ja, und er konnte alles in Ruhe vorbereiten.« Hermann kaute auf einer neuen Hand voll Gummibärchen. »Früher gab es diese Trottel, die mit großen Namens- und Adressschildern an ihren Koffern am Flughafen herumgelaufen sind, sodass potenzielle Einbrecher nicht nur wussten, wer längere Zeit nicht zu Hause ist, sondern auch schnell ablesen konnten, wo sich die Wohnung befindet.« Er kaute andächtig und fuhr dann fort: »Heute machen die Blödmänner das über Facebook, ohne zu bedenken, dass potenzielle Kriminelle mitlesen. Nicht unbedingt solche Kaliber wie unser Killer, aber ein Flohmarkt für Einbrecher ist das allemal. Hausratversicherungen sind dazu übergegangen, solche Einträge genau zu überprüfen, wenn bei jemandem eingebrochen wurde.«

»Klar, wenn die Versicherungen einen Grund finden, nicht

zu zahlen, dann zahlen die nicht«, sagte Clara. »Leben die Eltern wirklich in Hannover?«

Hermann nickte. »Alfred und Irmgard Peters. Wohnen in einem Kaff namens Springe zwischen Hannover und Hameln.«

»Sind sie schon informiert worden?«, fragte Clara.

»Das übernehmen die Kollegen vor Ort, aber erst, wenn die Leiche eindeutig identifiziert ist.« Hermann klickte weiter. »Die Eltern standen per E-Mail mit Jasmin in Verbindung. Hier ist eine Mail, die sie am Abend des Donnerstages, siebter März, an Jasmin geschrieben haben.«

Hermann klickte ins Googlemail-Account. Clara überflog den Text:

Liebe Jasmin,

bitte denk daran, dass wir für Samstag Konzertkarten haben. Onkel Wolfgang und seine Familie sind auch dabei. Ich weiß, dass er dir mit seinen Juravorträgen auf den Geist geht, aber Familie ist nun mal Familie. Mit deinen Freundinnen kannst du danach ja immer noch das Nachtleben genießen. Und keine Angst, es ist nicht der »Zwölftonmist« vom letzten Mal, wie du es genannt hast, sondern Beethoven, Bach und Schubert im Konzerthaus.

Wir freuen uns auf dich!

Deine Mama

PS: Papa lässt auch schön grüßen, ist mit Nikki gerade beim Tierarzt.

»Hat sie geantwortet?«

»Ja«, sagte Hermann. »Nichts Spektakuläres.«

Liebe Mama, lieber Papa,

ok, ihr habt einen Deal. Ich komme gerne mit ins Konzert-

haus, danach muss ich aber wirklich noch auf die Piste und Sonntagabend leider schon wieder in Berlin sein. Aber wir werden sicher Zeit zum Quatschen haben.

Bis Freitag. Bin um 17.30 Uhr da. Holt ihr mich ab?

Liebe Grüße

Jasmin

Holt ihr mich ab?

Die Worte hallten in Clara nach und ließen sie schaudern, als hätte ihr jemand Eiswasser durch die Venen gepresst.

Heute: *Holt ihr mich ab?*

Damals: *Holst du mich ab?*

Damals das Gesicht ihrer Schwester Claudia an der Tür, auf dem Weg zur Musikschule. *Holst du mich ab?* Und sie, Clara, hatte sie nicht abgeholt. Sie hatte Claudia geradewegs in die Hände ihres Mörders laufen lassen. *Der* hatte sie abgeholt und als geschändetes, blutiges Stück Fleisch in einem schwarzen Plastiksack auf einer Waldlichtung zurückgelassen.

Holt ihr mich ab?

Jasmins Eltern hatten Jasmin bestimmt abgeholt, mit einem Passat Kombi oder einem ähnlichen Wagen, und waren vom Hauptbahnhof Hannover nach Springe gefahren. Zu Hause hatte das Abendessen auf dem Herd gestanden, und dann hatten sie alle einen geruhsamen, schönen Abend vor dem Kamin des Einfamilienhauses verbracht. Am nächsten Tag Shopping in Hannover, abends der Besuch des Konzerthauses und dann mit den Freundinnen noch ein wenig auf Tour gehen. Sonntag ausschlafen, Mittagessen, in den Tag hinein leben, einen Spaziergang mit der Familie und dem Hund.

Und dann zurück nach Berlin.

Am 10. März.

In die Sonnenallee 13.

In den vierten Stock.

»Hat sie seit gestern, also seit China und dem Tower, noch etwas gepostet?«, fragte Clara.

Hermann schüttelte den Kopf.

Hätte mich auch gewundert, dachte Clara. *Jetzt, wo selbst wir Bullen wissen, dass sie tot ist, gibt es keinen Grund, die Fassade weiter aufrechtzuerhalten.*

»Können wir herausfinden, von welchem Rechner die falschen Facebook-Postings kommen?«

Hermann nickte. »Geht über die IP-Adressen, die normalerweise mit jedem Posting verknüpft sind. Es sei denn, der User war clever und hat die Funktion ausgeschaltet. Das ist aber nicht so einfach.« Er gähnte. »Die IP-Adressen werden vom Internet oder Telefon-Provider gespeichert, und wir können sie über die Telefongesellschaft mit einem möglichen User-Account abgleichen. Anfragen sind schon unterwegs.«

»Und wenn er ein öffentliches Internetcafé benutzt hat?«

»Dann haben wir Pech«, sagte Hermann. »Es sei denn, die haben eine Kamera laufen. Dann können wir checken, wer zurzeit des Postings vor welchem Rechner saß, und hoffen, dass das Gesicht in der Datenbank des BKA ist.«

Globales Dorf, dachte Clara. Einerseits war das Internet ein unendlicher Kosmos, doch mit den richtigen Zugängen und Codes konnte man so ziemlich alles zurückverfolgen und ausfindig machen. Wobei sie fürchtete, dass der Killer es ihnen so einfach nicht machen würde.

Abwarten, sagte sie sich und dachte noch einmal an Jasmins Mail. »Wissen wir, warum sie am Abend des zehnten März unbedingt in Berlin sein musste?«

Hermann schüttelte den Kopf. »Noch nicht. Wir sind gerade dabei, über Cross-Referencing herauszufinden, bei welchen Webseiten außer Facebook sie noch aktiv war.«

»Und was könnte das sein?«, fragte Clara.

»Alles Mögliche.« Hermann hob eine der CDs auf, die auf dem überladenen Tisch lagen, und blickte blinzend auf die glänzende Oberfläche. »Andere Social-Network-Seiten, Karrierenetzwerke ...«

Plötzlich fiel Clara etwas ein.

»Wie sieht es mit Kontaktseiten aus? Partnervermittlung?«

Hermann nickte, kratzte sich am Kopf und legte die CD wieder auf den Tisch.

»Aber hatte sie das nötig?«, fragte er. »Offenbar war sie Single, aber so, wie sie aussah, konnte sie jeden haben.«

»Das denkt ihr«, sagte Clara. »Hübsche Frauen haben es oft schwer, den Richtigen zu kriegen, weil die Kerle, die sie interessant finden, sich nicht trauen, die Mädels anzusprechen. Und *die* sich trauen, sind oft dumme Prolls.«

»Ist das so?«, fragte Hermann.

Clara lächelte und nickte.

»Und deswegen soll sie auf Kontaktforen gehen?«, fragte Hermann. Diese Experteneinsicht in die weibliche Psyche schien ihn zu interessieren.

»Das könnte ein Grund sein.« Clara setzte sich auf die Tischplatte und blickte aus dem Fenster, wo eine matte Mittagssonne kurz durch die tief hängenden Regenwolken schien. »Ein anderer Grund ist, dass sie dort von sehr vielen Menschen gesehen wird, viel mehr als in der realen Welt.«

»Digitaler Exhibitionismus?«, fragte Hermann.

»Eine andere Art von Ego-Shooter«, sagte Clara. »Jungs spielen Computerspiele – *Halo*, *Medal of Honour* und den ganzen Mist –, hübsche Frauen kriegen ihre *15 Minuten Berühmtheit* oder mehr auf solchen Plattformen. Dauernd kommen Mails von möglichen Verehrern, die man allesamt genüsslich in den Papierkorb werfen kann. Die Macht einer schönen Frau, die vom Internet potenziert wird. Es sei denn«, Clara erhob sich wieder, »man gerät an den Falschen.«

»An einen Irren mit einer Vorliebe für Splatterfilme und fleischfressende Käfer?« Hermann knisterte mit der Gummibärchentüte, ohne etwas zu essen.

Clara nickte. »Die Spur sollten wir weiterverfolgen. Die gängigen Plattformen. Und die exotischen.«

Hermann nickte den zwei IT-Technikern zu. »Okay«, sagte er, »checken wir das mal durch. Wir melden uns in zwei Stunden. Dann sollten wir was haben. Oder?« Er sah die beiden Techniker an und hob die Augenbrauen.

Die Männer nickten.

Hermann schaute Clara treuherzig an, wieder ganz der Teddybär, der er sein konnte; dann schweifte sein Blick noch einmal über den Monitor. Plötzlich weiteten sich seine Augen, und er tippte mit dem Finger so heftig auf die Facebook-Seite, als wollte er den Bildschirm zerstören.

»Verdammt. *Da!*«

Jetzt sah auch Clara das Posting. Genau eine Sekunde alt.

Diesmal war es nicht nur der saure Geschmack, der ihr die Kehle hinaufkroch. Diesmal musste sie tief durchatmen, um sich nicht an Ort und Stelle zu übergeben, als sie die vier Worte sah, die in diesem Moment aus Jasmins Facebook-Konto auf der Facebook-Pinnwand aufgetaucht waren:

Jasmin Peters ist tot.

27.

Clara saß in ihrem Büro, während der Herbstregen mit aggressiver Penetranz gegen die Scheiben schlug.

Der Killer war online gewesen, als sie online gewesen waren; er hatte aus Jasmin Peters' Account die letzte, grausame Wahrheit gepostet, die ohnehin schon jeder wusste.

Jasmin Peters ist tot.

Die IT war mit Hochdruck dabei, die IP-Adresse herauszufinden, um Anhaltspunkte zu bekommen, von welchem Computer aus die Nachrichten geschrieben worden waren.

In einer Welt, in der die Kommunikation mehr und mehr ins Digitale wandert, ist der lebendig, der digital lebendig ist, dachte Clara. *Auch wenn er in Wirklichkeit tot ist.*

Sie hatten sich noch die anderen Postings angeschaut. Irgendwie hatte es der Killer, der nach Jasmins Tod ihre gesamte Kommunikation übernommen hatte, hinbekommen, jeglichen telefonischen Kontakt zu unterbinden. *Aber war das schwierig?*, überlegte Clara. *Nicht so schwierig, wie man meinen sollte.* Wenn man in China ist, versteht es sich von selbst, dass man auf teure Telefonate mit europäischen Handys verzichtet. Die Zeit, ein chinesisches Prepaidhandy zu kaufen und sich mit der Betriebsanleitung herumzuärgern, hat man nicht, also versucht man es mit Skype. Und das funktioniert dann nicht, weil es gerade kein WLAN gibt, weil die Verbindung zu langsam ist, weil man ja nicht in Europa ist, wo der technische Standard höher ist, und so weiter.

Clara erinnerte sich an die Mails von Jasmins Eltern, die sie an das Skype-Konto ihrer Tochter geschickt hatten:

Schade, dass es mit dem Telefonieren nicht klappt. Würden gerne mal wieder deine Stimme hören. Aber dir scheint es ja gut zu gehen.

Jasmins Antwort: *Ja, mir geht es gut. Habe es gestern versucht, aber ich habe den Eindruck, dass Skype von der chinesischen Regierung blockiert wird. So wie Google. Aber mir geht es wirklich gut, und wir sehen uns ja spätestens Ende Oktober wieder.*

Früher schrieb man Ansichtskarten. Hätte man sie fälschen wollen, hätte man die Handschrift fälschen müssen. In der digitalen Welt des Austauschbaren musste man gar nichts mehr fälschen. Auch den Stil konnte man leicht nachahmen, schließlich gab es genug gespeicherte Mails, die die Person schon geschrieben hatte. Alles war gleich – und wurde trotzdem als einzigartig gesehen. Denn wenn eine Mail aus dem Account von Jasmin Peters oder ihrem Facebook-Konto kam, dann *war* sie von Jasmin Peters.

Ja?

Nein.

Clara hatte die Schuhe ausgezogen und setzte sich im Schneidersitz auf ihren Schreibtischstuhl. Irgendwie konnte sie in dieser Haltung am besten nachdenken. Sie hatte ihr Notizbuch aufgeschlagen. Auf eine der großen Seiten hatte sie ein Diagramm gekritzelt.

Jasmin Peters 13, stand dort.

Was hatte die 13 zu bedeuten? War es nur die Hausnummer? Sonnenallee Nummer 13? Oder bezog sich die Nummer in irgendeiner Weise auch auf das Opfer?

Clara dachte an die Worte des Opfers: *»Ich bin nicht die Erste – und ich bin nicht die Letzte.«*

War es auch die Zahl des Opfers, wenn es ein Serienmörder war?

Das dreizehnte Opfer?

Hatte der Killer bereits zwölf andere Frauen getötet, deren Mumien irgendwo lagen?

Aber warum hatte er dann erst jetzt auf sich aufmerksam gemacht? Hatte das wieder mit der speziellen Verbindung zwischen ihr, Clara, und dem Mörder zu tun, auf der MacDeath immer so herumritt? Oder lag es daran, dass in diesem Fall die Nummer des Opfers und die Hausnummer seiner Wohnung zufällig gleich waren? Dass der Täter diesen einen Fall gewählt hatte, um aus der Deckung zu kommen?

Clara dachte an die U-Bahn, die an der Schönhauser Allee aus dem Untergrund hervorkam und ein Stück an der Oberfläche fuhr, im hellen Licht. Mit Schrecken jeder Art verhielt es sich genauso. Sie waren stets präsent, ob man sie sehen konnte oder nicht. Die U-Bahn fuhr auch dann, wenn man sie *nicht* sah. Morde geschahen und blieben unentdeckt, Leichen wurden versteckt und nie gefunden. Schreie gellten durch die Dunkelheit und wurden nie gehört. Ungesehen, ungehört, irgendwo unter der Oberfläche. Doch irgendwann bricht das Grauen hervor, erblickt das Licht des Tages, um in seiner abgrundtiefen Bosheit die Sonne zu verdunkeln und dann wieder abzutauchen in die lichtlose Unterwelt, aus der es hervorgekrochen war.

In dem Moment, in dem die U-Bahn aus dem Untergrund kommt, kann man sie beobachten und studieren, aber nur für kurze Zeit, dachte Clara. *Dieses Zeitfenster muss man nutzen, bevor sie wieder verschwindet und unsichtbar wird.*

Sie zeichnete ein Diagramm auf die Seite. Ein Mädchen mit dem Namen Jasmin, dahinter ein schwarzer Mann. Vor Jasmin der Computer, davor die Außenwelt.

Was brauchen Menschen, damit sie sich keine Sorgen um andere machen müssen?

Antwort: *Keine störenden Faktoren, die diese Sorglosigkeit trüben können.*

Sie zeichnete zwei Kästchen.

Der erste Kasten: *Keine Gerüche. Mumifizierung.*

Was noch?

Die Gewissheit, dass der andere noch da ist, da die Miete gezahlt wird, weil er Mails schreibt, postet und auf Nachrichten antwortet.

Der zweite Kasten: *Lebenszeichen.*

Lebenszeichen, auch wenn man tot ist.

Das war der letzte Teil der Wertschöpfungskette. »After Sales« nannte man das im Vertrieb. Dafür sorgen, dass der Kunde zufrieden ist, keine Reklamationen kommen und das Produkt nicht umgetauscht wird.

Clara umrahmte die zwei Kästchen *Mumifizierung* und *Lebenszeichen* mit einem großen Kasten. Überschrift: *After Kill.*

Was war »Before Kill«?

Sie hatten die Videoaufnahme verglichen. Jasmin hatte auf dem Stuhl vor dem Sekretär in ihrem Schlafzimmer gesessen, den Laptop vor sich. Das Videoprogramm und die Webcam des Mac hatten ihre Hinrichtung aufgenommen, der Killer mit dem Messer hinter ihr.

Es war in ihrer Wohnung geschehen.

Warum hatte sie nicht geschrien?

Hoffnung, dachte Clara. Vielleicht hatte der Killer ihr gedroht, dass er ihr etwas noch viel Furchtbareres antut, wenn sie schreit. *Hoffnung sorgt dafür, dass man bis zum Ende glaubt, alles würde irgendwie doch noch gut ausgehen. Was hätte es gebracht, wenn sie geschrien hätte? Der Killer hätte sie binnen einer Sekunde töten können. Selbst wenn die Polizei ihn dann festgenommen hätte – sie wäre tot gewesen. Also besser kooperieren. Vielleicht geht es dann vorbei. Ein Perverser, der sein Filmchen drehen will und dann verschwindet.*

Clara dachte an die Filmszene. Die Hoffnung war in dem Moment aus Jasmins Augen gewichen, als sie den kalten Stahl des Messers an ihrer Kehle gespürt hatte. Als sie gewusst hatte, dass nach dem Dreh nichts mehr kommen würde als der Tod.

Hermann hatte eine Word-Datei auf dem Rechner gefunden. Dort standen die Worte, die Jasmin selbst gesprochen hatte, die Predigt zu ihrer eigenen Beerdigung. Ein Teleprompter wie bei einem Nachrichtensprecher. Ein Teleprompter des Todes.

Ich bin Jasmin.

Ich bin bereits tot, doch das Chaos geht weiter.

Ich bin nicht die Erste, und ich bin nicht die Letzte.

Die Spurensuche hatte Reste von Blut auf dem Teppich unter dem Sekretär gefunden. A Rh positiv. DNA von Leiche und Blut waren identisch. Dort war der Mord geschehen. Kein Zweifel.

Was kam dann?

Der Mörder hatte die Leiche ausbluten lassen, aufgeschnitten, ausgeweidet. Das Blut vielleicht in Kanistern mitgenommen, die Innereien in irgendwelchen Behältnissen, die er später möglicherweise verbrannt hatte.

Ein Gedanke durchzuckte Clara.

Oder hat er sie gegessen?

Sie verscheuchte den abscheulichen Gedanken. Zuerst die wichtigen Dinge.

Wie war der Täter in Jasmins Wohnung gekommen?

Hatte er geklingelt?

Ein weiterer Kasten, bei *Before Kill*:

Überfallen.

Er hatte es irgendwie geschafft, in die Wohnung zu kommen. Jasmin musste entweder überrumpelt worden sein, oder sie hatte ihm vertraut.

War er das Date, mit dem Jasmin sich verabredet hatte? Hatte er sie niedergeschlagen und betäubt, und war sie dann gefesselt auf dem Stuhl aufgewacht?

»Hör zu, wir drehen einen kleinen Film. Wenn du schreist, bist du tot. Wenn du mitmachst, wirst du leben.«

Die Rechtsmedizin hatte Reste von Chloroform gefunden, winzige Partikel in den vertrockneten Überresten von dem, was einmal die Nasenschleimhaut des Mädchens gewesen war.

Clara kam ein anderer Gedanke.

Die Word-Datei mit dem Text zur Hinrichtung war auf den 10. März datiert, abgespeichert um 17.15 Uhr.

Jasmin war allerdings erst um 18.15 Uhr in Berlin angekommen.

Hatte der Killer das alles seelenruhig vorbereitet?

In Jasmins Wohnung?

Jasmin hatte der Welt gesagt, dass sie nach Hannover fährt: *Jasmin Peters* setzt sich gleich in den Zug, um ein erholsames Wochenende in Hannover zu verbringen.

Wie schwierig ist es, einen Schlüssel für eine Wohnung zu bekommen, die einem gar nicht gehört?

Für den, der es darauf anlegt, nicht allzu schwierig.

Wenn der Killer Jasmins Postings gelesen hatte, hatte er gewusst, dass sie erst am Sonntagabend zurückkommen würde.

Clara kam ein beängstigender Gedanke.

Er hat sie gar nicht besucht. Er hat sie erwartet.

Ist es nicht so, dass man Leute, die man interessant findet, googelt? Dann fängt man an, ihre Facebook-Postings zu verfolgen, ärgert sich vielleicht, dass sie mit jedem sprechen und mailen, aber trotzdem niemals Zeit für einen haben? *Erotomanie*, die nicht erwiderte Zuneigung zu einem Menschen, die obsessive, irgendwann vielleicht pathologische Züge annimmt.

Man weiß die Adresse, schaut sich bei Google Maps die Wohnung an, vielleicht die Wohnung der Eltern, die woanders leben, geht dann bei Google Street View noch einmal ins Detail und hofft, dass nichts gepixelt ist.

Stalker gehen noch weiter. Sie dringen in die Wohnung des

Objekts ihrer Begierde ein, schauen sich im Wohnzimmer um, lauern auf dem Balkon und beobachten, wenn der oder die Angebetete das Wohnzimmer betritt. Manche dringen sogar in die Wohnung ein, wenn ihr Idol nicht da ist, legen sich ins Bett und masturbieren, ehe sie die Wohnung wieder verlassen, als wäre nichts gewesen.

Hat er es genau so gemacht? Erst Facebook, dann Google Maps, dann Jasmins E-Mail-Accounts, bis er alles wusste, bis er sie live treffen musste, *weil es die einzige Steigerung war, die noch blieb?*

Er hatte Jasmins Wohnung vielleicht schon am Nachmittag betreten und sich die Zimmer angeschaut. Die Urlaubsfotos im Wohnzimmer, die Weinflaschen in der Küche, das New-York-Poster und die Schwimmweste von British Airways. Vielleicht hatte er in den Schrank geschaut, nach der Freizeitkleidung und den Partykleidern, hatte sich die Schuhe angesehen und die Unterwäsche.

Dann hatte er still in einer Ecke des Schlafzimmers gesessen und gelauscht, bis Schritte auf der Treppe zu hören waren. Die Behälter, die Eimer, die Gefäße mit den Käfern standen bereits in den Ecken des Schlafzimmers. Und die Besitzerin des Zimmers, die beschwingt die Treppe hinaufstieg, ahnte keine Sekunde, was für seltsame Gerätschaften in ihrem Schlafzimmer auf sie warteten. Sie hatte keinen Schimmer, dass jemand auf dem Stuhl vor ihrem Sekretär saß oder hinter der Schlafzimmertür lauerte – ein Raubtier, hungrig, wachsam, geduldig.

Ein weiterer Kasten, unter dem von *Überfallen*:

Erwarten.

Er hört die Geräusche des Schlüssels an der Tür, hört, wie der Schlüssel mit einem metallischen Klingeln auf die Ablage im Flur gelegt wird. *Wo wird sie als Nächstes hingehen?* Sie geht ins Wohnzimmer, macht Musik an. Der Killer hört ihre Schritte wegen der Musik jetzt leiser. *Wann kommt sie ins Schlafzimmer?* Vielleicht geht sie noch in die Küche, um Tee zu kochen, oder ins Bad.

Er lauert hinter der Tür des Schlafzimmers, den mit Chloroform getränkten Schwamm in der Hand, wartet, ohne zu atmen, so still, als wäre er tot.

Jetzt nähern sich die Schritte.

Sie kommt mit ihrer Tasche, geht an der Tür vorbei, wirft die Tasche aufs Bett.

Sie stutzt, als sie ihren Computer sieht. Er ist eingeschaltet, steht leuchtend auf dem Sekretär. *Sie hatte ihn doch ausgeschaltet? Und wenn nicht, müsste doch längst der Bildschirmschoner ...*

Mehr Zeit bleibt ihr nicht.

Sie zuckt zusammen, als sie die Hände spürt. Er presst den Schwamm mit Chloroform auf ihr Gesicht. Sie sinkt zu Boden.

Jetzt hat er sie so, wie er sie braucht.

Er holt das Klebeband.

Und die Handschellen.

Richtet den Computer ein. Und die Kamera ...

Clara spürte, wie ihr Herz schlug. Schweißperlen glitzerten auf ihrer Stirn. Sie hatte alles vor sich gesehen. Es hatte sich so real in ihrem Kopf abgespielt, als wäre es wirklich so geschehen.

Er hat sie erwartet, dachte sie. *Es kann nicht anders gewesen sein. Er war in ihrer Wohnung, als sie kam. Zwei Personen haben an diesem Sonntag die Wohnung betreten, aber nur einer hat sie wieder verlassen.*

In diesem Moment öffnete sich die Tür zu Claras Büro. Sie zuckte zusammen, so sehr war sie in ihren Gedanken gefangen. Winterfeld steckte seine Adlernase durch die Tür.

»Kommen Sie in mein Büro, Señora. Dr. von Weinstein ist gerade da«, sagte er, in der Hand eine Schachtel Zigarillos, von denen er wohl einen gerade wieder »nach draußen geraucht« hatte. »Er hat den Bericht des Entomologen dabei, mit neuen Infos zu diesen Käfern. Und die IT hat auch etwas herausgefunden.« Er kniff ein Auge zu. »Die Suppe wird allmählich heiß!«

28.

Der Nachmittag war angebrochen. Die ersten Schatten der Dämmerung streckten bereits ihre Finger nach dem ohnehin trüben, schmutzig grauen Regenhimmel aus.

Sie saßen an dem großen Konferenztisch in Winterfelds Büro. Hermann, MacDeath und von Weinstein hatten schon Platz genommen, als Winterfeld und Clara zur Tür hereinkamen.

Winterfeld ließ sich auf den Stuhl am Ende des Tisches sinken, vor ihm die Ermittlungsakte, die von Weinstein gleich aus der Rechtsmedizin mitgebracht hatte.

Von Weinstein, jetzt in Sakko und Hemd, ohne weißen Kittel, Mundschutz und Plastikschürze und deshalb kaum wiederzuerkennen, berichtete von den neuesten Untersuchungsergebnissen. Alle hörten ihm andächtig zu, während Clara sich setzte, so leise sie konnte, und ihr Notizbuch aufschlug. Hermann nestelte an von Weinsteins Laptop herum, um es an den Beamer anzuschließen, der ebenfalls auf dem Tisch stand.

»... wir haben zwei Zahnärzte kontaktiert. Jasmin Peters' Zahnarzt in Berlin und den in Springe. Zahnstatus passt in beiden Fällen eins zu eins, zwei Inlays in den Fünfern oben rechts und links. Extraktion aller Weisheitszähne hat 2004 stattgefunden, und die Vierer sind im Rahmen einer kieferorthopädischen Behandlung in den Neunzigern entfernt worden.« Von Weinstein nickte zur Bestätigung. »Damit ist die Leiche eindeutig identifiziert. DNA-Abgleich der Mumie und der Hautpartikel an der Kleidung und so weiter ist im Gange, aber das ist nur noch fürs Protokoll.«

Hermann machte sich eine Notiz.

»Hundert Prozent?«

Von Weinstein nickte noch einmal.

»Hundert Prozent.«

Hermann wandte sich an Winterfeld. »Ich sage den Kollegen in Hannover Bescheid, sie sollen die Eltern informieren.« Winterfeld nickte. Clara war froh, dass sich die Beamten in Hannover darum kümmerten. Solch eine Nachricht zu überbringen war manchmal härter, als den schlimmsten Killer zu jagen. Man musste fest und bestimmt sein – und fast ohne Mitleid. Manche nahmen es mit Fassung, sagten gar nichts. Manche bedankten sich sogar für die Information und weinten dann für sich. Andere rasteten aus, nahmen ihre Wohnung auseinander, mussten mit Beruhigungsspritzen außer Gefecht gesetzt werden.

»Wir müssen Ihnen leider mitteilen, dass Ihre Tochter ermordet worden ist.« Keine Emotionen zeigen, keine Hoffnungen wecken. Man bleibt kurze Zeit und geht wieder. Den Rest erledigen die Psychologen, die immer dabei sind. Ein Gespräch von fünf Minuten, das eine Welt für immer zerstört.

»Den Todeszeitpunkt können wir nicht mehr genau feststellen«, fuhr von Weinstein fort, während Winterfeld die Drucke auseinanderpflückte und sich die verschiedenen Teile des Berichts durchlas, »doch aufgrund des Grades der Mumifizierung ist der März diesen Jahres als Todeszeitpunkt nicht unwahrscheinlich.«

Clara blickte auf die Ausdrucke, die Winterfeld auf seinem Platz verteilte und prüfend durchblätterte, während er von Weinstein lauschte. Eines der Fotos zeigte Ober- und Unterkiefer, die entfernt worden waren; ein anderes Bild zeigte das mumifizierte Gesicht ohne Kiefer; anstelle von Kinn und Lippen klaffte ein riesiges Loch, das in dem grotesk vertrockneten, augenlosen Gesicht wie ein immerwährender Schrei aussah.

»Sonst noch etwas?«, fragte Winterfeld.

»Allerdings«, sagte von Weinstein. »Der Verdacht eines Sexualdelikts hat sich erhärtet. Wir haben im Vaginalbereich der Leiche Spuren von Spermien identifiziert.«

Sexualdelikt, dachte Clara. *Mein Gott. Hat er sie vergewaltigt und dann den Film gedreht? Oder hat er sie erst getötet und dann ...*

Winterfelds Stimme unterbrach ihre Gedanken. »Passt das zu den Ergebnissen der Spurensuche? Hermann?«

Hermann schob Laptop und Beamerkabel zur Seite und räusperte sich, bevor er sprach: »Zunächst einmal gute Nachrichten. Die Spurensuche hat männliche DNA in der Wohnung gefunden. Ebenso an der Leiche. Beide sind identisch.«

»Identisch mit der DNA in den Spermien?« Winterfeld blickte von Weinstein an.

»Identisch«, sagte der und nickte.

»Bingo«, meinte Winterfeld. »Das bedeutet, wir haben die DNA von dem Kerl, der in Jasmins Wohnung war, der sie vergewaltigt und höchstwahrscheinlich getötet hat.« Er schaute in die Runde. »Haben wir diesen Kerl irgendwo gespeichert? Ist er vorbestraft? Oder müssen wir jetzt die Riesen-Speichelprobe in ganz Berlin durchführen?«

»Ich hoffe nicht«, sagte Hermann. »Die Analyse läuft. Wir fragen zuerst bei den Krankenhäusern nach, ob die noch Blut- oder Gewebeproben oder Ähnliches haben, mit denen man einen DNA-Test vornehmen könnte. Ich würde aber nicht zu viel erwarten. Was meinen Sie?« Er schaute von Weinstein an.

»Wenn die Blutentnahme nicht allzu lange zurückliegt und die DNA in einer Datenbank eingetragen ist, könnten wir Glück haben. Normalerweise haben Sie recht, in der Regel wird nur die DNA von vorbestraften Tätern gespeichert. Seit Neuestem läuft aber der Aufbau einer DNA-Datenbank des BKA, die sämtliche deutschen Staatsbürger erfassen soll, vergleichbar der CODIS-Datenbank des FBI in den USA.« Er putzte seine

Brille, während er sprach. »Diese Datenbank wird seit einigen Monaten peu à peu mit DNA und Personendaten gefüttert, und zwar von allen Einwohnern, nicht nur den Vorbestraften.«

»Das heißt, wenn der Täter vor nicht allzu langer Zeit in medizinischer Behandlung in einem großen Krankenhaus war …«, warf Clara ein.

»… dann könnte es sein, dass wir die DNA einer bestimmten Person zuordnen können«, ergänzte von Weinstein. »Ansonsten wird es langwierig.«

»Big Brother lässt grüßen, aber gut für uns«, sagte Winterfeld. »Jetzt zu den Käfern.« Er machte eine einladende Handbewegung zu Dr. von Weinstein, der wieder übernahm.

»Einer unserer Entomologen ist spezialisiert auf Verwesungsprozesse und insektenfraßtypische Defekte an Leichen«, sagte von Weinstein und gab Hermann ein Zeichen.

Der stöpselte das Kabel des Laptops in den Beamer. Das Bild eines schwarzen Käfers erschien an der gegenüberliegenden Wand. Es war einer der Käfer, wie sie zu Hunderten in dem Zimmer gewesen waren: kleiner Kopf, eiförmiger Panzer, zwei Fühler, sechs Beine, alles mattschwarz.

»*Blaps Mortisaga*«, sagte von Weinstein, den Bericht des Entomologen in der Hand. »Großer Totenkäfer. Er wird auch Totenansager genannt, weil er in früheren Zeiten als Vorbote kommenden Unheils angesehen wurde.«

Das Schlimmste kommt also noch, dachte Clara.

»Diese Käfer werden zwanzig bis dreißig Millimeter lang und gehören zu den Kulturfolgern, also zu den Tieren, die fast ausschließlich in menschlichen Siedlungen leben. Dort vor allem an dunklen und feuchten Orten wie Scheunen und Kellern. Die Käfer sind nachtaktiv. Sie verbergen sich tagsüber in dunklen Ritzen, während sie nachts auf Nahrungssuche gehen.«

»Wovon ernähren sie sich?«, fragte Clara.

»*Blaps Mortisaga* sind omnivor«, sagte von Weinstein. »Das

heißt, sie ernähren sich von allem, egal, ob Pflanze oder Lebewesen, egal, ob lebend oder tot.«

»Sie sind also geeignet, die Feuchtigkeit aus einer Leiche zu saugen?«, fragte Winterfeld.

»Ja, wie nur wenige andere Lebewesen.« Von Weinstein nickte.

»Können sie fliegen?«, fragte Clara.

»Einige ja, einige nein. Die, mit denen wir es zu tun haben, sind flugunfähig.«

Clara nickte. *Wäre auch kontraproduktiv,* dachte sie.

»Noch etwas, das wir wissen sollten?«

Von Weinstein schüttelte den Kopf. »Das war's erst einmal.«

»Danke«, sagte Winterfeld und schob den Stapel mit dem Ermittlungsbericht zusammen. »Clara, Hermann, ihr habt euch den Rechner genau angeschaut. Was gab es da?«

»Der Killer hat die gesamte Kommunikation von Jasmin Peters übernommen«, sagte Clara. »Er hat in ihrem Namen auf Social-Network-Plattformen wie Facebook von den verschiedensten Orten Postings durchgeführt, um die Freunde von Jasmin hier in Berlin und auch die Eltern in dem Glauben zu lassen, sie würde noch leben.«

»Cleverer Bursche«, sagte Winterfeld. Er blätterte durch den Bericht. »Ihr schreibt hier, dass die letzten Worte genau dann gepostet wurden, als ihr am Rechner gesessen habt, eine Art zynische Bestandsaufnahme: *Jasmin Peters ist tot.*« Er fuhr sich durch die Haare. »Glaubt ihr, er hat gewusst, dass *ihr* online seid?«

Hermann nickte. »Könnte sein. Die IT ist noch dabei, Genaueres herauszufinden, aber wie es aussieht, hat er auf Jasmins Laptop ein Rootkit installiert, das ihm sofort meldet, wenn jemand mit dem Laptop online geht. Und das können ja eigentlich nur wir gewesen sein.«

»Jäger und Gejagte«, sagte Winterfeld und wandte sich an

Hermann. »Wisst ihr schon, von welchem Rechner aus das letzte Posting kam?«

»Die Postings, die er sozusagen stellvertretend für Jasmin vorgenommen hat, kamen alle von einem anderen Rechner, nicht von dem, der in Jasmins Wohnung stand. Diesen Rechner hat er offenbar die ganze Zeit in ihrer Wohnung stehen gelassen.«

»Irgendwelche Spuren?«, fragte Winterfeld.

Hermann schloss die Darstellung mit dem Käfer und klickte zu einer neuen Präsentation.

»Die alten Postings zurückzuverfolgen, die schon mehrere Monate alt sind, ist langwierig«, sagte er, »aber wir haben die IP-Adresse der Todesmeldung herausfinden können, wenn wir sie mal so nennen wollen. Leider hilft uns die nicht sehr viel weiter.« Er klickte auf die Tastatur des Präsentationslaptops, und ein Stadtplan von Berlin erschien an der Wand. Eine Adresse nahe dem Kottbusser Tor war rot eingerahmt.

»Ein Café mit drahtlosem Internet-Zugang in der Skalitzer Straße ungefähr anderthalb Kilometer Luftlinie vom Tatort entfernt. Die Jungs von der Streife waren eben dort«, sagte Hermann. »Ihr kennt das ja, man kann sich da mit seinem Laptop hinsetzen und sich gleichzeitig ins WLAN einloggen. In diesem Café sogar ohne Codewort.«

WLANs ohne Codewort waren mittlerweile eine Seltenheit, doch es gab sie noch immer. Die meisten Anbieter von Wireless Hotspots hatten schnell auf codewortgeschützte Zugänge umgestellt, nachdem die ohne Codewort ein paar Mal zu oft von Pädophilen genutzt worden waren, die sich aus dem Auto von einem Parkplatz aus heimlich über fremde WLANs Kinderpornographie heruntergeladen hatten. Die Pädophilen blieben unerkannt, doch die Café- oder Hotelbetreiber hatten plötzlich unerfreulichen Besuch von bewaffneten Männern mit Dienstmarken und wenig Sinn für Humor.

Winterfeld nestelte mürrisch dreinblickend an seiner Zigarilloschachtel herum. Hermann sprach weiter.

»Der Täter hat also entweder in dem Café gesessen, als er gepostet hat, oder er saß in einem Auto vor dem Café, ist kurz online gegangen, hat gepostet und ist dann gleich weitergefahren.«

»Hilft uns die Information?« Winterfeld schaute noch mürrischer drein.

»Sie würde uns helfen, wenn wir die IP-Adresse einem registrierten Privatanschluss zuordnen könnten«, sagte Clara. »So wissen wir nur, dass irgendein Laptop am heutigen Nachmittag das WLAN des Cafés genutzt hat, und suchen die Nadel im Heuhaufen.«

»Keine Möglichkeit, mehr herauszufinden?«, fragte Winterfeld.

Wieder meldete Clara sich zu Wort. »Die einzige Möglichkeit wäre, sich die IP-Protokolle sämtlicher WLANs von Berliner Cafés geben zu lassen und so eine Spur des Täters durch Berlin zu haben. Das ist aber nur möglich, wenn er stets dasselbe Laptop benutzt und damit die ganze Zeit online geht.« Sie blickte Hermann an. »Richtig?«

»Richtig.« Hermann schaute in die Runde. »Sobald er offline geht oder einen anderen Computer verwendet – und das ist nicht unwahrscheinlich –, helfen uns die früheren Daten nicht mehr.«

Winterfeld versuchte es noch einmal. »Und wenn wir eine Suchaktion starten?«

»Ich verstehe Sie ja.« Clara musste lächeln, obwohl ihr eigentlich nicht danach zumute war, doch Winterfelds Diensteifer hatte manchmal etwas Kindlich-Trotziges. »Aber was wollen wir da als Suchmeldung rausgeben? ›Gesucht wird eine Person, von der wir annehmen, dass sie ein Mann ist, der sich am Nachmittag gegen achtzehn Uhr nahe dem Backfrisch-Café an der Skalitzer Straße aufgehalten hat. Wir wissen nicht, wie er aussieht, aber er hatte vielleicht ein Laptop dabei. Vielleicht saß er aber auch im Auto oder unbemerkt mit dem Laptop auf dem Klo des Cafés. Sachdienliche Hinweise bitte an ...‹« Clara schüttelte den Kopf. »Das ist der beste Weg, *nichts* herauszufinden und uns lächerlich zu machen.«

Winterfelds Mundwinkel sanken noch weiter nach unten. »Also ist es eine Spur ...«

»... die wir nicht weiterverfolgen können.« Hermann zuckte die Schultern.

Winterfeld kniff die Lippen zusammen und fuhr sich durch die Haare. »Das heißt, dieser Kerl läuft hier irgendwo herum, und wir können nichts unternehmen?« Clara und Hermann zuckten die Schultern. Winterfeld klappte die Zigarilloschachtel auf und zu und atmete tief aus. »Na ja, immerhin haben wir die DNA.«

»Im Moment checken wir die weiteren Online-Kontakte auf Jasmin Peters' Laptop«, sagte Hermann. »Wir haben ihr Profil auf mehreren Dating-Plattformen gefunden und werden jetzt die Kontakte zurückverfolgen, mit denen sie bis März kommuniziert hat. Anfragen bei den Anbietern sind bereits unterwegs.«

Winterfeld stand auf und ging mit von Weinstein zur Tür.

»Gut«, sagte er. »Nächste Schritte: Entweder es gelingt uns doch noch, die DNA des Mannes zuzuordnen, oder wir müssen das Netz über die Online-Kontakte enger knüpfen. Ein DNA-Check der Bevölkerung kommt für mich nur als Plan B in Betracht. Idealerweise sollten wir den Täter über das Medium schnappen, aus dem er kommt: das Internet.« Er steckte sich einen Zigarillo zwischen die Lippen und ballte die Faust, während er die Tür öffnete.

»Und dann: sichten und vernichten.« Er zwinkerte Clara zu. »Ich gehe eine rauchen.«

29.

Albert Torino war kurz eingenickt, als ihn das Klingeln seines Blackberrys aus dem Schlaf riss. Er saß an seinem Schreibtisch im Büro an der Friedrichstraße und kam nur langsam zu sich.

Die Nacht war die Hölle gewesen. Jochen und er hatten, so gut es ging, eine Präsentation zusammengestellt, in denen die »Letters of Intent«, die Absichtserklärungen der Sender, aufgestellt waren. Torino hatte es nur unter Zuhilfenahme von Aufputschmitteln geschafft, da er die Nacht zuvor im Flugzeug schon nicht geschlafen hatte und der Jetlag ihm noch zu schaffen machte. Der größte Privatsender war bereit, das Ganze zu senden, sofern es Rückendeckung von Xenotube gab. Pegasus Capital würde noch einmal drei Millionen für eine Riesenkampagne drauflegen, wenn *Shebay* auf der Landing Page von Xenotube zu sehen war. Und zwei mittelgroße Plattenlabels hatten bereits zugesagt, Joint Ventures einzugehen, um mit den Top-Kandidatinnen Platten zu produzieren. Das Recht, die gemeinsame Nacht von Miss Shebay und dem Bieter zu filmen und möglicherweise als Porno zu verkaufen, behielt Integrated Entertainment, auch deshalb, weil sich weder Xenotube noch Privatsender mit Triple-X-Filmen die Finger und das Image schmutzig machen wollten. Darauf hinzuweisen und sich an den Umsätzen indirekt zu beteiligen reichte schließlich, damit die Kasse klingelte.

Tom Myers und seine Anwälte hatten gesehen, dass die Präsentation ein wenig mit der heißen Nadel gestrickt worden war – was bei Dingen, die nachts um halb vier zusammengehauen werden, wenn man hundemüde ist und telefonisch niemanden mehr erreicht, um sich Rat zu holen, nichts Ungewöhnliches ist –, doch am Ende hatte Myers einer möglichen Absichtserklärung zugestimmt, ohne allerdings 100 Prozent konkret zu werden. Bedingung war eine Beteiligung von 25 Prozent an allen Umsätzen, die Integrated Entertainments mit *Shebay* in den nächsten zwei Jahren machte, was ausdrücklich die möglichen Porno-Formate und deren Weiterverwertung im Internet mit einschloss – freilich wieder, ohne irgendetwas davon selbst zu zeigen. Xenotube wollte, dass kein Dreck am Dreckwerfer hängen blieb, nur das Geld, das der Dreck produzierte. Ein ganz schöner Knebeldeal, fand Torino, aber wer das Geld hatte, mischte nun mal die Karten. Und wer die Zuschauer hatte, mischte noch mehr – und 10 Millionen Zuschauer waren 10 Millionen Zuschauer.

Torino räusperte sich und nahm den Anruf an. Laut Nummer ein Vorort von Berlin. *Könnte Potsdam sein*, dachte er. *Vielleicht Schweine-Jochen.*

»Torino hier.«

»Albert!« Selbst Jochen, sonst ein Fels in der Brandung, schien aufgeregt zu sein. »Rate mal, wer mich eben angerufen hat.«

»Der Weihnachtsmann«, knurrte Torino, der es nicht mochte, wenn Leute es absichtlich spannend machten.

»So ungefähr«, sagte Jochen, offenbar immer noch nicht gewillt, die Katze aus dem Sack zu lassen. »Geschenke gibt es auf jeden Fall reichlich.« Er machte eine kurze Pause, die Torino nutzte, die Füße, die er zum Schlafen auf dem Tisch platziert hatte und die jetzt eingeschlafen waren, herunterzunehmen.

»Hast du morgen schon was vor?«, fragte Jochen, anstatt endlich konkret zu werden.

»Ja.« Torino massierte seinen Fuß, in den allmählich kribbelnd das Leben zurückkehrte. »Ich werde ein paar Leute besuchen und denen ordentlich die Schnauze polieren. Besonders denen, die nie zur Sache kommen.«

»Okay, machen wir's kurz.« Jochen hatte wohl begriffen, dass langsam »Butter bei die Fische« musste, wie man in seiner Heimatstadt Bremen sagte. »Am Freitag musst du tatsächlich jemandem in die Schnauze hauen. Allerdings nicht mit den Fäusten, sondern verbal, und zwar den Schlampen von *Shebay.*« Torino setzte sich kerzengerade auf, während Jochen weitersprach. »Der Sendeleiter vom Privatfernsehen hat mich gerade angerufen. Er hat unser Material gesehen. Sie haben um 20.30 Uhr einen Slot frei. Der Moderator von *Sport ohne Grenzen* ist überraschend krank geworden. Sie haben keinen Ersatz, und zwei Promi-Gäste haben auch abgesagt.«

Torino klemmte den Hörer ans Ohr, klickte in sein Outlook auf seinem Laptop und ging im Kopf bereits die Planungsschritte durch, die bis Freitag erforderlich waren. *Das ist morgen,* dachte er. *Verdammt noch mal, das ist schon morgen!*

»Das heißt, die bieten uns einen Slot für *Shebay* an?«

»So ist es.« Torino konnte beinahe durchs Telefon den Ausdruck der Selbstgefälligkeit in Jochens großen grünen Glupschaugen sehen.

»Wenn die Kiste gut läuft«, fuhr Jochen fort, »bekommen wir einen dauerhaften Sendeplatz und eine eigene Marketingkampagne mit dem Sender.«

»Pegasus Capital wird vor Freude im Dreieck springen«, sagte Torino. Das klang alles gut, fast schon zu gut, denn wenn etwas zu schön klang, um wahr zu sein, dann war es das meistens auch.

»Jetzt mal unter uns Betschwestern.« Torino machte eine kurze Pause. »Wo ist der Haken?«

Zwei Sekunden Stille, bevor Jochen antwortete: »Na ja, die wollen, dass Xenotech auch bereits am Freitag mitsendet. So kriegen sie beide Zuschauergruppen: die Couch-Potatos, die seit zwanzig Jahren vor dem Fernseher liegen, *und* die Internet-Junkies.« Torino schüttelte sein Bein aus, in das jetzt alles Leben zurückgekehrt war, und kratzte sich am Kopf. Er kannte Xenotech. Die wollten Hahn im Korb sein oder gar nichts. So ähnlich wie er.

»Also, Sendung schon am Freitag volle Pulle«, fasste Jochen zusammen. »Dafür aber Sendung auf Xenotube und gemeinsame Vermarktung im Web mit dem Privatfernsehen. Wenn uns das sofort gelingt, kriegen wir dort einen Dauersendeplatz. Wenn nicht, ist es erst mal Ehe auf Probe. Das musst du Myers irgendwie verklickern. Und wenn uns das gelingt, sind wir die Kings!«

»Und die Miezen müssen wir auch alle noch für Freitag mobilisieren«, sagte Torino. »Wir haben denen nichts davon gesagt, dass die morgen schon wieder strammstehen sollen.«

»Darum kümmere ich mich«, sagte Jochen. »Ich ruf die Mädels gleich an und sag ihnen, dass sie den ganzen Freitag für uns blocken müssen, wenn sie Karriere machen wollen. Anderenfalls können sie sich gleich beim Discounter an die Kasse setzen.«

»Richtig so«, sagte Torino. »Andira ruf ich an, die ist der Star des Abends. Und dann Tom Myers.«

»Jedem das Seine«, sagte Jochen.

Torino legte auf. Adrenalin schoss durch seine Venen, und sein Kopf dröhnte bei dem Gedanken an all die Dinge, die noch vor ihm lagen.

30.

Clara und Hermann saßen wieder vor Jasmin Peters' silbernem Laptop. Ein zweiter Rechner der IT stand daneben, auf dem Hermann sich durch diverse Benutzeroberflächen klickte. Er öffnete eine lilafarbene Seite, auf der Fotos von attraktiven Frauen und Männern zu sehen waren.

»Das ist Dategate«, sagte Hermann. »Ein Kontaktnetzwerk für Beziehungen und Sexkontakte. Wir haben vorhin schon bei denen angerufen. Sie schicken uns alle relevanten IP-Adressen der letzten acht Monate.«

»So lange speichern die?« Clara hob die Augenbrauen.

»Sechs Monate sind Pflicht. Die speichern aber noch länger, weil sie die Daten weiterverkaufen«, sagte Hermann. »Erst haben sie es abgestritten, aber als wir gesagt haben, dass wir auch gerne mit Blaulicht vorbeikommen können, ging's auf einmal.« Er griff in die Gummibärchentüte, die inmitten des Chaos aus Schrauben, Platinen, CDs und Kabeln auf dem Tisch lag. »Willst du jetzt welche?«, fragte er.

»Kann eh nicht mehr schlimmer werden«, sagte Clara und griff sich drei Gummibärchen aus der Tüte.

Hermann öffnete ein Fenster auf der Kontaktplattform. Es zeigte das Foto einer hübschen jungen Frau. Als Name war *Lady J.* angegeben, doch das Foto zeigte eindeutig Jasmin Peters mit offenen blonden Haaren und einem knappen Top an irgendeinem Strand.

»Das ist sie«, sagte Hermann, während Clara die Hobbys, persönlichen Interessen und sexuellen Vorlieben überflog, die bei solchen Kontaktseiten immer den Profilen zugeordnet waren.

Hobbys: Lesen, Sport, Ballett, Reisen, Yoga, Reiten (nicht nur auf Pferden ; –)

Das typische Smiley, dachte Clara, *das sich aus dem Internet nicht nur in der Tastatursprache, sondern sogar schon in der Handschrift einiger Leute eingenistet hat.*

Ihre Blicke huschten weiter über den Text.

Ich suche einen Mann, der nicht nur an das Eine denkt, sondern es vor allem sehr gut beherrscht.

»Oh«, sagte Clara, »an der ist eine Diplomatin verloren gegangen. Denn die meisten Männer auf solchen Plattformen suchen ja genau das.«

»Also weniger Museumsbesuche und Tanzschule?«, fragte Hermann, während er andächtig auf den Gummibärchen kaute.

»Wohl eher nicht«, sagte Clara. »Hat sie viel Post bekommen?«

»Jede Menge.« Hermann öffnete ein neues Fenster. Es zeigte mehr als hundert Mails von interessierten Männern an. »Die haben wir aus den Dateien recovered, die sie schon gelöscht hat.«

Recovered, dachte Clara. Das war ein Lieblingswort bei der IT. Und es war unheimlich. Denn richtig löschen konnte man in der digitalen Welt fast nichts mehr. Alles war irgendwie wieder herzustellen. Nichts konnte vergessen, nichts ungeschehen gemacht werden. Ohnehin fragte ein Computer immer reichlich aufsässig, ob man sicher sei, dass man etwas löschen wolle – und selbst dann war das, was man gelöscht zu haben glaubte, nicht wirklich gelöscht. Denn selbst die Daten, die niemand mehr brauchte, tauchten durch das Recovern wie Gespenster wieder auf; die Datenmengen wuchsen und wuchsen, und das gesamte System blähte sich auf in einer diabolischen Schwangerschaft der Information.

Hermann klickte auf Jasmins Profil. »Lady J. schien einer der Stars bei Dategate zu sein.« Er scrollte durch die Mails. Neben dem Rechner surrte ein Laserdrucker. Hermann beugte sich vor und zog ein paar Blatt Papier heraus. »Hier«, sagte er. »Eine kleine Kostprobe.«

Clara überflog die Zeilen. Eine ganze Heerschar von Interessenten hatte Jasmin mit den unterschiedlichsten E-Mails zur Kontaktaufnahme bombardiert.

DREAMBOY: Warum meldest du dich nicht mehr? Ich könnte dich heute zum Essen einladen. Wie wär's?

STALLION: Du hast wirklich hübsche Augen.

GÜNTHER: Bin schon etwas älter, aber vielleicht können wir uns mal treffen?

TRIPLE X: Darf ich dein Lecksklave sein?

DREAMBOY: Na, was ist?

SPORTY: Hey, Lady J., ich habe ein Gedicht für dich verfasst. Schau mal, da unten ...

STALLION: Du bist aber auch sonst sehr schön.

GÜNTHER: Das heißt, ich bin dir zu alt?

SPORTY: Habe dir gerade ein Foto geschickt. Und?

SPORTY: Sag mal was zu dem Schnappschuss! Hast du ein Oben-ohne-Foto?

PRINCESS: Magst du auch Frauen?

SPORTY: OK, mit BH geht auch. Sorry. Melde dich mal.

MR. BOND: Schönes Top. Wann sehen wir uns mal?

TRIPLE X: Was ist? Gefalle ich dir nicht? Ich will dein Sklave sein, Herrin.

MR. BOND: Ich koche für dich.

PRINCESS: OK, dann eben nicht.

SPORTY: Habe dir gerade Einladung für Chat geschickt. Würde mich freuen.

GÜNTHER: Wir müssen auch nicht gleich Sex haben.

SPORTY: Bin noch bis elf Uhr online. Melde dich mal.

GÜNTHER: Ich bin ein sensibler Bursche.

SPORTY: Wieso bist du online und meldest dich nicht?

TRIPLE X: Muss jetzt zur Arbeit. Melde dich.

STALLION: Du erinnerst mich an Cameron Diaz.

SPORTY: Blöde Schlampe!

»Meine Güte«, sagte Clara. »Das nimmt ja kein Ende.«

»Fühlen Frauen sich von solchen Mails angesprochen?«, fragte Hermann. »Kommt mir alles ziemlich plump vor.«

»Plump ist Trumpf«, sagte Clara und lächelte ein wenig gequält. »Aber in einem Zeitalter, in dem auf jedem Internetkanal für jeden Zuschauer jeden Alters Pornographie zu sehen ist, so weit das Auge reicht, ändern sich halt auch die Umgangsformen.« Clara zuckte die Schultern. »Die wollen schnell zur Sache kommen.«

Sie dachte kurz an ihren letzten Freund, den sie vor einem Jahr vor die Tür gesetzt hatte. Er hatte sie betrogen. Auch mit einer Frau, die er im Internet kennengelernt hatte. Sie schob den Gedanken beiseite.

»Jasmin Peters schien von den Mails aber nicht so begeistert gewesen zu sein«, sagte Hermann.

»Wer ist von so was schon begeistert? Ganz so schnell geht der Verfall dann doch nicht.« Clara griff unbewusst noch einmal in die Gummibärchentüte. »Abgesehen davon ist das die Berühmtheit, von der ich vorhin gesprochen habe. Du erinnerst dich?«

Hermann nickte. »Voll im Rampenlicht stehen und jeden abweisen dürfen?«

»Es ist wie ein Rausch. Eine Mail nach der anderen kommt rein, und jede sagt dir, dass du begehrt wirst, dass alle dich wollen.« Sie blätterte durch die Liste. »Aber du bist weit weg. Du musst nicht großartig reden, damit man dich in der Disco in Ruhe lässt, du musst nicht nach höflichen Floskeln suchen, um auf einem Empfang zu einem anderen Grüppchen zu wechseln, wo es weniger Nervensägen gibt, du musst gar nichts machen. Du schiebst die Mail in den Papierkorb, und das war's.«

»Bis auf ein paar Ausnahmen«, sagte Hermann und öffnete ein neues Profil. »Zum Beispiel den hier. Jaques. Mit dem hat sie sich ziemlich lange unterhalten. Der Einzige.«

Ein dunkelhaariger Mann um die dreißig. Leicht gebräuntes Gesicht, wache Augen, etwas Verschmitztes im Blick.

»Hübscher Kerl«, sagte Clara.

»Findest du?« Hermann klang beinahe ein bisschen neidisch. »Ich finde, der sieht schwul aus.«

»Metrosexuell«, verbesserte Clara. »Jede Frau will einen Mann, der sich männlich verhält und sie trotzdem versteht. Weil Letzteres bei Ersterem meist nicht vorherrscht, umgeben Frauen sich gerne mit Schwulen, weil die meist einfühlsamer sind. Ideal ist daher ein Mann, der sich wie ein Schwuler benimmt, aber nicht schwul ist.«

»Und das ist ein Metrosexueller?« Hermann kaute wieder auf einem Gummibärchen.

»Genau. Just gay enough to get the girl.« Clara faltete die Blätter zusammen. »Aber was schreibt er?«

»Er macht das geschickter.« Hermann reichte ihr einen weiteren Ausdruck.

Liebe Lady J., verzeihe mir, dass ich dich einfach so anschreibe, aber der Strand, an dem du stehst, ist das nicht auf Fuerteventura, Puerto del Rosario? Ich schreibe deswegen, da ich selbst

auch oft dort war und ein Freund von mir dort jetzt eine Werbeagentur aufgebaut hat. Vielleicht interessiert dich das ja.
Liebe Grüße, Jaques.

Clara hob anerkennend die Augenbrauen. »Der ist ein Verkäufer. Der nimmt den indirekten Weg. Nicht gleich à la *boah, du hast ja tolle Titten, willste mit mir ins Bett*? Stattdessen schafft er eine Gemeinsamkeit, die sie beide verbindet.« Sie sah Hermann an. »Und? Sie antwortet?«

Er nickte. »Sogar ziemlich schnell. Hier, lies.«

He, Jaques, das ist ja ein Ding. Du bist der Erste, der den Strand bei Fuerteventura erkannt hat. Das ist wirklich Puerto del Rosario, ganz toller Sand.
Sag mal, das mit der Agentur klingt ja interessant.
Grüße, Lady J.

Hermann klickte weiter, und der Drucker summte. Claras Blick schweifte ein wenig abwesend über die Zeilen und richtete sich dann auf das Foto von Jasmin auf der Website. Ein weißer Sandstrand, im Hintergrund ein kleines Hafendorf, zwei Schiffe, die auf dem Strand lagen, zum Dorf hin einige Palmen.

»Gesetzt den Fall«, sagte Clara und blickte Hermann an, »das ist nicht irgendein netter Typ namens Jaques, sondern der Killer – woher weiß er, dass das Fuerteventura ist? Es könnte jeder andere Strand irgendwo im Süden sein.«

Hermann zuckte die Schultern. »Eine Möglichkeit ist, dass er wirklich mal dort war.«

Clara blickte skeptisch drein. Die Möglichkeit bestand, aber die Wahrscheinlichkeit war verschwindend gering.

»Okay, und wenn er noch nie dort gewesen ist? Und wenn er

sich noch dazu in den Kopf gesetzt hat, genau diese Frau umzubringen? Und wenn er auf Teufel komm raus das Vertrauen dieser Frau gewinnen muss? Woher weiß er dann, dass das Fuerteventura ist, wenn er noch *nicht* dort gewesen ist?«

Hermann wackelte mit dem Kopf.

»Vielleicht ist er wirklich ein netter Kerl, und wir beißen uns am Killer fest.«

»Ich muss erst mal nur in eine Richtung denken, und in dieser Richtung ist dieser Bursche der Killer.« Clara merkte, dass ihre Stimme ein wenig schroff klang, aber das änderte nichts: Sie musste sich in das Denkmuster des Täters hineinversetzen.

Was war beim Vorgehen des Killers wichtig? Der erste Kontakt mit Jasmin musste sitzen. Der erste Schuss. Wie bei Bewerbungsgesprächen. Daher der geschickte Eröffnungszug, die Gemeinsamkeiten über das Hintergrundbild. Nicht der Frau genau das sagen, was ihr all die anderen notgeilen Typen schon gesagt haben. Und auch nicht blöd fragen: *Wo ist das, wo du da stehst?* Nein – *wissen*, wo sie steht. Gemeinsamkeiten schaffen. Und wenn man es nicht weiß, muss man es eben herausfinden. Und dann die nächste Frage: Warum gerade *diese* Frau? Weil er ihr Foto gesehen hat. Warum ist er dort hängen geblieben? Weil sie ihn an jemanden erinnert? Weil es diese Frau sein muss und keine andere? Aber warum?

In solchen Augenblicken konnte Clara in das Innere des Killers schauen. Sie konnte seine Wünsche sehen, seine logischen Schlüsse nachvollziehen, seine Begierden spüren. Es waren solche Augenblicke, in denen die U-Bahn kurzzeitig auf der Erdoberfläche fuhr, sichtbar wurde wie der schreckliche Wurm in den Eishöhlen der Antarktis bei H. P. Lovecraft, bevor sie wieder in der Finsternis des Untergrunds verschwand und unsichtbar zu einem neuen Schrecken raste.

Hermann verschränkte die Hände und ließ die Fingerknochen knacken. »Du willst es ganz genau wissen?«

»Ich will seine Methodik verstehen.«

»Wie er es gemacht hat?« Hermann atmete aus. »Je nachdem, wie gut er sich im Internet auskennt, kann es sein, dass er das Foto von Jasmin runtergeladen und den Hintergrund mit dem Strand durch eine Bilddatenbank gejagt hat, um einen Abgleich zu bekommen. Das ist möglich, aber die Anzahl der Bilder ist dort sehr begrenzt.«

Er öffnete ein neues Fenster im Webbrowser.

»Die andere Möglichkeit ist Google.«

»Google? Inwiefern?«

»Er kann alle Bilder, die Google von irgendwelchen Stränden irgendwo findet, mit diesem Bild vergleichen. Bei Millionen von Bildern von Millionen Urlaubern auf Millionen von Servern ist die Chance sogar recht hoch, dass eines dieser Bilder dem hier mehr oder weniger ähnlich sieht und zufällig den Titel ›Fuerteventura, Puerto del Rosario‹ trägt. Wenn er Glück hat, bekommt er sogar drei Bilder mit diesem Titel und kann ganz sicher sein.«

»Können wir das mal gegenchecken?«

Hermann schüttelte den Kopf. »Nicht auf die Schnelle.«

»Lass mich raten.« Clara bohrte weiter. »Weil man dafür einen sehr leistungsfähigen Computer braucht und selbst der einiges an Zeit benötigt?«

»Exacto!« Hermann nickte. »Dauert mit Sicherheit einen Tag, wenn nicht mehr.«

»Und der Killer hat vielleicht einen solchen Computer und die Geduld und die Zeit, das durchzuziehen?«

Hermanns Blick verdüsterte sich, und er nickte wieder. »Könnte sein.«

»Eins gefällt mir gar nicht«, sagte Clara. »Dass dieser Bursche extrem geduldig, methodisch und clever zu sein scheint.«

»Ja. Wie ein Kerl, der mit ’ner Schrotflinte eine Tankstelle überfällt, sieht er mir auch nicht aus.«

»Jetzt mal im Ernst.« Clara nahm die Füße vom Stuhl und stand auf. »Wir brauchen einen Anhaltspunkt. Wenn die DNA von dem Kerl nirgends gespeichert ist, haben wir gar nichts. Wie geht denn die Unterhaltung weiter?« Sie griff nach den Ausdrucken und las den Mailverkehr zwischen Lady J. und Jaques halblaut vor:

»*Was macht denn dein Freund in der Agentur ... Models, auch Werbekampagnen ... was machst du denn sonst so?* Na klar, das hab ich mir gedacht.« Sie sah Hermann an. »Der Typ behauptet natürlich, in einem Ableger der Agentur zu arbeiten, der darauf spezialisiert ist, neue Stars zu pushen.«

»Sie war wohl dumm genug, das zu glauben.«

Clara zuckte die Schultern. »Mann und Frau sind immer dumm genug, das zu glauben, was sie hören wollen.« Sie las halblaut weiter.

»*Vielleicht sollten wir uns mal sehen ... okay.*« Sie blätterte weiter durch die Seiten. »Dann will sie Fotos von ihm sehen. Schickt er die?«

Hermann klickte durch das E-Mail-Konto von Jasmin. »Ja. Einige im Anzug, andere an einem Strand. Dann hat er auch ein paar Halbnacktfotos beigelegt.«

»Musste ja irgendwann kommen«, sagte Clara. »Hat sie ihm auch etwas geschickt?«

»So ungefähr dasselbe, aber so freizügig wie er ist sie dann doch nicht geworden.« Er klickte weiter durch die Seiten. »Irgendwann hat er ihr seine Handynummer geschickt.«

Claras Kopf zuckte vor wie ein Katapult. »Wir haben seine Handynummer?«

Hermann lächelte gequält. »Leider nur Prepaid, und die Karte ist alle. Wurde im Februar diesen Jahres am Alexanderplatz gekauft, den Shop kennen wir. Dummerweise hat der Kunde bar bezahlt. Kameraaufnahmen von dem Laden gibt es aus der Zeit nicht mehr.«

»Mist!« Clara kniff die Lippen zusammen. »Wobei es mich bei diesem Killer auch gewundert hätte, wenn er dermaßen plump vorgehen würde.« Sie dachte kurz nach. »Gibt es eine Möglichkeit, über das Internet oder auf andere Weise herauszufinden, ob wir diese Nummer zuordnen können? Über andere Chats oder Blogs oder was auch immer?«

»Haben wir bei ihm schon versucht«, sagte Hermann. »Aber da ist nichts.« Er schaute auf das Profil von Jasmin. »Bei *ihr* ist es leider anders.«

»Bei ihr kann man das herausfinden?«, fragte Clara.

»Hier geht's los.«

Hermann blätterte durch die Seiten und zeigte mit dem großen Finger auf einen Satz. Clara las laut vor:

»*Ok, dann lass uns doch die Tage mal telefonieren. Ich bin bis Montagmittag in Berlin.* Das ist jetzt der Killer. Dann sie: *Vielleicht schaffen wir's am Sonntagabend auf einen Drink? Sollte ab neunzehn Uhr wieder da sein. Aber schick mir vorher eine SMS.*«

Clara schaute Hermann an. Das war die Verabredung! Der Typ war ein perfekter Verkäufer. Er war nebulös geblieben, hatte nicht auf ein Treffen gedrängt, sondern hatte es ihr überlassen, ein Treffen vorzuschlagen. Und sie war darauf eingegangen.

Am Sonntagabend, dem 10. März. Irgendwo auf einen Drink.

Doch es gab keinen Weißwein, keinen Tee, keinen Cocktail.

Es gab Blut.

Viel Blut.

Clara las weiter. »*Hier ist meine Handynummer.*«

Hatte Jasmin damit ihre eigene Hinrichtung besiegelt? Sie wandte sich an Hermann. »Kann er damit etwas anfangen?«

»Es ist tatsächlich eine der Nummern von Jasmin Peters. Wir haben zwei: Zunächst mal iPhone T-Mobile mit Vertrag.« Hermann zog ein Blatt hervor, das die IT-Techniker vorher ausgedruckt hatten. »Zu jedem Vertrag gehören Name, Geburtsdatum, Bankverbindung, Schufa-Auskunft und Anschrift der Person. Anhand dessen kann man alles rausfinden.«

»Aber die iPhone-Nummer ist eine andere als die, die Jasmin rausgegeben hat.«

Hermann nickte. »So funktioniert das oft. Viele Leute, die in diesen Chats unterwegs sind, haben zwei Nummern. Eine für das wirkliche, seriöse Leben und eine für ...«, er zuckte mit den Schultern, »für so etwas.«

»Ist die auch mit Vertrag?«

»Nein. Auch Prepaid. Die letzte Karte wurde im Februar gekauft, beim Media Markt Neukölln Arcaden.«

»Konnte der Killer anhand dieser Prepaidnummer herausfinden, wer Lady J. ist und wo sie wohnt?«

»Leider ja.« Hermann klickte auf eine andere Website auf Jasmins Computer. Der Name war copyscape.com. Eine Eingabemaske von Webseiten.

»Was ist das für eine Seite?«

»Copyscape prüft Inhalte des Internets, die an verschiedenen Stellen noch einmal auftauchen, zum Beispiel eine Handynummer.« Er kratzte sich am Kopf und griff wieder in die Gummibärchentüte. »Diese Handynummer kann an irgendeiner anderen Stelle einem Namen zugeordnet sein. Wenn es diese andere Stelle gibt, wird sie gefunden.«

»Und das kann Google nicht?«

»Kann Google prinzipiell auch, aber Copyscape ist auf solche Doppelungen spezialisiert. Die Seite wird eigentlich dafür eingesetzt, damit Webdesigner prüfen können, ob ihre Inhalte nicht von anderen Leuten nachgemacht werden und es dadurch Copyright-Verletzungen gibt.«

Clara bog die Arme nach hinten, um die Verspannung im Nacken zu lösen.

»Und hat der Killer etwas gefunden?«

»*Wir* haben jedenfalls etwas gefunden«, sagte Hermann. »Es gab da eine Wiki-Page.« Er schaute sie kurz an. »Diese webbasierten Dokumente, an denen verschiedene Leute gleichzeitig arbeiten können. Sie hatte von einer Uni-Studiengruppe eines dieser Wikis, wo sie im Team ein Referat schreiben mussten. Ist schon etwas her, im dritten Semester. Aber es ist noch online. Das Internet hat ein gutes Gedächtnis. Und was nicht gelöscht wird, bleibt.« Er klickte das Wiki an. Es ging um Marketingstrategien für eine Getränkefirma. Irgendetwas aus dem BWL-Seminar. Jasmin Peters' Name stand dort, gemeinsam mit zwei weiblichen und zwei männlichen Kommilitonen.

»Der Bereich ist geschützt«, sagte Hermann, »aber nicht mit mehr als Hundert-Bit-Verschlüsselung, sodass man sich relativ einfach dahinterhacken kann. Und selbst wenn man's nicht kann – Google kann es.«

»Google kommt einfach so in geschützte Bereiche?«

»Du musst dir das vorstellen wie die Reise nach Rom«, sagte Hermann. »Viele Wege führen dorthin. Normalerweise fliegt man mit dem Flugzeug oder fährt auf der Autobahn. Ist die verstopft, nimmt man eine Landstraße. Ist die auch verstopft, nimmt man einen Feldweg. Irgendwie kommt man nach Rom, auch wenn die größten Zugangswege blockiert sind. Genau so macht es Google. Der Google Robot durchforstet ganze Webseiten innerhalb von Mikrosekunden nach wichtigen Keywords. Irgendwann kennt er alle Wege. Und Google hat nur ein Ziel: Informationen zu sammeln. Wenn die Hauptwege verstopft sind, findet der Robot irgendwann auch die Feldwege.«

Clara zeichnete mit einem Kugelschreiber mehrere Wege auf die Ausdrucke. »Das heißt, die Autobahn verlangt Maut. Wer die nicht hat, kommt nicht durch. Auf den Feldwegen aber schon.«

Hermann nickte. »Genau. Die Autobahn ist der direkte Weg,

wo nach einem Passwort gefragt wird. Auf dem Feldweg kann man dieses Passwort umgehen.«

»Musste unser Killer dazu Google manipulieren?«

»Er musste wissen, wie die Semantik von Google tickt, anhand welcher Kriterien der Google Robot Informationen findet, auswählt und für speicherungswürdig erachtet.«

»Und die Information ist öffentlich?«

»Die steht in fast jedem Marketingbuch über Suchmaschinenoptimierung«, sagte Hermann. »Die meisten Unternehmen, die mit ihren Seiten im Netz sind, *wollen* ja von Google gefunden werden und am besten ganz oben stehen.«

Schöne neue Web-Welt, dachte Clara. *Die Geheimnisse des Internetmarketings sind auch für Serienkiller nützlich.* Sie tippte mit dem Stift auf das Papier. »Jetzt zu dem Wiki. Was hat er da gemacht?«

Hermann klickte durch die Seiten. »Über Copyscape hat er die Seite herausgefunden, indem er den Nickname ›Lady J.‹ und die Handynummer eingegeben hat. Vielleicht noch ihre Hobbys wie Reiten und so weiter. Und dann hat er sich entweder reingehackt, wenn er schlau ist …«

»Was ich dem Typen durchaus zutraue«, warf Clara ein.

»Ich auch.« Hermann nickte. »Oder er hat die Frage bei Google so eingegeben, dass Google den Feldweg genommen hat. Ruckzuck war er in dem Wiki-Dokument drin, das eigentlich geschützt ist.«

Clara nickte bedächtig. »Verstehe. Und wie konnte er die Nummer zuordnen?«

Hermann ging mit der Maus auf eine andere Seite. »Zu dem Wiki gehörte eine Liste derjenigen, die an der Seminararbeit beteiligt waren«, sagte er. »Da standen die Namen, E-Mails und Handynummern drauf. Falls man sich mal schnell abstimmen will.«

Clara folgte dem Mauspfeil von Hermann.

Jasmin Peters, 3. Semester, BWL und Kulturwissenschaften, Mail: jpeters@gmx.de

Es folgte die Handynummer. Clara schüttelte den Kopf. Verdammt. Jasmin hatte schon ihre Prepaidnummer angegeben und nicht die mit dem Vertrag. Doch selbst das hatte nichts genützt. Alles war so transparent wie in einem offenen Buch.

»Jetzt wusste er auch noch eine weitere Mailadresse, die Prepaidnummer *und* den richtigen Namen.«

Hermann lächelte. »Das Netz wurde immer enger.«

»Dann hat er so weitergemacht?«, fragte Clara. »Wieder Querverweise gezogen, den Namen und die Handynummer irgendwo eingegeben, sich irgendwo anders reingehackt? Auf der Suche nach ihrem Facebook-Alias und ihrer wirklichen Adresse?«

Hermann nickte.

»Und wenn unser Killer sich so gut mit Computern auskennt, wie wir glauben ...«

»... findet er auch das heraus. Er weiß schließlich, wer sie ist«, Hermanns Stimme wurde tonloser, »und wo sie wohnt.«

»Scheiße!« Clara zog an ihren Fingern. »Dann hat sie damit ihr Todesurteil unterschrieben. Der Typ hatte die Nummer, dann hat er auf Facebook gecheckt, ob sie tatsächlich am Wochenende weg ist und bis wann, dann hatte er die Verabredung irgendwo ›auf einen Drink‹, und dann hat er vielleicht in ihrem Bahn-Konto gesehen, wann sie wiederkommt. Und so konnte er alles vorbereiten.«

»Falls es der Killer ist.« Hermann blickte auf das Foto auf dem Bildschirm. »Einen Typen, der Frauen ermordet, den Mord filmt und als CD verschickt, stelle ich mir anders vor.«

»Mit Hörnern und Klauen und feuerspuckend, nicht wahr?« Clara musste unfreiwillig lachen. »Es ist immer der Vorteil von Killern, dass niemand glaubt, dass sie Killer sind.«

Beide schauten wie hypnotisiert auf den Bildschirm, auf das freundliche, markante, braun gebrannte Gesicht mit den dunklen Augen und den schwarzen Haaren, schauten auf die Mails von Jasmin Peters, auf die Nachrichten bei Dategate und auf die IP-Protokolle. *So viele Daten,* dachte Clara, *und keine einzige Lösung.* Sie merkte, wie sich die Müdigkeit allmählich Bahn brach, wie ihre Lider schwer wurden und die Bilder auf dem Monitor und der Text in den Nachrichten verschwammen. Sie sah sich an einem Strand, sah einen freundlichen Jungen auf sie zugehen. *»Hallo«,* sagte der Junge, *»ich arbeite in einer Strandagentur. Wir verkaufen Handys und wissen, wo du wohnst ...«*

Schwere Schritte erklangen auf dem Flur. Claras Traum vom Strand löste sich auf wie Rauchschwaden.

Die Tür flog auf, und das Gesicht von Kriminaldirektor Winterfeld erschien in der Tür.

»Laden und entsichern«, rief er und schlug mit der Faust in seine offene Hand. »Wir haben ihn!«

Clara war augenblicklich hellwach.

»Wenn alles gutgeht, nehmen wir diesen Käferfetischisten noch heute Abend hoch.« Winterfeld stand im Türrahmen, die Hände stolz in die Hüften gestemmt.

»Haben wir weitere Spuren?«, fragte Clara.

»Das will ich meinen.« Winterfeld grinste. »Wir konnten seine DNA zuordnen!«

31.

Winterfeld stand wie Julius Cäsar vor dem Einmarsch nach Rom in seinem Büro. Ein letzter Strahl der Abendsonne, die sich mühsam durch die tief hängenden Wolken arbeitete, fiel auf das Papier, das vor ihm auf dem Schreibtisch lag, und verlieh ihm eine beinahe prophetische Note. Dabei war es nur ein Fax vom Gesundheitsamt, wie Clara am Briefkopf erkennen konnte, wenn auch eines mit der alles entscheidenden Information.

»Wir haben die DNA-Probe ans BKA geschickt, in der Hoffnung, dass die Blutentnahme nicht allzu lange her ist und die Daten schon proaktiv in den DNA-Speicher des BKAs eingegeben wurden. War Weinsteins Idee.«

»Und?«

»Der Mann heißt Jakob Kürten, achtunddreißig Jahre alt, wohnhaft in Kreuzberg, Oranienstraße zwanzig. Schauen Sie mal.«

Er zog ein weiteres Blatt hervor, diesmal vom Einwohnermeldeamt. Es zeigte ein Foto von Jakob Kürten.

»Jaques und Jakob!«, stieß Clara aufgeregt hervor. »Wir hatten recht!« Kürtens Foto vom Einwohnermeldeamt war nüchterner, doch man erkannte sofort, dass Jakob Kürten »Jaques« von Dategate war. Aus beiden Bildern blickte ihr ein junger Mann entgegen, hinter dessen freundlicher Fassade sich offenbar einer der bodenlosesten Abgründe auftat, die sich in der Psyche eines Menschen auftun konnten.

Clara überflog das Fax. »Die Charité«, murmelte sie.

»Ihm wurde im letzten Dezember in der Charité Blut abgenommen«, sagte Winterfeld. »Ein Assistent hat Blutprobe und DNA in der Datenbank gespeichert.«

»Warum? Hat er vorher etwas verbrochen?«

»Nein, aber er hat etwas in sich, was ihn zu einem Killer machen kann. Und das ist Grund genug, seine Daten zu speichern.«

»Und was ist das?«

»Jakob Kürten ist HIV-positiv.«

HIV-positiv? Claras Blick ging von Winterfeld zu Hermann, der ein wenig benommen dreinblickte. »Kann das ein Motiv sein?«, fragte sie. »Er hat sich angesteckt und will Rache nehmen?«

»Schon möglich.« Winterfeld reichte Clara und Hermann das Fax und fuhr sich durch die Haare. »Vielleicht hat er im Gegenzug vorher eine Menge Frauen angesteckt, doch irgendwann reichte ihm das nicht mehr. Irgendwann ...«

Clara beendete den Satz. »Irgendwann wollte er sie *direkt* töten und nicht *indirekt* durch das Virus. *Sofort* und nicht erst nach fünf Jahren.«

»Interessantes Täterprofil«, sagte Winterfeld.

»Weiß MacDeath schon davon?«, fragte Clara.

Winterfeld schüttelte den Kopf. »Der liegt zurzeit im Clinch mit Bellmann. Er will hier in Berlin bleiben wegen des Falls, während Bellmann sich darauf verlassen hat, dass er ihn bei der BKA-Präsentation in Wiesbaden unterstützt.«

Sein Telefon klingelte. Winterfeld griff zum Hörer.

»Ja? Ihr seid so weit? Wunderbar, in fünf Minuten draußen.« Er legte auf.

»Das MEK.« Er grinste. »Sie haben bereits die Wohnung in der Oranienstraße zwanzig observiert. Eben ist Licht in der Küche angegangen.« Er schnallte sich das Holster für seine Dienstwaffe um und ergriff seinen Mantel, der noch über einem Stuhl lag. »Unser Freund ist zu Hause – und kriegt gleich Besuch!«

»Ist ja ein richtiger Großeinsatz heute«, sagte Clara. »Ich hole meine Sachen. Fahren wir zusammen?«

Winterfeld lächelte sein Lächeln des gütigen Lehrmeisters. »Wer kann dazu schon Nein sagen?«

»Eine Akte zu Kürten gibt es wahrscheinlich nicht?«, fragte Clara beim Hinausgehen.

»Nein.« Winterfeld schüttelte den Kopf. »Nichts. Nicht mal bei Rot über die Straße gegangen. Bis auf die HIV-Erkrankung gar nichts. Völlig unauffällig.«

»Klingt nach unserem Mann«, sagte Clara.

32.

Alles war wie heute Morgen, und trotzdem war es anders. Der dunkle schmutzig graue Himmel, die schwarz gekleideten, maskierten Beamten des Sondereinsatzkommandos, die mit dem Rammbock und den Heckler & Koch-Gewehren die Treppe in den dritten Stock hinaufstiegen und deren Stiefel im Treppenhaus widerhallten. Winterfeld und Hermann, gefolgt von Clara, die entsicherten Dienstwaffen in den Händen. Das Treppenhaus, in dem zwei Bewohner argwöhnisch aus ihren Haustüren schauten, während ein weiterer sich respektvoll und verängstigt an die Wand drückte und den Weg freigab.

Clara spürte, wie ihr Herz schlug. Diesmal mussten sie mit Gegenwehr rechnen. Diesmal war jemand in der Wohnung – jemand, der eine Frau getötet hatte, vielleicht mehr als eine. Jemand, der eiskalt und skrupellos war und dem es vermutlich nichts ausmachte, auch sie zu töten.

Sie hatten es geschafft. Sie hatten in der Mumie von Jasmin Peters die DNA von Jakob Kürten entdeckt. Sie hatten herausgefunden, mit wem Jasmin zuletzt wo und wie kommuniziert hatte. Sie wussten, wie es Jakob gelungen war, das Vertrauen des Mädchens zu erschleichen. Und schließlich hatten sie anhand der DNA seine Identität ermittelt und wussten, dass der scheinbar so freundliche Mann Jasmin Peters vergewaltigt und getötet hatte. Es klang fast zu einfach, um wahr zu sein.

Was, wenn alles wirklich *zu einfach gewesen ist?*, fragte Clara sich ängstlich.

* * *

Die Tür flog krachend auf. Die MEK-Beamten stürmten in den Flur und sicherten zuerst die Küche, wo sie das Licht gesehen hatten.

Aber dort war niemand.

Dann das Wohnzimmer.

Niemand.

Das Badezimmer.

Niemand.

An den Wänden des Flurs hingen ein paar moderne Drucke von Picasso und van Gogh. In der Küche stand Geschirr in der Spüle. Im Wohnzimmer ein Regal mit Büchern. Sessel. Ein Fernseher. Kein Computer.

Hinten rechts war eine Tür, ebenfalls verschlossen. Auch von dort war nichts zu hören. Schlief Kürten? Hörte er über Kopfhörer Musik? Oder wartete er bereits mit einer Pumpgun hinter der Tür, um sofort zu schießen, sobald die ersten Schritte vor dem Zimmer zu hören waren?

Marc und Philipp öffneten die Tür und stürmten hindurch. Dann Stille im Inneren.

Nach wenigen Sekunden kam Philipp rückwärts aus dem Zimmer, als würde eine dämonische, unsichtbare Kraft ihn langsam, aber bestimmt hinausdrängen. Er schaute zu Clara, Winterfeld und Hermann, die ihre Waffen griffbereit in den Händen hielten. Doch es schien keine Gefahr zu sein, vor der Philipp geflüchtet war. Es lag eher ungläubiges Erstaunen in seinem Blick. Er schüttelte den Kopf und zeigte mit der linken Hand in das Zimmer.

»Das müsst ihr euch ansehen.«

* * *

Es war wie ein Déjà-vu-Erlebnis. Wieder hing der Geruch nach Leder in der Luft, vermischt mit dem zitronenartigen Geruch nach Insekten. Und wieder wimmelte es von Käfern.

Doch hier lag die Todeszeit offenbar noch viel länger zurück.

Die Leiche auf dem Bett war bereits dermaßen vertrocknet, dass man auf den ersten Blick nicht einmal mehr feststellen konnte, ob es ein Mann oder eine Frau war. Graubraune Haut zog sich wie Sandpapier über die klauenartig aus dem Körper ragenden Rippen, während Hände und Füße mit Handschellen an das Bett gefesselt waren, was der Leiche den Anblick einer mittelalterlichen Märtyrerdarstellung gab. Die Brustpartie war aufgeschnitten und sämtliche Organe entnommen worden. Auf dem lederartigen Gesicht, das offenen Mundes und mit leeren Augen zur Decke starrte, schien sich noch immer ein Ausdruck des Entsetzens zu spiegeln. Am Hals war eine Öffnung zu sehen. Dunkelbraune Spritzer eingetrockneten Bluts klebten auf Teppich und Nachttisch.

Clara blickte sich um. Die Wände waren rot gestrichen. Die Jalousien waren geschlossen. An der fensterlosen Wand war ein Andreaskreuz angebracht, an das man Teilnehmer bizarrer Sadomaso-Sessions fesseln konnte. Daneben hingen ein Lederanzug, eine Peitsche, Ketten und Handschellen. Auf dem Boden standen kniehohe Lederstiefel; daneben lag eine Gasmaske.

Sadomasochismus, dachte Clara, *so wie man es aus der Hardcore-Schwulenszene kennt.* Sie ließ den Blick über die Einrichtung schweifen. *Normalerweise töten Killer gemäß ihrer sexuellen Präferenzen. Hat Kürten eine Frau und einen Mann getötet? Ist er bisexuell?*

»Das hier ist doch seine Wohnung?«, fragte sie.

Winterfeld nickte, während Philipp und Marc die drei MEK-Beamten anwiesen, die hinteren Räume noch einmal genau zu durchsuchen, um nicht in einen Hinterhalt zu geraten. Clara kannte den Vorgang. Der Beamte vor der Tür würde Wache halten und die Schutzpolizei alarmieren, um den Tatort abzuriegeln. Die Rechtsmedizin wurde verständigt, und ein Leichenwagen brach von Moabit aus auf.

»Jakob Kürten, Oranienstraße zwanzig«, wiederholte Winterfeld. »Diesmal hat er es offenbar ganz genau wissen wollen.«

Clara nickte und ging um das Bett herum. »Er hat die Leiche gleich in seiner eigenen Wohnung versteckt. Da fällt sie noch weniger auf.«

»Das heißt, er muss noch eine Wohnung haben. Und dort hält er sich womöglich auf.« Winterfelds Blick glitt über die Gegenstände an der Wand. »Hier hat er offenbar irgendwelche SM-Sessions mit nichts ahnenden Opfern veranstaltet«, fügte er hinzu. »Und eines hat er gleich hier an Ort und Stelle getötet und genauso mumifiziert wie Jasmin Peters.«

Clara trat an das Kopfende des Bettes und zeigte auf die vertrocknete Wunde am Hals der Leiche. »Tiefe Schnittverletzung an der rechten Hals-Aorta.«

»Tod durch Verbluten«, sagte Winterfeld. »Das Blut hat Kürten aufgefangen und mitgenommen. Die gleiche Vorgehensweise wie bei Jasmin Peters. Ganz klar unser Mann.«

Clara zuckte die Schultern. »Nur leider ist er nicht hier.«

Winterfeld fuhr sich durch die Haare. »Wie auch immer, wir haben ihn trotzdem. Wir kennen eine seiner Wohnungen, wir haben seine DNA, und wir kennen seinen Modus Operandi. Sobald unsere Leute die Wohnung auf den Kopf gestellt haben, wissen wir sicher noch mehr über ihn.«

»Die Gerichtsmedizin muss als Erstes feststellen, ob das hier ein Mann oder eine Frau ist«, sagte Clara. »Sollte Kürten beide Geschlechter bevorzugen und töten, wäre das ausgesprochen ungewöhnlich.«

»An diesem Kerl ist vieles ungewöhnlich«, erwiderte Winterfeld.

33.

Es war Nacht geworden. Clara schaute sich die Fotos an, die die Spurensuche vom Tatort gemacht hatte. Vom Geschlechtsorgan der Leiche war nicht mehr als ein vertrockneter Lappen übrig, doch noch bevor die DNA-Analysen ausgewertet waren, hatte die Gerichtsmedizin bei der Obduktion die Vorsteherdrüse an der Prostata lokalisiert und herausgefunden, dass es sich eindeutig um einen Mann handelte.

Serienkiller töteten gemäß ihrer sexuellen Präferenz, und Jakob Kürten machte da keine Ausnahme. *Was für ein Monster,* dachte Clara. Ein bisexueller Serienkiller, der Männer und Frauen tötete, war ausgesprochen selten.

Die Spurensuche hatte die gesamte Wohnung auf den Kopf gestellt und war auch dem Einwohnermeldeamt noch einmal auf die Füße getreten. Jakob Kürten war in keiner weiteren Wohnung gemeldet. Seine Eltern wohnten in Duisburg, doch die wollte man erst einmal aus dem Fall heraushalten: Man wusste nie, wie schnell Eltern sich mit ihren Kindern verbünden, auch wenn die Kinder Killer sind.

Clara hatte außerdem einen Lieferschein über chirurgische Skalpelle gefunden, mit denen Kürten seinem Opfer offenbar die Halsschlagader durchgeschnitten hatte. Die Skalpelle waren auf seinen Namen bestellt worden; die Verpackung und der Lieferschein lagen noch in der Wohnung. Kürten hatte sich beim Chirurgie-Versand als Arzt ausgegeben; die Firma hatte dem LKA das Fax mit der Bescheinigung geschickt.

Noch war das Opfer nicht identifiziert, doch Clara ging im Kopf die Möglichkeiten durch. Hatte Kürten den Mann zu irgendwelchen Spielchen eingeladen, ihn auf das Bett gefesselt und dann getötet? In der Lederhose, die die völlig ausgetrockneten Beine der Leiche umschlossen hatte, waren vertrocknete Reste von Spermien gefunden worden. Das Opfer hatte vor seinem Tod einen Orgasmus gehabt.

Kürten hatte Sex mit seinen Opfern. Und dann hat er sie getötet.

Clara schaute auf das braun gebrannte Gesicht, die dunklen Haare, die ein wenig verschmitzt blickenden Augen.

Jakob Kürten.

Dass das Böse in so freundlicher Gestalt erscheinen konnte, war für Clara in ihrem Beruf zwar keine Überraschung, doch diesmal war sie besonders schockiert. Die dunkle U-Bahn war wieder einmal aus dem Untergrund ans Licht gekommen und hatte sich für wenige Augenblicke gezeigt, bevor sie erneut in die tiefsten Abgründe der Finsternis abgetaucht war.

Noch einmal schaute Clara sich ein Foto nach dem anderen an, während die Leiche in der Rechtsmedizin obduziert wurde und sie hier warten musste, bis ermittelt war, wessen Leben Jakob Kürten in dieser Wohnung zerstört hatte.

Als Kinder wissen wir, dass der Schwarze Mann existiert, ging es Clara durch den Kopf. *Wir wachen nachts auf, und da ist irgendetwas. Es ist nicht der Kleiderschrank, der dort in der Ecke steht, es ist nicht der Drachen, den wir mit Papa am letzten Sonntag haben steigen lassen und der jetzt neben der Balkontür hängt. In der Dunkelheit der Nacht sind es Kreaturen, von denen wir Kinder wissen, dass sie sich unserem Bett nähern, wenn wir schlafen und dass sie innehalten, sobald wir aufwachen. Wir wissen, dass sie im Kinderzimmer lauern, hinter der Tür, auf dem Balkon, unter dem Bett.*

Sie sah das Gesicht ihrer Schwester Claudia vor sich, der sie immer Gutenachtgeschichten erzählt hatte. Märchen von Prinzen und Drachen.

Gibt es die Drachen wirklich?, hatte Claudia gefragt.

Nein, die gibt es nicht, war Claras Antwort gewesen.

Aber hier *gibt es sie,* hatte Claudia gesagt und sich an den kleinen Kopf getippt.

Da hast du recht, hatte Clara gesagt.

Aber wenn es die hier gibt, wieder fasste Claudia sich mit der kleinen Hand an den Kopf, *muss es sie doch auch in Wirklichkeit geben.*

Clara musste die Tränen zurückhalten, wie immer, wenn sie an ihre kleine tote Schwester dachte. *Warum können wir uns Dinge vorstellen? Weil wir Dinge aus dem Nichts erschaffen können? Nein. Alles, was in unserer Vorstellung existiert, gibt es auch in der Realität.*

Clara hatte es gesehen. Snuff-Videos, CDs, auf denen ein Mord festgehalten wurde, Menschen, die seit Monaten tot waren und die alle für lebendig hielten.

Als Kind war ihr Glaube berechtigt gewesen, dass der Drachen an der Balkontür kein Drachen war, den sie in der Schule im Werkunterricht gebastelt hatten, sondern bei Nacht eine böse Echse, die aus der Finsternis heraus ihren Hals gierig ins Zimmer reckte.

Als Kinder wissen wir, dass der Schwarze Mann unter dem Bett liegt und darauf wartet, hervorzukommen, obwohl unsere Eltern uns immer wieder sagen, dass es ihn nicht gibt, dass er ein Märchen ist und dass er niemals kommen wird. Und irgendwann glauben wir es dann. Aber ist es auch die Wahrheit?

Der brutale Mord auf der CD, die mumifizierte Jasmin Peters, der anonyme gefesselte Tote auf dem Bett in der Oranienstraße – Clara wusste, dass die Kinder recht hatten: dass es den Schwarzen Mann wirklich gab. Und was immer die Eltern auch erzählten, er lag tatsächlich unter dem Bett. Er hatte dort immer schon gelegen und lag noch immer an dieser Stelle, und irgendwann kam er hervor, erhob sich und beugte sich über uns.

Textzeilen eines Songs von Metallica gingen ihr durch den Kopf.

Hush little baby, don't say a word,
And never mind that noise you heard.
It's just the beast under your bed,
In your closet, in your head.

Der Schwarze Mann.

Das Telefon schreckte Clara aus ihren Gedanken. Es war die Rechtsmedizin.

»Frau Vidalis?«, sagte von Weinstein.

In seiner Stimme lag etwas, das Clara nicht gefiel, doch sie konnte nicht sagen, was es war.

»Was gibt's?«

»Wie man's nimmt.« Von Weinstein machte eine seiner bedeutungsvollen Pausen. »Eine gute und eine schlechte Nachricht.«

Clara seufzte. »Heute brauche ich erst mal was Gutes.«

»Wir haben die Leiche identifiziert«, sagte von Weinstein.

»Das ist ja großartig!« Sofort war Clara hellwach. »Lassen Sie hören.«

»Wir haben routinemäßig die DNA von Jakob Kürten, die wir am Tatort von Jasmin Peters gefunden haben, mit der DNA der Leiche auf dem Bett in Kürtens Wohnung verglichen.« Von Weinstein hielt kurz inne, schien nach Worten zu suchen. »Damit ergibt sich leider ein völlig neuer Sachverhalt.«

Clara wurde ein wenig ungeduldig. »Ich höre.«

Von Weinstein atmete tief ein.

»Der Tote ist kein Opfer von Jakob Kürten.«

Nun komm zur Sache! Clara zog die Augenbrauen zusammen. »Sondern?«

»Der Tote«, sagte von Weinstein, »*ist* Jakob Kürten.«

34.

Der Tote ist Jakob Kürten.

Der, den sie für den Killer gehalten hatte, war in Wirklichkeit das Opfer.

Und der Killer, unsichtbar und unfassbar, lief noch frei herum und plante wahrscheinlich seinen nächsten Schachzug.

Clara hatte viele Ungeheuer in Menschengestalt kennengelernt, doch dieser Killer war etwas Neues. Welche Präzision, welch verdrehter Verstand war nötig, um dem toten Jakob Kürten Hautteile abzuschürfen und diese im Zimmer von Jasmin Peters zu verteilen, damit die Spurensuche die scheinbare DNA eines falschen Täters fand? Welch perverser Perfektionismus, Kürten während einer homosexuellen Session zum Orgasmus zu bringen und die Spermien des einen Ermordeten dann in der Vagina des anderen Opfers zu platzieren, um eine Vergewaltigung vorzutäuschen und die Ermittler in die falsche Richtung zu lenken.

Und warum gab es von dem wirklichen Täter keine Spuren? Keine DNA? Keine Fingerabdrücke? Nichts?

Wie der Schwarze Mann, der unter dem Bett lauert, war er Teil der Nacht. Finster, formlos, ungreifbar und böse.

Clara fluchte, stand auf und packte ihre Sachen zusammen. Heute war nichts mehr zu machen. Sie würde mit dem Polizeischutz nach Hause fahren, sich noch einen Whisky einschenken und bis zum nächsten Morgen schlafen. Was hatte sie erreicht? Nichts. Wen hatte sie gefasst? Niemanden. Wen hatte sie beschützt? Keinen.

Sie wollte gerade ihren Laptop aus der Docking-Station nehmen, als sie sah, dass in den letzten fünf Minuten eine neue Mail eingegangen war. Es war 22.00 Uhr. Konnte das noch wichtig sein? Vielleicht war es Bellmann aus Wiesbaden, der ihr mitteilte, dass ihr Gespräch sich verschieben würde, da er diese Woche noch in Wiesbaden sei und sie danach ja Urlaub hatte.

Clara klickte in das Outlook-Programm und öffnete die Mail.

Betreff: *An Clara Vidalis, LKA*

Als sie den Absender sah, blieb ihr fast das Herz stehen.

Jakob.kuerten@gmx.net

Eine Mail ohne Text.

Im Anhang eine Videodatei mit dem Namen »liesmichzuerst«.

Daneben ein PDF: »liesmichdanach«.

Ein kalter Schauer kroch Clara über den Rücken.

Wieder eine Botschaft von jemandem, der längst tot war.

War es wieder ein Film? Wieder ein namenloses Grauen, das auf Video festgehalten war?

Sie kümmerte sich nicht um Vorschriften, um Virenscan, um Benachrichtigung ihres Vorgesetzten. Wenn sie nicht sofort erfuhr, was sich hinter diesen beiden Dateien verbarg, würde sie den Verstand verlieren.

Mit schweißnassen Händen bugsierte sie den Pfeil der Maus auf die erste Filmdatei.

Liesmichzuerst.mpg

Sie machte einen Doppelklick. Der Player öffnete sich.

Ein schwarzes Bild.

Drei Sekunden. Vier. Fünf.

Dann kam die Aufzeichnung.

Doch es war kein Mord zu sehen. Nicht mehr.

Sie sah das Zimmer mit dem Bett, auf dem die mumifizierte Leiche von Jasmin Peters lag. Dann flog die Tür auf. Zwei schwarz gekleidete Männer stürmten ins Zimmer, Gewehre in der Hand. Kurz darauf erschienen zwei weitere Männer. Dann eine Frau.

Clara wusste bereits, wer diese Leute waren, doch der Gedanke war zu bizarr, zu schrecklich, um sich daran gewöhnen zu können.

Die Männer waren Philipp und Marc vom MEK, dann kamen Hermann und Winterfeld, und dann kam sie – Clara Vidalis.

Heute Morgen.

6.00 Uhr.

Das Bild wurde schwarz.

Dann erschien ein weiteres Zimmer.

An der Wand ein Andreaskreuz, daneben Handschellen, eine Gasmaske, Stiefel.

Das Zimmer von Jakob Kürten.

Wieder die zwei schwarz gekleideten MEK-Beamten.

Dann Hermann und Winterfeld.

Dann Clara.

Heute Abend.

20.00 Uhr.

Das Bild wurde schwarz.

Clara spürte, wie ihr die Magensäure wie flüssiger Stahl die Speiseröhre hinaufkroch und die Angst ihr die Luft aus den Lungen drückte.

Der Killer hatte sie gefilmt. Er hatte sie dorthin dirigiert, wo er sie haben wollte. Und er hatte genau gewusst, wo sie waren und wann.

Clara umklammerte die Maus mit ihren verschwitzten Händen wie einen Talisman, als ihr die Vernunft meldete, was ihre Sinne schon die ganze Zeit gesehen und ihr Hirn nur eine Zeit lang gnädig verdrängt hatte: Dies war nicht nur eine Mail. Dies war die zweite Nachricht des Killers.

An sie.

Clara war alles egal. Sie bugsierte den Pfeil mit zittrigen Bewegungen auf das PDF. Dann Doppelklick.

Und schließlich las sie den Text.

Clara Vidalis,

es gibt kein Glück ohne Tränen – und kein Leben ohne Tod.

Sie dachten sicher, Sie hätten mich. Doch Sie haben nicht mehr Erfolg, als der vertrocknete Jakob Kürten noch Blut in seinen Venen hat.

Was glauben Sie, wie viele Menschen seit Monaten oder Jahren irgendwo in ihren Wohnungen liegen? Menschen, die keiner vermisst, weil mumifizierte Leichen nicht riechen. Die keiner vermisst, weil niemand sie vermissen muss. Weil sie eine nutzlose Verschwendung von Zellmaterial sind, überflüssige Kreaturen, deren Tod allein ein heiliges Opfer ist.

Haben Sie sich gerade notiert, im Hochsommer auf Weihnachtslichter zu achten, die in einigen Fenstern seltsamerweise immer noch blinken, und schweifen Ihre Blicke gerade über Berlin, über die Tausende von Häusern, von denen Sie nicht wissen, ob nicht hier und dort eines meiner Opfer liegt? Und Sie haben es noch nicht gefunden und werden es auch nie finden?

Vielleicht finden Sie sich gerade damit ab, dass die Opfer zwar verloren sind, dass Sie mich *aber irgendwann fangen können. Den Urheber, das Zentrum.*

Aber das können Sie nicht. Denn es gibt mich nicht. Ich bin das Ungreifbare und das Unaussprechliche. Ich bin das Nichts. Und ich bin das Alles.

Die Täter, die Sie suchen, sind meine Opfer, und die Mörder, die Sie fangen, sind meine Toten.

Jasmin war nicht die Erste. Und sie war nicht die Letzte.

Ihr wolltet mich beschatten und wurdet von mir beschattet. Ihr wolltet mich fangen und werdet von mir gefangen. Und wenn ihr mich töten wollt, werdet ihr getötet. Denn ich bin das Virus, das sich vermehrt und überall ist. Ich bin das Virtuelle, das ungreifbar ist.

Ich bin die einzig wahre Killer Application.

Ich bin mehr als all die dummen kleinen Kriminellen, die ihr jagt und irgendwann fasst. Diese naiven, schwanzgesteuerten Triebtäter laufen früher oder später in eure plumpen Fallen, weil sie nichts weiter sind als hirntotes, zuckendes Protoplasma. Ich aber bin mehr, ich bin größer, ich bin überall. Ich bin es, der euch *die Fallen stellt.*

Denn, wo die anderen nur Schatten sind, da bin ich die Nacht.

Wo die anderen Mörder sind, da bin ich der Tod.

Ich bin der Sensenmann.

Ich bin der Untergang.

Ich bin der Namenlose.

Zweiter Teil

FEUER

Mille piacer' non vaglion un tormento.
Tausend Genüsse sind nicht eine Qual wert.

Petrarca

1.

Nr. 13 war Geschichte.

Jasmin war nicht nur tot, sondern entdeckt. Er hatte Clara die CD geschickt und dann die Mail geschrieben. Jetzt wurde es spannend. Wie würde sie reagieren? Verängstigt? Beeindruckt? Erschüttert? Würde sie verstehen, warum gerade sie ausgewählt war, oder würde er es ihr noch besser erklären müssen?

Er hatte die Mail vor einem Café am Flughafen Schönefeld abgeschickt, hatte das WLAN des Cafés benutzt, dann sofort die Verbindung getrennt, hatte das Laptop zugeklappt und war mit Vollgas weggefahren. Er wusste, wie schnell die Polizei eine IP-Adresse herausbekommen konnte, wenn sie wollte; deshalb war es immer ein Risiko, irgendetwas per Mail zu versenden. Man könnte blitzschnell das Café orten, könnte ein Fahrzeug sehen, das davonjagte. Doch um ein Auto effektiv zu verfolgen, musste ein Helikopter her. Helikopter aber waren in der Nähe eines Flughafens nicht zugelassen, da die Einflugschneisen frei bleiben mussten.

Der Tacho zeigte hundert Stundenkilometer. Schnell genug, um den Flughafen zu verlassen, langsam genug, um nicht wegen überhöhter Geschwindigkeit angehalten zu werden. Er sah, wie die Straße unter den surrenden Reifen verschwand, als würde der Wagen die Fahrbahn fressen. Er hatte die schwarzen Latexhandschuhe getragen und das Laptop auf dem Beifahrersitz verstaut.

Jakob Kürtens Laptop.

* * *

Zehn Minuten später war er zu Hause in dem großen Kellergewölbe, wo der Sarg stand, auf dem *sie* lag. Seit Jahren. Seit Jahrzehnten.

Die Flammen zuckten und züngelten um das Gehäuse von Jakob Kürtens Laptop, legten Platinen, Widerstände und Kabel frei, die sich mit einem Zischen verbogen und schmolzen. Er hatte das Laptop mit Benzin übergossen und in den großen Kamin geworfen. Normales Feuer war nicht in der Lage, den Körper eines Menschen so zu verbrennen, dass man die DNA nicht mehr ermitteln konnte; das konnte nur ein Krematorium in zwei Stunden bei 800 Grad Celsius. Doch ein normales Feuer war sehr wohl in der Lage, aus einem Computer einen zerbröselten Haufen graublauer Asche zu machen, aus dem auch der beste IT-Experte nichts mehr herauslesen konnte. Er würde die Aschereste mit einem Hammer pulverisieren und draußen im Wind zerstreuen. Jakob Kürten hatte in diesem Computer gelebt, hatte seine perversen Phantasien darin ausgelebt, hatte seine Dates arrangiert und obszöne Fotos von sich verschickt.

Bis er an den größten Thrill seines Lebens geraten war.

An ihn.

Den Namenlosen.

Der ihn getötet und ausgeweidet, sein Blut abgezapft und seine Seele, die in diesem Computer steckte, verbrannt und pulverisiert hatte.

Auch Jakob Kürten war nicht der Erste. Und er war nicht der Letzte.

Er, der Namenlose, war der Seelenfresser des Digitalen Zeitalters. Wie Dämonen den Geist von Menschen besetzen konnten und die Besessenen zu ungewollten Handlungen trieben, besetzte der Namenlose die Identität anderer Menschen, um ihnen seinen Willen aufzuzwingen. Er machte Tote wieder lebendig und verwirklichte in ihrem Namen seinen großen Plan.

Er blickte auf den Sarg, auf dem *sie* ruhte.

Dann öffnete er den Koffer, der auf dem großen Tisch auf der anderen Seite des Kellers gegenüber vom Kamin lag – jenseits des großen Computerterminals an der Stirnseite des Raumes. In dem Koffer befand sich die Ausrüstung für die nächste Jagd. Der Latexanzug, die Maske, die Brille, die Handschuhe – und die restlichen Skalpelle, die Jakob Kürten bestellt hatte. Daneben die zwei Kanister für das Blut und die verschweißbaren Tüten für die Innereien.

Er schaute auf ein paar Ausdrucke, auf denen die Fotos junger, attraktiver Männer zu sehen waren. Daneben lagen jeweils ein Laptop und ein Personalausweis des Betreffenden. Ebenso EC-Karte, Kreditkarte, Wohnungs- und Autoschlüssel, Informationen zum Mietvertrag, Facebook-Logins und anderes. Sie waren die neuen Identitäten, mit denen er das nächste weibliche Opfer kontaktieren würde.

Seine Lippen verzogen sich zu einem eiskalten Grinsen.

»Wer möchte ich heute sein?«, murmelte er vor sich hin und kreiste mit dem Zeigefinger über den Fotos.

Nach drei Minuten hatte er die Entscheidung getroffen. Er blickte noch einmal zum Sarg, dann in den Kamin, wo das Laptop von Jakob Kürten nur noch eine amorphe, grauschlackige Masse war. Dann ging er zu seinem Rechner am großen Terminal an der Stirnseite des Gewölbes und öffnete eine Seite.

Dategate.

Und seine Stimme hallte wie ein Gebet im Kellergewölbe wider: »Zeit für Nummer vierzehn.«

2.

Die Asche der Zigarette war fast fingerlang, fiel aber nicht ab. Allen physikalischen Gesetzen zufolge hätte sie abfallen müssen, aber sie tat es nicht. Das Phänomen erinnerte Clara an den Vorfall mit einem Mann, der vor ein paar Jahren in seinem Auto verbrannt war, bei vollem Bewusstsein. Er verlor nicht die Besinnung, erstickte nicht am Kohlenmonoxid. Er verbrannte bei lebendigem Leib. Die Feuerwehr war zu spät gekommen, und die Türen des Autos ließen sich nicht öffnen. Der Mann hätte längst tot sein müssen, doch er starb nicht. So wie die Asche nicht herunterfiel, obwohl alle physikalischen Gesetze dafür sprachen.

Es war Mitternacht. Clara saß auf der Couch in ihrem Wohnzimmer, ein Glas Whisky vor sich und die Zigarette in der linken Hand, während sie mit leerem Blick ins Zimmer starrte, ohne etwas wahrzunehmen.

Sie hatte vor zwei Jahren mit dem Rauchen aufgehört. Fing sie jetzt wieder an? Weil sie diese Mail bekommen hatte? Weil dieser furchtbare, eiskalte, identitätslose Killer es irgendwie auf sie abgesehen hatte? Was wollte er überhaupt von ihr? Ihr imponieren? Ihr Bericht erstatten? Sich aufgeilen? Sich ein Lob abholen, wie grandios und gefährlich er war? Oder wollte er sie auf etwas vorbereiten? Dass sie die Nächste wäre? Und dass er sie kriegen würde, Polizeischutz hin oder her?

Morgen würde sie mit MacDeath sprechen, der in Berlin geblieben war. Sie musste wissen, was das Motiv dieses Psychos sein könnte. Dann aber musste sie erst einmal begreifen, was sie selbst dabei empfand. Und das wusste sie nicht. Sie wusste nur, dass sie hier saß, trank und rauchte und Löcher in die Luft starrte, während der Mörder vielleicht schon das nächste Opfer in seiner Gewalt hatte.

Der Killer war intelligent, gefährlich und geduldig. Er wusste viel mehr über die Ermittler als die Ermittler über ihn. Er hatte Webcams in den Wohnungen von Jasmin und Jakob installiert, die die Beamten beide Male beim Betreten der Tatorte gefilmt hatten. Und er hielt sie zum Narren. Er hatte eine Zeitschaltuhr an der Küchenbeleuchtung von Jakob Kürtens Wohnung angeschlossen, damit das Licht mal aus- und mal anging, sodass alle dachten, der gute Jakob wäre zu Hause und würde sich bester Gesundheit erfreuen.

Der Killer war wie ein Virus. Er nahm die Gestalt eines attraktiven Mannes an, der längst tot war, erschlich sich das Vertrauen hübscher Mädchen und brachte sie um. Aber warum? Er hatte Jasmin als »heiliges Opfer« bezeichnet? War der Mann ein religiös motivierter Ritualmörder? Einer, der sich durch sakrale Phrasen wichtig machen wollte? Oder einfach nur ein Spinner, wenn auch ein brandgefährlicher?

Die Mail war wieder von einem öffentlichen Café aus abgeschickt worden, dem Coffee Inn am Flughafen Schönefeld, wie die IT-Abteilung herausgefunden hatte. Doch wie sollte man jemanden finden, von dem man nicht einmal wusste, wie er aussah? Ebenso wenig konnte man alle Männer, die auf Dating-Plattformen unterwegs waren, kontrollieren, verfolgen und verhören. Es waren Tausende und Abertausende. Und der Killer war irgendwo dazwischen wie Edgar Allan Poes *Mann in der Menge.*

Der Mann in der Menge, der allein ist, aber nicht allein sein will. Der nicht allein sein darf, weil die Menge seine Tarnung ist. Weil er aus der gesichtslosen Anonymität der Menge heraus brutal zuschlägt, um im nächsten Moment wieder darin zu verschwinden.

Clara zuckte zusammen, als die Asche aufs Parkett fiel und eine kleine graue Staubwolke aufstieg. Sie griff zur Packung Lucky Strike, die sie sich an einem Nachtkiosk an der Schönhauser Allee geholt hatte, zündete die zweite Zigarette an, inhalierte den Rauch und blies ihn zur Decke, wo er im Widerschein des gedimmten Deckenstrahlers und des Lichts der zwei Kerzen auf dem Wohnzimmertisch bizarre Strukturen bildete, symmetrisch und chaotisch zugleich.

Bald kann ich gemeinsam mit Winterfeld ›nach draußen rauchen‹, dachte Clara. *Noch so eine üble Angewohnheit wie das Trinken.*

Sie lehnte sich zurück. Was war passender? Rauchen oder Trinken? Nach ein paar Minuten des Nachdenkens kam sie zu dem Schluss, dass Rauchen irgendwie ehrlicher war und die Misere der menschlichen Existenz besser versinnbildlichte. *Rauchen ist das Einzige, was man in einer kaputten Welt wie dieser tun konnte*, dachte Clara. Ein bisschen wie ein Brandopfer, das die Sorgen und Ängste im Rauch davonträgt – und einen trotzdem allein lässt. Zigaretten verbrannten, und es blieben nur Stummel übrig, die zertreten wurden. Bierflaschen hingegen wurden in Kästen sortiert, zurück zum Händler gebracht, durch die Lande kutschiert, gereinigt und wiederverwertet.

Sie trank einen Schluck Whisky und genoss es, wie der rauchige Geschmack des Scotchs sich mit dem Raucharoma der Zigarette vermischte. *Die Menschen sind wie Zigaretten*, dachte sie. *Sie werden von Emotionen in Brand gesetzt und von Versprechungen und Hoffnungen am Glühen gehalten. Und sind sie dann ausgebrannt, werden sie zerquetscht und weggeworfen. Die Welt ist nichts weiter als ein riesiger, stinkender Aschenbecher.*

Sie musste lachen über diesen Vergleich, verstummte aber sofort. Denn Lachen klingt manchmal verrückt, wenn man ganz allein lacht.

3.

Ein ohrenbetäubender Knall. Dann nur noch Schwärze.

Es war genau 14.17 Uhr gewesen, als es passiert war. Der Vater hatte vorne auf dem Fahrersitz gesessen, die Mutter genau hinter ihm, Vladimir vorne rechts, seine kleine Schwester Elisabeth hinter ihm auf der Rückbank.

Der Sattelschlepper war vor ihnen gefahren. Er hatte Baumstämme transportiert. Plötzlich hatte einer der Stämme sich gelöst, war durch die Luft geflogen und hatte mit brachialer Gewalt die Windschutzscheibe des Wagens auf der Fahrerseite durchschlagen. Er war wie ein Geschoss in den Wagen eingedrungen und hatte von den Köpfen der Eltern nur blutige Ruinen übrig gelassen, während der Wagen in den Straßengraben gerast war und sich mehrmals überschlagen hatte.

Die beiden Kinder hatten wie durch ein Wunder überlebt. Sie hatten den Verlust der Eltern noch gar nicht begriffen, erst recht nicht verarbeitet, als Polizei und Jugendbehörde erschienen. Die Kinder könnten entweder zurück in ihre ferne Heimat, oder sie müssten in Deutschland bleiben. Aber hier hatten sie keine Verwandten, niemanden, der sie aufnehmen konnte.

Es blieb also nur das Kinderheim am Rande von Berlin – ein Gebäude, dessen schwarze vergitterte Fenster an der Waschbetonfassade wie eine Reihe klagender Totenköpfe aussah. Alles war genauso reparaturbedürftig wie die Bewohner. Und beide Reparaturen würden wohl niemals durchgeführt werden.

Aus Staub bist du gemacht, und zu Staub wirst du werden, bis der Herr dich auferweckt am Jüngsten Tag, hatte der Priester auf der Beerdigung der Eltern gesagt, als die beiden Särge sich langsam ins Grab senkten und Vladimir und Elisabeth, die Gesichter noch immer vom Schock gelähmt, ihnen hinterherschauten.

Die Heimleiterin hatte kurz mit ihnen gesprochen und ihnen gleich gesagt, dass sie in wenigen Tagen in den Ruhestand gehen würde. Angeblich war es ein freundliches Heim, in dem es friedlich und geregelt zuging, doch schon am ersten Abend hatte Vladimir erkennen müssen, dass die Wirklichkeit ganz anders aussah: Das Heim war ein rechtsfreier Raum, in dem das Gesetz des Stärkeren regierte. Legte man sich mit den falschen Leuten an, überlebte man nicht. Man musste den Kopf unten, den Mund geschlossen und die Augen offen halten.

Vladimir und Elisabeth waren nun allein auf der Welt, allein in dem Raubtierkäfig des Heims, getrennt durch meterlange Gänge. Sie saßen tränenüberströmt auf der Terrasse, dort, wo der Regen aus einem grauen, endlosen Wolkenteppich fiel. Die Geschwister fühlten sich so winzig und hilflos wie eine Träne im regendurchtränkten Himmel.

Sie blickten auf die Tannenwälder jenseits der Straße, hielten sich bei den Händen und fühlten sich so einsam, wie man sich nur fühlen konnte. Als wären sie allein in einem kalten, lebensfeindlichen Universum, Lichtjahre von den Tannenwäldern, dem Elterngrab und der Erde entfernt.

4.

Es regnete noch immer in Strömen, als Clara um 8.30 Uhr in ihrem Büro eintraf. Der Bericht der Rechtsmedizin lag auf dem Tisch, dazu die Fotos von Jakob Kürten – die des lebenden Jakob und die aus der Rechtsmedizin und vom Tatort, die ihn in seinem jetzigen Zustand zeigten.

Clara stockte, als sie den Bericht las. Es ging um die Käfer. Die Entomologen hatten deren Mägen untersucht und darin Reste der DNA von Jasmin Peters und Jakob Kürten gefunden. Clara sprach sofort mit dem zuständigen Wissenschaftler und erkundigte sich, warum die DNA nach so langer Zeit noch in den Mägen der Käfer zu finden sei.

»Aufgrund der exoskelettalen Struktur dieser Insekten werden manche Eiweißverbindungen nicht sofort verdaut«, erklärte der Wissenschaftler, »sondern in einer Chitinhülle unterhalb des Panzers abgelagert. Chitin besteht aus Kohlenstoffverbindungen, so wie DNA. Das bedeutet, dass ein Teil der aufgenommenen Kohlenstoffverbindungen nicht vollständig verdaut wird, sondern gewissermaßen als Bausubstanz für den Chitinpanzer dient.« Clara stand fasziniert am Fenster, den Telefonhörer in der Hand. »Wenn man Glück hat«, fuhr der Wissenschaftler fort, »ist die DNA noch in einem Zustand, dass man sie identifizieren kann.«

Verrückt, dachte Clara, *Totenkäfer als mobile Sammelstelle von DNA.* Sie überlegte kurz, ob dies vielleicht eine Chance bot, den Mörder zu identifizieren. Irgendein Gedanke streifte ihr Bewusstsein, doch sie konnte ihn nicht fassen und konzentrierte sich wieder auf den Bericht.

Die IT hatte herausgefunden, dass Kürten sich auf diversen SM-Plattformen herumgetrieben hatte, dass er in Low-Budget-Schwulenpornos als aktiver und passiver Part mitgespielt hatte und dass er sich in einem Chat einmal unter dem Pseudonym »Plaguebearer« gebrüstet hatte, schon zwölf andere Männer mit dem HIV-Virus angesteckt zu haben.

Am Ende, dachte Clara, *war er auch so etwas wie ein Serienkiller. Einer, der an einen noch schlimmeren Killer geraten ist.*

Jeder Teufel findet irgendwann seinen Meister, sagte Winterfeld immer.

* * *

Es roch nach Earl Grey.

Martin Friedrich, genannt MacDeath, hatte eine Kanne heißen Tee nebst Tasse und Untertasse auf seinem Schreibtisch stehen und hackte wieder mit verzerrtem Gesicht eine Mail in seinen Computer, als Clara an den Rahmen der offenen Tür in der vierten Etage klopfte.

»Nehmen Sie Platz, bin gleich für Sie da«, sagte MacDeath, heute mit einer burgunderfarbenen Krawatte unter dem blauen Pullunder, und zeigte auf einen der Stühle. Dann hackte er mit dem Zeigefinger so aggressiv auf den Sende-Button wie ein Bussard, der aus der Höhe herabstößt, um eine Feldmaus zu fangen.

Clara hörte das zischende Geräusch, das der Computer von sich gab, wenn eine Mail versandt wurde, während MacDeath sich streckte und zurücklehnte.

»Tja«, sagte er und verschränkte die Hände, »im Kampf Gut gegen Böse hat das Böse stets mehr Spaß.« Er beugte sich vor und blickte auf die Kopie der Ermittlungsakte, die vor ihm auf dem Schreibtisch lag. »Doch auch wenn ich mich zu den Guten zählen würde, kann ich nicht leugnen, dass hier einiges geboten wird.« Er nahm seine Brille ab und tippte damit auf die Tischoberfläche. »Ich hatte gedacht, der Werwolf wäre schon etwas Besonderes, und der ist erst eine Woche her.«

Clara erkannte mit Erschrecken, dass MacDeath recht hatte. Es war erst am vergangenen Freitag gewesen, als sie diesen Verrückten hochgenommen hatten, in einem Meer aus Blut und Knochen, mit einer zerstückelten Leiche und einer noch lebenden, völlig traumatisierten Geisel. Clara hatte ihn erschossen. Sie hatte dem Bösen direkt ins Auge geblickt und Bernhard Trebcken, genannt der Werwolf, in dem Moment, als das Zischen des Schusses aus dem Schalldämpfer ertönt war, ein One-Way-Ticket direkt in die Hölle verpasst.

»Aber jetzt dieser Typ«, unterbrach MacDeath ihre Gedanken. Sein Blick huschte über einen Ausdruck der Mail, die Clara gestern Abend erhalten hatte. »Der Namenlose.« Er hob die Brauen und trank behutsam einen Schluck heißen Tee. »Ich mache mir den Tee immer selbst«, sagte er. »Earl Grey, so richtig mit Aufguss und allem. Der Tee, den ihr hier habt«, er zeigte mit dem Finger ein Stockwerk nach unten zur Küche im dritten Stock, »ist eine Katastrophe. So in etwa muss der Tee bei der Aum-Sekte geschmeckt haben. Sie wissen schon, diese Verrückten, die den Gasanschlag auf die U-Bahn in Tokio 1995 verübt haben. Die Novizen wurden gezwungen, ihren Tee mit dem Wasser zu kochen, in dem vorher der Oberguru der Sekte gebadet hatte.« Er hob die Tasse. »Darum Earl Grey. Möchten Sie auch?« Clara lächelte und schüttelte den Kopf. Sie hatte bereits ihre Koffein-Infusion gemeinsam mit Winterfeld am offenen Fenster hinter sich. Und zu viel Kaffee war auch nicht gerade das, was der Arzt ihr bei ihrem Magen raten würde – von Whisky und Zigaretten ganz zu schweigen.

»Danke«, sagte sie. »Erst mal nicht.«

»Der Namenlose«, wiederholte MacDeath, offenbar froh darüber, dass die administrative Tee-Frage schnell und ohne Aufwand erledigt worden war. »Überall und nirgends. Immer und niemals. Er ist nur dann sichtbar, wenn er tötet.«

»Wie die U-Bahn, die an der Choriner Straße an die Erdoberfläche kommt«, sagte Clara. »Sie ist immer da, aber nur zu sehen, wenn sie aus dem Dunkeln kommt.«

»Guter Vergleich«, sagte MacDeath und betrachtete abwechselnd die zwei Bilder, die hinter Clara an der Wand hingen. Das *Titus*-Plakat mit Anthony Hopkins und das *Jüngste Gericht* von Michelangelo. Dann fuhr er fort: »Robert Ressler hat mal gesagt, dass ein normaler Mensch – und das gilt auch für Profiler – niemals genauso wie ein Serienkiller denken kann, weil er dann selbst einer wäre. Er kann aber die blutigen Schuhe eines solchen Monsters benutzen und einige Zeit darin laufen.«

»Und wenn Sie in solchen Schuhen laufen?«, fragte Clara und schlug die Beine übereinander. »Was sehen Sie dann?«

»Ich sehe zunächst einmal verschiedene Arten von Serienkillern. Es gibt die, die in blinder Raserei irgendwelche Triebe zu befriedigen versuchen und das nur für sich tun. Unser Werwolf war so einer. Ich glaube nicht, dass jemals eine Frau freiwillig Sex mit ihm hatte. Er hat die Frauen entweder vergewaltigt oder bezahlt. Und die allermeisten hat er missbraucht und getötet.«

»Zu diesem Typus gehört unser Mann nicht, würde ich sagen.« Der Namenlose erschien Clara ausgesprochen diszipliniert, von einer eiskalten, sadistischen Ruhe, die fast noch unheimlicher war als die blindwütige Raserei des Werwolfs.

»Ganz bestimmt nicht«, pflichtete MacDeath ihr bei und kaute auf dem Bügel seiner Hornbrille. »Und auch wenn auf den ersten Blick alles nach sexuell motivierter Gewalt aussieht – es ist halt nur der erste Blick. Auch wenn er Frauen umbringt und Sperma von einem anderen Opfer in deren Vagina platziert, um die Ermittler zum Narren zu halten und eine Vergewaltigung vorzutäuschen, hat die Wahl seiner Opfer – homosexuelle SM-Fetischisten und attraktive Frauen – doch etwas Moralisierendes, Anklagendes und Strafendes. Deshalb sind sein Modus Operandi, seine Art zu kommunizieren und seine unglaubliche Geduld das genaue Gegenteil eines triebfixierten, desorganisierten Spontantäters.« Er machte eine kurze Pause, als suche er nach dem richtigen Wort. »Trotz des sexuell konnotierten Milieus, in dem er seine Opfer trifft, zum Beispiel Dating- und SM-Webseiten, hat sein Handeln etwas zutiefst ...«

Clara beendete den Satz: »... Asexuelles?«

MacDeath nickte. »Bingo. Und das ist bei Serienmördern sehr ungewöhnlich. Möglicherweise empfindet er Sexualität als etwas Krankes, Schmutziges und Schmerzhaftes, vielleicht aufgrund traumatischer Erfahrungen in der Kindheit.« Er ordnete die Blätter auf seinem Tisch. »Und das bringt uns zur zweiten Gruppe von Serienkillern. Die, nennen wir sie mal so, pädagogischen Serienkiller, die ihr Machwerk als demonstratives Rache-Epos oder auch als Gesamtkunstwerk der Gesellschaftskritik sehen. Die auf irgendetwas hinweisen wollen, was ihnen sehr am Herzen liegt, wobei sie ihre Botschaft nicht direkt übermitteln können, sondern mit Taten unterfüttern müssen, um vor sich selbst nicht als Versager dazustehen.«

»Eine seltsame Form von Pädagogik«, sagte Clara. Vor ihrem inneren Auge blitzte wieder der Film auf der CD auf, das Messer und die millimeterbreite Öffnung in der Kehle, aus der eine Sekunde später das Blut hervorsickerte, zuerst langsam und unsicher, dann schneller.

MacDeath nickte und hantierte an der Höhenverstellung seines Drehstuhls. »Wenn Sie sagen, dass das bizarr klingt, dann ist es auch so. Es gibt diese Typen – nicht viele, aber es gibt sie. Sie kennen die Geschichte von Charles Manson und seiner Helter-Skelter-Bande 1969?«

Clara nickte.

»Manson wollte, dass alle denken, nicht er und seine sogenannte Family hätten Sharon Tate und die anderen ermordet – es sollte so aussehen, als wären es die Schwarzen gewesen. Die Schwarzen, die den *rich pigs* eins auswischen wollten. Die Weißen denken, es waren die Schwarzen, und es kommt zu einem Bürgerkrieg Weiß gegen Schwarz. Da Charles Manson glaubte, dass die Schwarzen zu dumm seien, den Bürgerkrieg selbst zu führen, hoffte er, dass sie einen Anführer brauchten. Eine Art Führer, der aus der Anarchie des Bürgerkriegs hervorgeht und eine neue Weltordnung erschafft. Und dieser Mann ist Charles Manson. Wer sonst?«

»Klingt nach Drittem Reich«, sagte Clara.

»Das klingt nicht nur so.« MacDeath fuhr sich mit der linken Hand übers Kinn. »Manson war ein großer Fan von Adolf Hitler. Die letzte Schlacht zwischen Schwarzen und Weißen, aus der die Schwarzen unter Mansons Führung als Sieger hervorgehen sollten, nannte er den Helter Skelter. Eine Art Jüngstes Gericht.«

Clara drehte sich kurz zu Michelangelos *Jüngstem Gericht* um. Von Charles Manson stand nichts in der Offenbarung. In der gegenwärtigen Ermittlungsakte allerdings genauso wenig.

»Und was hat Charles Manson mit unserem Killer zu tun?«

»Mehr als Sie glauben«, sagte MacDeath. »In beiden Fällen ging es nicht um Sex, sondern um Macht.«

»Wo es um Sex geht, geht es doch meistens auch um Macht«, sagte Clara. »Dominanz, Unterwerfung. Viele stehen sogar darauf, unterworfen zu werden.«

»Richtig«, sagte MacDeath, »aber dann ist der Sex das Mittel zur Macht, das Werkzeug. Bei Manson und unserem Killer geht es um etwas anderes, was für beide sehr viel mehr bedeutet als nur die kurzfristige Befriedigung irgendwelcher Triebe.«

Er setzte die Brille auf und fixierte Clara mit festem Blick. Sie ertappte sich dabei, wie sie unruhig auf ihrem Stuhl ruckte. MacDeath fuhr fort: »Manson nutzte die Helter-Skelter-Morde als eine Art Kommunikationsmedium, mit dem er den Weißen sagen wollte: Schaut, was die bösen Schwarzen gemacht haben. Unser Killer«, er lehnte sich zurück, »tut zweierlei. Er legt Rechenschaft ab über das, was er getan hat. Er ist ein wenig wie eine Katze, die ihrem Frauchen ständig tote Mäuse auf die Terrasse legt, ob diese es will oder nicht.«

»Ständig?«, fragte Clara. »Es werden also noch mehr kommen?«

»Mit Sicherheit«, sagte MacDeath, »so traurig das klingt. Immer mehr tote Mäuse. Als wollte er ein Lob dafür.«

»Ein Lob?«

MacDeath nickte. »Er weiß, dass Sie schon einiges gesehen haben. Er kennt vielleicht sogar die Story mit dem Werwolf, auch wenn sie nicht publik gemacht wurde. Aber unser Mann scheint nicht dumm zu sein. Er weiß also, dass er jemandem wie Ihnen einiges bieten muss.« Er schaute kurz aus dem Fenster, bevor er weitersprach. »Wer mit Nicole Kidman ausgehen will, sollte ein bisschen mehr bieten als Cheeseburger und Dosenbier. Unser Killer will Ihnen auch mehr bieten.« Er kniff ein Auge zu.

Toller Vergleich, dachte Clara.

»Und das schafft er«, fuhr MacDeath fort, »indem er Sie zunächst mit diesem grauenhaften Mordvideo schockiert. Der zweite Schock folgt auf den ersten: Der Mord liegt bereits sechs Monate zurück. Sie und die Polizei waren also ein halbes Jahr lang völlig passiv. Und seien wir ehrlich: Wenn der Mörder nichts gesagt hätte, wüssten wir wahrscheinlich auch in einem weiteren halben Jahr noch nichts von dem Mord. Dann versucht er, etwas gutzumachen. Er gibt Ihnen das Gefühl, mehr zu wissen und dem Mörder einen Schritt voraus zu sein. Das Gefühl des Triumphs, das Ihnen sagt: ›Hurra, wir haben den Mörder. Es ist Jakob Kürten, wir wissen, wo er wohnt, und jetzt nehmen wir ihn hoch.‹ Damit will er Ihren Siegeswillen anstacheln, will Sie vorantreiben, will in Ihnen nicht primär einen Gegner, sondern vor allem einen Sparringspartner haben.«

Clara durchlief es eiskalt. »Dann macht er mich also zu einer Art Komplizin?«

MacDeath nickte ungerührt. »Richtig. Gleichzeitig will er die Autorität behalten. Und da sind wir bei der Macht. Reine Macht, die nicht einmal den Umweg über die Sexualität braucht.« Er zuckte die Schultern, während Clara auf dem vorderen Drittel der Stuhllehne saß und angespannt zuhörte. »Denn bevor Sie übermütig werden und ihn unterschätzen, zeigt er Ihnen mit der funkelnden Reinheit des Skalpells, dass Sie unrecht hatten und dass er Sie die ganze Zeit an der Nase herumgeführt hat. Dass der, den Sie für den Mörder hielten, ebenfalls ein Opfer war.«

Clara atmete aus. Sie fand die Diskussion interessant, aber auch anstrengend. Besonders, weil sie immer ein wenig das Gefühl hatte, dass MacDeath neben dem Killer auch gleich sie noch mit durchleuchtete. »Warum tut er das?«

MacDeath trank wieder mit spitzen Lippen von dem Tee, der eigentlich gar nicht mehr so heiß sein durfte, als dass man dafür die Lippen spitzen musste, und blätterte durch die Unterlagen. »Erinnern Sie sich«, sagte er. »Das Opfer musste einen Text aufsprechen. ›Ich bin nicht die Erste, und ich bin nicht die Letzte.‹ Und: ›Ich bin bereits tot, doch das Chaos geht weiter.‹ Es liegt eine Art Prophezeiung darin und ein gewisser, nennen wir es mal, Verlautbarungscharakter. Und ...« Er machte eine bedeutungsschwangere Pause.

»Und?«, fragte Clara.

»Und die Tatsache, dass er das Opfer ausgeweidet und mumifiziert hat, was glauben Sie?« Er schaute über den Tisch. »Warum hat er das getan?«

»Haben wir doch gesehen«, sagte Clara. »Damit die Leichen schnell vertrocknen und keinen Verwesungsgeruch verströmen.« Plötzlich huschte ihr wieder ein Gedanke durch den

Kopf, so wie vorhin in ihrem Büro, etwas, von dem sie wusste, dass es wichtig sein könnte, das sie aber nicht zu greifen vermochte.

»Damit die Leichen nicht riechen, richtig«, sagte MacDeath, lehnte sich zurück und faltete die Hände. »Aber es hatte noch einen weiteren Nebeneffekt, der vielleicht nicht unerwünscht war.«

»Nämlich?«

»Er hat die Leichen ausgeweidet, wie wir festgestellt haben.« Er erhob sich und schaute auf Michelangelos *Jüngstes Gericht*. Clara folgte seinem Blick und sah den heiligen Bartholomäus, der gehäutet worden war und seine eigene Haut mit sich ins Himmelreich trug als Beweis für sein Martyrium.

MacDeath nickte. »Genau wie der heilige Bartholomäus auf diesem Gemälde seine abgezogene Haut mitnimmt, an der auch noch das Gesicht hängt. Übrigens ist es das Gesicht von Michelangelo selbst, als wollte er sich über den Umweg des Bartholomäus den Weg ins Himmelreich erschleichen, ohne Märtyrer zu sein.« Er zeigte auf die Stelle, die auch Clara betrachtete. »Genau wie Bartholomäus seine Haut mitnimmt, nahm der Killer das Blut und die Innereien seiner Opfer mit.« Er ging an dem Bild vorbei und postierte sich in einer Zimmerecke, neben dem Schrank, auf dem die Arzttasche und der Totenschädel standen, und verschränkte die Arme. »Typische Opferrituale. Blut und Innereien wurden seit Menschengedenken den Göttern dargeboten. Manche Organe, wie die Leber, der Magen und vor allem das Herz, hatten eine besondere Bedeutung. Menschliches Blut, das auf dem Altar verbrennt, von einem Menschen, der zu ebendiesem Zweck getötet wurde, ist angeblich in der Lage, verlorene Seelen zu beschwören.«

»Ein okkultistischer Killer?«, fragte Clara. »Ein Geisterbeschwörer oder Satanist?« Sie war sich nicht sicher, ob das zu der kühlen, rationalen Herangehensweise des Mörders passte.

»Das muss nicht sein«, sagte MacDeath, »aber es besteht die Möglichkeit, dass er die Morde zu Ehren eines anderen begeht. Das Filmen des Mordes, der liturgieartige Abschied des Opfers, das Blut und die Innereien, die er mitnimmt … Vielleicht für Gott, vielleicht für Satan, vielleicht für jemand anderen.«

Clara suchte fieberhaft nach dem Gedanken, der ihr vorhin durch den Kopf gegangen war und der nicht wiederkehren wollte, während sie MacDeath mit einem Ohr zuhörte.

»Was ist mit mir?«, fragte sie. »Warum ich?«

MacDeath ging wieder zum Schreibtisch und ließ die rote Ermittlungsakte durch die Finger gleiten. »Ich kenne Ihre Geschichte«, sagte er. »Ich weiß in etwa, was mit Ihrer Schwester passiert ist. Und ich denke, bei allem, was Sie bisher in Ihrer Laufbahn als Kriminalbeamtin durchgemacht haben, ist der Verlust Ihrer Schwester an diesen Kinderschänder Ihr größtes Trauma.« Er tippte auf die Akte. »Und Sie fühlen sich nach wie vor schuldig, nicht wahr?«

Clara spürte ihr Herz schneller schlagen und ballte die Fäuste. »Sie meinen, so wie er sich schuldig fühlt? Deshalb die Opferungen? Die Innereien und das Blut? Aber *woran* ist er schuldig?«

»Möglicherweise ist das alles Spekulation«, sagte MacDeath. »Leider besitzen wir keinerlei Informationen über den Killer und wissen nicht einmal ansatzweise, wo er herkommt und wie seine Vergangenheit aussieht. Aber vielleicht bringt er aus einem ähnlichen Grund Frauen um und nimmt ihr Blut und die Innereien mit, wie Sie nach dem Verlust Ihrer Schwester beschlossen haben, Serienmörder zu jagen.«

»Sie vergleichen mich mit diesem Killer?«, fragte Clara empört und stand auf. Ihre Hände waren feucht und zitterten.

»Indirekt, ja.« MacDeath setzte sein freundliches Lächeln auf, bei dem man niemals glauben würde, in welche Abgründe seine dunklen Augen schon geschaut hatten. »Er tötet Frauen, um etwas gutzumachen. Sie töten Killer, um etwas gutzumachen.«

Clara verschränkte die Arme vor der Brust, als wollte sie sich vor dieser schockierenden Behauptung schützen. »Sie meinen, man kann den Killer und mich vergleichen?«

MacDeath zuckte die Schultern. »Man kann nicht, man muss.«

Clara wollte gerade wütend das Zimmer verlassen, als der Gedanke, dem sie die ganze Zeit hinterhergejagt war, unvermittelt Gestalt annahm. Mit einem Mal lag er vor ihr, kristallklar, und sie ergriff ihn mit beiden Händen.

»Die Käfer!«, sagte sie.

»Wie bitte?« MacDeath wirkte irritiert.

Clara hatte allen Zorn vergessen. »Sie sagten, der Mörder will irgendetwas gutmachen, genau wie ich etwas gutmachen will. Und unser Problem ist doch, dass wir nicht die geringsten Anhaltspunkte haben, wer dieser Killer ist. Richtig?«

MacDeath nickte. »Richtig.«

»Und er ließ das Opfer etwas sagen.« Clara ging im Zimmer auf und ab, während sie verzweifelt versuchte, den Gedankenstrom nicht abreißen zu lassen. »Er ließ Jasmin sagen, sie sei nicht die Erste und nicht die Letzte.« Jetzt durchbohrte sie MacDeath mit Blicken. »Die Erste! *Die Erste!*«

Es schien ihm zu dämmern. »Sie meinen, er hat das erste Opfer …«

»Genau. Er hat es vielleicht ebenfalls mumifiziert.« Claras Blick irrte ruhelos durch das Büro. »Vielleicht sogar mit denselben Käfern, je nachdem, wie lange dieser Mord her ist.«

MacDeath stürzte den Tee herunter und schüttelte den Kopf. »Könnte sein, Kollegin! Immerhin haben wir damit eine Spur.«

Clara fuhr fort: »Die Rechtsmedizin muss sofort sämtliche Käfer untersuchen. Wenn wir in einem von ihnen DNA finden, die nicht mit der von Jasmin Peters oder Jakob Kürten übereinstimmt, kann uns das auf die Fährte der früheren Opfer führen, vielleicht sogar des ersten Opfers.«

MacDeath zog grübelnd die Stirn in Falten.

»Zugegeben, die Wahrscheinlichkeit ist gering. Aber da wir nichts haben, was uns zum ersten Opfer führen könnte, bleibt uns nichts anderes übrig.« Er griff zum Telefon. »Und das erste Opfer ist wichtig. Der erste Mord ist wie der erste Sex.« Er wählte die Nummer der Rechtsmedizin. »Den vergisst niemand. Und jeder Killer kehrt immer wieder an die Stätte seines ersten Mordes zurück. Oder zu seiner ersten Leiche.«

5.

Ingo M. war einer der Aufseher im Heim, Anfang dreißig, ein Typ, dem schon mal die Hand ausrutschte. Er hatte einen Körper wie ein Fass, lange, knochige Gliedmaßen und große, fleischige Hände, mit denen er schon manchen rebellischen Heimbewohner »eingenordet« hatte, wie er es nannte.

Vladimir aber schien er zu mögen, obwohl es dafür keinen erkennbaren Grund gab. Er verstieß zwar nicht gegen die Regeln, war aber derart schweigsam und unzugänglich, dass es oft schien, als würde er gar nicht existieren.

»Willst du ein Ninja-Video sehen?«, hatte Ingo ihn gefragt.

»Warum nicht?«, hatte Vladimir geantwortet.

Sie hatten in Ingos Zimmer gesessen, dort, wo auch die Kameras installiert waren, die die Flure überwachten, und hatten sich das Video angeschaut.

Um die Nacht zu bekämpfen, muss man ein Teil der Nacht werden, hatte der Hauptdarsteller in seiner Rolle als Ninja gesagt.

Die Story des Films, die in den 80er Jahren in den USA spielte, erinnerte Vladimir auf beängstigende Weise an seine eigene Geschichte. Ein junger Elitekämpfer, der in einer Anti-Drogen-Abteilung des FBI gearbeitet hatte, war in die Fänge eines mächtigen Rauschgiftringes geraten. Die Drogenbarone hatten seine gesamte Familie ausgelöscht. Dann wurde er selbst von den Bossen gefangen und unter Drogen gesetzt. Er wurde abhängig von dem, was er bekämpft hatte, doch ihm gelang die Flucht. Er lernte einen Ninja-Meister kennen, der ihn einer kompromisslosen Entziehungskur unterzog und dann zum Ninja ausbildete.

Und der Ninja nahm Rache, tötete jedes einzelne Mitglied der Drogenbande, bis er am Ende dem Drahtzieher, dem Drogenboss, gegenüberstand und ihn und seine Leibwächter in einem furchtbaren Zweikampf besiegte. Am Ende bettelte der schwerverletzt am Boden liegende Unterweltboss nur noch um seinen Tod. Der Ninja zog sein Schwert, hob es, während die Hoffnung auf Erlösung in den Augen des Drogenbosses aufblitzte – und rammte es in den Erdboden. Mit den Worten »Harakiri ist nicht nur den Samurai vorbehalten« überließ er den halb toten Drogenboss seinem Schicksal.

Nach dem Ende des Films hatte Vladimir zitternd und voller Aufregung auf den Bildschirm gestarrt. Er sah den schwarzen Ninja noch immer vor sich, sah, wie er alle Feinde tötete und am Ende siegreich aus dem Bild ging.

Doch der Fernseher war nicht die Realität. Die Realität war hier. Sie war das Heim, das Zimmer von Ingo, in dem sie saßen, wo die Monitore blinkten, der orangerote Aschenbecher stand und das Fenster vergittert war wie überall im Heim.

Und die Realität war auch, dass Vladimir von dem Film so gefesselt gewesen war, dass er gar nicht bemerkt hatte, wie Ingo ihn die ganze Zeit lüstern angestarrt hatte und dabei immer näher an ihn herangerückt war.

6.

Winterfeld stand am Fenster, einen Zigarillo in der Hand, und blies wieder meditativ Rauch in die kalte, nasse Herbstluft, während Clara fröstelnd neben ihm stand.

»Erklären Sie es mir noch einmal«, sagte er. »Sie haben mit den Insektenforschern gesprochen, und die sagen, diese Käfer können DNA speichern?«

»Das ist richtig«, erwiderte Clara und vergrub die Hände noch tiefer in den Taschen, erstaunt, wie sehr Winterfeld gegen Kälte immun zu sein schien. »DNA-Moleküle sind Eiweißstrukturen. Sie werden bei einem normalen Verdauungsprozess aufgelöst und sind dann nicht mehr zu identifizieren. Aber es gibt Ausnahmen.«

»Und welche?«, fragte Winterfeld, während er an seinem Zigarillo zog.

»Insekten, besonders Käfer, verfügen über ein Exoskelett, das aus Chitin besteht. Wie mir die Insektenforscher am Institut gesagt haben, benötigt diese Chitinhülle Kohlenstoffstrukturen. Auch DNA besteht, wie fast alle Bauteile in der organischen Chemie, aus Kohlenstoffverbindungen.« Sie überlegte kurz und rief sich die Informationen noch einmal ins Gedächtnis. »Wenn im Käferorganismus ein Bedarf an Kohlenstoffmolekülen besteht, um die Chitinhülle zu stärken, kann es sein, dass diese Kohlenstoffverbindungen am Exoskelett des Käfers abgelagert werden, ohne vollständig verdaut zu werden. War die Verdauung vorher nicht allzu weit fortgeschritten, kann man die DNA im Exoskelett noch identifizieren.«

»Das heißt, diese Käfer sind mobile Träger von DNA?« Winterfeld schaute mit halb zusammengekniffenen Augen aus dem Fenster in die Ferne. Dann blickte er Clara an. »Auch wenn sie längst tot sind?«

»Richtig.« Clara steckte den Kopf zwischen die Schultern, als eine kalte Windböe durchs Fenster in den Flur wehte. »Die Chitinverbindung, in der die Kohlenstoffverbindungen integriert werden, wirkt als natürlicher Konservierer. Ähnlich wie ein steinzeitliches Insekt, das sich vor Millionen von Jahren in Baumharz verfangen hat und das man heute in einem Bernstein wiederfindet.« Sie nickte kurz zwei Kollegen zu, die den Flur in der dritten Etage entlangliefen. »Die Käfer sind tot, das Opfer ist tot, aber die DNA existiert noch.«

Winterfeld schwieg eine Zeit lang. »Glauben Sie, der Killer weiß das?«, fragte er dann. »Wie dieser Käfermetabolismus abläuft?«

»Ich hoffe nicht«, entgegnete Clara.

»Je nachdem, wie lange der Mord am ersten Opfer her ist, kann dieser Käfer schon längst tot sein?«

Clara nickte.

»Das heißt, der Killer muss versehentlich einen oder mehrere der toten Käfer gemeinsam mit den lebenden Käfern aufbewahrt und in die Wohnung von Jasmin Peters mitgenommen haben?« Er schnaufte. »Nicht sonderlich wahrscheinlich, oder?«

Clara zuckte die Schultern. »Auch nicht sonderlich wahrscheinlich, dass wir weiterkommen, wenn wir diese Spur nicht nutzen.«

Winterfeld fuhr sich durch die Haare und schaute auf die Uhr. »Nun, dann bekommen unsere Freunde aus der Rechtsmedizin einiges zu tun. Das heißt dann doch, dass sie jetzt Hunderte von Käfern untersuchen müssen?«

»Genau«, sagte Clara. »Deshalb brauche ich Ihre Unterstützung. Es muss klar sein, dass die Mordkommission hinter diesem Aufwand steht. Ich will nicht, dass die Rechtsmedizin sich hintenrum bei Bellmann über mich beschwert und ich den Ärger kriege.«

»Sie?« Winterfeld grinste spitzbübisch. »Wenn jemand Ärger mit Bellmann kriegt, dann bin *ich* es, und das wissen Sie genau.« Er lächelte weiter und blies Rauch in die Luft. Manchmal hatte er wirklich etwas Jungenhaftes.

Clara lächelte ebenfalls. »Große Schiffe halten stärkere Stürme aus als kleine. Sollten Sie als Hamburger doch wissen. Besonders, da Ihnen der kalte Herbstwind nichts auszumachen scheint.« Sie deutete mit einer knappen Geste aus dem Fenster.

»Schöner Vergleich. Señora, an Ihnen ist eine Diplomatin verloren gegangen.«

»Also?«, fragte Clara. »Geht das klar?«

»Im schlimmsten Fall ein paar Hundert Käfer und vielleicht fünfzig Stunden Arbeit in Moabit?«

»Im schlimmsten Fall, ja.« Clara nickte.

Winterfeld atmete aus, schnippte die Kippe aus dem Fenster und schob die Hände in die Taschen. Clara fragte sich, wie viele Kippen wohl schon da unten lagen und ob jemand sie wohl aufsammelte.

»Also dann, zum Angriff.« Winterfeld fuhr sich ein letztes Mal durch die Haare.

»Aye, aye, Sir.« Clara legte die Hand zum Gruß an die Stirn und ging in ihr Büro, um MacDeath anzurufen.

* * *

Clara und Dr. Martin Friedrich alias MacDeath standen in der Abteilung für Insektenforschung des rechtsmedizinischen Instituts der Charité. An den Wänden reihten sich Glaskästen mit präparierten Käfern, Schmetterlingen, Maden, Tausendfüßlern und Spinnen. Von Weinstein nahm seine Designerbrille ab und rieb sich die Augen, denen man die Müdigkeit noch immer oder schon wieder ansehen konnte.

»Wir haben hier bestimmt dreihundert tote Käfer, die die Spurensuche sowohl in den Zimmern als auch in den Leichen von Jasmin Peters und Jakob Kürten gefunden hat«, sagte er. Seiner Stimme war der Missmut anzuhören. »Außerdem haben wir mindestens fünfhundert lebende Käfer, die wir derzeit noch in zwei Terrarien aufbewahrt haben. Einem Jasmin-Peters- und einem Jakob-Kürten-Terrarium.« Er atmete demonstrativ aus und setzte die Brille wieder auf, während er seinen weißen Kittel zurechtzog. »Und Sie wollen, dass wir die toten Käfer sezieren, um dann die lebenden mit Gas einzuschläfern und ebenfalls zu sezieren?«

Clara nickte.

»Du lieber Himmel, das sind fast tausend Mini-Obduktionen! Wir müssen die Viecher aufschneiden, den Chitinpanzer unters Mikroskop legen, den Chemikalientest machen und dann auch noch die DNA abgleichen, sofern wir welche finden.«

»So ist es.« Clara schaute zu MacDeath, der ebenfalls nickte. »Tausend Käfer, vielleicht auch weniger, je nachdem, ob und wie schnell wir in diesen Käfern DNA finden, die nicht von Jasmin Peters oder Jakob Kürten stammt.«

»Das ist völlig verrückt«, sagte von Weinstein. »Das dauert Ewigkeiten. Und selbst wenn wir damit fertig sind, haben wir immer noch keine Sicherheit, dass wir die DNA zuordnen können.«

Er machte mit der Hand eine Geste über die Glaskästen, vor denen sie standen. »Wissen Sie, dass diese Käfer Aasfresser sind? Vielleicht haben sie vorher an einer Leiche gefressen, die schon seit Jahren beerdigt ist. Das würde unsere ganzen Ermittlungen durcheinanderbringen.«

»Zugegeben, das Ganze ist nicht sonderlich wahrscheinlich.«

Clara nickte. »Je nachdem, wie lange der Mord an dem ersten Opfer zurückliegt, sprechen wir von einem Käfer, der vielleicht schon einige Jahre alt ist und genau so lange tot ist. Und wenn das so lange her ist, ist die Wahrscheinlichkeit gering, dass dieser tote Käfer sich unter den lebenden befunden hat, die wir am Tatort von Jasmin Peters oder Jakob Kürten gefunden haben.« Sie sah von Weinstein an. »Aber haben wir etwas anderes?«

Von Weinstein nickte, obwohl er lieber den Kopf schütteln wollte. »Haben wir nicht. Aber das Risiko, sehr viel Zeit zu vergeuden und nichts herauszufinden, ist immens.«

»Dieses Risiko müssen wir eingehen.« Clara zuckte mit den Schultern.

»Dr. von Weinstein«, sagte MacDeath, »die Mordkommission hat der Rechtsmedizin ausdrücklich den Auftrag erteilt, diese Untersuchung vorzunehmen. Und auch wenn dieser Fall noch nicht an die Presse gelangt ist, besteht die Möglichkeit, dass unser Killer selbst versucht, seine nächsten Morde auf irgendeine Weise publik zu machen.«

Er schaute von Weinstein mit dem gleichen analytischen Blick an wie vorhin Clara. »Es würde sich nicht gut machen, wenn die Presse herausfindet, dass die Polizei offenbar nicht sonderlich daran interessiert war, alle Möglichkeiten zu nutzen, um den Mörder zu finden. Oder?«

Von Weinstein rieb sich noch einmal die Augen und steckte seine Brille schließlich in die Brusttasche seines Kittels. »Sie haben ja recht, wir haben nichts anderes. Trotzdem ist es der berühmte Kampf gegen Windmühlen.«

»Wer kämpft, kann verlieren«, sagte Clara, ging zum Ausgang und sagte über die Schulter zu von Weinstein: »Wer nicht kämpft, hat schon verloren.«

7.

Etwas Dunkles hatte sich aufgebaut, so riesig und bedrohlich, dass es den ganzen Horizont einnahm und den Himmel verdüsterte. Und es hatte Vladimir angefallen. Plötzlich. Aus dem Nichts.

Ingo hatte Vladimir aufgefordert, ekelhafte Dinge mit seinem Körper zu machen. Aber das sei Vladimir ihm schuldig; schließlich habe er sich besonders um ihn gekümmert, hatte Ingo gesagt: Er habe sich mit ihm zusammen Videos angeschaut und ihn vor den Schlägern im Heim beschützt. *Dafür kannst du ein bisschen nett zu mir sein,* hatte er gesagt und seine Hose geöffnet. Dann hatte er Vladimir auf das Sofa gedrückt und ihn auf den Bauch gedreht, und der Junge hatte den nach Zigaretten und Chili con Carne stinkenden Atem gerochen, als Ingo sich auf ihn schob; er hatte Ingos harte Erektion gespürt, erst *an* seinem Körper, dann *in* seinem Körper. Etwas war schmerzhaft in ihn eingedrungen – etwas, was dort nicht hingehörte. Wie bei diesen Wespen, die ihre Eier mittels eines langen Stachels in andere Insekten legen, wo sich die Wespenmaden dann vom Fleisch ihres Wirts ernähren.

So etwas war nun auch in Vladimir. Es fraß ihn von innen auf, verschmutzte ihn, vernichtete ihn. Immer. Auch wenn Ingo nicht da war.

Vladimir lag in seinem Bett und wimmerte. Schmerzen wüteten in seinem Unterleib. *In mir ist etwas, was dort nicht hingehört.* Er musste es loswerden, aber wie? Sich die Bauchdecke aufschneiden, die verseuchten Innereien herausreißen, um zu sterben und als reiner Geist zu leben, frei von Schmutz und Abscheu? Oder war etwas in ihm zerstört worden, was er nie wieder zurückbekommen würde? Etwas, das einen anderen Menschen aus ihm machte?

Er würde es dem Direktor des Heims sagen. So etwas konnte, *durfte* nicht sein.

Es dauerte lange, bis Vladimirs Tränen versiegten.

8.

Es war am frühen Freitagabend, als Julia vor dem Computer saß und auf Dategate einige Mails checkte. Vielleicht würde sie nachher noch mit ein paar Leuten auf die Piste gehen, aber das tat man ja ohnehin nicht vor Mitternacht. Im Hintergrund lief der Fernseher, diese neue Show, *Shebay*. Julia hörte mit halbem Ohr hin, als der Moderator ein paar Kandidatinnen zur Schnecke machte. Im Moment lief eine Aufzeichnung; nachher würde die Endausscheidung live übertragen werden.

Julia fragte sich beiläufig, ob sie sich nicht auch einmal bei *Shebay* bewerben sollte, während sie die Mails überflog. Es waren die üblichen Mails von notgeilen Prolls, irgendwelche Fakes, bei denen die Typen Fotos von Christian Bale benutzten, in dem Glauben, die Frauen wären blöd genug, darauf hereinzufallen. Es gab sogar ein paar übermütige Rentner, die meinten, auf solchen Plattformen noch einmal den großen Treffer landen zu können und nach dem Entenfüttern ein bisschen Spaß zu haben.

Julia hatte vor ein paar Wochen mit ihrem Freund Schluss gemacht. Er hatte ihr von seiner »Firma« erzählt und ihr von seinem Bentley vorgeschwärmt, nur dass der Bentley nie da war, wenn Julia ihn sehen wollte. *Der Luftraum ist begrenzt*, hatte der Typ besserwisserisch behauptet, *und die Loser müssen zu Fuß gehen.* Er selbst hatte sich natürlich als Teil des Luftraums gesehen, doch am Ende hatte sich herausgestellt, dass auch er zu Fuß unterwegs war, so wie alle anderen. Seine »Firma«, erwies sich als Mini-Restaurant, das gerade von der Lebensmittelaufsicht dichtgemacht worden war. Vollidiot.

Julia wechselte von Dategate zu Facebook. Einige ihrer Freunde waren online.

Meine Katze ist gerade draußen, hoffe mal, dass sie bald wiederkommt, schrieb Julia. Zwei Freunde antworteten.

Miau, schrieb einer.

Grüße an deine Katze, eine andere.

Die zwei Freunde kannten Princess, Julias beige getigerte, drei Jahre alte Katze. Sie schlief nachts immer auf Julias Füßen. Und sie ließ sich gerne fotografieren. Bei Facebook hatte Julia ein paar Fotos von Princess gepostet.

Julia kannte ihren Marktwert. Sie wusste, dass sie nicht auf Katzen angewiesen war, auch wenn die viel weniger Stress machten als jeder Kerl. Sie wusste, dass sie vom Aussehen her fast jeden kriegen konnte. Das Problem war nur, dass die wirklich geilen Typen – die, die auch Geld hatten – entweder schon vergeben waren oder dass man sie nicht traf, da man keinen Zugang zu den Clubs und in die Kreise bekam, in denen sie verkehrten.

Ob eine Plattform wie Dategate das Richtige war? Eher nicht. Dennoch verbrachte Julia Stunden auf diesem Provider. Warum, wusste sie selbst nicht. Vielleicht, weil sie hier im Rampenlicht stand und begehrt wurde – und doch angenehm weit weg war, um sich mit all diesen Typen nicht im wirklichen Leben, Auge in Auge, abgeben zu müssen.

Sie blickte wieder in ihren Posteingang. Vier neue Mails. Eine stach hervor:

Ich sehe etwas in deinen Augen und frage mich, ob es den anderen auch schon aufgefallen ist.

Julia stutzte. So war sie in diesem Chat noch nie angesprochen worden. Ziemlich kurz und eigentlich auch direkt, aber irgendwie anders. Kein Vergleich zu diesem verklemmten Spinner aus Charlottenburg, der ihr schon mehrere DIN-A4-Seiten an Mails geschrieben hatte: *Hör mal, wir müssen ja nichts erzwingen. Ich bin auch nicht sicher, ob du meine Mail von eben richtig verstanden hast. Es soll natürlich dir Spaß machen, und das können wir dann auch diskutieren. Wenn du nicht auf diese Masken stehst, geht es auch anders. Ich mache das, was du willst. Am besten, wir treffen uns mal, denn unter vier Augen ist das alles einfacher und besser, meinst du nicht?*

Hm, du schreibst nicht zurück. Habe ich was falsch gemacht? Bin ich dir zu direkt? Ich habe dir aber doch eben geschrieben, dass wir über alles reden können. Hast du eigentlich mein Foto bekommen? Du hast mir noch gar nicht geschrieben, ob es dir gefallen hat. Es war ein Bewerbungsfoto, ein anderes habe ich leider im Moment nicht, aber ich hoffe …

Julia schüttelte den Kopf. *Und* ich *hoffe, du machst den Tag über noch etwas anderes, als so was Bescheuertes zu schreiben*, dachte sie und versenkte die Mail gnadenlos im Papierkorb. Auch die drei Mails von diesem Proleten aus Marzahn waren nicht besser. *Hey, du scheinst tolle Titten zu haben. Willste heute noch flachgelegt werden? Hier meine Nummer.*

Und dann noch eine.

HI, ich bin Ronnie. Kann bei dir vorbeikomen. Könn Numma im Auto schiben. Bock?

Julia verzog das Gesicht. *Besuch erst mal einen Deutschkurs, du ostdeutscher Plattenbau-Proll*, dachte sie und warf die Mail ebenfalls in den Papierkorb. Die dritte Mail, bei der ihr die hohe Dichte des Wortes *ficken* sofort auffiel, las sie gar nicht erst. Sie schaute kurz zur Tür und wartete darauf, das vertraute Schaben und Miauen der Katze zu hören, aber noch war es still.

Und sie blickte wieder auf die Mail von eben.

9.

Albert Torino warf sich eine Provigil ein, biss einmal darauf, würgte die Krümel ohne Wasser herunter und sah sich im Studio um, das Jochen ihm stolz präsentierte.

»Andira hat Zeit?«, fragte Torino als Erstes.

»Die ist schon da«, sagte Jochen. »Hat extra ein Wochenende in London abgesagt. Die anderen habe ich auch ordentlich geimpft. Die Fette mit der Tigerente hat abgesagt, ist aber kein Verlust. Sonst sind alle da, die wir brauchen.«

»Super!« Torino rieb sich die Hände und schluckte die restlichen Krümel des Aufputschmittels.

»Also«, begann Jochen, »Technik, IT und so weiter steht bereits. Du hast dreißig Prozent der Stimmanteile, die Zuschauer im Studio haben dreißig Prozent, und die Leute zu Hause am Rechner haben vierzig Prozent. Sie müssen online sein, sich angemeldet haben und die zehn Euro mit Kreditkarte bezahlt haben.« Er grinste. »Das hat schon ganz gut Geld gebracht. Wir sind jetzt bei fünfzigtausend Fans und hoffen, dass es bis heute Abend siebzigtausend werden.«

»Kunst ist nichts Wahres ohne Aussicht auf Bares«, sagte Torino.

»Jetzt zum Setup hier vor Ort«, sagte Jochen und knotete dabei an den beiden Kordeln seines schwarzen Kapuzenpullis herum. »Wir haben das als eine Art Prüfung mit möglicher Bestrafung aufgemacht. *Himmel und Hölle* haben es die Jungs von Privatfernsehen genannt, aber erst mal der Reihe nach.«

Er zeigte auf die Empore an der Stirnseite des Sendesaals. »Das dort«, sagte er, »ist der Laufsteg der Entscheidung. Die

Miezen müssen da rüberlatschen, mit dem Arsch wackeln, Fragen beantworten und sich dann wählen lassen.«

»So, wie du eben gesagt hast?«, fragte Torino. »Dreißig, dreißig und vierzig Prozent?«

»Genau.« Jochen nickte. »Komm mal ein paar Schritte mit.«

Beide näherten sich dem Laufsteg. Die Empore stand auf einem großen runden Bassin, das derzeit noch mit Vorhängen zugedeckt war.

»Was ist da drunter?«, fragte Torino.

»Langsam«, sagte Jochen, und die Vorfreude ließ seine Glupschaugen noch deutlicher hervortreten. »Hier«, er blieb stehen und streckte den Arm aus, wies auf den Laufsteg, »hier siehst du, dass an dieser Stelle zwei Fußabdrücke sind. Die Hühner müssen hier stehen, wenn die Entscheidung getroffen wird.« Er machte eine bedeutungsschwangere Pause und zog wieder an den zwei Kordeln seines Kapuzenpullis. »Wenn es *up* heißt, kommt eine Art Schaukel von oben runter, mit durchsichtigen Seilen und dekorativen Engelsflügeln, auf die sich die Hühner dann setzen müssen und sozusagen nach oben in den *Shebay*-Olymp getragen werden.« Jochen winkte der Technik. »Könnt ihr das Ding mal runterlassen? Danke!«

Mit leisem Surren sank die Schaukel mit den Engelsflügeln nach unten, während eine heroisch-sakrale Melodie ertönte.

»Hübsch«, sagte Torino. »Ist das sicherheitstechnisch alles okay?«

»Denke schon«, erwiderte Jochen, »und es sind ja eh nur drei Meter. Und wer viel fragt, kriegt viele Antworten, also fragen wir gar nicht erst.«

Torino blickte hinauf in das Gewölbe des Studios, wo die Schaukel mit den Engelsflügeln wieder nach oben entschwebte.

»Aber jetzt wird's spannend«, sagte Jochen. »Denn es gibt ja auch noch *out*. Für die Betreffenden wird es nicht so schön.«

Er trat einen Schritt zur Seite. »Ist eine Kandidatin *up*,

schwebt sie auf der Engelsschaukel in den Studiohimmel hinauf, wie eben gesehen. Bei *out*«, er senkte die Stimme, »öffnet sich diese Luke im Boden, und die Dame fliegt ein Stockwerk tiefer in diesen von höllisch rotem Licht beschienenen Matsch.«

Er winkte wieder zur Technik. »Macht mal das Licht an und die Musik.«

Diabolisch-dramatische Klänge ertönten, als würde der Hexenkönig von Angmar mit seinem Heer soeben aus Minas Morgul herausreiten. Torino blickte nach unten und sah tatsächlich einen von intensivem rotem Licht beschienenen Morast.

»Der Matsch ist zwei Meter tief und völlig ungefährlich, niemand kann sich was brechen«, sagte Jochen. »Das ist auch der Grund, weshalb der Catwalk in drei Metern Höhe über dem Studioboden verläuft. Schließlich sollen alle die Miezen sehen können. Nachher nehmen wir natürlich die Vorhänge von diesem Kubus beiseite.« Er zeigte nach unten. »Dann können alle durch die Scheibe zugucken, wie die Tussi sich aus dem Dreck wühlen muss.«

»Das wird der Knaller«, sagte Torino und klopfte Jochen auf die Schulter. »Und das alles in anderthalb Tagen. Gute Arbeit. Wann geht's los?«

»In zwei Stunden«, sagte Jochen. »Und wir haben noch viel zu tun.«

10.

Der Direktor des Heims hatte sich Vladimirs Geschichte angehört, aber kaum etwas darauf gegeben. Dass Kinder sich über irgendwelche Dinge beklagten, auch über sexuelle Übergriffe von Pflegern, kam dauernd vor. Es war dem Direktor im Grunde egal, aber das, was von seinem Gewissen noch übrig war, fragte sich dennoch, ob man so etwas tolerieren könne.

Er kannte Ingo M. – schließlich hatte er ihn eingestellt, weil er wenigstens mal einer war, der hart durchgreifen konnte. Dass es ihm offenbar Spaß machte, die Kinder zu schlagen, hatte der Direktor leider auch registriert. Und gefallen hatte es ihm nicht. Doch Abstriche musste man immer machen. Bei der alten Gutmenschen-Tante, die vorher das Heim geleitet hatte, hätte so einer wahrscheinlich nie einen Job bekommen; die Dame war eher eine Vertreterin der Kuschelpädagogik. Dafür herrschte jetzt aber auch Ruhe und Ordnung im Heim und nicht Anarchie wie zuvor.

Womöglich stimmte die Story also, die der blasse, verängstigte Vladimir ihm erzählt hatte. Der Direktor beschloss, mit dem Pfleger zu sprechen, aber er würde ihn sicher nicht feuern. Das bedeutete Papierkram, und Ingo M. fuhr dann vielleicht schwere Geschütze auf: Anwälte, Arbeitsgericht, das volle Programm. Womöglich musste dann jemand anders eingestellt werden, der sich vielleicht als Softie erwies und nicht die nötige Härte besaß, auch mal zuzuschlagen, wie Ingo M. es tat – was zwar nicht den Richtlinien entsprach, aber hier nötig war, denn im Haifischbecken hilft kein gutes Zureden, und Gewalt war eh das einzige Mittel, das dieser Proletennachwuchs verstand. Die meisten würden sowieso als krimineller Abschaum enden. Besser wär's, sie würden gar nicht existieren. Aber dann wäre der Job des Direktors überflüssig. Auch nicht gut.

* * *

Vladimir verließ das Büro des Direktors.

Ich werde mit dem Pfleger sprechen, hatte der Mann gesagt und dann zur Tür gezeigt. *Wenn du dich schlecht fühlst, melde dich auf der Krankenstation.*

Der Direktor würde also mit Ingo sprechen. Aber würde das helfen? Würde Ingo ihn, Vladimir, dann in Ruhe lassen? War der Direktor mächtig genug?

Etwas in ihm ahnte schon, dass es nichts nützen würde.

Etwas in ihm ahnte, dass es nur anders ging.

Der Ninja?

Ein Gedanke stieg langsam in ihm auf und nahm Konturen an. Schwarz, mächtig, böse. Etwas in ihm beschloss, etwas Großes zu tun.

Er würde Ingo töten.

* * *

»Was fällt dir ein, du verdammter kleiner Schwanzlutscher?«

Der Schlag traf Vladimir ins Gesicht. Er schmeckte Blut im Mund. Der Geschmack vermischte sich mit dem des Hühnerfrikassees, das es an diesem Abend gegeben hatte.

Ingo saß auf dem Jungen und drückte dessen Arme mit den Knien auf den Betonboden. Sie waren unten in der Wäscherei, wo an diesem Tag, einem Samstag, niemand arbeitete.

»Du rennst zum Direktor, um mich anzuschwärzen? Ist das der Dank dafür, dass ich dir geholfen habe, du kleiner Hurensohn? Dass wir uns zusammen Videos angeschaut haben?«

Noch ein Schlag. Ein stechender Schmerz, ein grässliches Knacken. Blut füllte Vladimirs Rachen. Seine Nase war gebrochen.

Ingo M. fühlte sich sicher. Er würde später behaupten, Vladimir habe sich mit einem anderen Jungen geprügelt. Dem anderen würde er vorher ebenfalls eine reinhauen, damit es nach einer echten Prügelei aussah.

Vladimir kniff die Lider zusammen und blickte durch von Tränen verschleierte Augen in das aufgedunsene Gesicht Ingos, das auf ihn hinunterblickte, zu einer wutverzerrten Grimasse verzogen.

Gewalt ist ansteckend. Wir geben weiter, was wir bekommen.

»Wenn du das noch mal machst, wird es *richtig* schlimm für dich«, sagte Ingo und beugte sich hinunter, sodass Vladimir der faulige Atem seines Peinigers ins Gesicht wehte. »Dagegen wird dir das hier wie das Paradies erscheinen.«

Er öffnete Vladimir mit Gewalt den Mund und ließ langsam einen ekelhaften, klebrigen Faden aus Speichel und Schleim in den Rachen des Jungen laufen.

Vladimir würgte, doch Ingo drückte ihm brutal den Mund zu.

»Das ist für dich«, sagte er, »als kleines Geschenk von mir.«

Gewalt ist ansteckend.

Vladimir würgte, als er den Schleim im Mund hatte, den Geschmack aus Hühnerfrikassee, Blut und Fäulnis. Die Hand, die ihm grob den Mund zuhielt, tat höllisch weh.

Und irgendetwas erwachte in Vladimir. Etwas Großes, Schwarzes, Unkontrollierbares. *Der Ninja?* Etwas in ihm, etwas für ihn.

Vladimirs Kopf schnellte nach oben. Seine Stirn traf seinen Peiniger auf die Nase. Ingos Kopf flog nach hinten. Er stieß einen unterdrückten Schmerzensschrei aus, bekam sich dann wieder unter Kontrolle und blickte Vladimir mit einer Mischung aus Hass und Erstaunen an, während Blut von seinen Lippen tropfte. Er war dermaßen verwirrt, dass er die Hand vom Mund des Jungen nahm.

Vladimir spuckte den Schleim aus. Er hatte Angst vor der Reaktion, die mit Sicherheit kommen würde, Angst vor dem Schlag, vor dem Schmerz. Doch da war etwas in ihm, was noch stärker war.

Das Schwarze, Große.

Das Andere.

Das Fremde.

Das *Böse*.

»Ich mach dich kalt, du miese kleine Schwuchtel«, keuchte Ingo und hob die Hand.

Vladimir starrte mit kaltem Blick nach oben. »Man kann nicht töten, was schon tot ist.«

Einen Augenblick stutzte Ingo; dann traf ein zweiter Schlag Vladimirs gebrochene Nase. Er schrie vor Schmerz, als die Knochen sich verschoben. Sterne tanzten vor seinen Augen.

Ingo wischte sich das Blut vom Gesicht und blickte voller Häme auf sein Opfer.

»Es wäre besser für dich, du hättest mich nie kennengelernt«, sagte er.

Halb bewusstlos, durch einen Schleier von Tränen und Blut, blickte Vladimir in das feiste Gesicht Ingos, der auf ihm saß.

»Ja«, sagte er. »Aber für dich wäre es *noch* besser gewesen.«

Ein letzter Schlag traf Vladimir, und er verlor das Bewusstsein.

11.

Julia schaute noch einmal auf die Mail, die vorhin im Eingangsfach gelandet war. Die Mail, die sich von den anderen unterschied.

Ich sehe etwas in deinen Augen und frage mich, ob es den anderen auch schon aufgefallen ist.

Julia schaute kurz auf ihre Augen auf dem Porträtfoto, das sie bei Dategate gespeichert hatte. Dann blickte sie auf das Profil des Absenders. Tommy. 32 Jahre alt, blond, sportlich, sah sehr nett aus. Daneben noch ein Bild von ihm an einem Pool. *Tolle Figur, der Typ. Mal hoffen, dass es kein Fake ist.* Sie las weiter. Sternzeichen: Zwilling. Wohnort: Berlin, Prenzlauer Berg. Beruf: Unternehmer.

Unternehmer, dachte sie. *Das hatten wir doch schon mal. Der ist mit Sicherheit nie zu Hause, weil er nur arbeitet, oder er ist in Wirklichkeit arbeitslos. Trotzdem, geben wir ihm eine Chance.*

Sie tippte eine Antwort.

Und was siehst du in meinen Augen?

Zwei Minuten vergingen.

Ich sehe eine merkwürdige Stille.

Julia wurde noch neugieriger.

Was für eine Stille?

Jetzt kam die Antwort schneller.

So, als hättest du mit etwas abgeschlossen, von dem du aber weißt, dass es noch nicht vorbei ist. Und ich sehe eine Stärke darin, die aber auch Schwäche zu verbergen versucht.

Kannte der Typ sie? Wusste er von der Affäre? Julia wechselte zu Facebook, suchte einen Tommy in Prenzlauer Berg.

Schon bald fand sie ihn. Sie hatten sogar vier gemeinsame Freunde, waren aber noch nicht »connected«. Dann gab sie seinen vollen Namen bei Xing ein. Dort war ebenfalls ein Foto von ihm, im schwarzen Anzug, irgendwo vor einem Wolkenkratzer. »Inhaber« stand dort. Und darunter die Firma: Corvinus Capital. Julia klickte weiter unter »ich suche«, wie es bei Xing üblich war.

Ich suche: Geschäftspartner, Co-Investoren, spannende Projekte im Bereich Renewables, Biotech und Technologie.

Sie hob die Brauen. Der Typ schien wirklich etwas auf dem Kasten zu haben.

Jetzt wollte sie aber wissen, von welcher »Schwäche« er redete. Sie tippte:

Welche Schwäche meinst du?

Diesmal kam die Antwort nach einer Minute.

Du bist einmal verletzt worden. Von einem Menschen, der dir sehr wichtig war. Denn was ist Liebe? Liebe heißt, die verlorene Hälfte des Ichs in einem anderen zu finden und vollständig eins zu werden. Das hast du versucht. Und das versuchst du noch immer. Habe ich recht?

So wichtig war Julia der Spinner mit dem nicht vorhandenen Bentley nun auch nicht gewesen, aber enttäuscht war sie schon. Und das mit der zweiten Hälfte? Na ja, wer suchte die nicht? Sie antwortete:

Ja. Erzähl weiter.

Kurz darauf kam die Antwort.

Du hast diesem Menschen Zugang zu deinem innersten Selbst gegeben, zu deinem Allerheiligsten, und er hat dich dort verletzt. Seitdem schützt du dieses Allerheiligste, damit dir nicht noch einmal jemand wehtut. Das macht dich stark, aber es macht dich auch unnahbar. Meinst du nicht?

Sie tippte: *Wahrscheinlich hast du recht.*

Eine halbe Minute verging. Dann las sie:

Ich wünsche dir, dass du irgendwann jemanden findest, dem du dich ganz öffnen kannst. Nicht nur, damit er dich versteht, sondern damit ihr als vollkommene Einheit zusammenlebt. Nur dann hast du die verlorene Hälfte des Ichs, die du suchst, tatsächlich gefunden. Das ist wirkliches Glück. Das ist Liebe.

Der Typ war wirklich anders. Und er hatte noch kein einziges Mal nach einem Date gefragt. Irgendwie erregte er Julias Interesse. Sie schrieb:

Du kennst mich, obwohl wir uns noch nie gesehen haben.

Dann er: *Ich fühle es, irgendwie.*

Dann sie: *Vielleicht sollten wir mal telefonieren?*

Und er schrieb zurück: *Sollten wir. Hier ist meine Nummer.*

12.

Die Sendung lief seit zwanzig Minuten. Einige der Kandidatinnen waren bereits in den Matsch gefallen, zwei waren in den *Shebay*-Olymp befördert worden.

Albert Torino ging die Reihe der männlichen Zuschauer ab, um kurze Interviews zu führen.

»Hast du eine Freundin?«, fragte er einen pickeligen Kerl mit nach hinten geschmierten Haaren.

»Nee«, sagte dieser. »Wieso?«

Torino war ein wenig verdutzt ob der Gegenfrage. »Wieso nicht?«

»Irgendwelchen Stuss erzählen kann ich mir selber«, sagte der Pickelige. »Und wenn ich 'ne Frau haben will, gehe ich in den Puff.«

Torino hob die Augenbrauen. »Aha«, sagte er, »ein echter Pragmatiker.« Er schaute den gegelten, pickeligen Burschen erwartungsvoll an. »Vielleicht muss unser Pragmatiker ja heute Abend gar nichts bezahlen. Was hältst du von der da?«

Er wandte sich zur Bühne, wo die nächste Kandidatin Stellung bezogen hatte und unruhig auf Torino wartete. Sie hatte eine ziemlich große Oberweite und trug ein ausgesprochen enges Kleid, bei dem man damit rechnen musste, dass es jederzeit explodierte.

»Nicht mein Typ«, sagte der Pickelige und schüttelte den Kopf, »die ist fett und hässlich.«

»Miss Hungerstreik ist sie allerdings nicht«, sagte Torino und ging zur Bühne, während er auf sein Kärtchen schaute. »Du bist Susi, richtig?«

Sie nickte und rief dem Pickeligen zu: »Und ich bin überhaupt nicht fett, du Aknevisage!«

Der Pickelige rief irgendetwas, aber das Mikrofon war längst abgeschaltet.

»Bleib cool, Susi«, sagte Torino. »Wie geht's den Zwillingen?«

»Welchen Zwillingen?«, fragte Susi verwirrt, doch als sie Torinos Blick folgte, wusste sie, was gemeint war.

»Oh«, sagte sie und lächelte unsicher. »Da stehen die Kerle doch normalerweise drauf.«

»Bis auf unseren Bordellfreund da vorne«, sagte Torino. »Aber das Kleid ...« Er schaute prüfend auf den engen Fummel, als wäre er jederzeit bereit, in Deckung zu springen. »Ist das zum Anziehen oder zum Blutdruckmessen?«

Lautes Johlen. Jetzt waren die Zuschauer mit Fragenstellen an der Reihe. Bevor Susi antworten konnte, ging Torino mit dem Mikrofon die Reihe entlang, in der auch der Pickelige stand, der nun ohne Mikrofon Obszönitäten ins Studio blökte. Torino blieb bei einem jungen Burschen mit kurzen schwarzen Haaren stehen.

»Wie heißt du, und wo kommst du her?«

»Ronny. Ronny aus dem Märkischen Viertel.« Er grinste.

»Wie gefällt dir Susi?«

»Ganz gut. Vor allem oben rum. Würde mit der gerne mal einen Tit ...« Jochen winkte hinten von der Regie, und ein kurzes, fiependes Geräusch ertönte. *Aha, die Zensur,* dachte Torino. *Wieder mal ein Wort, das live sofort rausgeschnitten werden muss, damit wir nicht aus dem Abendprogramm fliegen. Gut, wenn man mit kurzer Verzögerung sendet.*

»Du Penner«, rief Susi von der Bühne aus. Sie hatte das Wort trotz des Fiepens sehr wohl verstanden. »Das entscheide ja wohl noch ich, wer was mit mir macht.«

»Lies mal die Bedingungen durch, Schlampe«, rief Ronny. »Du gehörst mir.«

»Immer hübsch langsam«, sagte Torino, »Und bevor du auf ihr rumpicken darfst, muss sie erst mal gewinnen. Und du auch.«

»Wieso? Sie gehört mir«, erwiderte Ronny beinahe störrisch und rief dann in Richtung Susi: »Wenn ich mit dir fertig bin, läufst du nur noch wie John Wayne durch die Gegend.« Er ging nach vorne und lief mit breiten Beinen vor der Tribüne auf und ab.

Torino machte ein erstauntes Gesicht. »Hätte nicht gedacht, dass einer wie du John Wayne kennt«, sagte er.

Ronny wollte noch etwas sagen, doch das Mikro war bereits wieder abgeschaltet.

»Up or out?«, rief Torino den Zuschauern zu. Die Mehrheit votierte für up. Torino ebenfalls. »Glück gehabt, Miss Weißwurst«, sagte er in Richtung Susi. »Aber zieh dir für nachher was anderes an. Ich weiß nicht, ob wir hier gegen mit Schallgeschwindigkeit herumfliegende Kleiderteile versichert sind.«

»Ihr seid alles Blödmänner!« Susi verzog das Gesicht, teils vor Wut, teils vor Freude über das Erreichen der nächsten Runde, während sie auf der Engelsschaukel in die Höhe des Studiogewölbes entschwebte.

Eine weitere Kandidatin kam, Sonja – blond, elegant und zierlich. Ein fetter Kerl mit Kapuzenpulli aus Lichtenberg, der sich »Wolle« nannte und locker 120 Kilo wog, gab Torino zu verstehen, dass Sonja die Frau seiner Träume sei und dass er sie nach ihrer gemeinsamen Nacht heiraten wolle. Sonja schien das wenig zu gefallen.

»Ich bin verliebt«, sagte Wolle.

»Du bist nicht verliebt«, sagte Torino, »du bist bescheuert. Und fett bist du auch.«

Torino hatte gemerkt, dass es gut ankam, wenn auch die männlichen Zuschauer eins von ihm draufbekamen. *Letzten Endes*, dachte er, *hassen diese Loser einander so sehr, dass sie sich diabolisch freuen, wenn einer von ihnen auseinandergenommen wird.* Die römischen Gladiatoren hatten früher schließlich auch ihre Kurzschwerter ins Publikum geworfen, und manchmal hatte einer der Zuschauer dabei ins Gras beißen müssen. *Was soll's. Die Menge will das. Sie verdient das.*

»Aber ich bin verliebt in Sonja!«, sagte Wolle. »Das ist nicht nur für eine Nacht. Das ist was Ernstes!«

Torino nickte. »Wenn du mit deinen hundertzwanzig Kilo 'ne Frau bespringen willst, *muss* es was Ernstes sein. Sie könnte ja dabei draufgehen.«

Wolle wollte etwas erwidern, doch schon war das Mikro woanders.

»Out!«, rief Torino und senkte den Daumen Richtung Sonja wie ein moderner Kaiser Nero, allein schon, um Wolle zu piesacken. »Out« votierte auch der TED, und unter Sonja öffnete sich eine Falltür, sodass sie kreischend in die Matschgrube fiel.

13.

Julia wählte Tommys Nummer und spürte, wie ihr Herz schneller schlug.

»Tommy hier«, sagte die Stimme. »Bin gerade im Auto, also nicht wundern wegen der Fahrgeräusche.« Eine ruhige Stimme, tief, sonor und recht angenehm. Die meisten Dates waren immer aufgeregt, sprachen hoch und schnell und wollten in einem Satz innerhalb von drei Sekunden ihre Vorzüge anpreisen oder sich für irgendetwas entschuldigen. *Hey, sorry, bin vier Minuten zu spät, war eben noch in der U-Bahn, da war kein Empfang, und dann waren die Scheiben mit Graffiti vollgesprüht und so, deshalb hab ich die Station nicht erkannt und bin eine zu weit gefahren, und da musste ich wieder zurück, darum hat's länger gedauert.*

Hier war es viel kürzer. *»Tommy hier.«* Kurz und knapp. Und dann noch der Hinweis auf das Auto. Er war unterwegs. Geschäftlich?

»Hi, Tommy, hier ist Julia.« Sie überlegte nach einer möglichst intelligenten Überleitung. Da ihr nichts einfiel, sagte sie: »Alles klar?«

»Ich habe recht gehabt«, sagte er anstelle einer Antwort. »In deiner Stimme finden sich all die Facetten wieder, die dich so faszinierend machen.«

Das gefiel ihr. Sie beschloss, nur das Nötigste zu sagen und zuzuhören. »Welche Facetten?«

»Du bist vielseitig, intelligent und außergewöhnlich. Du bist auch herzlich, und wenn du Vertrauen gefasst hast, bis du einer der wunderbarsten Menschen auf der Welt. Und du bist aufregend. Eine Frau zum Bewundern und zum Begehren.« Er machte eine Pause. »Und all diese Facetten sind in deiner Stimme vereint.«

»Du bist süß«, sagte Julia. »Wann sehen wir uns mal?«

»Ende nächster Woche? Vorher schaffe ich es nicht.«

»Wollen wir dann noch mal telefonieren?«

»Klar. Ich muss jetzt leider Schluss machen, da ist ein Call auf der anderen Leitung.«

»Immer auf Achse?«, fragte sie.

»Im Moment ist es ein bisschen stressig. Mehrere Deals gleichzeitig. Nächste Woche wird es ruhiger, dann erzähle ich dir davon, wenn du willst.«

»O ja«, sagte sie. »War nett mir dir. Ich freue mich, dich zu sehen.«

»Mach's gut.«

Sie legte auf und schaute noch einmal auf das Foto bei Dategate und bei Xing.

Und lächelte.

* * *

Auch er legte auf. Das Lächeln, das er aufsetzen musste, um seiner Stimme einen warmen Tonfall zu verleihen, war schlagartig verschwunden. In dem Augenblick, in dem er auf den Knopf des Handys drückte und das Gespräch beendete, sanken seine Mundwinkel herab, als wären sie mit Gewichten beschwert.

Sein Gesicht hinter der Brille aus mattem Edelstahl war wieder die eiskalte Maske, die nichts zeigte und alles verbarg, während die Scheinwerfer seines Wagens die von Regen durchflutete Finsternis durchschnitten.

14.

Es dämmerte. Der Himmel war noch immer so grau und regenverhangen wie der Hintergrund des Monitors, vor dem Clara gerade den Bericht für die Ermittlungsakte schrieb, als das Telefon klingelte. Zuvor hatte sich schon Bellmann, der Chef des LKA Berlin, aus Wiesbaden von der Tagung kurz übers Handy bei ihr gemeldet, hatte sich für den Einsatz beim Werwolf-Fall bedankt und war dann schnell zum aktuellen Fall übergegangen.

»Wie kann es sein, dass eine Leiche sechs Monate lang in einer Wohnung liegt, und niemand merkt etwas?«, hatte er gefragt.

»Weil heutzutage die meisten Menschen online kommunizieren. Das heißt, wer online lebt, lebt auch real, selbst wenn er längst tot ist«, hatte Clara geantwortet.

Bellmann hatte ausgeatmet und ein paar Sekunden verstreichen lassen. »In was für einer kranken Zeit leben wir eigentlich?«, hatte er dann gemurmelt, als wüsste er selber nicht weiter, was selten der Fall war.

»In einer sehr kranken Zeit«, hatte Clara erwidert.

»Schnappen Sie diesen Verrückten«, hatte Bellmann zum Abschied gesagt. »Und zwar *real.*«

Jetzt klingelte wieder das Telefon.

»Vidalis.«

»Weinstein hier. Es gibt Neuigkeiten.«

Clara nahm ihren Stift und zog ein Blatt Papier zu sich heran. »Ich höre.«

»Wir haben bisher ungefähr dreißig Käfer untersucht und in fast allen entweder keine DNA oder nur die von Jasmin Peters oder Jakob Kürten gefunden.«

»In *fast* allen? Was heißt das?«, fragte Clara ungeduldig und ärgerte sich wieder einmal über Weinsteins umständliche Art.

»In einem Käfer haben wir die DNA einer bisher nicht identifizierten Person gefunden. Möglich, dass dieser Käfer schon vorher tot war, die DNA in ihm also viel älter ist, aber um das festzustellen, müssten wir die Zersetzungsprozesse im Chitinpanzer prüfen.«

»C-14-Methode?«, fragte Clara.

»C-14-Methode ist hier zu grobkörnig, das geht nur ab 300 Jahren. Hier geht nur biochemische Analyse.«

Clara atmete tief ein. *Das erste Opfer? Die Nummer eins? Könnte es so einfach sein?*

»Können wir dann die DNA identifizieren?«

»Kommt darauf an, wie lange das her ist«, sagte von Weinstein. »Wir können die Krankenhäuser abklappern, ähnlich wie bei Kürten, aber diesmal müssten wir gründlicher ans Werk gehen. Und diesmal können wir uns nicht auf die neue Datenbank des BKA verlassen. Die gibt es nämlich erst seit ein paar Monaten.«

»Das heißt?«, fragte Clara.

»Die Kliniken speichern bei jeder Blutspende und Blutprobe die DNA. Das müssen wir gegenchecken.«

»Wie lange wird das dauern?«

»Hängt davon ab, wie gut die Datenbanken sind und wie alt die DNA-Probe ist«, sagte von Weinstein. »Unter Umständen kann es Wochen dauern. Und da müssen wir uns überlegen, ob das den Aufwand rechtfertigt. Je weiter das Ganze in die Vergangenheit reicht, desto mehr wird es zur Nadelsuche im Heuhaufen.«

»Na prima«, sagte Clara ernüchtert. »Aber immerhin haben wir etwas. Besten Dank. Schicken Sie uns die Analysen?«

»Sind schon unterwegs«, sagte von Weinstein.

15.

Der erste Teil von Vladimirs Welt war zerstört worden, als seine Eltern starben. Da war er zehn.

Der zweite Teil zerbröckelte, als Ingo M. ihn missbraucht und beschmutzt hatte. Da war er zwölf.

Der dritte Teil fiel in sich zusammen, als seine Schwester Elisabeth verschwand – die Einzige, die wirklich für ihn da war und der er vollkommen vertraute. Da war er dreizehn.

Elisabeth verschwand, weil sie das tat, was die meisten Mädchen mit fünfzehn oder sechzehn tun.

Weil sie einen Freund hatte, ihren ersten Freund.

Tobias hieß er. Er war blond wie Vladimir und auch ungefähr so groß. Lisa, wie man Elisabeth im Heim nannte, traf sich öfter mit Tobias und ging mit ihm auf dem Hof des Heims, aber auch in den nahen Wäldern spazieren.

Was sie wohl dort taten?

Vladimir ahnte es. Und fürchtete es.

Denn durch Tobias würde er nicht nur seine Schwester verlieren. Es war noch viel mehr. Es könnte ja sein, dass dieser Tobias genauso schmutzige Dinge mit seiner Schwester machte, wie Ingo sie mit ihm, Vladimir, gemacht hatte. Er würde sein *Ding* in sie hineinstecken, sie besitzen, beschmutzen, vernichten.

Das durfte nicht geschehen.

Vladimir stellte seine Schwester zur Rede, doch die wollte nichts davon wissen.

»Vlad, hör auf, mir eine Szene zu machen«, hatte sie gesagt. »Was ist los mit dir?«

»Es ist nicht richtig, was du da tust!«

»Was redest du da? Spinnst du? Irgendwann ist man aus dem Alter raus, wo man als Mädchen die Jungs doof findet und umgekehrt.«

»Es ist nicht gut, dass du mit ihm zusammen bist.«

»Bist du jetzt Moralapostel geworden? Das ist die normalste Sache der Welt.«

»Aber ich bin dein Bruder!«

»Und Tobias ist mein Freund. Und du bist nicht mein Ehemann! Also werde erwachsen!«

Es hatte keinen Zweck. Er würde das Problem auf andere Weise lösen müssen.

Der Ninja?

* * *

Vladimir kannte die Wäscherei im Keller noch von seiner letzten Begegnung mit Ingo. Und er wusste, dass die Küche und die Kühltruhen ganz in der Nähe waren. Und irgendwo war die Werkstatt, wo stets ein großer Hammer lag. Außerdem wusste Vladimir, dass Tobias gerne hier herunterkam, um heimlich zu rauchen.

Er wird sein Ding in meine Schwester reinstecken wie eine von diesen Wespen, die ihre Eier legen. Und das wird sie verändern. Wenn sie es selbst nicht verhindert, muss ich es tun.

Immer wieder drangen furchtbare Dinge in sein Leben ein.

Der Baumstamm in das Auto.

Ingo in ihn.

Und jetzt Tobias in seine Schwester?

Nein!

Als Tobias dieses Mal seine Zigarette ausdrückte und in einer der nahen Toiletten herunterspülte, hörte er hinter sich leise Atemgeräusche und gedämpfte Schritte. Bevor er sich umdrehen konnte, sah er aus den Augenwinkeln, wie sich etwas auf ihn zubewegte, geschmeidig und schattenhaft schnell.

Fürchterlicher Schmerz durchraste ihn.

Dann war nur noch Schwärze.

Ewige Schwärze.

* * *

Vladimir hatte Tobias' Leiche in schwarze Folie eingewickelt und ganz unten in einer der Tiefkühltruhen der Heimküche verstaut.

In der Werkstatt hatte er eine Säge gestohlen. Nun schlich er sich jede Nacht herunter, um Teile der tiefgefrorenen Leiche abzusägen und die Toilette herunterzuspülen. Es waren mehrere Toiletten nebeneinander. Immer ein Teil pro Toilette. Dennoch war Vladimir erstaunt, wie lange es dauerte, wie viel Masse so ein Mensch besaß und wie schwer es war, tiefgefrorenes Fleisch und Knochen zu zersägen. Doch Kälte war eine saubere Sache. Es gab kaum Blut, kaum Spuren.

Dem ist das Blut in den Adern gefroren, dachte Vladimir. *Das passiert, wenn man mit meiner Schwester schmutzige Dinge machen will.*

Kein Blut, keine Leiche, keine Tat.

Erst in der Kanalisation würde alles auftauen.

Und bis dahin wären die Leichenteile weit weg.

Und er, Vladimir, ebenfalls.

16.

Der Bericht der Rechtsmedizin war eingetroffen. Die DNA, die man in dem einen, schon seit längerer Zeit toten Käfer gefunden hatte, war die einer Frau, doch eine erste Analyse hatte keinen sofortigen Treffer ergeben.

»Dann führt uns das also keinen Schritt weiter?«, fragte Clara enttäuscht.

»Wie man's nimmt, Señora«, sagte Winterfeld. »Die Idee mit den Käfern hat ja immerhin ein kleines Ergebnis gebracht. Wobei wir leider nicht wissen, ob die DNA überhaupt irgendetwas mit einer Person aus dem Umfeld des Killers zu tun hat. Was schlagen Sie jetzt vor?«

Clara kaute an ihrem Stift. »Ich fürchte, wir müssen die große Runde drehen«, sagte Clara. Sie saßen in Winterfelds Büro, wo sie Bericht erstattete. Hermann und MacDeath saßen ebenfalls am Konferenztisch. »Das heißt also, dass wir uns sämtliche Krankenhäuser erst im Umland und dann außerhalb Berlins vornehmen und darauf hoffen müssen, dass genau diese DNA irgendwo gespeichert ist.«

Winterfeld fuhr sich durch die Haare, als dämmere ihm allmählich, was für ein Fass ohne Boden dieser Fall werden konnte.

»Wie lange lagert die DNA im Krankenhaus?«, fragte er.

»Dreißig Jahre«, sagte Clara.

»Und das alles ist natürlich *nicht* digital gespeichert«, sagte Winterfeld, »und kann nicht auf Knopfdruck abgeglichen werden, sondern das meiste muss wahrscheinlich umständlich aus irgendwelchen Akten gezogen werden, oder?«

»Das steht zu befürchten.« Clara blätterte durch eine Kopie des Berichts der Rechtsmedizin. »Sicher, es gibt die IT-Initiative des BKA und des Gesundheitsministeriums, diese Daten digital zusammenzuführen, vergleichbar mit der CODIS-Datenbank des FBI. Auf diese Weise haben wir ja die DNA von Kürten identifizieren können. Aber so einfach wird es hier nicht werden. Hier gilt analog statt digital.«

»Toll«, sagte Winterfeld. »Der Killer ist einer der größten IT-Cracks, die wir je hatten, und wir beim LKA müssen uns mit vergilbten Ordnern herumärgern.«

»So war es doch immer schon«, sagte Hermann.

»Wenn ich etwas von dir wissen will, Hermann, melde ich mich«, murrte Winterfeld. Er hatte Hermann damals aus Hamburg mitgenommen. Die beiden hatten auf den ersten Blick zwar wenig gemein, hielten aber zusammen wie Pech und Schwefel. Und Hermann hatte natürlich recht.

»Aber mal ernsthaft«, sagte Winterfeld und blickte Clara an. »Wir haben eine DNA, die möglicherweise nirgends digital gespeichert ist, ohne irgendwelche Anhaltspunkte?«

»Ich fürchte, so sieht's aus«, erwiderte sie. »Wir haben keinen Verdächtigenkreis, in dem sämtliche Personen eine oder mehrere Gemeinsamkeiten aufweisen ... dass sie einen schwarzen Golf fahren, zum Beispiel. Gäbe es eine solche Gemeinsamkeit, hätten wir einen eingegrenzten Verdächtigenkreis und könnten auf dieser Grundlage Speichelproben nehmen.«

»Okay«, sagte Winterfeld. »Wir können schauen, ob wir in den Berliner Kliniken auf dem kurzen Dienstweg etwas finden, aber das Ganze bundesweit auszudehnen ist keine Option, solange wir keine genaueren Anhaltspunkte haben.« Er schaute Clara an. »Sie wissen, ich bin kein Bürokrat, aber die Chance ist verschwindend gering, und falls wir die Aktion durchführen, dauert das Monate.«

»Also nur die Kliniken in Berlin?«, fragte Clara.

»Ja«, sagte Winterfeld. »Die Idee war gut, aber sobald die DNA älter als einige Jahre ist, glaube ich nicht, dass wir irgendetwas finden.«

Clara war enttäuscht, aber am Ende hatte er recht. Eine DNA aus Millionen möglicher Genstrukturen, und das auch noch ohne eine digitale Zuordnung? Das war unwahrscheinlicher als ein Lottogewinn. Blieb nur die Hoffnung, dass der Mord, wenn es einer war, nicht allzu lange her war.

Winterfeld legte den Bericht der Rechtsmedizin beiseite und sprach weiter. »Am Internet seid ihr auch dran, richtig?«

Clara nickte. »Mit Hochdruck.«

»Gut. Sonst noch was?«

»Ich habe über die Motivation des Killers nachgedacht«, sagte Clara. »Und über seine Neigung, seine Taten mitzuteilen.«

»Und zu welchem Ergebnis sind Sie gekommen?«, fragte Winterfeld. Auch Hermann beugte sich interessiert vor.

»Es könnte weitere Inszenierungen des Killers geben. Vielleicht nicht nur auf CDs, die wir bekommen«, sie blickte MacDeath an, »sondern auf breiterer Basis.«

»Im Internet?«, fragte Winterfeld.

»Ja. Der Kerl ist ein großer Filmfreund und scheint sich mit Computertechnik sehr gut auszukennen. Bei Jasmin Peters hat er herausgefunden, dass ihr Foto in Fuerteventura aufgenommen wurde, indem er das Bild mit Tausenden von Strandfotos im Internet abgeglichen hat.«

»Ja, der Bursche ist nicht dumm«, bestätigte Hermann.

Clara fuhr fort: »Es wäre nicht verwunderlich, wenn er noch etwas anderes im Netz gepostet hat, von dem wir noch nichts wissen. Wenn uns da eine Verknüpfung gelingt, könnten wir nicht nur auf seine Spur kommen, sondern vielleicht seine nächste Tat verhindern.« Sie wandte sich an Hermann. »Haben eure Nachforschungen schon etwas ergeben?«

»Wir haben die gängigen Portale aus dem SM-Bereich, Chats,

die Partnervermittlungsseiten – konventionelle und exotische – sowie die verschiedenen Videoplattformen mit unterschiedlichen Suchbegriffen durchkämmt.«

»Und?«

»Bisher nichts.«

MacDeath schaltete sich ein. »Bis jetzt hat unser Mann zwei Nachrichten geschickt. Beide an Clara Vidalis adressiert.« *Besten Dank für die Erinnerung*, dachte Clara. »Es scheint ihm also mehr um eine persönliche Aussprache zu gehen als um eine Art...«, MacDeath suchte nach Worten, »nennen wir es ›Predigt zu den Massen‹.«

Winterfeld blätterte durch den Bericht. »Das mag ja alles sein, nur brauchen wir Anhaltspunkte, und derzeit haben wir nichts. Dieser Typ nennt sich der *Namenlose*, und das ist er auch. Clara könnte recht haben. Wenn er im Netz unterwegs ist, kündigt er vielleicht irgendetwas an, brüstet sich in irgendwelchen Foren mit seinen Taten oder macht sich anderweitig angreifbar.« Er ließ die Seiten über seinen Daumen gleiten. »So wie dieser Frauenschlächter, den sie vor Kurzem geschnappt haben und der jeden seiner Morde auf Facebook gepostet hat.«

»Sie meinen diesen Irren aus Bodenfelde, der pünktlich nach jedem Mord bei seinen Freunden geprahlt hat, und das am besten noch vom Handy-Facebook aus, damit die Bullen per Satellit sofort wissen, wo er gerade ist?«, meldete Clara sich zu Wort. »Ich fürchte, so dumm ist unser Killer nicht. Er postet nur aus den Accounts seiner Opfer und mit deren Computern. Er ist wirklich der *Namenlose*.« Sie schaute Hermann an. »Wie sieht es mit Netzwerken und Foren aus, die nicht jeder auf dem Radar hat? Die noch um einiges exotischer sind als Dategate?«

»Da bin ich dran«, sagte Hermann, »nur ist da nichts. Bisher jedenfalls. Wir haben Alerts für seine typischen Begriffe bei Google und anderen Suchmaschinen laufen. ›Ich bin nicht die Erste, und ich bin nicht die Letzte. Ich bin bereits tot, doch das

Chaos geht weiter. Der Namenlose, der Mann in der Menge, die Nacht, der Tod‹ und so weiter. Aber nichts Zielführendes bisher. Bis auf die Korrespondenz mit denen, die bereits tot sind.«

»Und wenn wir einen Schritt weiter gehen? Jenseits der üblichen Suchmaschinen?«

»Das sollten wir tun, aber das dauert«, sagte Hermann.

»Warum?«

»Es gibt Seiten, die tauchen in keiner Suchmaschine auf. Diese ganzen Pädophilen-Clubs, ›Girllovers‹ und wie die alle heißen, haben ein verschworenes Netzwerk, in dem ihre Bilder zirkulieren und die selbst Google nicht findet, weil diese Leute völlig unkonventionelle Webseiten programmieren. Die haben Adressen, die so lang sind, dass man dafür ein ganzes DIN-A4-Blatt braucht, und die verstümmelte Versionen des Hypercodes nutzen, zum Beispiel ›htp‹ statt ›http‹.« Hermann machte eine Geste, als wollte er in die Gummibärchentüte greifen, nur war die Tüte oben in seinem Büro bei der IT und nicht hier. Auch ohne Gummibärchen fuhr er fort: »Google scannt vor allem die Semantik und die Textteile auf der Landing Page einer Seite. Diese Pädophilen-Netzwerke kleistern die Landing Page dann mit kryptischen Symbolen und Zahlen voll, die Google in keinen Kontext einordnen kann und die de facto, wenn überhaupt, bei Suchergebnis Nummer achthunderttausend auftauchen. Und so wollen diese Leute es auch.«

»Haben wir Daten dazu?«, fragte Clara.

»Die Jungs von der Sitte können ganze Romane darüber erzählen. Es gibt ein Universum verstümmelter Webseiten mit kryptischen Landing Pages, die mit abgekürzten http-Frameworks arbeiten. Was sich dahinter verbirgt, ist das nackte Grauen.« Er schaute Winterfeld an. »Walter, du kennst diese Geschichte aus Hamburg. Diese Freaks mit dem sechs Monate alten Säugling, der nacheinander von drei Männern vergewaltigt und dann getötet wurde.« Er schaute in die Runde, als würde die Erinnerung ihn noch immer erschüttern. »Es ist alles wahr.«

Auch Clara kannte die Geschichte. Nachdem Hermann die Szenen gesehen hatte, damals noch in Hamburg, war er zwei Jahre lang Alkoholiker gewesen, hatte dann aber die Kurve gekriegt. Jetzt war er nicht nur trocken, sondern konnte das eine oder andere Bierchen trinken, ohne dass es eskalierte. Man musste wohl durch dieses Säurebad gehen, um als besserer, stärkerer, härterer Polizist wiedergeboren zu werden.

Die Dinge, die wir sehen, dachte Clara. *Besonders das Internet. Auf den ersten Blick ein weiterer Pflasterstein auf der großen Straße des Wissens. Doch wenn man diesen Stein umdreht, sieht man ein ekelerregendes Chaos aus Exkrementen und Verwesung, Maden, Würmern und Spinnen, die aufgescheucht und in perfider Hektik durcheinanderwimmeln.* Dummerweise war es gerade Claras Job, diese ekelhaften Steine immer wieder umzudrehen.

»Kommt unser Killer aus dem Pädophilen-Netzwerk?« Clara schaute MacDeath an.

Der schüttelte den Kopf. »Der Modus Operandi ist ganz anders. Die Taten sind nicht primär sexuell motiviert, und die beiden Opfer waren zwischen Mitte und Ende zwanzig. Eine völlig andere Zielgruppe.«

»Aber er könnte ähnliche Netzwerke nutzen?« Clara ließ nicht locker.

Hermann meldete sich wieder zu Wort. »Er könnte seine Themen genauso verschlüsselt irgendwo hosten, wie es die Pädophilenklubs machen.«

»Aber was sollte ihm das bringen?«, fragte Winterfeld. »Er hat doch keine Community oder so was?«

»Wissen wir das?«, fragte Clara.

»Wissen wir nicht«, sagte MacDeath. »Aber es würde nicht passen. Über neunzig Prozent aller Serienkiller arbeiten allein.

Und dieser Typ ist für mich der Extremfall des einsamen Wolfs.« Er kaute auf dem Bügel seiner Brille. »Und er ist binär codiert.«

»Auf Deutsch, bitte«, sagte Winterfeld.

»Entweder er macht es für sich selbst und für uns«, MacDeath blickte Clara an, »oder er geht ganz groß an die Öffentlichkeit.«

»Meinen Sie?« Winterfeld stand missmutig auf und nahm seine Zigarillos vom Tisch. »Bellmann hat mich vor einer halben Stunde angerufen. Er will auf alle Fälle vermeiden, dass die Presse auf der Sache herumreitet oder irgendetwas rausposaunt. Ein Killer, der aus dem Internet heraus wahllos Frauen umbringt, und die Polizei hat nicht die leiseste Ahnung, wer er ist, wäre das gefundene Fressen für die Presse.« Er wechselte die Zigarilloschachtel von einer Hand in die andere. »›Der Online-Mörder‹ oder so etwas. So eine Schlagzeile fehlt uns gerade noch.« Er atmete geräuschvoll aus. »Wenn der Killer irgendetwas plant oder ankündigt, müssen wir als Erste davon wissen.«

Clara wiegte den Kopf. »Wobei wir nach wie vor nicht wissen, ob es ihm darauf ankommt, die Allgemeinheit ins Boot zu holen«, sagte sie. »Bisher scheint er nur mit dem LKA beziehungsweise mit mir zu kommunizieren.«

»Nun ja«, sagte Hermann, »das bedeutet aber nicht, dass er nicht auch mit anderen kommuniziert.«

»Es wäre sehr riskant für ihn, würde er dieses Spiel mit zu vielen Leuten treiben«, sagte Clara. »Irgendwann gibt es eine undichte Stelle, oder er macht einen Fehler. Das Netz wird enger für ihn, wenn er sich zu weit öffnet. Das passt nicht zu seiner vorsichtigen Art.«

»Stimmt«, pflichtete MacDeath ihr bei. »Nur dürfen wir nicht vergessen, dass es bei ihm offensichtlich Dinge gibt, die seiner Vernunft und Rationalität im Weg stehen können.«

»Und welche?«, fragte Clara.

»Dass er wahnsinnig ist.« MacDeath zuckte die Schultern. »Und vergessen Sie nicht, was ich Ihnen heute Morgen über das Opferritual und die Botschaft dahinter gesagt habe. Erinnern Sie sich?«

Clara war ein wenig verärgert über diese Lehrstunde, die MacDeath ihr in Anwesenheit von Winterfeld erteilte, aber das gehörte wohl zu seiner Natur und war nicht böse gemeint. Außerdem erkannte sie erst jetzt, was MacDeath meinte: Das »Pädagogische« hatte er heute Morgen gesagt. Der Killer möchte die Welt über irgendetwas belehren oder auf irgendeinen Missstand hinweisen, wie Charles Manson mit dem Massaker in Bel Air. Clara selbst fand die Bezeichnung »pädagogisch« nach wie vor unpassend und wusste nicht, was an einem Killer, der Mädchen tötete und die Morde filmte, pädagogisch sein sollte, aber vielleicht war es ein neuer Trendbegriff in der Forensik.

»Sie nannten es ›pädagogischen Eifer‹«, sagte sie und blickte MacDeath an. »Er betrachtet sein Opus als Rache-Epos oder Gesamtkunstwerk und will damit auf etwas hinweisen oder irgendetwas korrigieren. Oder beides.«

»Ganz genau«, sagte MacDeath. »Deshalb ist er entweder still, oder er dreht das ganze große Rad.« Er setzte seine Brille wieder auf. »Jetzt stellt sich nur die Frage, was für eine Art von Pädagoge er ist. Ob er eher Einzelunterricht bevorzugt, oder ob er eine Vorlesung im Audimax halten will.«

»Das heißt konkret für uns, dass wir entweder gar nichts erfahren oder alles auf einmal?«, fragte Winterfeld.

»Richtig«, antwortete Clara an MacDeath' Stelle. »Je nachdem, welche Art der Übermittlung er bevorzugt, wird er seinen nächsten Schritt entweder still und leise und nur mit uns – beziehungsweise mit mir – inszenieren, oder er tut es laut und medienwirksam.«

»Und das heißt?«, fragte Winterfeld, obwohl er es sich wahrscheinlich denken konnte.

»Dass im zweiten Fall die Presse von der Sache erfährt und dass Sie Bellmann am besten schon mal darauf vorbereiten.«

»Immer ich«, murrte Winterfeld. »Wenn es gut läuft, war es Frau Vidalis, wenn es schlecht läuft, ist Winterfeld schuld.« Er kniff ein Auge zu und musterte Clara. »Und wir können wieder mal nichts tun?«

Clara zuckte mit den Schultern und wandte sich an Hermann. »Ich nehme an, in Richtung verstümmelte http-Seiten à la Pädophilen-Netzwerk zu suchen dauert seine Zeit?«

»Mit Sicherheit nicht ganz so lange wie eure DNA-Analyse.« Hermann lehnte sich zurück. »Aber dauern wird es ganz gewiss.«

»Bleibt trotzdem dran«, sagte Clara. »Wir können nur hoffen, dass er einen Fehler macht, der uns einen Vorteil verschafft. Dass wir irgendetwas von ihm finden, das es uns ermöglicht, ihn zu schnappen und den nächsten Mord zu verhindern. Und dass wir die DNA schnell identifizieren. Vielleicht bekommen wir dann Informationen über seine Vergangenheit.«

»Ich sehe schon«, sagte Winterfeld und ging mit den Zigarillos zum Ausgang. »Es ist fast Freitagabend, und das Wochenende ist in ernster Gefahr. Ich gehe eine rauchen.«

17.

»Wo ist er?«, schrie Elisabeth ihn an. »Er ist verschwunden. Du hast etwas damit zu tun, stimmt's? Du wolltest ihn doch loswerden! Nun sag schon!«

Vladimir musterte seine Schwester, die sich wie eine Rachegöttin vor ihm aufgebaut hatte.

»Ich habe nichts damit zu tun«, sagte er. Gleichzeitig aber fragte er sich, warum er sie eigentlich anlügen sollte. Dieser Kerl, Tobias, hatte sterben *müssen*; es war nicht anders möglich gewesen. Warum also sollte er sich verstellen?

Elisabeth kam näher an ihn heran.

»Vlad, sag mir ganz ehrlich, hast du irgendetwas damit zu tun? Hast du Tobias was getan? Hast du ihn ...«

»Ich will dich nicht verlieren.«

Ihre Augen füllten sich mit Tränen. »Was soll das heißen, du willst mich nicht verlieren? Soll das heißen, dass du jeden verschwinden lassen willst, der mir zu nahe kommt?« Ihre Stimme wurde schriller. »Hast du es getan?«

»Ich habe dich beschützt.«

»Mich beschützt?« Ihre Stimme überschlug sich. »Du nimmst mir die Menschen, die ich liebe und die mich lieben, und nennst es beschützen?« Resignation und Abscheu spiegelten sich in ihren Augen. »Ich hasse dich!«

»Ich meine es gut mir dir«, sagte er noch einmal. »Ich will dich nicht an diesen Typen verlieren!« Seine Stimme wurde leiser. »Eher würde ich dich auch töten.«

Ihre Miene versteinerte.

»Mich *auch* töten? Dann hast du es also getan!«, stieß sie hervor. »Du hast ihn umgebracht!« Sie schrie noch lauter und schriller. *»Du hast ihn getötet!«* Ihre Stimme überschlug sich in einem kreischenden Crescendo. *»Du hast ihn umgebracht!«*

»Schrei nicht so.«

Jetzt kamen die Tränen. »Du bringst meinen Freund um, und ich soll nicht schreien?« Sie schlug mit den Fäusten auf ihn ein. »Du hast ihn umgebracht! Du hast ihn umgebracht!«

Er musste etwas tun. Wenn sie das ganze Heim zusammenschrie und er zum Direktor musste, würde man Fragen stellen. Das durfte er nicht zulassen.

»Du bist nicht mehr mein Bruder!«, kreischte sie. »Du bist ein ...« Wieder schlug sie auf ihn ein, die Wangen nass von Tränen, die Augen von Fassungslosigkeit und Abscheu erfüllt. »Du bist ein Monster!«

»Dann verschwinde doch!«, fuhr er sie an und stieß sie grob nach hinten.

Elisabeth verlor das Gleichgewicht und versuchte sich abzustützen, griff jedoch ins Leere. Ihr Kopf schlug mit einem hässlichen Geräusch auf den eisernen Bettpfosten und knickte mit hörbarem Knacken in einem grotesken Winkel zur Seite weg. Ein paar Sekunden lag der Körper zuckend auf dem Boden, der Kopf in bizarrer Haltung verdreht. Dann lag sie regungslos da und starrte mit leeren Augen zur Decke.

»Nein!«, schrie Vladimir, nahm seine Schwester in die Arme, versuchte sie aufzuwecken, doch ihre Augen blieben ausdruckslos.

War sie tot?

War das Genick gebrochen?

»Neiiin«, schrie er noch einmal, und ihm war, als wäre nicht einmal der Abgrund der Hölle groß genug, um all seinen Schmerz aufzunehmen.

Was hatte er getan? Er hatte den einzigen Menschen getötet, der ihn je geliebt hatte.

Mit letzter Kraft versteckte Vladimir die Leiche unter dem Bett, schaffte es gerade noch auf die Toilette, erbrach sich voller Ekel vor sich selbst und sank neben der Toilettenschüssel, in der sein Erbrochenes schwamm, bewusstlos zu Boden.

18.

Julia klickte noch einmal durch die Seiten bei Dategate und blieb wieder bei dem hübschen Kerl von vorhin hängen, mit dem sie eben noch telefoniert hatte. Tommy, der in Wirklichkeit, seinem Xing-Profil zufolge, Thomas Zöllner hieß. Wo mochte er wohnen? Noch immer szenemäßig in Prenzlauer Berg in einer schicken Maisonettewohnung oder vielleicht schon auf dem Sprung in einen Bungalow in Zehlendorf?

Bei XING war keine Privatadresse angegeben. Und bei seiner Firma nur ein Postfach. Na, egal. Es war auf alle Fälle vielversprechend.

Julia blickte mit einem Auge auf den Fernseher, wo immer noch die Castingshow lief, *Shebay*. Eigentlich alles Durchschnitt, bis auf eine Kandidatin namens Andira. Julia musste zugeben, dass die Frau umwerfend aussah. Ihr Blick schweifte vom Fernseher wieder auf den Monitor. *Klick*. Wechsel zu Facebook.

Ist deine Katze schon wieder da?, fragte eine Freundin.

Nein, immer noch nicht, antwortete Julia.

Katzen machen, was sie wollen, schrieb die Freundin.

Sind ein bisschen wie Männer, antwortete Julia.

In dem Moment hörte sie ein Kratzen an der Tür, gefolgt von dem vertrauten Miauen.

Sie ist wieder da, tippte Julia noch schnell, bevor sie zur Tür ging.

19.

Clara beobachtete MacDeath, wie er sich an der rumpelnden Kaffeemaschine im ersten Stock eine Tasse von dem schwarzen Gebräu einschenkte und den Inhalt durch seine Hornbrille misstrauisch betrachtete.

»Earl Grey ist das nicht«, sagte Clara augenzwinkernd, während sie an ihrer Tasse nippte.

MacDeath trank nun ebenfalls und verzog ein wenig das Gesicht. »Earl Grey ist es allerdings nicht«, sagte er. »Aber ich bin zu faul, jetzt noch Tee zu kochen, und ich brauche was zur Aufmunterung.« Er setzte sich auf den kleinen Tisch neben der Kaffeemaschine, auf dem ein *Berliner Kurier* sowie Mitteilungen des LKA lagen. »Sie wollten noch wissen, inwieweit bei dem Killer Opferritual, Vergangenheit und die Beziehung zu Ihnen zusammenpassen, nicht wahr?«

»Wäre nicht schlecht.«

»Nun, das führt uns zu der Frage, was eigentlich seine Motivation ist.« MacDeath hob die Augenbrauen.

»Das würde ich allerdings sehr gerne wissen«, sagte Clara, während sie sich die heiße Kaffeetasse vor den Bauch hielt und die Wärme genoss, die von der Tasse aus durch ihren Körper zog.

»Ich bin dabei, ein psychologisches Profil des Täters zu erstellen. Ist fast fertig.« MacDeath trank leicht angewidert von dem schwarzen Kaffee. »Soweit es möglich ist, versteht sich, denn allzu viel haben wir ja noch nicht.«

»Gut, dann lassen Sie uns zur Sache kommen«, sagte Clara, die mittlerweile befürchtete, dass es auf der ganzen Welt keinen

Menschen mehr gab, der kurz und knapp und ohne umständliche Ausschweifungen antwortete. Winterfeld musste immer erst fünf Minuten »nach draußen rauchen«, bevor eine Antwort kam; von Weinstein gab jedes Mal ein Proseminar in Medizin, und Hermann lieferte stets eine Kurzvorlesung in Informatik, bevor er offenbarte, was wieder einmal *nicht* so schnell zu finden war. Und nun schien auch MacDeath diesem erlauchten Kreis anzugehören.

»Also, was ist die Motivation?«, fragte Clara.

»Erlauben Sie mir eine Gegenfrage?«

Clara verdrehte innerlich die Augen. *Natürlich – immer noch keine klare Antwort.*

MacDeath blickte sie durchdringend an. »Was ist die stärkste Emotion des Menschen? Und jetzt sagen Sie nicht ›Liebe‹, denn das stimmt nicht.«

»Angst«, sagte Clara.

»Fünfzehn Punkte!« MacDeath nickte. »Angst ist die stärkste Emotion, denn sie wird dem Menschen fast immer von außen aufgezwungen. Das Angsthaben geschieht niemals freiwillig, im Gegensatz zur Liebe, die immer freiwillig und aus dem Menschen heraus motiviert ist. Angst hingegen wird uns normalerweise von einer viel stärkeren Macht aufgezwungen – einer Macht, auf die wir reagieren müssen, um unser Leben oder zumindest unser Wohlbefinden zu retten. Entsprechend reagieren wir. Wenn Sie einen Menschen lieben, rennen Sie ihm nicht unbedingt sofort die Bude ein. Doch wenn ein Kerl mit einer ratternden Kettensäge auf Sie zukommt, laufen Sie, was das Zeug hält.«

»Winterfeld sagt, Angst hätte etwas Archaisches.«

»Wo er recht hat, hat er recht«, sagte MacDeath. »Das Angstsystem ist entwicklungsgeschichtlich so alt und archaisch wie beispielsweise der Geruchssinn, und das bringt es mit sich, dass es sich leicht täuschen lässt. Deshalb gruseln wir uns im Kino, wenn wir einen Horrorfilm sehen, auch wenn uns der Verstand sagt, dass es sich nur um einen Film handelt.«

»Horrorfilme haben wir hier auch«, sagte Clara. »Allerdings echte.«

»Im limbischen System des Gehirns befindet sich die Amygdala, der Mandelkern. Sie ist die Schaltstelle der Angst«, dozierte MacDeath. »Eine uralte, primitive Struktur, die sich im Laufe der Evolution kaum verändert hat.«

Clara erkannte, dass sie wider Willen aufmerksam zuhörte. Auch wenn sie sich immer noch fragte, was das alles mit dem Killer zu tun hatte – irgendwie gefiel es ihr, inmitten des hektischen Treibens des LKA, der Jagd auf den Namenlosen und ihrer eigenen, ungeordneten Vergangenheit der ruhigen Stimme von MacDeath zuzuhören. Er fuhr fort: »Eindrücke oder, besser gesagt, Reize, die Angst verursachen, werden von den Sinnesorganen über den Thalamus auf direktem Weg zur Amygdala im Gehirn geleitet. Keine Umwege, keine Abkürzungen, keine Abschwächungen. Im Speichel steigt der Anteil des Stresshormons Cortisol, der Blutdruck steigt, die Herzfrequenz erhöht sich, die Nebennieren schütten Stresshormone aus, die Leber setzt Zucker frei, die Pupillen weiten sich.«

»Und da die Amygdala archaisch ist, ist auch die Reaktion archaisch«, sagte Clara. »Wir rennen weg, ohne nachzudenken. Wir reagieren instinktiv wie ein Fluchttier, gesteuert von Millionen Jahre alten Triebkräften.«

»Ganz genau. Es gibt zwei Strukturen der Informationsverarbeitung. Die Hirnrinde und die Amygdala. Die Amygdala spielt die Schlüsselrolle, wenn es darum geht, neue Reize augenblicklich in gut oder schlecht, schädlich oder wünschenswert zu kategorisieren. Blitzschnell wird der Organismus in Abwehrbereitschaft versetzt. Die Atmung beschleunigt sich, der Magen krampft sich zusammen, die Muskeln spannen sich an. So wird der Körper auf Flucht oder Kampf eingestellt. Und zur Belohnung werden Glückshormone ausgeschüttet, wenn die Gefahr vorüber ist.«

»Und was passiert mit der Hirnrinde?«

»Über die Hirnrinde werden eintreffende Informationen verarbeitet, abgewogen und bewertet«, sagte MacDeath. »Hier ist das zu Hause, was man Rationalität nennt. Eigentlich so, wie aufgeklärte Menschen des einundzwanzigsten Jahrhunderts es gerne hätten.«

»Aber?«, fragte Clara.

»Das Problem ist, dass die meisten Verbindungen von der Amygdala zur Hirnrinde laufen und nicht umgekehrt. Das Archaische kontrolliert das Rationale. Das heißt, die primitive, irrationale Angst ...«

Clara beendete den Satz: »Ist stärker.«

»Bingo. Rationalisten mögen sich darüber ärgern«, sagte MacDeath, »aber so war es seit Urzeiten, und so wird es noch Jahrtausende bleiben, falls die Gentechnik in der Zwischenzeit nicht einen neuen und langweiligen Menschen erschafft.«

»Allzu ängstlich scheint mir der Killer aber nicht zu sein.«

MacDeath nickte. »Von seiner Rationalität, seiner Präzision und seinen emotionslos geschriebenen Mails her nicht. Von der archaischen Komponente her aber doch.« Er trank wieder einen Schluck Kaffee und schüttelte sich leicht. »Damit kommen wir zur zweiten Frage.« Er stellte die Kaffeetasse auf den kleinen Tisch. »Was sagt ihnen der Begriff *unheimlich*?«

Clara dachte einen Moment nach. »Für mich ist vor allem das unheimlich, was unsichtbar, aber dennoch bedrohlich ist, weil es *da* ist.«

»Eine interessante Definition. Geht vom Unheimlichen eine direkte Gefahr aus?«

Clara schüttelte den Kopf. »Nein, es ist subtiler.«

»Vollkommen richtig. Schauen wir uns den etymologischen Ursprung dieses Wortes an, finden wir darin die Worte *heimlich* und *heimisch*. Das Wort *heimlich* ist nicht eindeutig. Es gehört zwei Vorstellungskreisen an, dem des Vertrauten, Behaglichen und *Heimischen*, und dem des Versteckten, Verborgenen und *Heimlichen*.« Er kniff die Augen zu, während er weitersprach. »Wir haben eine Ambivalenz beider Sprachräume, die scheinbare Gegensätze sind, aber in dem Wort *unheimlich* zusammenfallen.«

»Unheimlich ist also immer eine Form von heimlich?«, fragte Clara.

»Exakt. Sigmund Freud hat darüber geschrieben«, fuhr MacDeath fort. »Das Unheimliche weist zwei verschiedene Bedeutungen auf, die aber denselben Kern treffen. Das Unheimliche ist das, was ehedem heimlich war, verborgen wurde und nun wieder ans Tageslicht tritt.«

»Und das gefällt uns nicht?«, sagte Clara. »Wie eine alte Wunde, die wieder aufbricht?«

»Es gefällt uns überhaupt nicht«, sagte MacDeath, »da wir dieses Heimliche ja erfolgreich verdrängt haben, wodurch es ja erst heimlich *wurde*. Deshalb erfüllt uns das Wiedererkennen dieses Verdrängten mit Unbehagen. Es ist etwas, was im Verborgenen hätte bleiben sollen und nun hervorgetreten ist. Das Verdrängte ist uns fremd geworden. Es ist nicht mehr *heimisch*, sondern fremd, nicht mehr *heimlich*, sondern aufgedeckt. Kurz gesagt: *unheimlich*.«

»Wie der Tote, der aus dem Grab aufersteht?«

MacDeath nickte. »Alles, was mit Leichen, Toten, Zombies, Untoten und Wiedergängern zu tun hat, ist per definitionem *unheimlich*. Und unser Killer, das sagt mir mein Gefühl, hat möglicherweise neben seinen Opfern noch eine weitere Leiche im Keller, die er kennt und vor der er sich fürchtet.«

»Die erste Leiche, sein erstes Opfer, dessen DNA die Käfer gespeichert haben könnten?«, fragte Clara.

»Das halte ich für sehr wahrscheinlich«, sagte MacDeath.

»Und diese Leiche, wer immer es ist, motiviert ihn zu seinen Taten?«, fragte Clara. »Sie ist Ursprung und Triebkraft seines Mordens?«

MacDeath trank den Kaffee aus und stellte den Becher in die Spülmaschine. »Es ist nur so eine Idee«, sagte er. »Aber auf dieser Vermutung basiert mein derzeitiges täterpsychologisches Profil.« Er ging zum Ausgang der Küche. »Kommen Sie mit in mein Büro, ich zeige es Ihnen.«

20.

Julia hörte das vertraute Miauen.

Sie öffnete die Tür und sah ihrer Katze in die Augen.

Was ungewöhnlich war, denn normalerweise befand sich die Katze nicht auf Augenhöhe mit ihr. Noch ungewöhnlicher waren die schwarzen Stiefel, die Julia kurz gesehen hatte, bevor ihr Blick instinktiv nach oben gehuscht war, sodass sie in die anklagenden Augen ihrer Katze geblickt hatte, die noch einmal miaute. Der Körper des Tieres wurde von zwei Händen umschlossen, die in schwarzen Handschuhen steckten. Der Mann, der die Katze hielt, trug eine schwarze Maske und eine Schweißerbrille. Das augenlose Gesicht starrte Julia ausdruckslos an.

Das Schlimmste aber war die Heckenschere, die der schwarze Mann an beiden Vorderpfoten der Katze angesetzt hatte.

»Ein Mucks«, sagte er, »und die Pfoten sind ab.«

Princess, dachte Julia und schauderte bei dem Bild, das vor ihrem inneren Auge erschien: zwei Vorderpfoten, die nur noch blutige Stümpfe waren. *Nein!* Der Schrei blieb Julia in der Kehle stecken, zwischen Rachen und Kehlkopf, wie ein Stein, den man weder schlucken noch herauswürgen kann. Sie merkte, wie ihr Tränen in die Augen schossen und ihr Magen sich so heftig verkrampfte, dass eine Explosion des Schmerzes durch ihren Körper raste. Der bittere Geschmack von Galle war in ihrem Mund.

»Lass mich rein«, sagte die gesichtslose Erscheinung.

Julia wich zurück, gab keinen Ton von sich, sah nur die Heckenschere, die schwarzen Handschuhe und die Pfoten der Katze.

Der Fremde schloss die Tür hinter sich und ließ das Tier fallen. Instinktiv bückte sich Julia, um Princess aufzufangen. Da traf sie der Ellbogen des Fremden mit schrecklicher Wucht an der Schläfe. Julia sank bewusstlos zu Boden.

Der Fremde packte die Katze und rammte ihr eine Spritze in den Rücken.

Ein klägliches Miauen, dann war Stille.

Aber das hörte Julia schon nicht mehr.

Der Mann schaute kurz auf den leblosen Körper der jungen Frau, der zu seinen Füßen lag. Dann blickte er ins Wohnzimmer, zum Computer. Er nahm ein Post-it, klebte es auf die Webcam des Laptops und zog sämtliche Kabel, die nach Mikrofonanschlüssen aussahen, aus dem Computer. Man wusste nie, wer wie online war. Und er wollte ungestört sein. Filmen würde er früh genug.

Sein Blick blieb kurz auf der Facebook-Seite haften. Das letzte Posting von Julia. *Meine Katze ist wieder da.*

Er schaute zurück in den Flur.

O ja.

Dann sah er den Schlüssel auf der Kommode. Jetzt musste er schnell sein. Rausgehen, die Sachen, die er brauchte, aus seinem Auto holen und wieder reinkommen. Und zwar so, dass niemand ihn sah.

Er gab dem Mädchen, das am Boden lag, ebenfalls eine Spritze und verschwand wie ein Schatten in der Nacht. Nach drei Minuten war er zurück in der Wohnung, mit zwei großen schwarzen Sporttaschen.

Wieder schaute er auf das bewusstlose Mädchen.

Dann begann er mit seinen Vorbereitungen.

21.

MacDeath wies auf den Stuhl vor seinem großen Eichenschreibtisch, auf dem Clara schon bei ihrem ersten Gespräch gesessen hatte, nahm mit einer schwungvollen Bewegung hinter dem Schreibtisch Platz und hackte irgendetwas in den Computer. Der Drucker surrte und spuckte mehrere Seiten aus.

»Was die archaische Amygdala nicht mag, mögen auch wir nicht, und alle Appelle an Toleranz und Vernunft verschwinden wie ein Gesicht im Sand«, sagte MacDeath, untermalt vom Surren des Druckers, während er Clara über seine Brille hinweg wie der Psychiater musterte, der er ja auch war. »Das *Außen* ist das, vor dem wir fliehen oder das wir töten wollen.« Er senkte die Stimme. »Das Andere. Das Fremde. Das Böse.« Mit diesen Worten zog er etwa zehn Seiten Papier aus dem Drucker, heftete sie zusammen und schob das Gutachten Clara über den Tisch hinweg zu.

»Was tut dieser Mann?«, fragte MacDeath, während Clara die Seiten überflog.

»Er tötet Frauen.«

»Und wie viele hat er bereits getötet?«

»Wir wissen nur von einer, doch er behauptet, es wären mehr gewesen.«

»Ich fürchte, er hat recht«, sagte MacDeath. »Warum tötet er gerade Frauen?«

»Serienkiller töten gemäß ihrer sexuellen Präferenz.«

MacDeath nickte. »Hat er die Frauen vergewaltigt?«

»Wie es aussieht, nein.«

MacDeath lehnte sich zurück. »Wie ich bereits sagte und wie Sie es unter Absatz zwei finden, sind nicht-sexuell motivierte

Morde von Serienkillern ein pathopsychologisch ungewöhnliches Phänomen. Die Befriedigung, die der Killer durch das Töten erlangt, ist nicht primär sexuell motiviert.«

Clara las den Text, während sie zuhörte. »Sie schreiben hier von Opferung«, sagte sie. »Und von Katharsis. Was meinen Sie damit?«

»Kommen wir zunächst zur Opferung.« MacDeath beugte sich vor. »Und damit zum Unheimlichen. Nehmen wir einmal an, der Täter hat tatsächlich eine Leiche im Keller. Nehmen wir weiter an, er hat diese Person im Affekt getötet. Und nehmen wir an, er will diesen Mord auf irgendeine Weise ungeschehen machen.«

»Wie könnte er einen Mord ungeschehen machen?«

»Erinnern Sie sich noch, was er über das *heilige Opfer* sagte?« Er blätterte für Clara zum Ende des Berichts, wo die E-Mail des Namenlosen angehängt war. Ihr Blick flog über die Zeilen, die der Killer an sie persönlich geschrieben hatte.

Was glauben Sie, wie viele Menschen seit Monaten oder Jahren irgendwo in ihren Wohnungen liegen? Menschen, die keiner vermisst, weil mumifizierte Leichen nicht riechen. Die keiner vermisst, weil niemand sie vermissen muss. Weil sie eine nutzlose Verschwendung von Zellmaterial sind, überflüssige Kreaturen, deren Tod allein ein heiliges Opfer ist.

»Hier wird es wieder archaisch«, sagte MacDeath und lehnte sich zurück. »Der Gedanke des Opfers, die Tötung eines Lebewesens, eine böse Tat – nennen wir sie Sünde – ungeschehen zu machen, ist ein Urtrieb. Unser Killer hat das Blut und die Innereien der Opfer mitgenommen, möglicherweise, um damit ein eigenes, bizarres Opferritual zu vollziehen.« Er hielt kurz inne, bevor er weitersprach. »Die Inkas opferten ihren blutdürstigen Göttern Tausende von Menschen. Im antiken Jerusalem wurden

den Göttern Baal, Moloch und Astarte neugeborene Kinder geopfert, da nur die Unschuld eines Neugeborenen als geeignet betrachtet wurde, die Götter gnädig zu stimmen, die über die Verfehlungen der Menschheit enttäuscht waren.«

Clara blickte auf den Totenschädel, der vom Schrank hinter MacDeath zu ihr heruntergrinste. MacDeath sprach weiter. »Das Hinnomtal in Jerusalem, auf althebräisch ›Gehinnom‹, war der Ort, an dem das Blut in Strömen floss und der Rauch von verbranntem Fleisch in dichten Schwaden zum Himmel stieg. Das Ganze muss dermaßen schrecklich gewesen sein, dass aus dem Namen des Tales – Gehinnom – das arabische Wort für Hölle entstand, ›Gehenna‹.«

»Klingt plausibel«, sagte Clara, »aber heute ...«

»Heute«, sagte MacDeath, und sein Gesicht verriet eine Art Vorfreude, als würde er auf einen zwischenzeitlichen Höhepunkt seiner Erläuterungen hinsteuern, »heute gibt es fast anderthalb Milliarden Gläubige, die das Blut eines bestimmten Menschen trinken und sein Fleisch essen. Ein Mensch, der eigentlich Gott ist, aber Mensch wurde. Jeden Sonntag. In jeder heiligen Messe.«

»Sie meinen die Eucharistie?« Clara dachte an die Beichte von Mittwoch in der Sankt-Hedwigs-Kathedrale, dachte an die Passage aus dem Neuen Testament. *Dies ist mein Leib, der für euch gegeben wird zur Vergebung der Sünden.*

»Jesus Christus«, sagte MacDeath. »Er ist nach dem katholischen Katechismus das letzte Menschenopfer, das dem einzigen und wahren Gott dargebracht wird zur Vergebung der Sünden, zum Freikauf der Menschheit, der für ihre Verfehlungen anderenfalls das Höllenfeuer droht. Das Opferlamm, das die Schuld und den Tod auf sich nimmt, um den ewigen Tod der anderen zu verhindern.« Er kniff die Lippen zusammen. »Irgendwann wurde das der Kirche selbst ein bisschen zu heftig, und der frühere Begriff ›Messopfer‹ wurde durch ›Eucharistie‹ oder ›Kommunion‹ ersetzt. Die Protestanten, die ohnehin immer um einiges verkniffener agierten als ihre katholischen Kollegen, machten das Ganze gleich zu einem symbolischen Akt und nannten ihn nur noch ›Abendmahl‹.« Er zuckte die Schultern. »Aber das ändert nichts am Ursprung des Rituals und am Dogma.«

»An welchem Dogma?«

»An dem Dogma, dass in der katholischen Messe die Gläubigen tatsächlich den Leib Christi essen und sein Blut trinken.« Er zeigte auf einen Absatz in seinem Bericht mit einem Kurzzitat aus dem katholischen Katechismus: »›Und weil in diesem göttlichen Opfer der Messe derselbe Christus erhalten ist, der auf dem Altar des Kreuzes sich selbst blutig opferte, ist dieses Opfer ein wahres Opfer zur Vergebung der Sünden.‹ Der Präfekt der Glaubenskongregation in Rom wird es Ihnen bestätigen.«

Clara schloss die Augen, während sie nachdachte, und antwortete dann: »Und für diesen Killer sind die Frauen, die er tötet, die Opfer, die seine früheren Verbrechen ungeschehen machen sollen?«

»So könnte es sein«, sagte MacDeath. »Leider wissen wir nur von einem Opfer, sonst könnten wir anhand der Physiognomie und der Hintergründe der jeweiligen Opfer möglicherweise vom Opferprofil auf das Täterprofil schließen.«

Clara kritzelte ein paar Notizen auf den Ausdruck. »Fassen wir einmal zusammen«, sagte sie dann. »Er tötet Frauen, und zwar nicht aus sexuellen Motiven, sondern damit sie als Opfer stellvertretend für eine frühere Tat ebendiese Tat ungeschehen machen.« Sie schaute vom Text auf. »Damit wäre zwar erklärt, warum er tötet, aber da die sexuelle Komponente fehlt, bleibt die Frage offen, warum er gerade *Frauen* tötet.« MacDeath blickte Clara aufmerksam an, während sie sprach. »Und es ist nicht geklärt, ob der Täter tatsächlich ein Mann ist.«

»Sehr guter Punkt, liebe Kollegin«, sagte MacDeath und erhob sich. »Und damit kommen wir zu Absatz zwei. Zur Katharsis, der Reinigung.«

22.

Man kann auf verschiedene Weise aufwachen. Oft befindet man sich noch in einem Traum, dessen diffuse Struktur hier und da von den Lichtblitzen der Realität durchbrochen wird. Manchmal ist man noch so tief im Halbschlaf, dass das Wachbewusstsein zwar zu arbeiten beginnt, die Traumwelt aber noch stark genug ist, um deren Eindrücke in eine vermeintliche Wirklichkeit umzuwandeln. Dem Halbschlafenden erscheint es dann so, als würde er seine eigene Realität schaffen als eine Art gottgleicher Schöpfer – bis ein aufsässiger Wecker schrillt, lange und anhaltend, und man die Energie aufbringt, endlich aufzustehen.

Oft geschieht das Aufwachen langsam, gleitend. Manchmal weiß man dann schon, dass es ein Samstag ist, an dem man ausschlafen kann, und man genießt den Halbschlaf noch viel mehr. Manchmal weiß man, es ist ein Montag oder Dienstag, und man hat gleich bei der Arbeit eine unangenehme Aufgabe oder Diskussion oder ein schwieriges Gespräch, auf das man sich noch nicht vollkommen vorbereitet hat. Schlagartig ist man wach und kann nicht mehr schlafen bei dem Gedanken an das Unangenehme, das vor einem liegt, auch wenn man noch eine Stunde Zeit hätte, bevor man aufstehen müsste.

Manchmal steigt man aus einem tiefen, schwarzen, alles verdeckenden Schlaf empor, der einen gnädig alles vergessen ließ, beinahe wie der Tod, der Bruder des Schlafes. Ein Schlaf, der die Schrecken der Erinnerung und der Realität mit einem dunklen Laken des Vergessens verhüllt hat. Man hat am Abend erfahren, dass man seinen Job verloren hat oder dass plötzlich ein guter

Freund oder Verwandter gestorben ist. Man dämmert in das Aufwachen hinein, und auf einmal ist die Erinnerung da – mit der Schärfe eines Skalpells und der Helligkeit einer Kernschmelze. Und das Grauen, das man für einen Augenblick verdrängt hat, das unter der Decke des Schlafes verborgen lag, ist wieder lebendig und erhebt sich in diabolischem Triumph wie ein Vampir aus seinem zeitweiligen Grab, nur kurz verbannt von der vorübergehenden Gnade des Schlafes.

* * *

Die junge Frau namens Julia nahm schemenhaft die Umrisse ihres Zimmers wahr und sah jemanden, der sich vor ihren Augen bewegte. Sie spürte, dass sie nicht lag, sondern saß, aber das beunruhigte sie nicht. Noch nicht. Ein unbestimmter Schmerz pochte in ihrer linken Schläfe und breitete sich allmählich in ihrem ganzen Kopf aus.

Doch der Schmerz war nicht alles. Irgendetwas war in ihrem Bewusstsein wie ein riesiger Felsblock, der nur von einem dünnen Seil gehalten wird, im nächsten Moment herunterstürzt und alles zermalmt, was unter ihm ist.

Sie schlug die Augen auf.

Und blitzartig war die Erinnerung da. Das Miauen, das Kratzen an der Tür. Princess. Die Pfoten. Die Heckenschere. Der schwarze Mann …

Entsetzen schoss durch sie hindurch und staute sich in ihr auf, denn es konnte sich nicht Bahn brechen, konnte sich nicht in einem Schrei lösen, da ein Klebeband Julias Mund verschloss. Und so blieb der Schrei in ihr, und das Entsetzen wütete weiter durch ihren Körper, ohne ein Ventil zu finden.

Erst jetzt erkannte sie, dass sie Kopfhörer trug, und bemerkte, dass ihre Füße und Hände wie gelähmt waren. Sie war mit Klebeband an den Stuhl gefesselt, von dem sie aufgestanden war, als die Katze an der Tür gekratzt hatte. Dann war das Schreckliche geschehen. Und jetzt saß sie hier.

Ihr Blick schweifte durch das Zimmer.

Und dann sah sie ihn.

Den schwarzen Mann.

Er trug einen schwarzen Latexanzug, Handschuhe und eine Brille, wie Schweißer sie tragen, sodass Julia die Augen nicht sehen konnte, und das machte ihr paradoxerweise ein wenig Hoffnung: Wenn der Mann maskiert war, wollte er nicht erkannt werden. Und das konnte doch nur heißen, er würde sie am Leben lassen, oder? Dennoch stieg Übelkeit in ihr auf und die Angst, dass sie sich übergeben musste, solange das Klebeband ihr den Mund verschloss. Würde sie an ihrem eigenen Erbrochenen ersticken? Und würde der Fremde dasitzen und belustigt zuschauen?

Dann hörte sie die Stimme. Tief, unnatürlich, irgendwie verzerrt und direkt in ihrem Kopf.

»Wir machen einen Deal«, sagte der Mann und erhob sich. Jetzt wusste Julia, warum die Stimme des Mannes so unnatürlich verzerrt und dennoch so deutlich in ihrem Kopf erklang und warum sie nichts anderes hörte als diese Stimme, als wäre der Mann ein eifersüchtiger Gott, der keine anderen Geräusche neben sich duldete: Der Fremde sprach in ein Mikrofon, das seine Stimme verzerrte und die Worte in die Kopfhörer übertrug.

»Schau her«, sagte er.

Auf dem Tisch neben dem Laptop stand eine durchsichtige Glasflasche. Julias Blicke folgten zaudernd den Händen des Mannes, als er ein Taschentuch ergriff und es in die Flasche warf. Binnen Sekunden zerfiel das Taschentuch in winzige Stücke, bis es völlig verschwunden war.

»Hochkonzentrierte Schwefelsäure«, sagte der Fremde.

Julia kam es vor, als würde er sie aufmerksam mustern, auch

wenn sie hinter der bizarren Brille, die er trug, keine Augen sah. Keine Augen und keine Seele.

»Du wirst dich fragen, warum ich dir das zeige.« Der Mann sprach weiter, ohne irgendeine Regung oder Geste. »Nun, ich möchte etwas klarstellen. Du hast zwei Möglichkeiten.« Er schaute zu der Flasche.

»Möglichkeit eins: Ich nehme dir den Knebel ab, und du schreist nicht und tust, was ich sage. Dann werden wir beide gut miteinander klarkommen.« Sein Blick fixierte sie wieder. »Verstanden?«

Sie nickte und zitterte gleichzeitig, während ihr der Schweiß in die Augen lief.

Der Fremde fuhr fort: »Möglichkeit zwei: Ich nehme dir den Knebel ab, und du schreist. Und dann werde ich dieses Zeug«, er tippte mit dem Finger gegen die Flasche mit der Schwefelsäure, »über dich kippen und deinen Kopf in einen blutigen, weißlich roten, blasenwerfenden Kegel verwandeln.« Er wandte sich ihr wieder zu. »Haben wir einen Deal?«

Sie nickte voller Panik.

»Wir haben einen Deal«, sagte der Mann an ihrer Stelle und löste das Klebeband.

23.

Er stand auf der Lichtung in dem großen Wald, während die tief hängenden Wolken wie ein graues Leichentuch den Himmel bedeckten und sturmgepeitschte Wolkenfetzen über das Firmament jagten.

Der zunehmende Mond lugte nur hin und wieder zwischen den Wolken hervor, während der Regen vom Himmel fiel und die Tropfen an seinem Gesicht herunterliefen. Er stand dort zwischen den Bäumen, regungslos, wie erstarrt, als wäre er einer von ihnen.

Vor seinem inneren Auge sah er das Gesicht von Elisabeth. Er sah sie als lebendiges, wunderschönes Mädchen, und er sah sie als Leiche mit grotesk abgeknicktem Kopf und leeren, weit aufgerissenen Augen. Manchmal sah er beide Gesichter in einem. Es waren diese Gesichter, die auch in seinen Albträumen erschienen. Er wusste, er würde den Verstand verlieren, wenn er nichts unternahm. Oder war er schon wahnsinnig?

Er hatte nur zwei Möglichkeiten.

Sterben, um Ruhe zu finden.

Oder leben, um wiedergutzumachen, was er getan hatte.

Als er nach einer Stunde völlig durchnässt und durchgefroren den Heimweg antrat, wusste er, was er tun würde.

* * *

Vladimir besaß noch die schwarze Plastikfolie, in die er damals Tobias' Leiche eingewickelt hatte. Sie wurde nicht mehr gebraucht, denn Tobias verweste mittlerweile, in hundert Stücke zerlegt, in der Kanalisation. Also konnte die schwarze Folie wieder benutzt werden.

Vladimir wickelte Elisabeth hinein und verfrachtete ihre Leiche auf den Boden der Kühltruhe. Zum Glück war sie kleiner und leichter als Tobias.

Dann begann Vladimir noch in der Nacht mit einigen Vorbereitungen. Er stahl einen der Zweitschlüssel zum Heim aus dem Büro des Hausmeisters. Dann schwang er sich auf ein Fahrrad und fuhr zum Haus der alten Heimleiterin, die inzwischen pensioniert war und ihre Rente auf Mallorca ausgab, sodass sie sich nur selten in Deutschland aufhielt. Das Haus war etwa fünf Kilometer vom Heim entfernt. Und es stand für ein paar Wochen leer. Er würde es brauchen. Für kurze Zeit. Und dann würde er verschwinden. Und irgendwann wiederkommen. Denn das Haus war wie geschaffen für ihn und seine Mission.

Seine *heilige* Mission.

Es war bereits drei Uhr morgens, als er zurück im Heim war. Er holte sich eine der roten Regenjacken und zwei Fahrräder und stellte sie am Ausgang bereit.

Als Letztes schrieb er einen kurzen Abschiedsbrief.

Ich habe alles verloren, was ich hatte. Meine Eltern, meine Schwester, mein Leben. Darum wird mein Leben jetzt mich verlieren.

Vladimir Schwarz.

Den Brief legte er in den Postkasten vor dem Büro des Direktors.

Er zog die rote Regenjacke an und fuhr mit einem der Fahrräder zum See. Das andere schob er neben sich her. Eines der Räder verbarg er in einem Gebüsch auf der Westseite des Sees, das andere ließ er am Ufer stehen.

Es war Frühling, und das Wasser war noch sehr kalt. Vladimir schwamm bis fast in die Mitte des Sees, zog dort die rote Regenjacke aus und schwamm ohne Jacke zurück zum Ufer, dort, wo er das zweite Rad versteckt hatte. Damit fuhr er zum Haus der Heimleiterin.

* * *

Als der Direktor am nächsten Morgen den Brief las, die Polizei verständigte und der Hausmeister eines der Räder am See gefunden hatte, saß Vladimir bereits im Kellergewölbe seines neuen Domizils und überlegte sich seine nächsten Schritte.

Er musste die tote Elisabeth hierherholen und für die Ewigkeit konservieren. Die Mittel und die Möglichkeiten gab es hier – was mit ein Grund dafür war, weshalb er sich genau dieses Haus als vorübergehenden Unterschlupf erwählt hatte.

Und er musste seine Tat, den Mord an seiner Schwester, ungeschehen machen und seine Schuld mindern, indem er andere für sie sterben ließ.

24.

Kurz nach der Hälfte der Sendung war *sie* gekommen: Andira, *die Sünde.*

Wieder in dem schwarzen Tuch, das zu Boden fiel, wieder in dem silberglänzenden Bikini und der perfekten Figur, wieder in der andächtigen Stille, bei der man im Studio nur das leise Quietschen der Kabel hören konnte, das entstand, wenn die Kameras bewegt wurden.

Diesmal war Andiras Bild auf den großen Leinwänden zu sehen, ihre Augen, ihr Mund, ihr Lächeln. Diesmal wussten die Studioleute, was sie erwartete. Keiner stand offenen Mundes da und vergaß, den Scheinwerfer auf die richtige Person zu richten.

Es war wieder die Zeit der perfekten Figur, der perfekten Frau, des Traumes von Leonardo da Vinci und Michelangelo, nur in Fleisch und Blut.

Wieder betrachtete Albert Torino die perfekt geformten Beine über den ausladenden, aber nicht zu breiten Hüften, den flachen Bauch, die makellosen Brüste, das klassisch schöne Gesicht mit den platinblonden Haaren und den hypnotisierenden Augen. Die Fingernägel waren silbern lackiert und funkelten ebenso wie das Piercing in ihrem Bauchnabel. Lasziv ließ sie die Zunge über ihre Lippen gleiten, und auch dort blitzte silbernes Metall.

Die Schlange und Eva, dachte Torino, *in einer Person.*

Er konnte den Blick einfach nicht von dieser Frau abwenden. Himmel, was man mit der im Bett alles anstellen könnte. Gleichzeitig gingen ihm die zahlreichen Geschäftsmodelle durch den

Kopf: Cross Promotion und Multi Channel Marketing, Platten- und Modeverträge und was es sonst noch alles gab. Und Andira gehörte ihm. Er hatte die Vermarktungsrechte für drei Jahre; er hatte sie entdeckt.

Zum Teufel mit den anderen, sagte er sich, *sie muss gewinnen, sie muss Miss Shebay werden.* Dann kam ihm ein anderer Gedanke: *Und wenn sie nicht mit dem Typen ins Bett steigen will, der eine Nacht mit ihr gewinnt? Wenn die Sache dadurch sauer wird?* Die Antwort kam umgehend: *Drauf geschissen! Ich kenne genug Leute im Porno-Business, um den Typen irgendwo unterzubringen. Und damit er die Klappe hält, kriegt er zehntausend Euro obendrauf. Das ist für so einen Hochhausproleten eine Stange Geld. Jedenfalls lasse ich mir nicht meine Geldkuh kaputt machen, nur damit so ein Idiot fünf Minuten auf meinem Superstar rumpicken kann.*

Das Publikum war außer Rand und Band, und es kam, wie es kommen musste, wie es kommen sollte.

Andira wurde Miss Shebay.

25.

Nummer 14.

Der Fernseher lief noch immer. Jetzt war auch der Ton wieder eingeschaltet.

Er hatte sein Werk vollendet und wusch sich in Julias Badezimmer das Blut von den schwarzen Handschuhen. Es gab nichts – keine Fingerabdrücke, Hautschuppen, Haare oder sonst etwas –, was am Tatort zurückbleiben, ihn verraten und mehr aus ihm machen konnte als den *Namenlosen.*

Er war gelassen, spürte keine Emotionen. Sein Pulsschlag veränderte sich auch dann nicht, wenn er einen Menschen tötete. Doch jeder Mord war auch mit Stress verbunden, und unter Stress konnten Wimpern ausfallen. Darum trug er die geschlossene Schweißerbrille. Nicht, um nicht erkannt zu werden – die Opfer konnten ihn ruhig erkennen, sie starben sowieso –, sondern damit nichts, aber auch gar nichts am Tatort zurückblieb.

Sorgfältig versiegelte er die zwei schwarzen Plastiktüten, in die er die noch warmen, dampfenden Innereien gestopft hatte, und verstaute den großen Kanister mit den sechs Litern Blut in einer der schwarzen Sporttaschen.

Dann klappte er Julias Computer zu, nahm Ausweise, Schlüssel, Kreditkarten und einen Ordner mit Unterlagen zum Mietvertrag und behördlichen Dokumenten und ließ auch dies in der Tasche verschwinden.

Auf dem Bett lag die Leiche, so ähnlich wie Jasmin damals. Doch diesmal hatte er sich noch eine kleine Überraschung für die Ermittler ausgedacht.

Alles war so, wie es sein sollte.

Er nahm die Fernbedienung in die Hand, um den Fernseher auszuschalten. Die letzten Minuten der Castingshow liefen. Ein untersetzter Mann mit gegelten, zurückgekämmten Haaren stand neben einer wunderschönen Frau.

»Andira ist Miss Shebay!«, rief er, und die Menge tobte.

Der Namenlose wollte gehen, hielt jedoch in der Bewegung inne und verharrte ein paar Sekunden vor dem Fernseher. Ein kaltes Lächeln legte sich auf sein Gesicht.

»Andira«, flüsterte er, als würde er den Namen einer Heiligen in einem bizarren Gebet wiederholen, während er die Fernbedienung auf den Fernseher richtete. Und dann, als wollte er seinen gerade gefassten Beschluss bestätigen:

»Nummer fünfzehn.«

Er drückte auf den roten Aus-Knopf, und der Bildschirm wurde schwarz.

Eine Minute später war die Wohnung still wie ein Grab.

Und das war sie schließlich auch.

26.

»Heute lassen wir's krachen«, sagte Torino und klatschte in die Hände.

Albert Torino, Jochen und Tom Myers stiegen mit schnellen Schritten die Treppe hinunter, die von der Friedrichstraße zum Eingang des Grill Royal führte. Einzig Tom Myers telefonierte die ganze Zeit auf Englisch mit Mitarbeitern seines Unternehmens in Kalifornien.

Torino fühlte sich wie Gott. Die Sendung war ein voller Erfolg gewesen. Andere Sender hatten sich bereits bei ihm gemeldet; die großen Plattenlabels hatten angebissen, und auch die ersten Kosmetik- und Lifestyle-Konzerne hatten mit Werbeverträgen für Andira gewinkt.

Lass sie erst mal ein bisschen zappeln, sagte sich Torino, als er die Tür aufstieß. Die drei Männer betraten das Restaurant wie Cowboys einen Saloon.

Obwohl später Freitagabend, sah es wieder so aus, als würde das Restaurant in drei Minuten schließen. Es war auch der gleiche Kellner wie damals, der sie empfing.

»Einen Tisch für drei«, sagte Torino. »Und zum Aufwärmen eine Flasche Veuve Clicquot.«

Der Kellner nickte. »Sehr wohl.« Er wandte sich in Richtung Fenster. »Ist den Herren dieser Tisch genehm?«

Torino nickte. »Klar. Und die Speisekarte bitte.«

»Bedaure«, sagte der Kellner, »aber die Küche ist bereits geschlossen. Ich könnte Ihnen …«

»Hol mal deinen Chef her«, unterbrach Torino den Kellner grob und bedachte ihn mit einem Blick, der keinen Widerspruch duldete. Der Mann machte sich sofort auf den Weg. »Nie gibt's in diesem Saftladen etwas zu essen«, murrte Torino. »Wir sind hier doch nicht in Haiti, verdammt.«

Wenige Augenblicke später kam ein untersetzter Herr mit grauem Schnurrbart.

»Ich habe Ihrem jungen Kollegen gerade zu verstehen gegeben, dass wir essen wollen«, sagte Torino, verschränkte die Arme und blickte den Oberkellner unverwandt an.

»Bedaure, mein Herr, aber die Küche ist geschlossen.«

Torino griff in die Tasche, zog zwei Fünfhundert-Euro-Scheine hervor und drückte sie dem Mann in die Hand.

»Jetzt ist sie wieder offen.«

Der Oberkellner nickte. »Sehr wohl. Ich bringe Ihnen die Speisekarte. Wissen Sie schon, was Sie trinken wollen?«

»O Mann, das haben wir doch gerade erst gesagt«, schimpfte Torino. »Eine Flasche Schampus und dann Pils, bis der Arzt kommt. Und jetzt leg los, wir klappen gleich auseinander. Und wo kein Schnee liegt, kannst du auch gerne laufen.«

»Sehr wohl«, sagte der Oberkellner und entfernte sich.

Die drei Männer setzten sich an den Tisch. Nachdem der Champagner gekommen war, stießen sie an.

»Also«, sagte Torino, trank einen Schluck und wandte sich an Tom Myers. »Wenn ihr nach heute Abend immer noch nicht anbeißt mit der Landing Page, habt ihr in etwa so viel Geschäftssinn wie ein toter Gewerkschaftsfunktionär.«

Myers hatte eines seiner zahlreichen Telefonate beendet, trank einen winzigen Schluck Champagner, als hätte er heute Abend noch etwas anderes vor, und verzog das Gesicht.

»Das war beeindruckend, keine Frage«, begann er. »Es sieht alles sehr gut aus, und ich habe getan, was ich konnte, aber ...«

»Aber was?« Torinos Miene verfinsterte sich.

»Ich kann die Entscheidung nicht alleine treffen.«

Eigentlich hatte Torino sich immer gut im Griff. Emotionen

und Leidenschaften hatte er stets als störend für den Geschäftserfolg gehalten. Es gab zwar die üblichen ausschweifenden Partys in seiner Branche, aber große Gefühle hatte es seit dem Start von Integrated Entertainments nicht gegeben. Dafür fehlte ihm die Zeit. Außerdem gehörte Torino zu den Leuten, für die unternehmerische Risiken und die damit verbundenen Gewinne viel reizvoller waren als das Spiel mit Gefühlen. Emotionen waren etwas für Träumer und Trottel. Dennoch riss ihm jetzt langsam der Geduldsfaden.

»Sag bloß, du musst das noch mit irgendwelchen Miefärschen von Anwälten abstimmen?«

»Die Situation ist für uns nicht ganz einfach«, antwortete Myers. »Wie sagte euer preußischer König? Der Alte Fritz?«

Torino und Schweine-Jochen zuckten die Achseln. »Der hat viel gesagt.«

»Wer mit Affen spielt, wird gelegentlich gebissen, oder so ähnlich«, fuhr Myers fort. Torinos Miene verfinsterte sich noch mehr ob dieses Vergleichs. »Die Show ist ein Knaller und zieht eine Menge Leute an, allerdings auch eine Menge kaputter Typen. Deshalb ist es für uns nach wie vor ein Reputationsrisiko.«

»Du willst mit Affen spielen, aber nicht gebissen werden?«, fragte Torino, während Jochen seinen Champagner im Glas schwenkte und Myers unverwandt mit seinen Glupschaugen anstarrte.

»Man kann immer gebissen werden«, sagte Myers und trank mit spitzen Lippen noch einen kleinen Schluck. »Wir wollen nur sichergehen, dass nach dem Biss die Tetanus-Spritze in Reichweite ist.« Er machte Anstalten, aufzustehen. »Und dafür brauchen wir die Anwälte.«

»Du willst schon los?«, fragte Torino. »Wir haben doch gerade erst angefangen.«

Myers erhob sich. »Ich checke das mit der Rechtsabteilung in Cupertino.«

»Dann ruf doch kurz an und feier mit uns weiter«, sagte Schweine-Jochen.

Myers lächelte das erste Mal. »Vielen Dank, aber ich muss die Telefonate in Ruhe führen. Das geht in meinem Hotelzimmer besser.« Er steckte seinen Blackberry in die Anzugtasche. »Sobald ich fertig bin, komme ich zurück. Zum Hilton am Gendarmenmarkt sind es ja nur sechs Minuten.«

Torino nickte. In seinem Blick lag Verständnis, aber auch ein wenig Enttäuschung darüber, dass die Sache immer noch nicht unter Dach und Fach war. »In Ordnung. Aber sag den Anwälten, sie sollen ausnahmsweise mal das Gewinnpotenzial sehen und sich nicht nur vor irgendwelchen Paragraphen einen runterholen.«

»Mach ich«, sagte Myers. »Dann reden wir weiter.« Er nickte und ging zum Ausgang.

»Scheiß drauf«, sagte Torino zu Jochen und griff nach seinem Handy. »Wir lassen uns die Feier nicht verderben. Rufen wir die Miezen an.«

Torinos und Jochens Blicke folgten Myers, der gerade zur Tür hinaus verschwand.

Auch der Mann mit den kurzen blonden Haaren, der an einem der Tische am Eingang saß, blickte Myers hinterher.

Ein Mann mit einer Brille mit mattem Edelstahlrahmen.

27.

»Katharsis«, sagte MacDeath und ging dozierend im Zimmer auf und ab. »Die Reinigung. Das Bewusstsein wird sozusagen durchgelüftet und von bedrückenden Dingen befreit.« Er blieb neben dem Bild des *Jüngsten Gerichts* stehen. »Je traumatischer das Erlebnis, das verarbeitet werden muss, desto radikaler kann die Katharsis ausfallen.« Er hielt kurz inne und fuhr dann fort: »Unser Mörder tötet Frauen, offenbar nicht sexuell motiviert. Er inszeniert nur eine Vergewaltigung, um die Ermittler in die Irre zu führen und sich als hochintelligenten, siegreichen Killer darzustellen, der nicht zu fassen ist. Richtig?«

»Richtig.«

»Er tötet Frauen, um jemand anderem ein Opfer zu bringen. Dies führt uns zu zwei Schlussfolgerungen.« MacDeath sah Clara erwartungsvoll an. »Die eine wäre?«

Clara antwortete: »Die eine wäre, dass die Person, die getötet wurde und die er um Vergebung bittet – der er das heilige Opfer bringt –, ebenfalls eine Frau ist.«

»Sehr gut.« MacDeath nickte. »Wenn wir nun auch noch die zweite Schlussfolgerung ziehen, erfahren wir noch mehr über unseren Killer.«

»Nämlich?«

»Er braucht die Katharsis, um sich selbst zu reinigen.« MacDeath ging wieder zurück zu seinem Platz, wo er direkt unter dem grinsenden Totenschädel stehen blieb.

»Sie meinen, er könnte missbraucht worden sein?«, fragte Clara. »Erniedrigt? Von seiner Mutter? Wie eine Art Norman Bates des Internetzeitalters, der es deshalb den Frauen heimzahlt?«

»Nein«, sagte MacDeath, »das halte ich für unwahrscheinlich. Die allermeisten Vergewaltiger sind Männer, ebenso wie die meisten Serienkiller. Ich nehme an, unser Täter wurde von einem Mann missbraucht.«

»Extreme sind offenbar männlicher Natur«, seufzte Clara.

MacDeath nickte. »Der Grund, weshalb es keinen weiblichen Michelangelo und keinen weiblichen Mozart gibt, ist der, dass es auch keinen weiblichen Jack the Ripper gibt.«

»Ist das ein Kompliment oder ein Armutszeugnis für das weibliche Geschlecht?«

»Nehmen Sie es, wie Sie wollen, aber es ist Fakt«, sagte MacDeath und setzte sich. »Aber weiter im Text.« Er werkelte wieder an der Höhenverstellung seines Schreibtischstuhls herum. »Folgen wir der Statistik, und gehen wir davon aus, dass ein Mann der Vergewaltiger unseres Killers war. Gehen wir weiter davon aus, dass dieser Mann unseren Killer in jungen Jahren missbraucht hat.«

»Ein Pädophiler? Und gleichzeitig ein Homosexueller?« Clara hob erstaunt die Augenbrauen.

»Es gibt einiges, was dafür spricht«, sagte MacDeath. »Schauen Sie sich an, mit welch offensichtlicher Freude unser Killer den homosexuellen Jakob Kürten als Marionette benutzt hat. Wir sollten glauben, *er* sei der Mörder.« Vor Claras innerem Auge erschien die ans Bett gekettete Leiche Kürtens, die so mumifiziert und vertrocknet war, dass man das Geschlecht kaum noch hatte zuordnen können. »Und denken Sie an die zynische Art und Weise, wie er sich in der Mail über Kürten lustig macht.« MacDeath beugte sich vor und zeigte mit dem Finger auf die Stelle des Berichts.

Sie dachten sicher, Sie hätten mich. Doch Sie haben nicht mehr Erfolg, als der vertrocknete Jakob Kürten noch Blut in seinen Venen hat.

»Die Ermordung Kürtens und möglicherweise anderer Männer, in deren Identität er schlüpfte, um Frauen zu kontaktieren und zu ermorden, war zum einen ein Instrument. Ein Instrument, um sich als wirklicher ›Namenloser‹ unsichtbar zu machen, auf den keine Indizien zurückführen und der tatsächlich wie Edgar Allan Poes Mann in der Menge als unsichtbarer Verbrecher die Großstadt unsicher macht.« Er hielt kurz inne, als müsste er seine Gedanken ordnen. »Zum anderen war es möglicherweise eine stille Rache an der Homosexualität an sich – indirekt an der Person, die ihn als Kind oder Jugendlicher missbraucht hat.«

»Warum hat er dann nicht gleich nur Männer getötet?«, fragte Clara.

»Langsam«, sagte MacDeath, »wir dürfen hier nicht Pflicht und Kür durcheinanderwerfen. Jakob Kürten – und wer sonst noch irgendwo da draußen tot und vertrocknet in seinem Bett liegt – war die Kür, die es ihm einfacher macht, uns zu täuschen. Doch wirklich gebraucht hat er sie nicht. Die *Frauen*, das war die Pflicht.«

Clara schloss die Augen, um nachzudenken. Als sie sie wieder öffnete, sagte sie: »Er brauchte die Identitäten der Männer, um die Frauen zu töten und lange genug unerkannt zu bleiben, um sein Werk zu vollenden, was immer dieses Werk sein mag?«

»Exakt.«

»Während aber die Männer nur Werkzeuge waren, waren die Frauen die Opfer, mit denen er irgendein früheres Opfer möglicherweise um Verzeihung bitten will?«

MacDeath kniff die Lippen zusammen und nickte. »Vom jetzigen Stand unserer Erkenntnis her nicht unwahrscheinlich.«

»Und die Katharsis?«, fragte Clara. »Die Reinigung? Spielen da die Frauen eine Rolle?«

MacDeath lächelte verschmitzt. »Was glauben Sie?«

Clara musste ebenfalls lächeln. »Wenn Sie schon so fragen, dann ja. Aber warum?«

»Nun, was könnte der pädophile, homosexuelle oder wie auch immer geartete Vergewaltiger mit unserem damals jugendlichen Killer gemacht haben?«

Clara zuckte mit den Schultern. »Ihn befummelt, erniedrigt, zum Oral- oder Analverkehr gezwungen haben.«

»War unser Killer dabei der aktive oder passive Part?«, fragte MacDeath.

»In seinem damals jugendlichen Alter sicher der passive Part.«

MacDeath nickte. »Unser jugendlicher Killer musste den Vergewaltiger also möglicherweise oral befriedigen, und der Vergewaltiger hat ihn anal missbraucht. Klingt das plausibel?«

Clara wunderte sich ein wenig über die Details, auf denen MacDeath herumritt, aber es schien wichtig zu sein. »Ja, das klingt plausibel.«

MacDeath lehnte sich zurück. »Das heißt, der Namenlose musste, wie man in Schwulenkreisen sagt, *die Frau spielen.*«

Claras Augen weiteten sich. »Und indem er die Frauen im Hier und Jetzt tötet, vollzieht er die Katharsis?«

»Gut möglich. Er tötet das, was er in sich hasst, was er als schmutzig empfindet. Das, was man gemeinhin mit dem Weiblichen verbindet – Schwäche, Weichheit, die Tatsache, dass der Mann in die Frau eindringt –, genau das sind jene Elemente, vor denen der Killer sich fürchtet und die ihn mit Ekel und Scham erfüllen, da es die Elemente sind, die sich ihm in den Augenblicken der tiefsten Erniedrigung als Traumata eingebrannt haben.« Er faltete die Hände wie ein Priester. »Er fühlte sich als Frau, als er vergewaltigt und missbraucht wurde. Und um seine Psyche zu reinigen und seine Scham zu vergessen, versucht er, das Weibliche in sich zu töten ...«

»... indem er gewissermaßen stellvertretend junge, attraktive Frauen ermordet«, vollendete Clara den Satz.

»Ja. Jasmin Peters war sehr attraktiv«, sagte MacDeath. »Die Verkörperung des Weiblichen. Und falls es noch andere Opfer gibt, was ich befürchte, werden auch sie nicht hässlich gewesen sein. Sie *durften* es nicht sein, denn die weibliche Schönheit, die er tötet, ist gleichbedeutend mit der weiblichen Schwäche, die er in sich vernichten will.«

Clara schaute auf die Papiere in ihrer Hand und blickte dann MacDeath an. »Eine Frage noch«, sagte sie.

MacDeath lächelte wieder sein spitzbübisches Lächeln. »Jede, die Sie wollen«, sagte er. »Oder besser, fast jede.«

Clara sah ihn an. »Warum ich?«

MacDeath lächelte weiter. »Erlauben Sie die obligatorische Gegenfrage?«

Clara zuckte die Schultern. »Muss ich ja wohl.«

»Was sind Sie?«, fragte MacDeath.

»Eine Frau, so wie die Opfer.«

»Sind Sie selbst Opfer?«

Claras Magen krampfte sich zusammen. »Wenn Sie den Mord an meiner Schwester meinen ... ja. Aber woher sollte er das wissen?«

»Gehen wir davon aus, *dass* er es weiß«, sagte MacDeath. »Falls dem so ist, sieht er in Ihnen dreierlei: Erstens ein Opfer im Sinne einer Leidensgenossin, der zwar nicht direkt, aber indirekt Ähnliches angetan wurde wie möglicherweise ihm selbst.«

»Und zweitens?«

»Zweitens sind Sie ein Opfer im Sinne des Weiblichen. Ebenfalls attraktiv, falls mir die Bemerkung erlaubt ist, wenn auch nicht blond«, er kniff ein Auge zu, »und ebenfalls nicht direkt, aber indirekt, denn Sie können nicht verhehlen, dass es ihm Spaß macht, Sie mit seinen Grausamkeiten zu schockieren.«

Clara dachte an das, was MacDeath vorhin gesagt hatte: *Er ist ein wenig wie die Katze, die ihrem Frauchen ständig tote Mäuse auf die Terrasse legt.*

»Und drittens?«, fragte sie.

»Gegenfrage«, sagte MacDeath. »Was sind Sie? Hier und jetzt?«

»Hier und jetzt? LKA-Kommissarin.«

»Richtig.« Er lehnte sich zurück. »Sie erinnern sich an das ›pädagogische Element‹ in seinem Tun? Er will Ihnen etwas zeigen, oder vielleicht auch der Welt. Er will Sie, vielleicht auch die Öffentlichkeit, teilhaben lassen an seinem Opferritus und seiner Katharsis. Denn je mehr Leute es sehen, desto sicherer kann er sich sein, dass er seinen eigenen Auftrag auf die bestmögliche Weise ausgeführt hat.« Er beugte sich vor. »Und wer könnte die Expertise eines professionellen Serienkillers besser beurteilen als eine Person, die indirekt eines seiner Opfer ist, da sie Ähnliches erlitten hat wie er selbst? Die zweitens ein Opfer ist, weil sie eine Frau ist? Und die drittens mit einer gewissen Kompetenz sein Tun beurteilen kann, weil es ihr Spezialgebiet ist?«

Clara verschränkte die Arme. »Bin ich in Gefahr?«

MacDeath wiegte den Kopf. »Schwer zu sagen, aber ich glaube nicht. Jedenfalls nicht sofort. Sie sollen bis zum Ende dabei sein, und das können Sie nur, wenn Sie leben.« Er zeigte auf den Bericht. »Ich habe auf den letzten Seiten etwas dazu geschrieben. Aber», er hob einen Zeigefinger, »aber wenn wir nicht schnell handeln, wird es weitere tote Mäuse auf der Terrasse geben. Er wird Sie weiter verletzen, Sie weiter psychisch quälen.«

Clara ballte die Fäuste. »Trotz allem«, sagte sie und hörte die hilflose Aggressivität in ihrer Stimme, »trotz all dieser Erklärungen: Warum gerade ich? Und was meine Schwester angeht, das ist zwanzig Jahre her. Wieso weiß er davon?«

MacDeath blickte jetzt selbst ein wenig ratlos drein. »Ich gebe zu, dieses Bindeglied fehlt uns noch«, sagte er. »Und wir sind gut beraten, es so schnell wie möglich zu finden.«

Jemand klopfte, und dann flog die Tür auch schon auf. Hermann blickte ins Zimmer.

»Schlechte Nachrichten«, sagte er. »Kommt am besten runter.«

»Schlechte Nachrichten?«, echote Clara.

Hermann nickte. »Sehr schlechte.«

28.

Hermann hatte die Website Xenotube geöffnet. Eine der Videodateien dort hieß »Julia«, gepostet von einer Julia Schmidt.

»Wie habt ihr das gefunden?«, fragte Clara.

»Unser Alert System«, antwortete Hermann. »Das kam gerade eben rein und wurde erst vor zehn Minuten online gestellt.« Er zeigte auf die Datei. »Hier.«

Clara las den Namen des Films.

directorsCUT

Sie konnte sich denken, dass »cut« hier eine andere Bedeutung hatte.

Winterfeld stand hinter Hermann, gemeinsam mit Clara und MacDeath, und fuhr sich unruhig durch die Haare. »Unser Freund ist also an die Öffentlichkeit gegangen«, sagte er. »Audimax statt Einzelunterricht.«

»Ja«, sagte Hermann. »Wahrscheinlich wieder vom Rechner des Opfers. Als ›Julia Schmidt‹.«

Die Maus fuhr über den Play-Button.

»Soll ich?«, fragte Hermann.

Winterfeld nickte.

Der Bildschirm wurde für einige Sekunden schwarz. Dann erschien das Bild, fast wie beim ersten Mal. Ein hübsches blondes Mädchen, auch hier das Gesicht tränenüberströmt, auch hier panische Angst in den Augen – wie ein Mühlstein, der die Seele auf den Grund des Meeres zieht. Auch hier die beiden Hände, die in schwarzen Handschuhen steckten, am Hals der jungen Frau.

»Hallo, Clara«, sagte sie.

Clara zuckte unweigerlich zusammen, als sie ihren Namen aus dem Mund des Opfers hörte.

»Ich bin Julia«, fuhr das Mädchen fort, unterbrochen von Zittern und Würgen. »Ich bin berühmt ... alle kennen mich. Und alle ... können mich sehen ...«

Sie machte eine Pause, schluckte irgendetwas herunter und schaute dann direkt in die Kamera, als befände sich darunter ein Teleprompter. »Ich bin ein Star ... Ich bin noch ... viel hübscher als Jasmin. Meine Haut sieht noch nicht aus wie ... wie altes Pergament ... und meine Augen ... meine Augen sind auch noch vorhanden.«

Sie spuckte irgendetwas auf den Boden.

»Ich bin bereits tot, doch das Chaos ... das Chaos geht weiter. Besuch mich doch ... in meiner Wohnung. Heute, am Freitag ... dem fünfundzwanzigsten Oktober. Doch ich bin nicht die Erste ... und ich bin nicht die Letzte.«

Dann das Aufblitzen des Messers an ihrer Kehle.

Clara glaubte, ihr Herz würde aussetzen, als sie auf den schnellen Schnitt des Skalpells wartete, das wie ein Wind des Todes über Julias Kehle gleiten und die dünne, tiefe Schnittwunde zurücklassen würde, aus der dann, nach der *längsten Sekunde*, das Blut fließen würde, erst langsam und zögernd, dann schnell und unaufhaltsam wie ein Sturzbach des Grauens.

Das Messer zuckte zurück, als würde der Mann zum Schnitt ausholen.

Und der Bildschirm wurde schwarz.

Clara atmete aus. »Sadistisches Schwein«, flüsterte sie und fragte sich gleichzeitig, was denn nun wirklich sadistisch war. Einen Mord zu zeigen, den niemand erwartet, oder einen Mord *nicht* zu zeigen, den alle erwarten?

Sie schaute abwechselnd MacDeath und Winterfeld an, die beide mit bleichen Gesichtern auf den Bildschirm starrten.

»Ob sie noch lebt?«, fragte Clara. »Vielleicht ist das Video tatsächlich von heute?«

Hermann tippte hektisch auf der Tastatur, winkte einen der Computertechniker herbei und zeigte auf den Bildschirm.

»Checkt diese IP-Adresse und tretet Xenotube auf die Füße. Und gleicht das mit den Daten vom Einwohnermeldeamt ab. Es wird zwar eine Menge Julia Schmidts in Berlin geben, aber ich denke, mit diesem Video können wir das eingrenzen.«

»Sie hat gesagt: ›Ich bin noch viel hübscher als Jasmin‹«, sagte Winterfeld. »Das kann bedeuten, dass sie noch lebt.«

»Es kann aber auch bedeuten, sie ist bloß noch nicht mumifiziert«, sagte Clara. »Vielleicht will uns dieser Irre die Hoffnung lassen, dass er sie nicht getötet hat, damit wir uns noch verbissener den Hintern aufreißen und ihm sein Katz-und-Maus-Spiel noch mehr Spaß macht.« Sie wandte sich an Hermann. »Wann glaubst du, haben wir die Adresse?«

»Halbe Stunde, wenn wir uns beeilen«, sagte er.

»Wie viele Personen haben das Video schon gesehen?«

Hermann schaute auf die Xenotube-Statistik. »Bisher nur fünfhundert.« Er wiegte den Kopf. »Trotzdem ziemlich viel, wenn man bedenkt, dass da im Sekundentakt Tausende von neuen Videos gepostet werden und dass es erst seit fünfzehn Minuten online steht.« Er schaute Clara an. »Könnte an dem grausigen Inhalt liegen, der echter aussieht als jeder Horrorfilm. Könnte auch sein, dass er den Link irgendwo im Web promotet hat. Horror-Plattformen, Snuff-Seiten oder Hardcore-Porno-Server, die irgendwo in Russland gehostet sind.«

»Könnt ihr checken, wo und wie?«

»Schon dabei.« Hermann gab dem zweiten Techniker ein Zeichen.

Winterfeld stemmte die Hände in die Hüften und schaute Clara an. »Hat die Poststelle noch irgendwas gefunden?«, fragte er. »Irgendeine Sendung für Sie?«

Clara schüttelte den Kopf.

»Neuigkeiten bezüglich der DNA aus den Käfern?«

»Auch nicht.«

»Und nun, Señora?«, fragte Winterfeld. »Was machen wir jetzt?«

Clara seufzte und holte tief Luft. »Zuerst müssen wir herausfinden, wo die Wohnung von Julia Schmidt ist. Sobald wir das wissen, muss sofort ein Einsatzkommando hin und die Bude möglichst unauffällig absperren. Was wir auf keinen Fall brauchen, sind irgendwelche sensationsgeilen Nerds, die jetzt im Telefonbuch nach Julia Schmidt suchen und dorthin pilgern.«

»Das könnte uns doch helfen«, meinte MacDeath. »Könnten wir diese Nerds nicht dazu benutzen, dass sie uns unfreiwillig bei der Suche nach Julia helfen?«

»Keine schlechte Idee«, sagte Hermann, der gerade etwas in seinen Rechner eingegeben hatte, »aber es gibt über vierhundert Julia Schmidts im Großraum Berlin. Bei etwas mehr als fünfhundert Usern, die bisher das Video gesehen haben, macht das höchstens zwei Leute pro Wohnung. Und zwei Typen, die vor einer Wohnung herumstehen, sind nicht allzu auffällig.«

»Vergessen wir's also«, sagte Clara. »Warten wir auf die richtige Adresse. Sobald wir sie haben, fahren wir hin. Ich rufe sofort die Rechtsmedizin an, damit die Leiche, falls es eine gibt, so schnell wie möglich obduziert wird.«

MacDeath nahm seine Brille ab und schaute abwechselnd auf den Monitor, auf Clara und auf Winterfeld.

»Wissen Sie, was es bedeutet, wenn er diesen Film tatsächlich heute aufgenommen hat?«, fragte er.

»Ja«, antwortete Clara. »Er macht sich über uns lustig und will uns seine Stärke zeigen. Außerdem beweist er damit, dass er die Mumifizierung nicht mehr nötig hat, da wir ihn ohnehin nicht finden.«

MacDeath nickte. »Stimmt. Aber es heißt auch, dass er sich Unvorsichtigkeiten leisten kann. Und das nicht, weil er uns möglicherweise unterschätzt.«

»Sondern?«

MacDeath wechselte die Brille von einer Hand zur anderen, bevor er antwortete.

»Weil es sein kann, dass sein Werk fast vollendet ist.«

29.

Myers fuhr in der nahen Tiefgarage mit dem Aufzug. Er versuchte die Mailbox seines Blackberrys zu erreichen und stellte verärgert fest, dass er keinen Empfang hatte.

Im zweiten Untergeschoss öffnete sich die Tür, und ein Mann vom Reinigungsdienst trat in den Lift. In der einen Hand hielt er einen Besen, mit der anderen schob er einen Müllwagen, an dem diverse Reinigungsgeräte befestigt waren und der die Fahrstuhlkabine beinahe vollständig ausfüllte. Der Mann hatte sich die Kappe schief auf den Kopf gezogen und roch nach Kaugummi.

»Entschuldigung«, murmelte er.

»Schon okay.« Myers nickte.

Der Mann vom Reinigungsdienst manövrierte den sperrigen Wagen Richtung Tür, um ein wenig Platz zu schaffen, und stellte sich dann in den frei gewordenen Bereich neben Myers, während er an der Befestigung des Wagens hantierte.

»Endlich Feierabend?«, fragte er.

Myers war nicht nach Smalltalk zumute, aber die Fahrt war ja in wenigen Sekunden zu Ende, deshalb erwiderte er: »Schön wär's. In meinem Job hat man leider so gut wie nie Feierabend.« Er fingerte in der Hosentasche nach dem Autoschlüssel des Audi TT von Sixt.

Zunächst glaubte er, einige Haare seines Oberschenkels hätten sich im Stoff seiner Anzugshose verfangen. Anders konnte er sich den plötzlichen, leichten Stich nicht erklären. Dann erst sah er die Spritze, die in seinem Oberschenkel steckte, sah die Hand des Müllmanns, der die Kanüle nach unten drückte.

Augenblicke später umhüllte ihn eine wohlige, undurchdringliche Schwärze.

Der Schlüssel zu seinem Audi glitt ihm aus den Fingern und fiel klirrend zu Boden.

Eine Hand griff nach dem Schlüssel.

Es war nicht die Hand von Myers.

* * *

Im vierten Untergeschoss öffnete sich die Fahrstuhltür. Der Müllmann schob seinen Wagen aus dem Aufzug. Er ging zu einem Transit, öffnete die Hecktüren, wuchtete den Müllwagen mit einiger Anstrengung in den Laderaum und schloss die Türen.

Dann schwang er sich auf den Fahrersitz und ließ den Motor an.

Sobald die Scheinwerfer das graue Licht der Tiefgarage durchschnitten, setzte er seine Brille auf.

Eine Brille aus mattem Edelstahl.

30.

Hermann und das Team aus der IT hatten die Adresse von Julia Schmidt in Rekordzeit herausgefunden. Kreuzberg, Bergmannstraße 30. Es gab nur eine Julia Schmidt mit dieser IP-Nummer und diesem Xenotube-Account, und auch der Fotoabgleich mit dem Video war positiv gewesen.

Clara und Winterfeld hatten zuvor eine Telefonkonferenz mit Bellmann gehabt, der sich noch immer in Wiesbaden aufhielt, aber bereits aus der Limousine auf dem Weg zum Flughafen Frankfurt telefonierte, um in die letzte Maschine nach Berlin zu steigen.

»Wie kann es sein, dass die Presse so schnell Wind davon bekommen hat?«, hatte Bellmann gefragt. »Das war ein Video unter Millionen.«

»Ja«, hatte Clara erwidert, »aber ein sehr grausames. Außerdem wissen wir nicht, was der Killer alles getan hat, damit es bei der Presse landet.«

Tatsächlich hatte die Presse Wind davon bekommen. In den Onlineausgaben zahlreicher Zeitungen war bereits auf das Video hingewiesen worden. Besonders prägnant war es im größten Boulevardblatt, und der Link wurde eifrig innerhalb des Internets weitergeleitet.

Der Killer aus dem Internet – Wer stoppt den irren Facebook-Ripper?

Sobald Dinge einen Namen haben, verselbstständigen sie sich, vermehren sich, verbreiten sich wie Viren. *Der Facebook-Ripper.* Acht Reporter hatten bereits die Presseabteilung des LKA angerufen. Mitarbeiter der Öffentlichkeitsarbeit waren aus dem Wochenende zurückkommandiert worden. Vorher hatten Winterfeld und Bellmann sich über eine gemeinsame Kommunikationsstrategie abgestimmt. Den Medien sollte mitgeteilt werden:

Zunächst einmal ist gar nicht geklärt, ob es sich hier um eine tatsächliche Straftat oder um einen äußerst geschmacklosen Scherz handelt. Auch die Wahl des Namens (Clara) kann willkürlich sein. Wir werden dies nicht kommentieren, solange wir keine eindeutigen Erkenntnisse haben oder das Risiko besteht, die Ermittlungen dadurch zu gefährden.

Falls die Presse aufgrund undichter Stellen oder auf der Basis von Informationen, die ihnen zugespielt worden waren, überzeugend argumentieren konnte, dass es schon vorher einen Mord gegeben hatte, sollte die Antwort lauten:

Wir sind dem Täter auf der Spur, können aber nichts über den Stand der Ermittlungen sagen, um unsere Arbeit und potenzielle Opfer nicht zu gefährden. Außerdem ist nicht auszuschließen, dass Julia Schmidt noch lebt. Sobald die Polizeibehörden Klarheit haben, werden zuerst die Angehörigen verständigt, dann die Öffentlichkeit.

Und falls es doch ein Serienkiller war:

Das Gerücht, der Killer habe bereits vorher Dutzende anderer Frauen getötet, ist eine haltlose Spekulation und entbehrt jeder

Grundlage. Unsere besten Leute sind auf den Fall angesetzt und werden sehr bald mit Ergebnissen an die Öffentlichkeit treten.

* * *

Sie hatten mit dem Mobilen Einsatzkommando die Wohnung von Julia Schmidt in der Bergmannstraße 30 erreicht. Der Tatort wurde abgesperrt. Polizeifahrzeuge mit Blaulicht und Einsatzbeamte, die den Tatort abriegelten, hatten Stellung bezogen. Mittlerweile glaubte niemand mehr an einen üblen Scherz.

Julias Wohnung war dunkel wie ein Grab.

Jemand hatte den Sicherungskasten außer Gefecht gesetzt, wahrscheinlich der Killer selbst, sodass in der Wohnung der Strom nicht mehr funktionierte. Zwecklos, auf Elektriker zu warten oder den Sicherungskasten selbst zu reparieren. Jede Minute zählte.

Doch die Dunkelheit war ein Risiko. Niemand wusste, ob nicht irgendwo messerscharfe, hauchdünne Stahlseile gespannt waren, die einem Menschen den Kopf abschneiden konnten, wenn er nur schnell genug dagegen lief. Niemand wusste, ob irgendwo ein Sprengsatz tickte, der beim geringsten Lichtreiz explodierte. Niemand wusste, ob nicht irgendwo der Killer mit Infrarotgläsern in der Wohnung lauerte, um beim ersten Laut mit einer automatischen Waffe um sich zu schießen. Nur die Maglites des Mobilen Einsatzkommandos und die Taschenlampen aus dem Einsatzwagen durchschnitten in kalten Strahlen die filzige Dunkelheit.

Das Licht kroch weiter.

Julias Zimmer sah ähnlich aus wie das von Jasmin, soweit man es in den Lichtkegeln erkennen konnte, die wie kleine Suchscheinwerfer über die Wände huschten. Poster, ein gerahmtes Gemälde von van Gogh, die *Sternennacht*, eine Sitzecke, eine große Zimmerpalme. Die Blätter der Palme warfen vor dem

Licht der Maglites tanzende Schatten auf die Wände wie Schlangen, die sich kurz vor dem Biss zurückduckten, um im nächsten Moment vorzuschnellen. Dann wieder Dunkelheit. Und Konturen, die im Licht der Taschenlampen unvermittelt aus dem Unsichtbaren der Nacht auftauchten – von der Finsternis ins Licht und wieder zurück. Neben der Zimmerpalme stand eine Kommode mit einem Dutzend Urlaubsfotos. Vor dem Flickenteppich aus huschenden Lichtern und Schatten waren die Gesichter der Menschen auf den Fotos zu flackernden Fratzen verzerrt.

Das Licht kroch weiter.

Auf das Bett. Die Bettdecke, das Kissen. Dann zwei nackte Füße. Ein weißes Kleid.

»Hier ist etwas!«, rief Marc. Zwei weitere Lichtkegel huschten zu ihm.

Da lag jemand auf dem Bett. Den Konturen nach konnte es eine Frau sein, in einem weißen Nachthemd, die Hände über der Brust gefaltet. Das Weiß, mit Spitzen besetzt, blitzte im Kontrast zur öligen Dunkelheit hervor. Aber da war noch etwas anderes, das einen noch stärkeren Kontrast zum strahlend hellen Weiß der Lichter bildete, etwas, das im kalten Licht der Maglites fast ebenso dunkel erschien wie die Finsternis außerhalb der Lichtkegel selbst. Es waren dunkle Flecken und Spritzer auf dem Kleid.

Blut?

»Julia Schmidt, hier ist die Kriminalpolizei. Wir möchten Ihnen helfen. Wenn Sie mich hören können, sagen Sie etwas.« Das war Clara.

Keine Antwort.

Und es wurde sehr schnell klar, warum keine Antwort kam.

Die Lichtkegel durchschnitten die Dunkelheit über dem Bett, krochen nach oben, über den Solarplexus, die gefalteten Hände, die gewölbte Brustpartie, das Schlüsselbein, den Hals …

Winterfeld zog zischend die Luft ein, als das Licht dort verharrte. Als klar war, dass die Person auf dem Bett nicht schlief, dass sie nicht betäubt war, dass sie nicht bloß vor sich hin dämmerte und mit Ammoniak aus der Bewusstlosigkeit geholt werden konnte.

Als klar war, dass Julia Schmidt nicht mehr lebte.

Denn im Licht der Lampen war zu sehen, dass sich dort, wo der schlanke Hals der Frau gewesen war, nun ein zerklüfteter Krater auftat, der noch dunkler war als die tintenschwarze Nacht.

Und dort, wo der Kopf gewesen war, befand sich jetzt nur noch ein blutiger Stumpf, der aus dem weißen Nachthemd ragte, von hervorstehenden Knochenteilen und zerfaserten Sehnen umgeben.

Clara musste tief Luft holen. »Dekapitation«, flüsterte sie, und das Licht ihrer Taschenlampe zuckte hektisch nach rechts und links.

»Wir brauchen einen Scheinwerfer!«, rief Winterfeld. »Schnell!« Hastige Schritte auf dem Flur, die rasch leiser wurden.

Der Lichtkegel von Claras Taschenlampe glitt nach unten, zurück über den blutigen Krater über dem spitzenverzierten Ausschnitt des Kleides, die gefalteten Hände und die schlanken Füße, die gerade nebeneinander am Fußende des Bettes ruhten wie bei der Statue einer Märtyrerin.

Dann bewegte das Licht sich nach oben.

Als der Lichtkegel schon weiterhuschte, hatte Claras Hirn ihr mit einer Schonzeit von einer halben Sekunde bereits gemeldet, was sie einen Lidschlag zuvor wahrgenommen, aber noch nicht verarbeitet hatte.

Einen Meter nach links.

Clara bewegte die Lampe nach links.

Zu dem Regal über dem Bett. Auf dem sie vorhin eine Gipskopie der Venus von Milo gesehen hatte.

Und neben der Venus war das, was Claras Hirn registriert hatte.

Julias abgetrennter Kopf, umrahmt von blonden Haaren, die im kalten Licht der Maglite wie Blitze strahlten, stand auf dem Regal und starrte Clara mit weit aufgerissenen Augen und offenem Mund an. Die Mundwinkel waren wie zu einem Grinsen nach oben gezogen, als wollte sie sagen: *Willkommen, Fremde, in meinem Reich.*

Das Gedicht der Moorgeister, das Claras Großmutter ihr als Kind erzählt hatte, war plötzlich in ihren Gedanken, während das Licht ihrer Lampe noch einen Augenblick auf dem Kopf des Mädchens ruhen blieb, um dann die Wände rund um diese Szenerie des Grauens abzutasten.

Ihr, die ihr kommt, geht langsam hier,
Wie ihr jetzt seid, so waren wir.

Genau über dem Kopf, zehn Zentimeter über den letzten Strähnen von platinblondem, im kalten Schein der Lampen strahlendem Haar, standen auf der hellgelben Wand ein Wort und eine Zahl in dunkelroter Farbe, fast so dunkel wie die Nacht.

Nummer 14.

31.

Ich glaube an das, was genau jetzt stattfindet. Ich glaube an nichts, was nach dem Jetzt sein wird. Ich spreche zu euch.

Jetzt!

Der Traum geht weiter.

Erwachen ist Erinnerung. Doch dies hier ist rasende, zeitlose Präsenz.

Leben wir den Traum.

Es reicht, wenn man aufwacht, kurz bevor man stirbt.

Ich sehe den Film noch einmal in meinem Kopf. Ich habe vor der Fahrt die Facebook- und Dategate-Daten abgeglichen und zwei mögliche Adressen herausgefunden. Ihr erster Fehler.

Dann habe ich während des Telefonats per GPS-Tracker den Ort von Julias Handy herausgefunden. Ihr zweiter Fehler.

Dann hatte sie bei Facebook gepostet, dass sie zu Hause ist und auf ihre Katze wartet. Und sie hatte ein Foto bei Facebook platziert, das zeigte, wie die Katze aussah. Ihre »Princess«. Ihr dritter Fehler.

Einen vierten Fehler konnte sie nicht machen, genau wie all die anderen.

Weil sie da schon tot war.

Genau wie all die anderen.

Es funktioniert immer. Und es wird immer funktionieren.

Erst habe ich ihre Nummer.

Dann habe ich ihre Adresse.

Und dann habe ich ihren Kopf.

32.

Tom Myers hatte einen Traum, in dem sein Kiefer ausgerenkt war. Er hatte seinen Mund zu weit aufgesperrt und bekam ihn jetzt nicht mehr zu. Er sah alte Klassenkameraden, alte Freundinnen, die ihn hänselten, weil er mit offenem Mund durch die Gegend laufen musste.

Sein Kiefer schmerzte, und die Muskeln an den Gelenken brannten. Verschwommen nahm er durch halb geöffnete Augen ein dunkles Gewölbe wahr. Irgendjemand bewegte sich vor ihm langsam hin und her. Tom Myers hatte das Gefühl, jahrelang geschlafen zu haben. Ein pochender Schmerz vibrierte in seinem Oberschenkel.

War da nicht irgendwas geschehen? Die Tiefgarage … der Aufzug … und dann?

Sein Mund war trocken, weil er nicht durch die Nase atmen konnte. Die Nase schmerzte und war gleichzeitig taub. Die Nasenflügel wurden von einer Metallklemme zusammengepresst, sodass er durch den aufgesperrten Mund atmen musste.

Erst jetzt, mit zunehmender Klarheit, schmeckte er Metall auf der Zunge und am Gaumen. Kleine Plättchen, die nach Rost schmeckten. Er zuckte zusammen. Die Metallplättchen schienen messerscharf zu sein, denn er hatte sich in die Zunge geschnitten und schmeckte nun den kupfernen Geschmack von Blut. Kupfer und Rost in seinem Mund. Er wollte die Metallplättchen ausspucken. Doch wie? Sein Mund stand *wirklich* offen; es war kein Traum. Er konnte ihn nicht schließen.

Bewegen konnte er sich auch nicht. Er war gefesselt. Sein

Kopf war mit einer Kette nach hinten gebogen, und er saß auf einem Eisenschemel wie ein Patient auf einem Zahnarztstuhl.

Panik erfasste ihn. Er versuchte, sich mit ruckartigen Bewegungen zu befreien, wobei er gutturale Laute von sich gab, denn richtig sprechen konnte er nicht.

»Vorsichtig, Sie könnten sich schneiden.«

Das war die Gestalt, die sich eben noch schemenhaft vor seinen Augen bewegt hatte.

Jetzt konnte Tom ihn sehen. Ein großer, schwarz gekleideter Mann, kräftig, mit geschmeidigen Bewegungen, der sich an einem Tisch neben dem Stuhl zu schaffen machte. Er hatte kurze blonde Haare und trug eine Brille aus mattem Edelstahl.

Seltsam: Er sah ein wenig so aus wie der Müllmann im Fahrstuhl.

Spätestens als der Fremde zu sprechen begann, kam Myers vollends zur Besinnung.

»Mr. Myers von Xenotube, nicht wahr?«, sagte der Mann.

Myers durchfuhr es eiskalt. *Woher weiß er meinen Namen? Und was ist das hier überhaupt? Kidnapping? Lösegelderpressung?*

»Mr. Myers«, fuhr der Fremde gelassen fort. »Ich habe ein Teppichmesser zerbrochen und die Teile in Ihren Mund gelegt. Den Mund habe ich mit Spannern aufgesperrt, wie man sie in der Kieferchirurgie benutzt, damit bei Patienten in Vollnarkose während einer Operation der Mund offen bleibt.«

Er schaute Tom Myers mit starren Augen teilnahmslos an, während Myers das Grauen wie eine schwarze, ekelhafte Spinne den Rücken hinaufkroch.

O Gott. Was ist das hier? Wer ist dieser Wahnsinnige?

In den Augen des Fremden war keine Regung zu sehen. Nur Kälte und Berechnung. Und grenzenloser Hunger, sein Ziel zu erreichen.

»Hier«, sagte der Fremde, »habe ich einen Eimer Wasser.« Er

schwenkte den vollen Zehn-Liter-Eimer vor Myers' Augen hin und her, wobei Wasser über den Rand schwappte und auf Myers' Hose spritzte. »Sie werden sich fragen, was dieser Eimer Wasser mit den Messerteilen zu tun hat.«

Myers' Gehirn arbeitete auf Hochtouren. Tief im Inneren meldete ihm bereits eine warnende Stimme den perfiden Plan des Schattenmannes.

Der Fremde setzte ein Lächeln auf, das noch kälter war als die Herbstluft, die von oben in den Keller wehte.

»Vielleicht brauchen wir den Eimer gar nicht.« Er zog den Wassereimer demonstrativ ein Stück zurück, bevor er weitersprach. »Denn ich will etwas von Ihnen haben.« Der Mann mit der Edelstahlbrille beugte sich nach vorn, sodass sein Gesicht beinahe das von Myers berührte. »Ich will den Zugangscode zur Landing Page von Xenotube. Ich weiß, dass es da einen Iris-Scan über eine Webcam gibt. Ich weiß, dass der Zentralcomputer die Iris-Strukturen des Führungskreises der Firma gespeichert hat. Und ich weiß, dass die Topmanager von Xenotube dreimal in diese Webcam zwinkern müssen, um Zugang zu erhalten.« Er schwieg eine Weile, während er Myers mit Blicken durchbohrte. »Ich weiß sogar, dass der Iris-Scan auf der Landing Page die Bewegungen und die Durchblutung der Iris misst. Damit niemand auf die Idee kommt«, er schaute Myers in scheinbarer Entrüstung an, »einem Manager das Auge herauszuschneiden, um den Code zu knacken.«

Myers wich instinktiv zurück und stieß sich den Kopf an der Steinwand.

Der Mann mit der Brille hob eine Webcam mit einem drahtlosen Sender in die Höhe.

»Dreimal zwinkern, Mr. Myers«, sagte er und fügte flüsternd hinzu: »Denn ich will den Zugang zu Xenotube.«

Die Landing Page von Xenotube, dachte Myers. Vierhundert Millionen Klicks weltweit pro Monat. Damit dieser Irre seine perversen Filme oder was auch immer zeigen konnte? Das Unternehmen wäre in einem Monat bankrott, geschlossen vom Justizministerium, von aller Welt verabscheut, der Ruf für immer vernichtet. Und Myers' Aktienoptionen wären nur noch so viel wert wie dieses faulige, stinkende Kellerverlies.

Myers schüttelte den Kopf. *Das durfte nicht passieren.*

»Unmöglich«, brachte er trotz der Messerteile in seinem Mund hervor, ohne seine Zunge oder die Schleimhaut zu verletzen.

Eine Augenbraue des Fremden zuckte nach oben. Er hob den Eimer.

»Sie wollen mir nicht helfen?«, sagte er. »Dann kann ich Ihnen auch nicht helfen.« Er verharrte kurz in dieser Pose. Mit seinem teilnahmslosen Gesicht und der athletischen Figur erinnerte er an einen morbiden Wasserträger, wie man sie von römischen Springbrunnen kannte. Dann sprach der Fremde wieder.

»Was jetzt kommt, nenne ich die *Stahlspülung*. Was das bedeutet, wollen Sie wissen? Nun, Sie haben rasiermesserscharfe Metallteile im Mund. Und ich werde Ihnen Wasser in den Mund schütten, viel Wasser.« Während er sprach, setzte er die Kante des Eimers an Myers' Unterkiefer an. »Sie können sich wehren, wie Sie wollen – irgendwann sind Ihr Mund und Ihr Rachen so voll Wasser, dass Sie nicht mehr richtig atmen können. Und da Sie durch die Nase keine Luft bekommen, werden Sie vor der Wahl stehen, ob Sie ersticken oder das Wasser mitsamt den Stahlklingen schlucken wollen, um wieder Luft zu bekommen.« Myers spürte die ersten Tropfen Wasser auf den Lippen. Sein Gesicht war totenblass.

»Und Sie *werden* das Wasser schlucken«, sprach der Fremde weiter. »Auf geht's.«

Myers, der vor Angst wie gelähmt war, wusste, was ihm blühte. Die messerscharfen Metallteile, die sich mit dem Druck des Wassers und der Kraft des Schluckreflexes eine blutige Schneise durch seinen Schlund schneiden, seine Speiseröhre und seinen Magen zerfetzen würden. Ein Keil aus zerrissenem Fleisch und Blut und Schmerz und Tod.

Nein! Er schüttelte mit letzter Kraft den Kopf und nickte dann. *Ja, ich tue es, ich tue alles!*

»Geben Sie mir ...«

Der Fremde hob wieder die Brauen und zog den Eimer ein wenig zur Seite.

»Ja?«

»Geben Sie mir die Webcam«, lispelte Myers zwischen den Messerteilen hervor. »Ich tue, was Sie sagen.«

Der Fremde nickte. »Eine vorbildliche Führungskraft«, sagte er.

Er ließ den Eimer sinken und hob die Kamera.

33.

Nummer 14.

Wenn das stimmte, hatte der Killer vierzehn Menschen getötet.

Und die Polizei wusste nur von dreien.

Und wenn nur die Frauen seine »heiligen Opfer« waren und die Männer bloß Erfüllungsgehilfen, lag die Zahl der Opfer vielleicht noch höher.

Sie standen wieder in der Rechtsmedizin in Moabit. Auf dem metallenen Sektionstisch lag der Körper des achtundzwanzigjährigen Mädchens im weißen Nachthemd. Der abgetrennte Kopf lag am Kopfende des Tisches.

Clara musste unweigerlich an die Geschichten von Vampiren denken. An Lucy in Bram Stokers Dracula, die in einem weißen Nachthemd in ihrem Sarg lag und der Abraham Van Helsing, der Vampirjäger, die Brust durchbohrt und dann den Kopf abgeschlagen hatte.

Die Ermittler hatten mehrere große Scheinwerfer in der Wohnung aufgestellt, um Fotos zu machen und Proben des Teppichs, der Möbel und der Umgebung zu nehmen. Im grellen Licht dieser Scheinwerfer war der Anblick der Toten noch schrecklicher gewesen als im diffusen Licht der Taschenlampen. Der enthauptete Körper eines Mädchens, dessen Kopf vierzig Zentimeter über der verstümmelten Leiche auf einem Regal stand und diabolisch in Richtung der Eingangstür des Zimmers grinste.

Clara hatte den Geruch nach Angst und Blut wahrgenommen, nicht aber den Geruch des Todes, weil der Verwesungsprozess noch nicht eingesetzt hatte. Weil der Mord erst drei Stunden her war. An dem Halsstumpf, der aus dem weißen Nachthemd ragte, waren Bissspuren gewesen. Zuerst hatte Clara wirklich an Vampirismus gedacht, doch die Bissspuren stammten von einer Katze, die unter das Bett geflohen war, als das Einsatzkommando das Zimmer gestürmt hatte. Die Katze trug ein Halsband, an dem in goldenen Buchstaben ihr Name hing: »Princess«.

Sein Werk ist fast vollendet, hatte MacDeath gesagt. Und sie hatten es wieder nicht verhindern können.

»Wieder eine hübsche junge Frau«, sagte von Weinstein und rückte seine Brille zurecht. »Er hat ihr die Kehle durchgeschnitten und den Kopf abgetrennt, soweit ich es auf den ersten Blick beurteilen kann.« Er zog sich die Handschuhe an und zeigte mit einem dünnen Metallstab auf eine verknorpelte, blutige Stelle am Kehlkopf der Leiche. »Hier, in den oberen Bronchien, hat Aspiration von Blut in die Luftröhre stattgefunden. Das Opfer lebte also, als ihm eine der beiden Halswunden beigebracht wurde. Die Frage ist, was zuerst da war.«

Die Reihenfolge von tödlichen Verletzungen festzustellen und herauszufinden, welche Wunde nun wirklich tödlich gewesen war, war eine der wichtigsten Aufgaben der Rechtsmedizin. Clara kannte zahlreiche Fälle, wo ein Opfer erst erwürgt und nachträglich aufgehängt worden war, damit es wie ein Suizid aussah. Oder jemand wurde totgeprügelt und dann auf eine Straße gelegt, wo ein LKW über die Leiche fuhr und die Täter darauf hofften, dass die Ermittler an einen Verkehrsunfall glaubten und nicht an Mord.

In den allermeisten Fällen durchschaute die Rechtsmedizin solche Tricks, da man anhand von Wundrändern genau feststellen konnte, wann was geschehen war.

Von Weinstein legte den Metallstab an die Schnittwunde in Höhe des Kehlkopfes. »Die Durchtrennung der Halsschlagader weist Wundränder auf, also Vitalitätszeichen«, sagte er, »während die Wundränder an Rumpf und Kopf, die durch die Enthauptung entstanden sind, nichts dergleichen aufweisen.« Er schaute Clara und MacDeath an. »Die Dekapitation hat demnach post mortem stattgefunden.«

Clara atmete auf. Gott sei Dank hatte der Irre das Mädchen erst nach dem Tod geköpft. Das eingeatmete Blut, das über die durchtrennte Luftröhre in die oberen Bronchien gelangt war, konnte von beiden Wunden stammen. Doch die Wundränder an der Kehle waren leicht verschorft, und Blut war in großen Mengen hervorgetreten – ein Beweis, dass das Opfer zu diesem Zeitpunkt noch gelebt hatte. An den Wundrändern von Rumpf und Kopf waren infolge der Enthauptung keine sogenannten »Vitalitätszeichen« zu sehen, da das Mädchen zu diesem Zeitpunkt bereits tot gewesen war. Anhand dieser Vitalitätszeichen konnten Rechtsmediziner nicht nur feststellen, welcher Gewaltakt die Ursache für den Eintritt des Todes war, sondern auch, welche Waffe den Tod verursacht hatte, was besonders bei Morden mit mehreren Beteiligten und verschiedenen Waffen eine Rolle spielte.

Von Weinstein beschrieb mit seinem Metallstab eine lange Linie vom Rumpf bis zur Hüfte der Toten. »Er hat auch hier den Oberkörper von der Kehle bis zum Schambein aufgeschnitten und die Innereien entnommen«, sagte er. »Anschließend hat er der Leiche das weiße Nachthemd angezogen und damit sein Werk, wenn auch für kurze Zeit, verdeckt.«

Clara fand den Anblick auch so schrecklich genug. Der abgetrennte Kopf, der sie mit aufgerissenen Augen und offenem Mund urplötzlich im Licht der Taschenlampe angegrinst hatte, gehörte eindeutig in die Kategorie traumatischer Anblicke, die man so schnell nicht vergaß.

»Ich denke, er hat sie absichtlich verdeckt«, sagte MacDeath.

»Das ist möglich«, sagte von Weinstein, »der Mord ist nicht allzu lange her.« Er tippte mit dem Metallstab auf den Oberkörper der Leiche. Clara wünschte, er würde sich das irgendwann einmal abgewöhnen.

»Todeszeit?«, fragte sie.

»Heute am frühen Abend«, sagte von Weinstein und schaute in den Bericht der Kriminaltechnik, der neben dem Sektionstisch auf einem Tisch lag.

»Die Kriminaltechnik hat gleich nach ihrem Eintreffen die Rektaltemperatur der Leiche gemessen. Da waren es noch immer siebenunddreißig Grad Celsius.« Er legte den Bericht auf den Tisch zurück. »Geht man davon aus, dass die Körpertemperatur einer Leiche bei normaler Raumtemperatur drei Stunden lang konstant bleibt und dann jede Stunde um ein Grad sinkt, liegt der Todeszeitpunkt seit Auffindung höchstens drei Stunden zurück, vielleicht weniger.«

»Der Täter wird übermütig«, sagte Clara. »Er tötet jemanden und verständigt die Polizei innerhalb von Stunden.«

»Er kann es sich offenbar leisten«, sagte von Weinstein, »denn wir haben ihn ja leider immer noch nicht.« Er rückte seine Brille zurecht. »Aber noch kurz zur Todeszeit: Es sind kaum Leichenflecken zu sehen, keine Blutansammlungen an der Rückenpartie, wie zu erwarten ist, wenn Leichen längere Zeit liegen. Aber diese Indizien wären ohnehin nicht zielführend, weil …«

»… weil der Täter ihr das Blut abgezapft hat?«, fragte Clara. »Wie bei Jasmin Peters?«

»In jedem Fall sind Gesicht und Körper von einer unnatürlichen Blässe, selbst für eine Leiche. Von daher denke ich, dass kaum noch Blut vorhanden ist.« Von Weinstein streifte sich die Gummihandschuhe über, stach mit einem Skalpell in die Oberschenkelarterie und drückte mit der Hand am Verlauf des Blutgefäßes entlang. Ein paar Blutstropfen kamen durch den Druck aus der Wundöffnung heraus, mehr nicht.

»Die Oberschenkelarterie ist neben der Unterleibsarterie die größte Blutversorgungsbahn des Körpers.« Er wischte das Blut an einem Papiertuch ab. »Und hier ist so gut wie nichts.«

»Das erhärtet unsere Theorie des Opferrituals«, sagte MacDeath, der mit verschränkten Armen vor der Leiche stand. »Und das weiße Nachthemd scheint mir auch nicht zufällig zu sein.«

»Warum nicht?«, fragte Clara.

»Laut Bericht der Kriminaltechnik wurden keine Spuren von DNA an dem Nachthemd gefunden. Ein paar Hautschuppen von der Toten, mehr nicht.« Von Weinstein zog den Bericht hervor. »Das könnte bedeuten, dass der Täter das Nachthemd extra besorgt hat, um die Tote so herzurichten.«

»Das nennt man in der Forensik ›Undoing‹«, sagte MacDeath. »Indem er die Leiche so herrichtet und sie mit einem weißen Nachthemd und gefalteten Händen auf das Bett legt, möchte er sich bei ihr entschuldigen. Er will sein Tun gutmachen.«

»Die These von dem großen Opferritual, das bald vorbei ist?«, fragte Clara.

»Je näher er dem Finale kommt, desto größer wird die Identität zwischen den Opfern, die er darbringt, und der Person, für die diese Opfer bestimmt sein könnten.«

MacDeath nahm seine Brille ab und rieb sich die Augen.

»Und da ist noch etwas«, sagte Clara und sprach erst weiter, als alle sie erwartungsvoll anschauten. »Beziehungsweise da ist nichts.«

»Nichts?«, fragte von Weinstein.

»Etwas fehlt.«

»Ja.« Von Weinstein wies mit dem Stab auf die Halspartie. »Der Kopf.«

»Der Kopf.« Clara nickte. »Und die Käfer.«

»Verdammt, das stimmt«, sagte MacDeath, »es gab überhaupt keine Käfer.«

Von Weinstein nickte. »Es bestand vielleicht auch keine Notwendigkeit. Er hat die Käfer eingesetzt, um die Mumifizierung zu beschleunigen und so den Verwesungsgeruch zu vermeiden.« Sein Blick zog über die Leiche. »Wenn er die Polizei kurz nach dem Mord alarmiert, braucht er überhaupt nichts zu vermeiden außer seiner baldigen Festnahme.«

Clara biss sich auf die Lippe. »Schön wär's«, sagte sie. »Aber er kann es sich leider immer noch leisten, uns wie Kleinkinder zu behandeln und trotzdem nicht erwischt zu werden. Einerseits eiskalt und dennoch unvorsichtig.« Sie schaute MacDeath an. Der nickte. »Dieser Irre ist voller Widersprüche.«

»Und der abgetrennte Kopf?«, fragte von Weinstein. »Das sieht auch nicht nach ›Undoing‹ aus.«

MacDeath zuckte die Schultern. »Vergessen wir nicht: Wir haben es hier mit einem Psychopathen zu tun. Zu viel Rationalität dürfen wir da nicht erwarten.«

Clara dachte an das Gespräch mit MacDeath über ihre Rolle als Richterin – die Theorie, nach der sie die Mordserie des Namenlosen als Expertin und zugleich als Opfer mitverfolgen sollte.

»Vielleicht hat der Kopf selbst eine Bedeutung?«, fragte sie.

»Möglich«, entgegnete von Weinstein, »aber was genau? Schrecken? Schock?«

»Eine Nachricht?«, fragte Clara. Irgendwie passte das blutige Gemetzel, das der Täter mit dem Kopf angestellt hatte, nicht zu der Sorgfalt, mit der er sein Opfer zurechtgemacht hatte: Er hatte Julia das Nachthemd angezogen, die Hände gefaltet und die Wunden verdeckt.

Clara war überzeugt, dass der Täter ihre Aufmerksamkeit erregen wollte. Irgendetwas *musste* noch da sein, so wie die Zahl 13 im Video von Jasmin Peters.

»Können Sie den Kopf als Erstes untersuchen?«, fragte Clara.

»Eine Öffnung der Schädelhöhle nehmen wir gemäß Strafprozessordnung ohnehin vor«, antwortete von Weinstein und tippte wieder mit dem Metallstab auf das weiße Nachthemd. »Das wissen Sie doch.«

»Bitte röntgen Sie den Kopf vorher«, sagte Clara.

Von Weinstein blickte sie erstaunt an. »Machen wir, wenn Sie mir sagen, warum.«

»Weil wir etwas finden könnten«, erwiderte Clara. »Wir warten draußen. Geben Sie uns Bescheid, sobald Sie etwas haben.«

34.

Der verstorbene Mann der ehemaligen Heimleiterin, in deren leer stehendem Haus Vladimir untergekrochen war, war Zoologieprofessor gewesen, der zu Studienzwecken Tierpräparate hergestellt hatte. Das war mit ein Grund dafür gewesen, weshalb Vladimir sich dieses Haus zum vorübergehenden Domizil erwählt hatte. Es war wie geschaffen für seine Pläne.

Im ausgedehnten Kellergewölbe gab es ein altes Labor mit Chemikalien und Büchern über das Konservieren und Mumifizieren von Tieren und Leichen. Dort las Vladimir über die schwarzen Totenkäfer, *Blaps mortisaga*, die sämtliche Feuchtigkeit aus einer Leiche saugen können. Er musste diese Käfer züchten, musste ein Terrarium für sie anlegen.

Er hatte seine Schwester in einer riskanten Nacht- und Nebel-Aktion aus dem Heim in das Haus geholt. Dann hatte er sie mumifiziert, wie es in den Büchern stand, mit den Präparaten, den Skalpellen und den Nadeln, hatte sie präpariert und konserviert für die Ewigkeit. Als Mahnmal und Zeichen, bis seine Mission beendet wäre. Still lag sie in einer Ecke des großen Kellers, zusammen mit den Käfern, die den Rest erledigen würden. Am Ende hatte er sie in einer der Nischen eingemauert. Dort würde sie bleiben bis zu seiner Rückkehr.

Andere sollten für sie sterben, um seine Schuld wiedergutzumachen – ein Sündopfer für ihn und für sie.

Am letzten Abend im Haus der Heimleiterin durchstreifte er das Arbeitszimmer des verstorbenen Ehemannes. Die umfangreiche Bibliothek des Zoologen enthielt auch Werke über Okkultismus und schwarze Magie. Vladimir las über die Bedeutung des

Blutes in der antiken und mittelalterlichen Vorstellungswelt und in okkulten Zirkeln. Blut war Leben. Wenn Blut verbrannte, versammelten sich die Geister der Unterwelt um die Flammen. Er las von Alraunenwurzeln, die die Gestalt eines Menschen annehmen konnten; er studierte die Rituale, die dort beschrieben waren. Man musste einen Hund an eine Alraunenwurzel binden und ihn erschlagen. Durch die Todeszuckungen des Tieres wurde die Wurzel aus der Erde gezogen und besaß, so glaubte man, von nun an die Macht, menschliche Gestalt anzunehmen.

Er las auch das berüchtigte Grand Grimoire, ein französisches Zauberbuch aus dem sechzehnten Jahrhundert, das beschrieb, wie man einen Toten wieder lebendig machen konnte und welche Opferungen dafür erforderlich waren. Und eine Wahrheit durchzog all diese Schriften wie ein roter Faden: Stets musste ein Lebewesen sterben, damit ein anderes wieder leben konnte.

Hernach müssen sie daß geiße hals abschneiden und tzieen daß haut ab und dien daß fleisch ihm feyer nein und lassens bis es ganß zu aschen sey, stand in altertümlichem Deutsch auf den vergilbten Seiten: »Danach muss man der Zicke den Hals abschneiden, die Haut abziehen und das Fleisch ins Feuer legen, bis es zu Asche geworden ist.«

Er las die Namen der Dämonen, die halfen, Tote zu erwecken: Belial, Lilith, Astarte, Luzifer, Moloch und Adramelech. Finstere Begriffe einer verlöschenden Vernunft, die verzweifelt zu ihrem Henker um ein Ende ihres Todeskampfes betet.

Er las auch die Geschichte der ungarischen Gräfin Elisabeth Báthory aus dem sechzehnten Jahrhundert.

Elisabeth.

Sie wurde mit fünfzehn Jahren vermählt.

Mit fünfzehn Jahren hatte Elisabeth ihren ersten Freund. Und mit fünfzehn Jahren ist sie gestorben.

Báthory wurde vermählt mit dem Grafen Ferencz Nádasdy, einem Nachfahren von Vlad Dracul, dem Grafen Dracula.

Vlad Dracul – Vladimir.

Dracula, Herr über die Ratten und Wölfe.

Vladimir, Herr über die schwarzen Käfer.

Ich bringe ihr das Blut als Opfer.

Er las die Schreckensgeschichte der Gräfin Elisabeth Báthory, die Jungfrauen hatte töten lassen, um in deren Blut zu baden und dadurch ewige Jugend zu erlangen. Forscher sprachen von mehr als sechshundert Opfern, bis diese Mordfabrik schließlich aufgeflogen war.

Niemand darf mich erwischen, schwor sich Vladimir. *Ich werde Elisabeth das Blut und die Innereien opfern und hier auf diesem Altar für sie verbrennen.*

Er blickte auf die präparierte Leiche, die vor seinem inneren Auge noch einmal erschien, eingemauert in der Wandnische, der Körper ausgetrocknet und mumifiziert, die toten Augen starr zur Decke gerichtet. Er würde sie wieder hervorholen, wenn die Zeit gekommen war.

Sie war fünfzehn, als sie starb.

Fünfzehn Frauen werde ich ihr opfern.

Ihr Blut, ihren Leib, ihr Leben.

Und niemand wird mich fangen.

Denn ich bin nicht Vladimir.

Nicht mehr.

Ich bin der Unsichtbare.

Ich bin die Nacht.

Das Andere.

Das Fremde.

Das Böse.

Ich bin der Namenlose.

In der Nacht schritt er über die Schwelle des Hauses und verschwand. Aus der Stadt, aus dem Land.

Und wurde ein Teil der Nacht.

Bis er wiederkehren würde, um sein Werk zu vollenden.

35.

»Wir haben was!«

Zehn Minuten waren vergangen.

Das Erstaunen stand von Weinstein deutlich ins Gesicht geschrieben.

Clara und MacDeath eilten in den Sektionssaal. Die Schädeldecke von Julia Schmidt war aufgesägt, das Gehirn lag in einer Metallschale. Von Weinstein hielt mit einer chirurgischen Zange irgendetwas in die Höhe, das voller Blut und Schleim war, etwas, was man dort niemals vermutet hätte, was in eine völlig andere Welt gehörte, nicht in einen geöffneten Schädel zwischen Hirngewebe und Schädelbasis.

»Die Schädeldecke war unversehrt, das sieht man auch auf der Röntgenaufnahme«, sagte von Weinstein. »Nachdem der Mörder den Kopf abgetrennt hatte, hat er ihr diesen Gegenstand in die Nase gesteckt, dann wahrscheinlich einen Metallstab angesetzt und das Ding mit mehreren Hammerschlägen bis ins Hirn getrieben.« Er schüttelte den Kopf und schluckte. »Von außen nicht zu sehen. Und da er ihr vorher sämtliches Blut abgezapft hatte, kam kein Blut mehr aus der Nase.«

Clara blinzelte, bemühte sich, ihre Gedanken zu ordnen, schaute dann auf den Gegenstand und versuchte, sich die blutigen, schleimigen Verkrustungen wegzudenken, von denen er umhüllt war. Dann schaute sie von Weinstein, MacDeath und dann noch einmal den Gegenstand an.

»Das ist doch nicht etwa ein ...?«

Von Weinstein nickte ein wenig resigniert.

»Doch, ist es«, sagte er. »Ein USB-Stick.«

36.

Nach über zwanzig Jahren war Vladimir zurückgekehrt, zurückgekehrt in das Haus der inzwischen verstorbenen ehemaligen Heimleiterin. Das Haus, in dem er Elisabeth eingemauert hatte. Das Haus, das heute nur noch als Materiallager für das Kinderheim diente. Es wurde kaum noch aufgesucht, bot aber die unschätzbaren Vorteile, über Strom- und Telefonanschluss zu verfügen.

In der Folgezeit baute Vladimir den Keller für seine Zwecke aus, verwandelte ihn in ein digitales Purgatorium des Grauens. Nun hatte er das nötige Geld. Nun hatte er das Wissen. Das Wissen über eine neue Welt. Die Welt der Computer.

Es war eine reine Welt, die von den grünlich schimmernden Monitoren in das dunkle Kellergewölbe schien, eine Welt aus Einsen und Nullen, klar und trennscharf wie mit einem Skalpell zurechtgeschnitten. Ohne Schmutz, ohne Leben, ohne Fleisch.

Mit dem Entstehen des Internets hatten sich Vladimir die Möglichkeiten eröffnet, auf die er so lange gewartet hatte. Als dann die ersten Dating-Plattformen erschienen, konnte er endlich die Frauen finden, die Elisabeth am ähnlichsten sahen. Hier gab es Fotos und Beschreibungen; hier fanden sich Angaben, in welcher Stadt die Frauen wohnten. Hier konnte er sie auswählen, kontaktieren und mehr über sie herausfinden. Viel mehr – bis er irgendwann fast alles über sie wusste.

Vladimir fand heraus, welche Männer auf den Dating-Plattformen am erfolgreichsten waren. Zu diesem Zweck hackte er sich in die Dating-Netzwerke ein und legte ein perfektes männliches Profil an. Am besten konnte er die Identität eines Anderen annehmen, wenn ihm von dem Betreffenden *alles* gehörte, auch dessen Leben. Und das war nur möglich, indem er die Männer tötete.

Er hatte viel gelernt in seinem früheren Leben. Anfangs bemächtigte er sich der Bankkonten der Toten, bis sie leergeräumt waren. Später schrieb er ein Programm, das ihn stets mit genügend Barmitteln versorgte: Er überwies von den Konten der Toten Centbeträge auf unbekannte Kontonummern. War die Überweisung erfolgreich, existierte das Konto. Dann richtete er vom Konto eines der Toten eine Lastschrift ein und zog von dem unbekannten Konto so viel Geld ein wie möglich. Anschließend ging er mit der EC-Karte des Toten zum Geldautomaten, vermummt, denn er wusste, dass die Automaten Kameras hatten, hob von verschiedenen Automaten in kurzen Abständen jeweils tausend Euro ab, bis er mit zehntausend Euro oder mehr in der Dunkelheit verschwand und schließlich das Laptop des Opfers verbrannte.

Um seinen Plan zu verwirklichen, fünfzehn Frauen zu opfern, die wie Elisabeth aussahen, brauchte er Zeit. Niemand durfte merken, was er tat. Und niemand durfte die Opfer vermissen.

Er schaute auf die mumifizierte Leiche seiner Schwester auf dem schwarzen Steinsarkophag, den er ihr errichtet hatte.

Die alten Ägypter hatten geglaubt, die Toten müssten konserviert werden, damit sie im Jenseits weiterleben konnten. Es ging aber auch andersherum. Man konnte Tote auch mumifizieren, damit sie im *Diesseits* weiterleben. Zumindest virtuell. Dann würde niemand sie vermissen.

Denn es gab eine andere, dunkle Seite der Gesellschaft. In diesem Fall nicht die dunkle Seite des Handelns – Mord und Totschlag, Missbrauch und Vergewaltigung –, sondern die dunkle Seite des Nicht-Handelns, der Teilnahmslosigkeit und Anonymität.

Vladimir hatte sich in rechtsmedizinische und kriminologische Datenbanken eingehackt. Er hatte von Menschen gelesen, die fünf Jahre tot in ihrer Wohnung gelegen hatten, ohne dass es jemandem aufgefallen war. Menschen, die verfault und vertrocknet in ihren mit Müll und Fäkalien angefüllten Wohnungen einsam zu Tode kamen, angeknabbert von ihrem Haustier, das dann ebenfalls verhungerte und tot neben ihnen gefunden wurde.

Zuerst kam die Leichenfäulnis, dann die Eintrocknung. *Sekundäre Mumifizierung* stand in den rechtsmedizinischen Gutachten. Vladimir hatte die Bilder gesehen.

Diese Menschen interessierten niemanden. Sie lebten und starben einsam. Doch die Frauen, die Vladimir töten wollte, waren nicht einsam. Und wieder bot ihm die Technik eine Lösung. Die sozialen Netzwerke, über die Millionen Menschen kommunizierten. Vladimir tauchte ein in die Welt der Networks und Dating-Plattformen. Die »gewöhnlichen« heterosexuellen Plattformen und die ungewöhnlichen. Die Gay-Plattformen für jene Männer, die er als Marionetten benutzen wollte. Und die schlimmsten Seiten von allen, die Special-Interest-Seiten, wo es Menschen gab, die gequält oder gar getötet werden wollten, die selbst andere Menschen foltern, töten oder essen wollten.

Auf einer dieser Seiten entdeckte Vladimir ein bekanntes Gesicht. Er kannte es noch aus dem Kinderheim. Aus dem Raum mit den Ninja-Videos. Aus dem Keller in der Wäscherei.

Er nahm Kontakt auf.

Er würde ihn finden.

Und er würde ihn töten.

37.

Der Sadismus beginnt mit dem Quälen von Tieren, wobei die Tiere überleben. Die nächste Stufe ist das Quälen von Tieren bis zum Tod. Dann werden Menschen gequält, die überleben. Als letzte Stufe werden Menschen zu Tode gequält.

Ingo M. hatte als Kind Frösche gefangen und sie mit einem Strohhalm aufgeblasen, bis sie platzten. Nicht, dass sie auseinanderflogen – sie platzten innerlich und starben qualvoll. Irgendwie fand Ingo das erregend.

Doch irgendwann reichte ihm das nicht mehr. Er suchte sich größere Tiere. Und später suchte er sich Menschen. Mädchen und Jungen, denn die konnte man leichter überreden. Es war einfach, ein Kind dazu zu bringen, sich auserwählt zu fühlen und es zu bestimmten Dingen zu zwingen, ohne dass es nach Zwang aussah. Anfangs hatte Ingo die Kinder laufen lassen, nachdem er mit ihnen *gespielt* hatte, doch irgendwann war es ihm zu riskant geworden. Schließlich hätten sie reden können. Das konnten sie nicht, wenn sie tot waren.

Die Angst in ihren Augen war Ingos Lebenselixier.

Die Schreie und das Weinen waren das Bluten ihrer Seele.

Und Ingo M. trank die Tränen der toten Kinder.

Doch es war nicht einfach, immer an die zu kommen, die ihn am meisten erregten. Manchmal musste er sich mit gewöhnlichen Strichern abgeben. Die konnte er zwar nicht einfach töten, aber sie taten für ein bisschen Geld fast alles, was er wollte.

Es war zu Beginn des Jahres, und es lag noch Schnee. Ingo hatte im Internet einen jungen Typen kennengelernt, der genau seinem Geschmack entsprach. Sein Name war Chill, und er war groß, blond und durchtrainiert. Und devot. Er würde alles für ihn tun, würde Ingos schmutzige Fantasien ertragen, würde nicht auf einem Kondom oder Ähnlichem bestehen. Er würde alles mitmachen. Die Informationen im Internet waren eindeutig. Ingo konnte es sehen. Nein, er konnte es *riechen*.

Sie trafen sich in der Kellerebene des Clubs, der in Berlin als erste Adresse für Partys im Allgemeinen und für Schwulenpartys im Besonderen galt. Dort, wo manchmal der Boden rutschig war, wenn bei den SM-Sessions Blut floss. Hardcore-Techno dröhnte, Paare verschwanden in irgendwelchen Darkrooms. Ingo traf den Stricher, der sich Chill nannte. Betastete ihn, fühlte an seiner Hose.

»Zweihundert für die Nacht?«, fragte er gegen das Wummern der Techno-Beats an. »Die ganze Nacht. Keine Tabus.«

Chill hatte genickt.

»Und alles ohne Gummi?«

Chill hatte wieder genickt.

Sie waren zu einem Bunker gefahren, den Ingo M. gemietet hatte. Normalerweise probten dort Bands, aber nicht mehr nachts um zwei. Der Keller war schalldicht, drei Stockwerke unter der Erde, und die Tür war abschließbar. Hier hatte Ingo M. schon drei seiner kleinen Opfer erwürgt, nachdem er mit ihnen fertig gewesen war, hatte in ihre Augen geschaut, um zu sehen, was darin vor sich ging, wenn sie starben. Doch meist hatte er nur die gleiche Panik, das gleiche Flehen darin gesehen wie in den Stunden zuvor, und am Ende hatte er sich fast ein wenig darüber geärgert.

Im Kellergeschoss des Bunkers befand sich alles, was er brauchte: Fesseln, Knebel, Handschellen, ein Stuhl, der nur aus einem Metallgerüst bestand und im Betonboden verankert war. Eine Kamera stand in der Ecke, denn Ingo filmte gerne, was er tat. Sein Computer stand ebenfalls dort. Auf diesem Rechner waren seine *krassesten* Filme gespeichert. Es gab kein Wireless und kein Internet in dem Bunker, und das war Ingo nur recht. Die Bilder waren nur für ihn, denn wenn er erwischt wurde, wäre Schluss mit seiner Jagd.

Er war pervers, aber nicht dumm.

Chill, der sich ausgezogen hatte, beugte sich hinunter und öffnete Ingos Hose. *Herrlich.* Nachher würde er den Typen ein bisschen fesseln und erniedrigen. Darauf stand Ingo. Chill war ein großer, kräftiger Bursche, aber Ingo hatte keine Angst. Schließlich bezahlte er den Kerl, und wenn alle Stricke rissen, hatte er immer noch die .45er hinter dem kleinen Schrank.

Ingo spürte, wie seine Erektion härter wurde, als Chill ihm die Hose öffnete. Ingo sabberte vor Erregung und starrte mit brennenden, weit aufgerissenen Augen nach unten, reckte das Kinn nach vorne, um Chill bei seiner »Arbeit« zuzuschauen. Gleich würde er ihn in den Mund nehmen, und er würde sich Zeit lassen dabei. Bei Ingo würde es lange dauern, bis er …

Irgendetwas sauste plötzlich auf ihn zu. Von einem Sekundenbruchteil zum anderen war alles in Rot getaucht, in Schmerz und Schock. Ein fürchterliches Dröhnen erfüllte Ingos Kopf, und ein kupferner Geschmack war in seinem Mund. Was Augenblicke zuvor noch seine Schneidezähne und Lippen gewesen waren, hatte sich in blutiges, von Splittern durchsetztes Hackfleisch verwandelt.

Er spürte eine brennende Flüssigkeit an der Nase und den zerfleischten Lippen und blickte verschwommen in die Augen von Chill, die ihn jetzt gar nicht mehr devot, sondern in einer Mischung aus eiskalter Verachtung und sadistischer Vorfreude anstarrten.

Dann nahm Ingo einen stechenden Geruch war, den er noch aus seiner Zeit als Krankenpfleger kannte.

Chloroform.

38.

Es ist etwas da draußen.

Es will etwas von mir.

Und ich bin Teil seines Plans.

Ein USB-Stick mit einer Nachricht, versteckt im Kopf der Leiche, dem Opfer durch die Nase ins Gehirn getrieben.

Noch eine Nachricht von *ihm*.

MacDeath' Worte:

Das Andere.

Das Fremde.

Das Böse.

Sie hatten den Laptop hochgefahren. MacDeath hatte Winterfeld angerufen und ihn über den makabren Fund aufgeklärt.

Auf dem Stick war eine einzige Textdatei.

Mit zittrigen Fingern klickte Clara zweimal auf diese Datei.

Ein Programm öffnete sich.

Dann erschien der Text:

An Clara Vidalis, LKA

Es wäre übertrieben, mein Erstaunen darüber auszudrücken, dass Sie diese Nachricht gefunden haben und lesen, denn ich weiß, dass Sie viele positive Eigenschaften besitzen, die Sie mit den anderen Damen teilen.

Sie haben einiges im Kopf, *genauso wie mein letztes Opfer.*

Und als würde das nicht reichen, haben Sie heute auch noch erfahren, dass ich bereits 14 Frauen getötet habe. Natürlich brauchte ich dafür ein paar männliche Marionetten, sodass Jakob Kürten nicht das einzige Opfer ist.

Also 14 plus X.

Beeindruckend, nicht wahr? Oder für Sie vielleicht: beängstigend.

Ich weiß, das Wochenende steht vor der Tür und Sie wollen Urlaub machen, wenn ich mich nicht täusche. Aber wir sind noch nicht fertig.

Heute Abend geht es um zweierlei:

Ich zeige Ihnen, was uns verbindet, und ich zeige Ihnen gleichzeitig, was Sie zu tun versäumt haben.

Und wenn Sie anschließend noch stark genug sind – denn es wird Ihnen gar nicht gefallen, was ich Ihnen zeige –, haben Sie die Erlaubnis und die Ehre, mich weiterhin zu jagen.

Zu jagen, *wohlgemerkt.*

Denn fangen können Sie mich nicht.

Weil ich nicht existiere.

Wachen Sie auf, bevor Sie sterben.

Aus dem Nichts.

Der Namenlose

39.

Jetzt sah Ingo das Licht.

Die Neonröhre, die von der Decke seines Kellerverschlags leuchtete.

Er wollte sich über die Lippen lecken, doch seine Zunge zuckte zurück, denn was er gefühlt hatte, waren nicht Ober- und Unterlippe und die Schneidezähne, sondern ein schmerzender Brei aus zerfetztem Fleisch und abgebrochenen Zähnen. Zahnsplitter schwammen in seiner Mundhöhle wie verirrte Boote in einem Meer aus schorfigem, mit Blut vermischtem Speichel. Sobald er den Mund bewegte, durchzuckte ihn höllischer Schmerz, begleitet vom hässlichen Geräusch von Knochen, die sich aneinanderschoben. Vielleicht war sein Kiefer gebrochen.

Dieser verdammte Scheißkerl!, schrie es in Ingo. Er sollte für zweihundert Euro die Nacht sein Sexsklave sein, sollte ihm zu Beginn der Session einen blasen. Stattdessen war er unvermittelt hochgesprungen, hatte ihm seinen Kopf gegen den Mund gerammt, hatte ihm die Zähne zersplittert, die Lippen zerfleischt und den Kiefer gebrochen.

Ingo saß auf dem Metallstuhl, der im Betonboden verankert war. Der Stuhl, den er gut kannte. Der Stuhl, auf dem er schon andere gefesselt und missbraucht hatte – nur dass jetzt *seine* Hände und Füße mit Handschellen an diesen Stuhl gekettet waren.

Jenseits des Schmerzes und der Angst hatte Ingos Gehirn weitergearbeitet und jene bewundernswerte Rationalität an den Tag gelegt, die das menschliche Hirn für solche Situationen reservierte. Seine Gedanken hatten sich aufgespalten und auf drei Fragen konzentriert.

Erstens: Was würde der Kerl mit ihm machen?

Zweitens: Wie konnte er ihn dazu bringen, ihn freizulassen?

Und die dritte und wichtigste Frage: Wer war dieser Kerl überhaupt?

Der Mann, der sich Chill nannte, hatte sich nun wieder angezogen. Er saß in aller Seelenruhe vor Ingos Computer und schaute sich Bilder an. Als er sah, dass Ingo das Bewusstsein wiedererlangt hatte, drehte er sich um.

Ein dünner Blutfaden rann an seiner Schläfe und der Wange hinunter, ohne dass er es zu bemerken schien. Die Verletzung rührte sicher von dem Zusammenprall her, als er so plötzlich aufgesprungen war und seinen Kopf mit voller Wucht gegen Ingos Gesicht und die Schneidezähne gerammt hatte.

»Wer bist du?«, fragte Ingo undeutlich. Mit Blut vermischte Luftblasen blubberten zwischen seinen zerfleischten Lippen.

Der Mann stand auf, streckte seine massige Gestalt, wischte sich mit einem Finger das Blut von der Schläfe, leckte den Finger ab, zeigte ein kurzes, eisiges Lächeln und setzte dann eine Brille auf.

Eine Brille mit mattem Edelstahlrahmen.

»Wer ich bin?«, fragte er. Sein Gesicht war nun so ausdruckslos wie das einer Statue. »Dein schlimmster Albtraum.«

40.

Clara lenkte den Wagen die Turmstraße entlang Richtung Tempelhof zum LKA-Gebäude, während MacDeath die Leselampe eingeschaltet hatte und noch einmal den Ermittlungsbericht überflog.

Clara aktivierte die Freisprecheinrichtung und rief das Revier an. Die Stimme Hermanns war zu vernehmen. Es hörte sich an, als kaute er wieder einmal auf seinen geliebten Gummibärchen herum.

»Gibt's was Neues von der Computer-Front?«, fragte Clara.

»Keine Aktivitäten«, antwortete Hermann. »Das Video des Killers macht allerdings die Runde. Wir haben es sofort bei Xenotube vom Server nehmen lassen, aber leider haben es schon wieder Hunderte von Usern kopiert und von anderen Servern aus gepostet. Das ist wie ein Virus.«

»Was macht die Presse?«, fragte Clara weiter.

»Die nervt uns. Bellmann und Winterfeld sind im Dauereinsatz. Wir haben den Fund der Leiche bestätigt, aber vom USB-Stick und allem anderen nichts gesagt.«

Clara nickte. »Das fehlte auch gerade noch.« Dann, nach einer Pause: »Was ist mit der DNA in dem Käfer?«

»Wir haben den Krankenhäusern noch mal in den Hintern getreten. In Berlin sind wir fast durch.«

»Und hat sich schon was ergeben?«

Clara hörte ein genüssliches Schmatzen, bevor Hermann antwortete. »Leider noch nichts. Wie sieht's bei euch aus?«

»Den USB-Stick bringe ich euch gleich vorbei. Die Spurensuche ist noch in der Wohnung von Julia Schmidt und stellt dort alles auf den Kopf.« Clara bog in Richtung Hauptbahnhof ab. »Leider wieder mal keine DNA- oder Hautspuren. Auch keine Fingerabdrücke oder irgendetwas Brauchbares, genau wie bei Jasmin Peters.«

Sie werden es nicht glauben, aber da ist nichts, hatte die Kriminaltechnik vorhin zu Clara gesagt.

Sie haben völlig recht, ich glaube Ihnen nicht, hatte Clara geantwortet. *Also suchen Sie weiter.*

»Aber auch ein scheinbar perfekter Killer macht mal Fehler«, fuhr Clara fort. »Die Polizei befragt die Anwohner, ob sie zwischen siebzehn und zwanzig Uhr irgendwas Verdächtiges beobachtet haben. Das Problem ist nur, dass wir nicht wissen, wie der Kerl aussieht und dass sich in Berlin die meisten Leute nur für ihren eigenen Kram interessieren, wenn überhaupt.« Sie überlegte kurz. »Die Rechtsmedizin nimmt gerade eine DNA-Analyse vom Nachthemd und der Haut der Leiche vor. Außerdem wird das Gehirn auf Gifte, Drogen oder andere Mittel untersucht, die man einem bestimmten Milieu oder einer bestimmten Gruppe zuordnen kann.« Clara lenkte den Wagen am Hauptbahnhof vorbei und bog nach links in den Tunnel nach Tempelhof ab. »Leider haben wir außer dem Gehirn keine Organe, sodass die Analyse ziemlich dünn ausfällt.«

»Okay«, sagte Hermann, »ich sag's Winterfeld. Wir melden uns, sobald wir etwas Neues haben.«

»Alles klar«, sagte Clara. »Sind gleich im Revier.«

Sie legte auf und blickte eine Weile schweigend auf die Straße des von gelblichem Licht beschienenen Tunnels.

»Was glauben Sie, MacDeath?«, fragte sie dann. »Bin ich in Gefahr? Er sagte: ›Wachen Sie auf, bevor Sie sterben.‹«

MacDeath dachte kurz nach, bevor er antwortete. »Zugegeben, es klingt nach einer Drohung. Aber eher so, als ob Sie die Zusammenhänge schneller begreifen sollen. Und als wollte er Sie warnen, ihm nicht in die Quere zu kommen.«

»Aber genau das ist mein Job. Unser aller Job«, sagte Clara und starrte verbissen auf die Straße. Die gelblichen Lampen zogen an ihr vorbei wie Gedanken, die man nicht festhalten kann. »Was meinen Sie, was dieser Irre noch für mich hat?«, fragte sie dann. »Er sagte, er wolle mir heute Abend etwas zeigen.«

MacDeath zuckte die Schultern. »Eine weitere Mail, eine weitere Sendung? In jedem Fall sollten wir sofort darauf reagieren, denn es könnte sein, dass er in seiner Selbstherrlichkeit ungewollt zu viele Informationen preisgibt. Dass er in seiner Hybris einen Fehler macht, der uns die Chance verschafft, ihn zu schnappen.«

»Hoffen wir's«, murmelte Clara.

»Was er Ihnen zeigen will«, fuhr MacDeath fort, »ist offenbar sehr wichtig für ihn. Und für Sie anscheinend auch.« Er musterte sie durch seine Brille hindurch, wieder ganz der Psychiater. »Und er hat gesagt, dass es für Sie nicht einfach wird.« Er nahm die Brille ab und putzte sie mit seinem Schal, während der Wagen den Tunnel verließ und der Halbmond durch die grauschwarzen Wolken hindurch die Welt in fahles Licht tauchte. »Am besten, wir überlegen uns gemeinsam, was das sein könnte, und Sie bereiten sich darauf vor, damit die Nachricht des Killers Sie nicht unerwartet trifft.«

»Eine Art Coachinggespräch?«, fragte Clara.

»Warum nicht?«, erwiderte MacDeath. »Es gibt in der Nähe des LKA ein nettes Lokal, wo man einen exzellenten Scotch bekommt. Ist eigentlich gar nicht die Gegend für so was, aber irgendwie hält sich der Laden über Wasser. Ich brauche mal ein anderes Umfeld zum Nachdenken, außerdem ein bisschen Treibstoff, um die Gedanken anzukurbeln und in die richtige Richtung zu lenken. Sie sicher auch, oder?«

Sie dachte kurz nach, hatte sich aber eigentlich schon vorher entschieden. »Ja, gern. Die Analysen laufen. Zurzeit können wir sowieso nichts tun.« Sie fuhr parallel zur U-Bahn-Strecke am Halleschen Ufer entlang und bog dann rechts in den Mehringdamm ab. *Eigentlich ist es absurd*, dachte sie, *jetzt Whisky zu trinken und so zu tun, als wäre Wochenende.* Doch es war Wochenende. *Wenn eine Versuchung kommt, gib ihr nach*, hatte Oscar Wilde gesagt, *denn sie kommt so schnell nicht wieder.* Und manchmal war es einfacher, ein Problem zu lösen, wenn man nicht krampfhaft die ganze Zeit daran dachte. Wie der Mann, dem eine Fee erzählt, er könne im Garten einen Schatz ausgraben, er dürfe dabei aber nur nicht an rosa Elefanten denken.

Nach einer Weile fragte sie: »Was könnte es sein, was mich mit diesem Verrückten verbindet?«

»Vielleicht etwas in Ihrer Vergangenheit«, sagte MacDeath, während er aus dem Fenster auf die vorbeihuschenden Lichter blickte. »Nein, nicht vielleicht«, korrigierte er sich dann. »Bestimmt.«

41.

Er hatte alles von ihm erfahren, was er wissen wollte. Vieles hatte er freiwillig nicht sagen wollen, also hatte der schwarze Mann, der sich Chill nannte, ein wenig nachgeholfen. Er hatte sich die Bilder auf Ingos Laptop angeschaut und ihn dazu befragt. Und dann hatte er den Laptop in seine große schwarze Tasche gesteckt.

Nun saß Ingo M. zitternd und schweißgebadet vor ihm. Tränen liefen ihm übers Gesicht.

»Warum?«, fragte er mühsam.

Der Mann drehte sich um.

»Warum? Du hast es immer noch nicht begriffen? Du hast immer noch keine Vorstellung, wer ich bin?«

Ingo M. schüttelte den Kopf.

»Erinnerst du dich an das Kinderheim damals? An den zwölfjährigen Jungen, mit dem du Ninja-Filme angeschaut hast? ›Um die Nacht zu verstehen, muss man ein Teil der Nacht werden‹?« Er öffnete die schwarze Tasche und zog einen Gegenstand hervor, den Ingo nicht genau erkennen konnte.

»Erinnerst du dich an die Videos, die du als Lockmittel benutzt hast, um dir Sexsklaven zu beschaffen? Erinnerst du dich, was du mit diesen Jungen gemacht hast? Erinnerst du dich an die Wäscherei, wo du mich bewusstlos geschlagen hast? ›Wenn du das noch einmal machst, wird es richtig schlimm für dich‹, hast du damals gesagt, als ich dich beim Direktor verpfiffen habe. ›Dagegen wird dir das hier wie das Paradies erscheinen.‹ Aber der Direktor hat nichts gegen dich unternommen. Weil er dich brauchte.«

In Ingos Augen spiegelten sich Erstaunen, Angst und aufkeimende Erinnerung. *Vladimir.* Der Knabe, der mit seiner Schwester ins Heim gekommen war, weil die Eltern verunglückt waren. Den er sich ausgeguckt hatte. Mit dem er Videos angeschaut hatte. Mit dem er *gespielt* hatte.

»Das warst du? Vladimir? Aber das ist unmöglich! Du bist tot! Du hast dich im See ertränkt. *Du bist tot!*« Ingo schrie in hohen Tönen, während der, der sich Chill genannt hatte, den Gegenstand vor Ingo M. in die Höhe hielt, damit er ihn erkennen konnte. Es war ein Bunsenbrenner. Vladimir stellte ihn unter den Stuhl, auf dem Ingo saß.

»Du bist tooooot!«, schrie Ingo M., und seine Stimme überschlug sich vor Hysterie. Er erinnerte sich jetzt, wie er Vladimir zu Boden geschlagen hatte, wie er auf ihm gesessen, ihm ins Gesicht gespuckt und gesagt hatte: *Es wäre besser für dich, du hättest mich nie kennengelernt.* Und der Kleine hatte doch tatsächlich erwidert: *Aber für dich wäre es* noch *besser gewesen.*

Kurze Zeit später hatte er sich umgebracht. Die Worte des Direktors: *Vladimir Schwarz hat sich anscheinend das Leben genommen. Wir haben seine Jacke am Seeufer gefunden. Sein Fahrrad steht auch noch dort. Wir müssen mit dem Schlimmsten rechnen.*

»*Ich* bin tot?« Der schwarze Mann näherte sein Gesicht dem Ingos, sodass seine Nase nur noch einen Fingerbreit von dessen bluttriefendem Kinn entfernt war. »Ich bin nicht tot, aber etwas *in* mir ist es. Und das, was da war, hast *du* getötet. Und nicht nur bei mir, auch bei vielen anderen.« Er zeigte auf den Rechner, der aus der schwarzen Tasche herausschaute. Dann bückte er sich und stellte das Gas des Bunsenbrenners unter dem Stuhl an. »Ich bin der Richter und Vollstrecker. Denn das, was du getötet hast, wird dich töten.« Mit einem Feuerzeug entfachte er die Flamme des Bunsenbrenners unter dem Stuhl.

»Ich bin nicht tot«, sagte der, der eigentlich Vladimir hieß und wie ein schwarzer Racheengel vor Ingo stand, während das Brausen der Flammen den Raum erfüllte und Ingo M. die ungeheure Hitze spürte, die an seinen Beinen und seinem Gesäß emporstieg. »Ich *bin* der Tod.«

Die Stimme hallte wie eine apokalyptische Prophezeiung durch das Kellergewölbe, während Ingo M. schrie und zappelte, Blut und Geifer aus seinem Mund spritzten und die Handschellen tief in sein Fleisch schnitten, als er versuchte, den Metallstuhl aus der Verankerung zu reißen, um den Flammen zu entkommen. Doch der Stuhl blieb stehen, und die Flammen fanden Nahrung. Der Geruch nach verbranntem Fleisch erfüllte den Raum, während die Schreie das Brausen der Flammen übertönten und Ingo M. in den wenigen Augenblicken, die nicht ganz und gar dem Schmerz galten, die schwarze Gestalt sah, die regungslos am Türrahmen stand und ihn unverwandt anblickte.

»Du Dreckschwein!«, kreischte Ingo M., während das fauchende Feuer Schneisen des Schmerzes in seinen Unterleib schnitt. »Du bist nicht besser als ich. Du bist schlimmer. *Viel schlimmer!*«

»Du hast eine kranke Welt erschaffen«, sagte Vladimir, der das grausame Schauspiel beobachtete, an die Wand gelehnt, die Brille aus mattem Edelstahl auf der Nase. »Und wie alle Menschen, die so eine Welt erschaffen, glaubst du, dass diese kranke Welt *dich* verschont?«

Statt einer Antwort stieß Ingo ein gutturales Keuchen aus, als die Flammen seine Oberschenkel und seinen Unterleib erfassten und ölige Qualmwolken zur feuchten, von Flechten und Moos bewachsenen Decke stiegen.

»Töte mich!«, schrie er. »Bitte! Das halte ich nicht aus!«

»Töten?« Vladimir schob mit dem rechten Fuß den Bunsenbrenner unter dem Stuhl weg. Der allerschlimmste Schmerz verschwand. Was blieb, war ein grauenhaftes, anhaltendes Brennen, das sich in Ingos Fleisch fraß. Ingo schaute nach oben. Die nahende Bewusstlosigkeit war wieder aus seinen Augen verschwunden.

Vladimir stand vor ihm, bedrohlich wie ein Vampir, der sich aus dem Grab erhoben hatte. Er griff hinter sich, zog etwas aus einem Holster, das auf seinem Rücken befestigt war, und hielt es in der Hand. Es blitzte mit scharfer Klinge im gelblichen Licht des Feuers und im grellweißen Neonschein der Deckenlampe. Es war das Kurzschwert der japanischen Samurai. Ein Wakizashi.

Er hob das Schwert und zielte auf Ingo M., der voller Furcht, zugleich mit einem Anflug von Dankbarkeit und Erleichterung die Augen schloss und einen Tod erwartete, der hoffentlich rasch und weniger qualvoll kam.

Doch statt des hässlichen Geräusches, das entsteht, wenn Stahl sich durch Fleisch bohrt, hörte Ingo M. ein Klicken. Die Handschelle an seinem Handgelenk. Seine rechte Hand war befreit. Er konnte seinen Unterarm bewegen, mehr nicht, aber er konnte in einem gewissen Radius Dinge ergreifen. Benommen fragte er sich, warum sein Peiniger das getan hatte, als der erste und einzige Gegenstand, den er mit der rechten Hand ergreifen und benutzen konnte, mit einem dumpfen Laut in den kleinen Holztisch gerammt wurde, der direkt neben ihm stand.

Das Wakizashi hatte nicht ihn getroffen. Es steckte, noch zitternd von der Wucht des Stoßes, im Holztisch und wartete auf seine endgültige Bestimmung.

»Harakiri«, sagte Vladimir, blickte auf das Schwert und dann in die Augen von Ingo M. »Harakiri ist nicht nur den Samurai vorbehalten.«

Mit diesen Worten schob er den brennenden Bunsenbrenner wieder unter den Stuhl, warf sich die schwarze Tasche über die Schulter und bewegte sich auf den Ausgang zu, verfolgt von den gellenden Schreien seines Opfers, dessen Opfer er selbst einst gewesen war.

Vladimir ließ die schwere Tür zum Keller des Bunkers mit einem hallenden Krachen hinter sich ins Schloss fallen.

Er verließ den Bunker durch den dunklen Kellergang, der zur Treppe führte, die ihn vom dritten Untergeschoss wieder an die Oberfläche brachte, während die Schreie von Ingo M. erst lauter und dann allmählich leiser wurden, bis sie irgendwann nicht mehr zu hören waren.

42.

Vielleicht ist es etwas in Ihrer Vergangenheit? Bestimmt ist es etwas in Ihrer Vergangenheit.

MacDeath' Worte hallten in Claras Kopf, als sie den Korridor zu ihrem Büro entlanglief.

Der Namenlose hatte vierzehn Frauen umgebracht, wenn nicht mehr. Und was tat sie? Sie schaute in ihre Vergangenheit. Aber vielleicht war diese Vergangenheit genau das, womit sie den Killer schnappen konnte.

Und Vergangenheit bedeutete für Clara fast immer ihre Schwester Claudia. Die tot war. Wahrscheinlich ihretwegen.

Claras Eltern hatten Claudia immer den »besten anzunehmenden Unfall« genannt, denn geplant war sie nicht gewesen. Clara war bereits zehn Jahre alt, als Claudia das Licht der Welt erblickt hatte, doch als sie miterlebte, wie ihre kleine Schwester groß wurde, wie sie die Welt erkundete, war es ihr, als erlebe sie ihre frühe Kindheit noch einmal.

Und damals ahnte sie bereits, was später Gewissheit wurde: dass diese frühe Kindheit für sie der schönste Teil des Lebens war.

Was für eine idyllische, beschauliche Zeit es gewesen war in der kleinen Ortschaft in der Nähe von Bremen, wohin es ihre Eltern irgendwann verschlagen hatte! Den ganzen Sommer stand die Terrassentür des kleinen Hauses offen; es war Freitag; die Schule war zu Ende; im Kühlschrank standen kalte Limonade und Eis; in der Garage stand das Fahrrad, und die Sonne schien. Am Samstag wurde gegrillt, und die Nachbarn und ihre Kinder kamen vorbei. Die Kinder vom Haus gegenüber brachten ihre Kaninchen mit, die neugierig im Garten herumhoppelten. Die anderen Nachbarn brachten Meerschweinchen mit, von denen zwei davonliefen. Eines wurde von der Nachbarkatze gefressen, was kurzzeitig für großes Geschrei sorgte.

Es gab noch keine Handys, keine Internetforen, keine Networks, keine Segmentierung der Kinder nach Markenkleidung und Accessoires, dafür endlose grüne Wiesen, dunkle, geheimnisvolle Wälder und Sonnenuntergänge im flirrenden Abendnebel, vor dem die Eintagsfliegen und Mücken tanzten und ein Tag genauso aufregend endete, wie der andere beginnen würde. Angeln am verbotenen Tümpel, wo angeblich der Geist des alten Bauern spukte, der dort vor hundert Jahren ertrunken war. Versteckspielen auf dem Reiterhof, der den Lüders gehörte, der reichen Bauernfamilie. Die dicke träge Katze streicheln, die tagein, tagaus auf dem Hof vor der Scheune döste. Reiten auf dem alten Klepper, der gutmütig alles über sich ergehen ließ und im Stall der Lüders sein Gnadenbrot bekam. Klingelstreiche beim Schwesternwohnheim des nahen Krankenhauses und an den Häusern der Nachbarschaft und die fröhliche Flucht vor schimpfenden, aber gutmütigen Dörflern durch von Sonnenschein durchflutete Gassen.

Unweit vom Bauernhof gab es eine Kuhweide. Jeden Abend hatte der alte Lüders die Kühe mit den plattdeutschen Worten *Keyhee komm* in den Stall getrieben. Claudia hatte den alten Bauern nahezu perfekt imitieren können, trotz ihrer völlig unterschiedlichen Stimmlagen. Clara würde nie das Bild vergessen, als die fünfjährige Claudia mit den Worten *Keyhee komm* den Weidezaun entlanglief und die Kuhherde muhend und schnaubend hinter ihr her trottete. Der alte Lüders hatte nicht gewusst, ob er sich darüber ärgern oder amüsieren sollte, entschied sich dann aber für Letzteres.

Du kannst doch nicht einfach die Kühe zum Narren halten, hatte Clara als große Schwester damals tadelnd zu Claudia gesagt, die sie verwundert angeschaut hatte, als wäre so etwas die normalste Sache der Welt.

Warum?, hatte sie wissen wollen.

Kinder hatten eine eigene Art, *warum* zu sagen. Ein wenig neugierig, aber auch ein bisschen beleidigt und enttäuscht, weil die Welt ihnen das unbeschwerte Leben mit Tausenden von Einschränkungen so kompliziert machte.

Je mehr Clara später darüber nachdachte, desto mehr empfand sie jene uneingeschränkte Ehrlichkeit und aufrichtige Neugier, mit denen ein Kind die Welt entdeckt, die Freude, wenn es im Sandkasten Burgen baut und dabei von Märchenschlössern oder sagenhaften Ländern träumt, oder wie es weint, weil es traurig über die Welt ist – so traurig, wie die erwachsenen Zyniker es gar nicht mehr sein können.

Wen die Götter lieben, den lassen sie jung sterben, hatte der alte Bauer Lüders damals gesagt.

Clara wischte sich die Tränen aus den Augen und betrat ihr Büro.

43.

Vladimir klickte durch die Fotos auf Ingos Rechner.

Bilder von Gefesselten, Sterbenden und Toten, die meisten davon deutlich unter zwanzig.

Und dann sah er ein Foto, auf dem ein Name stand. Genauer gesagt, stand der Name auf einem Gegenstand, der auf dem Foto zu sehen war.

Es war der Name eines der Opfer Ingos.

Vladimir begann zu recherchieren: über die Familie, die Berufe, die Hintergründe.

Schließlich fand er einen anderen Namen.

Und einen anderen Beruf.

Sie sollte es sein.

Sie würde sein Werk überwachen.

Sie würde ihm die Absolution erteilen.

Er würde sie in sein Werk einbeziehen, sobald es begonnen hatte.

Und er würde ihr schreiben.

Sehr bald.

Sie war, wie Ingo M., ein Teil seines Plans. Und Ingo M. war Teil ihres Planes.

44.

Clara öffnete die Tür zu ihrem Büro.

Ein Drink mit MacDeath, überlegte sie. *Warum nicht?*

Sie konnten ohnehin nichts unternehmen, solange die Ergebnisse nicht vorlagen. Und mittlerweile war es fast Mitternacht.

Du wirst doch wohl nichts mit ihm anfangen wollen?, fragte eine Stimme in ihr. Denn MacDeath war ihr nicht unsympathisch, und die Art und Weise, wie er sie manchmal mit der brutalen Wahrheit konfrontierte, machte ihn noch interessanter für sie. Außerdem war er ehrlich, und das mochte Clara. Es gab zu viele, die alles schönredeten, die beschwichtigten und verdrängten, und viel zu wenige, die wirklich sagten, was Sache war.

Aber warum sollte ich etwas mit ihm anfangen?, fragte sie zurück, als wollte sie sich selbst versichern, dass nichts geschehen würde. *Er ist ein Kollege. Es ist eine professionelle Zusammenarbeit zwischen uns. Wir siezen uns sogar noch.*

Die andere Stimme erwiderte: *Das sagt man immer so.*

Clara ärgerte sich, als sie in ihr Büro ging und pflichtbewusst ein letztes Mal für diesen Tag in die Mails schaute.

Vier neue Mails. Sie überflog die Namen.

Ihr Blick blieb auf einem der Absender haften.

Julia Schmidt

Ihr Herz schlug schneller. In diesem Moment wusste sie, dass die Mail nur von *ihm* sein konnte.

Ich werde Ihnen zeigen, was uns verbindet, hatte er geschrieben.

Clara vergaß MacDeath, vergaß die Verabredung. Sie machte einen Doppelklick auf die Mail.

Kein Text. Wieder nur ein Anhang. Eine Mediendatei.

Ein weiterer Mord? Oder wieder die gefilmten Ermittler, die diesmal durch Julia Schmidts Zimmer tappten?

Sie klickte auf den Play-Button des Medienplayers.

Der Bildschirm blieb eine Zeit lang schwarz. Dann erschien in weißer Schrift die Aufforderung: *Bitte den Ton einschalten.*

Clara stellte den Lautstärkeregler am Monitor ein. Im Hintergrund des Films war ein Summen zu hören, mit dem sie offenbar die für sie optimale Lautstärke einstellen sollte.

Der Kerl hat Sinn für Inszenierungen. Der denkt an alles.

Dann hörte Clara zum ersten Mal seine Stimme – falls es seine Stimme war und nicht die eines weiteren unglücklichen Opfers, das gezwungen wurde, die Predigt zu seiner eigenen Beerdigung zu halten.

Die Stimme war tief. Unheimlich, dunkel und verzerrt. Als diese Stimme erklang, veränderte sich das Bild. Aus dem Schwarz schälten sich undeutliche grauschwarze Strukturen heraus. Doch Clara konnte nicht erkennen, was es war.

»Clara Vidalis«, sagte die tiefe, verzerrte Stimme, »ich hatte Ihnen gesagt, Sie hören von mir. Jetzt ist es so weit.« Ein paar Sekunden Stille; dann fuhr die Stimme fort: »Vor einiger Zeit habe ich einen Mann getötet, der unter unvorstellbaren Qualen gestorben ist.«

Wen meinte er? Jakob Kürten? Hatte er ihn gefoltert? Die Rechtsmedizin hatte nichts festgestellt bis auf den Schnitt in der Halsarterie, sofern man an der Leiche überhaupt noch etwas hatte feststellen können.

»Sie werden sich jetzt fragen, warum ich Ihnen das erzähle, denn er ist keiner von den Erfüllungsgehilfen, die mit meinen derzeitigen Taten zu tun haben«, fuhr die Stimme fort, als hätte sie Claras Gedanken erraten. »Es ist keiner von denen, mit denen Sie bereits Bekanntschaft gemacht haben und die die Ehre hatten, ihr Leben gegen eine neue Identität für mich einzutauschen.« Er machte eine Pause. »Jedenfalls hat der Mann nichts mit meinem Werk zu tun. Nicht direkt.«

Also nicht Jakob Kürten oder einer der unbekannten Toten, dachte Clara. *Aber worauf will er hinaus?*

»Ich erzähle Ihnen von diesem Mann«, sprach die Stimme weiter, »weil er mit uns beiden zu tun hat. Weil es damit zu tun hat, warum ich Ihnen geschrieben habe, warum ich Sie ausgewählt habe, mein Werk zu betrachten, warum *ich* es bin, der das vollbringt, was *Sie* nicht können.«

Clara lauschte auf die verzerrte Stimme. *Was meint er? Was konnte sie nicht, das er konnte?*

Die Filmsequenz wurde ein wenig schärfer, doch es war nach wie vor kaum etwas zu erkennen. Es sah aus wie die Mondoberfläche im Dämmerlicht: Krater, Schründe, schwarze Abgründe. Der Teufel mochte wissen, was der Killer ihr zeigen wollte.

Die Stimme sprach weiter. »Es geht um zweierlei: Zum einen zeige ich Ihnen, was uns verbindet. Zum anderen zeige ich Ihnen, was Sie zu tun versäumt haben.«

Clara starrte angestrengt auf den Bildschirm, während die verzerrten Worte in ihrem Kopf widerhallten.

»Der Mann, den ich getötet habe, hatte eine Vorliebe für Kinder.«

Clara zuckte zusammen, als wäre sie auf eine Starkstromleitung getreten. Sofort war ein Name in ihrem Gedächtnis. Ein Name, ein Gesicht, ein Satz.

Holst du mich ab?

»Dieser Mann«, fuhr die Stimme fort, »hat Kinder missbraucht.« Er machte eine Pause, als wollte er den Moment so lange auskosten, wie es nur ging. »Kinder, die zehn, zwölf Jahre alt waren. Und er hat Jugendliche missbraucht. Jugendliche, wie ich damals einer war.«

Obwohl Clara wie unter einem Bannfluch zuhörte, während Schockwellen sie durchliefen, konnte sie noch immer klar denken. *Der Killer war selbst ein Opfer. Und was er erlitten hatte, gab er nun der Welt zurück. Anders. Schlimmer. Sie hatte etwas verloren, er hatte etwas verloren. Machte sie das ähnlich?*

Das dunkle Bild wurde allmählich schärfer. Es schien einen Mann zu zeigen, der auf einem Stuhl saß. Irgendetwas lag auf dem Boden. Alles war schwarz, wie verkohlt.

»Doch ich habe überlebt.« Ein Beiklang von Triumph lag jetzt in seiner Stimme. »Ich habe diesen Menschen später aufgesucht, um mich zu rächen. Und ich habe ihn getötet. Wie, das sehen Sie hier.«

Jetzt konnte Clara das Bild erkennen. Sie schauderte. Es war ein menschlicher Körper auf einem Stuhl. Das Fleisch, die Muskeln und die Haut waren vollkommen verbrannt. *Menschliches Fleisch besteht aus Fettgewebe,* dachte Clara, *und das brennt genauso gut wie Paraffin.* Ihre Blicke bewegten sich widerwillig über den Torso des Toten. Aus der Bauchdecke, die von der Hitze aufgeplatzt war, quollen verkohlte Innereien wie bizarre Aale hervor, und schwarz gebrannte Gewebereste hingen in unterschiedlich breiten Fasern von den schwarzen Knochen herunter.

Clara erinnerte sich an den Fall. Sie hatte die Akte gelesen. *Ingo M.* war der Name des Mannes. Sie hatten seine Leiche vor ein paar Monaten in einem Bunker gefunden. Er war mit Handschellen an einen Metallstuhl gekettet gewesen. Die Sitzfläche bestand aus grobem Maschendrahtgeflecht, und unter dem Stuhl stand ein Bunsenbrenner. Der Mann hatte gebrannt. Lange gebrannt. Claras Blick blieb wieder auf dem Bildschirm haften. Das Hüftgelenk von Ingo M. lag frei, verrußte Knochen, zwischen denen verkohltes Gewebe klebte wie in der Sonne geschmolzenes Gummi. Was einmal sein After und sein Genitalbereich gewesen war, war nur noch ein qualmender schwarzer Krater.

Doch er war nicht an der Verbrennung gestorben. Eine Hand des Mannes war nicht gefesselt. Und neben dem Mann lag ein Samuraischwert. Damit hatte er sich eigenhändig die Halsschlagader durchgeschnitten.

Du hast die Wahl, dachte Clara, *verbrenne qualvoll oder richte dich selbst.*

»Sie haben recht«, sprach die Stimme des Mannes weiter, als hätte er ihre Gedanken erraten, »ich habe ihn nicht wirklich getötet. Er hat sich selbst gerichtet. Denn sonst«, wieder eine Pause, »hätten die Flammen ihn mit in das Feuer der Hölle genommen.«

Klar, dachte Clara zynisch, *du bist kein Mörder. Das Schwert war es, die Flammen waren es, die Skalpelle waren es – nur du nicht.*

Sie schaute weiter verbissen auf den Bildschirm, auf den Kopf von Ingo M., auf die durch die Hitze aufgeplatzte Schädeldecke, aus der schwarzrotes Hirngewebe quoll und wo von dem, was man einmal als Gesicht bezeichnen konnte, nur noch eine schwarze, zerkrümelte Ruine übrig war.

Allmählich löste das Bild sich auf.

Ein anderes, helleres Bild erschien. Es war Grün darin. Und Weiß. Noch war es unscharf, doch es wurde schärfer. Bedrohlich schärfer. Und irgendetwas sagte Clara, dass das, was sie gleich sehen würde, nicht gut für sie wäre. Dass es ihr sehr schaden würde. Dass es noch schlimmer war als die verbrannte Leiche auf dem Stuhl.

Schlimmer als die Snuff-CD mit dem Mord.

Schlimmer als der abgeschlagene Kopf auf dem Regal.

Viel schlimmer.

»Ich habe diesen Mann verhört«, sagte die Stimme. »Auf

meine Weise. Ich habe ihn dazu gebracht, zu bekennen, wen er außer mir noch missbraucht hat.«

Clara musste schlucken, um zu verhindern, dass Magensäure ihren Mund in eine saure, ekelhafte Höhle verwandelte. Alles in ihr schrie Clara zu, sofort den Film abzuschalten, den Stecker zu ziehen, aus dem Büro zu rennen, mit MacDeath einen Whisky trinken zu gehen und alles zu vergessen.

Aber sie tat es nicht. *Warum tun wir Dinge, die verboten und falsch sind? Vielleicht,* weil *sie verboten und falsch sind. Das Gespenst der Perversion.*

Der Fremde sprach weiter.

»Dieser Mann hat nicht nur Kinder missbraucht und getötet. Er hat sich angewöhnt, auf der Beerdigung seiner Opfer zu erscheinen. Ganz unbeteiligt im schwarzen Anzug. Das verschaffte ihm einen Kick. Und er hat Fotos gemacht von der Beerdigung.« Irgendetwas in Clara ahnte bereits, welches Foto der Killer ihr zeigen wollte, wer dieses Foto gemacht hatte und was sie darauf sehen würde. Und sie ahnte auch, dass es ihr nicht guttun würde, dass sie in diesem Moment lieber sterben wollte, als dieses Foto zu sehen. Dennoch blickte sie wie hypnotisiert auf den Bildschirm.

Die Stimme fuhr fort: »Er hat Fotos gemacht vom Grabstein und vom Namen. Er hat die Fotos dann zu Hause entwickelt, hat sie bei sich aufgehängt, hat sie sich angeschaut und dabei onaniert.« Wieder eine Pause, die in ihrer Stille bereits den nächsten Schrecken ankündigte. »Aber manchmal reichte ihm das nicht.«

Das Bild wurde schärfer. Das Grün, das Weiß. Irgendwo war Marmor. *Es könnten Blumen sein,* dachte Clara. *Und Stein.*

»Sie verdrängen es noch, Clara, aber Sie wissen es bereits.« Clara presste die Lippen zusammen, um nicht loszuschreien, als sie die nächsten Worte hörte. »Der Mann, den zu jagen und zu töten Sie zu Ihrer Aufgabe gemacht haben, stand auf der Beerdigung Ihrer Schwester neben Ihnen.«

Clara spürte, dass sie das Bewusstsein zu verlieren drohte, doch das Adrenalin schoss wie Kerosin durch ihre Adern. Sie hatte die Beerdigung ihrer Schwester damals wie in Trance erlebt und den Trauergästen keine Beachtung geschenkt. Jetzt, verkrampft auf der Stuhlkante sitzend, die Finger in die Tischkante gekrallt, starrte sie so eindringlich auf das Foto, als wollte sie in den Bildschirm kriechen.

Das Telefon klingelte.

Laut, schrill, fordernd.

Doch Clara hörte nur die Stimme, die immer neue Salven des Grauens abfeuerte.

»Wo ihr Polizisten mit euren Verhörmethoden versagt, habe ich die Wahrheit ans Licht gebracht«, sagte der Killer, der sich der Namenlose nannte. »Er hat geschrien, gewimmert, gebettelt. Aber schließlich hat er geredet. Am Ende reden alle.« So etwas wie Stolz schwang in seiner Stimme mit. »Es ist wahr: Der Mann hat fast alle seine Opfer vergewaltigt, gequält und getötet. Er hat Fotos von der Beerdigung und dem Grabstein gemacht und sich später beim Anschauen der Fotos befriedigt. Doch bei einigen seiner Opfer ... wie soll ich es ausdrücken ...?« Clara merkte, dass der Sprecher gar nicht nach Worten suchen musste, sondern seinen Vortrag absichtlich in die Länge zog, um sie noch mehr zu quälen. »Bei einigen ging die Liebe ... über den Tod hinaus.«

Clara griff instinktiv nach einem Blatt Papier und erbrach sich kurz und heftig. Dann warf sie das glitschige Papierknäuel angeekelt in den Mülleimer.

Das Telefon klingelte noch immer, doch die Welt bestand für Clara Vidalis nur aus der Stimme und dem Bild, das immer deutlicher wurde, immer klarer, und bei dem Claras Unterbewusstsein ihr längst gemeldet hatte, was zu sehen war und was das letzte Aufbäumen der Vernunft noch gnädig vor ihr zu verbergen versuchte.

»Er hat mir gesagt, *wie* er es getan hat. Dass die Toten irgendwie … anders waren. Man konnte an verschiedenen Stellen in sie eindringen. Sie waren *weicher.*«

Clara würgte noch einmal, doch es kam nichts mehr. Ihr Hirn war wie leergefegt, ihr Magen ein zuckendes Etwas in einem Säurebad, ihre Augen voller Tränen, rot und wie hypnotisiert auf den Bildschirm starrend. Sie krallte ihre Finger noch immer mit solcher Kraft in die Tischkante, dass ihre Nägel abzubrechen drohten.

»Er hat Claudia getötet, Clara. Er hat auf der Beerdigung neben Ihnen gestanden. Und er hat sie ausgegraben und es wieder mit ihr getan. Immer wieder.«

Clara hörte das Telefon jetzt nicht mehr. Sie starrte mit weit aufgerissenen Augen auf das Bild wie auf eine archaische Gottheit, lauschte auf die dämonische Botschaft aus dem Off, die wie der Bannfluch eines strafenden Gottes auf sie einhämmerte, während Wellen des Schocks sie durchrasten, als würde sie innerhalb von Mikrosekunden einschlafen und wieder aufwachen, sterben und wiedergeboren werden.

»Das Foto, das Sie sich gerade anschauen, habe ich bei ihm gefunden. Und *ich* habe ihn getötet, nicht Sie.« Wieder eine der sadistischen Pausen. »Sie, Clara«, fuhr die Stimme mit plötzlicher Festigkeit fort, als wollte sie zum Finale kommen, »Sie haben *nichts* getan. Sie haben nur all die Jahre dort gestanden, gebetet, geweint, bereut und gehofft – vor einem leeren Grab.«

Claras Finger krallten sich in die Tischkante. Ihre Fingernägel waren so weiß wie ihr Gesicht.

Und jetzt sah sie das Foto.

Die Blumen, die Kränze, die in ihrer Farbenpracht so gar nicht zur morbiden Realität und Scheußlichkeit des Todes und der Verwesung passen wollten. Die Sätze, die auf den Schleifen standen: *Wir werden dich nie vergessen. Du fehlst uns. Du bist in einer besseren Welt. Deine Eltern. Deine Clara. Oma und Opa.*

Der Spruch auf dem Stein, aus der Offenbarung des Johannes.

Ich war tot, doch siehe, ich bin lebendig.

Claras Blick glitt weiter über das Bild, das jetzt in detaillierter Schärfe zu sehen war. Wie ein Junkie folgte sie der Animation der Aufnahme, die sich langsam nach oben schob und allmählich den Namen freigab, der auf dem Grabstein stand.

Das schlimmste Erlebnis in Claras Leben war der Tag gewesen, an dem sie vom Tod ihrer Schwester erfahren hatte.

Bis heute.

Sie hatte zwanzig Jahre gebraucht, um darüber hinwegzukommen. Und innerhalb von zwei Minuten hatte der Killer alles zerstört.

Die Stimme schwieg, und das Bild erschien.

Und Clara las die Worte auf dem Stein, die sie so oft gelesen hatte und die sich dennoch in ihre Augen brannten wie ein Strahl aus flüssigem Plasma.

Claudia Vidalis
** 18. Juni 1982 † 23. Oktober 1990*

Claras Hände lösten sich von der Tischkante, und sie sank ohnmächtig zu Boden.

Das Telefon klingelte immer noch.

Dritter Teil

TOD

Tu trembles, carcasse? Tu tremblerais bien davantage,
si tu savais où je te mène.
Du zitterst, Leiche? Du würdest noch mehr zittern, wenn du wüsstest, wohin ich dich führe.

Vicomte de Turenne

1.

Das Zimmer, in dem sie erwachte, war weiß. Weißer Boden, weiße Wände, weiße Jalousien, weiße Laken. Sie wusste sofort, dass es ein Krankenzimmer war.

Warum bist du hier?

Ihr Blick glitt über das weiße Bett, über das EKG, das ihre Herzfrequenz zeigte, und über die Wände bis zum Fenster, hinter dem sich eine große Eiche im Herbstwind bewegte. Ein paar Zweige schlugen leise gegen das Fenster wie die Finger eines gutmütigen Riesen.

Es mochte später Vormittag sein. Was war geschehen? Sie war doch gestern Abend noch in der Rechtsmedizin gewesen, dann in ihrem Büro und dann …

Die Erinnerung traf sie mit der Wucht eines Vorschlaghammers.

Die Mail des Namenlosen.

Das Bild von Ingo M., der verbrannt auf dem Stuhl saß.

Das Foto vom Grabstein ihrer Schwester.

Clara fühlte sich wie ausgesaugt, als wären all ihre Energie, ihr Vertrauen und ihr Glaube an das Mögliche mit einem Schlag hinweggefegt worden. Der Killer hatte den Mörder ihrer Schwester getötet. Er hatte die Rache vollzogen, die sie, Clara, vollziehen wollte. Und auf einmal war dieses Scheusal, das ihre Schwester getötet und Claras Leben zerstört hatte, kurz aufgetaucht, um gleich darauf in der Totenwelt zu verschwinden. Und ihre Schwester lag nicht in dem Grab, vor dem sie so oft gestanden und geweint hatte. Clara wusste nicht einmal, was aus der Leiche ihrer kleinen Schwester geworden war.

Sie hatte den Grabstein gesehen. Das Foto, das der Killer offenbar auf der Festplatte von Ingo M. gefunden hatte.

Was war dann geschehen? Hatte sie das Bewusstsein verloren? War sie zusammengeklappt?

Clara war sicher, sie hatten ihr im Krankenhaus Beruhigungsmittel gespritzt, aber sie war trotzdem hellwach. Bevor es ihr bewusst wurde, drückte sie auf den roten Knopf an ihrem Bett und setzte sich aufrecht hin.

Nach kurzer Zeit steckte eine Krankenschwester den Kopf durch die Tür.

»Frau Vidalis, Sie sind wach«, sagte die Schwester.

»Allerdings.« Clara schaute über das Bett und den Nachttisch. »Ich muss sofort telefonieren. Wo ist mein Handy?«

»Sie hatten gestern Nacht einen Kreislaufzusammenbruch und waren dreißig Minuten bewusstlos. Dann wurden Sie hierhergebracht, sind kurz wach geworden und haben anschließend geschlafen«, sagte die blond gelockte Schwester und trat näher, wobei sie auf die Uhr blickte. »Elf Stunden, um genau zu sein. Sie müssen das Wochenende zur Beobachtung hierbleiben.«

Es war Samstag, wenn ihr Zeitempfinden sie nicht täuschte. Clara dachte an den Namenlosen, der sich das Wochenende bestimmt nicht freinehmen würde, nur weil sie im Krankenhaus lag.

Sie berührte mit den Füßen den Boden und löste die Kabel des EKGs, stand auf – und verlor beinahe das Gleichgewicht. Die Schwester eilte herbei und stützte sie.

»Um Himmels willen, Sie müssen liegen bleiben«, mahnte sie streng. »Sie müssen sich entspannen.«

»Angespannt fühle ich mich wohler«, sagte Clara und blickte sich um. »Rufen Sie wenigstens Herrn Winterfeld an, vom LKA. Er weiß, dass ich hier bin, oder?«

»Er war vorhin schon einmal da, aber Sie haben noch geschlafen«, sagte die Schwester, »gemeinsam mit einem Dr. Friedrich, auch vom LKA.« Sie machte eine Pause. »Besuch dürfen Sie empfangen, aber nicht zu lange. Vor allem dürfen Sie sich nicht aufregen. Wir wollen doch nicht, dass Sie noch einmal zusammenklappen, stimmt's?«

»Ich klappe noch mal zusammen, wenn ich nicht mit Winterfeld sprechen kann«, sagte Clara. »Ich weiß, Sie meinen es gut, aber rufen Sie ihn bitte an, oder geben Sie mir mein Handy.«

Die Schwester seufzte, ging zum Schrank und zog das Handy aus Claras Tasche.

»Hier«, sagte sie ein wenig vorwurfsvoll. »Sie können draußen in der Besucherzone telefonieren. Ich helfe Ihnen.«

2.

Winterfeld fuhr sich durch die Haare und lehnte sich in dem Stuhl zurück, der an Claras Bett stand. Dann blickte er sich um und atmete schnaufend aus.

»Hier darf man nirgendwo rauchen«, sagte er. »Nun ja, betrachten wir's als kurzfristige Entziehungskur.« Er schaute Clara an. »Geht es Ihnen besser?«

»Ganz ehrlich?«, erwiderte Clara. »Nein.«

Winterfeld hatte ihr vom gestrigen Abend berichtet. MacDeath hatte Clara gefunden, neben dem Schreibtischstuhl liegend, inmitten ihres eigenen Erbrochenen. Er hatte zuvor versucht, sie anzurufen, doch niemand war ans Telefon gegangen. Der Computer war eingeschaltet, der Medienplayer geöffnet. MacDeath hatte den Pulsschlag von Clara überprüft, hatte sie in eine stabile Seitenlage gebracht und dann den Arzt gerufen. Anschließend hatten er und Winterfeld sich das Video angeschaut. Deshalb wussten sie, was der Killer Clara gezeigt hatte. Sie wussten, dass Clara genau genommen auch ein Opfer des Killers war. Er hatte sie nicht entführt, hatte ihr physisch kein Leid zugefügt. Aber er hatte ihre Seele vergewaltigt.

»Sie wissen, was er über meine Schwester gesagt hat?«, fragte Clara. »Dass sie angeblich nicht mehr in ihrem Grab liegt?«

Winterfeld schwieg kurz; dann nickte er gequält. »Der Fall Ingo M. wird neu aufgerollt. Wenn dieser Mann tatsächlich den Namenlosen als Jugendlichen missbraucht hat, können wir auf diese Weise vielleicht an ihn herankommen.« Er knetete seine Finger. »Damals haben wir nichts gefunden. Der Raum im Untergeschoss des Bunkers war völlig ausgebrannt, und das

Feuer hatte sämtliche Spuren vernichtet. Es hatte so lange gebrannt, bis der Sauerstoff aufgebraucht war.« Er rieb sich weiter unruhig seine Hände. »Reste von einem Rechner oder einer Festplatte, auf der irgendwelche Bilder gewesen sein könnten, haben wir nicht gefunden. Wahrscheinlich hat der Killer sie mitgenommen.«

Clara blickte aus dem Fenster auf die Äste des Baumes. *Ingo M.* Er hatte Kinder missbraucht, Jungen und Mädchen. Und schließlich Tote. *Die klassische Gummiband-Theorie aus der Pathopsychologie*, dachte sie. *Spannt man ein Gummiband zu sehr, ist es irgendwann ausgeleiert und kann die ursprüngliche Gestalt nicht mehr annehmen.* Eine schwache menschliche Seele konnte wie ein solches Gummiband werden. Es konnte harmlos beginnen. Mit Telefonsex und Bordellbesuchen. Irgendwann aber reichte das nicht mehr. Dann kamen SM, Kinder, Fäkalfetischismus, vielleicht irgendwann Mord, Torture Porn – und schließlich Nekrophilie, Geschlechtsverkehr mit Toten.

Winterfeld wollte das Thema offenbar schnell abbügeln, um Clara nicht noch mehr aufzuregen, doch Clara ließ nicht locker.

»Meine Schwester! Und ihr Grab! Ich verlange, dass eine Exhumierung durchgeführt wird.«

Winterfeld nickte. »Das wird wahrscheinlich ohnehin geschehen. Aber wollen Sie wirklich das Ergebnis wissen? Wollen Sie sich das antun?«

»Ich *will* es mir nicht antun, ich *muss* es mir antun.« Sie stand auf und versuchte, ein paar Meter zu gehen. Es klappte besser als zuvor, auch wenn sie sich noch immer irgendwo festhalten musste. »Die Unsicherheit, nicht zu wissen, ob sie in ihrem Grab liegt oder nicht, ist das Schlimmste.« Sie ging wieder ein paar Meter. »Ich muss hier raus«, sagte sie dann. »Ich muss diesen Kerl finden. Und vor allem muss ich wissen, wer dieser Ingo M. ist! Er ist der Grund, warum ich bei der Polizei gelandet bin, er ist der Grund, warum ich mich seit zwanzig Jahren schuldig fühle. Und gestern ist er auf einmal aufgetaucht. Als Toter. Offenbar getötet von dem Mann, den wir jagen.« Sie schaute Winterfeld an. »Ich muss mehr über ihn herausfinden, sonst werde ich wahnsinnig!«

Winterfeld nickte. »Wir haben da nur ein Problem, Señora.« Er reckte seine Adlernase in Richtung Fenster und betrachtete die große Eiche, deren Zweige wieder tastend ans Fenster schlugen. »Bellmann hat von der Sache erfahren. Und Sie wissen ja, dass er ein Paragraphenreiter ist.« Winterfeld streckte den Daumen aus und tippte mit dem Zeigefinger der anderen Hand dagegen. »Erstens sind Sie derzeit arbeitsunfähig. Zweitens«, jetzt kam der Zeigefinger an die Reihe, »müssen wir wegen der Presse wie auf rohen Eiern laufen. Und drittens«, jetzt kam der Mittelfinger, »kann das Video Ihr objektives Urteilsvermögen gestört haben. Der Killer hat Sie damit tief verletzt, so tief, dass Sie zusammengebrochen sind.« Er faltete seine großen Hände. »Das ist nicht gerade das, was man von einer rational handelnden LKA-Kommissarin erwarten würde. Schon gar nicht, wo uns die Presse mit dem Facebook-Ripper auf den Fersen ist und im Fünfminutentakt bei uns anruft.«

»Aber das ist doch nicht meine Schuld«, sagte Clara. »Ich habe diesen Kerl doch nicht gebeten, mir das Video zu schicken. Und dass ich auf so etwas nicht unbedingt beherrscht reagiere, dürfte doch wohl klar sein.« Tränen liefen ihr über die Wangen. Im selben Moment fiel ihr ein, dass es genauso wenig Winterfelds Schuld war. Und Bellmanns auch nicht.

»Das ist ja alles richtig«, sagte Winterfeld, nahm kurz ihre Hand und drückte sie fest, wieder ganz der gütige Lehrmeister. »Und ich bin der Letzte, der eine mögliche subjektive Fixierung auf den Killer als Nachteil empfindet. Denn Sie wollen ihn fassen, nicht wahr?« Er beugte sich nach vorn. »Unbedingt, stimmt's?«

Claras Augen blickten ausdruckslos ins Leere, während der Film noch einmal in ihrem Kopf ablief. »Unbedingt.«

Eine Zeit lang herrschte Stille.

»Ist sonst noch was passiert?«, fragte Clara dann. »Ich meine, hat der Killer noch etwas gemacht?«

Winterfeld zupfte an seiner Krawatte. Dann schüttelte er den Kopf. »Derzeit ist alles ruhig. Aber ich fürchte, es ist keine wirkliche Ruhe. Es ist die Ruhe vor dem Sturm.«

»Und wenn der Sturm kommt«, sagte Clara, »liege ich hier im Bett, während weitere Menschen sterben.«

Winterfeld atmete aus.

»Das Krankenhaus wird uns die Hölle heiß machen, wenn Sie jetzt hier rauswollen«, sagte er. »Sie sind bis Montag krankgeschrieben. Und als Ihr Vorgesetzter habe ich mich daran zu halten, sonst riskiere ich eine Dienstaufsichtsbeschwerde. Außerdem will Bellmann Unruhe vermeiden. Er weiß, dass Sie die Richtige für den Job sind, aber er ist besorgt, dass die Presse Informationen über Ihren Zustand bekommt und dann darauf herumreitet.«

Claras Blick verfinsterte sich zu einem Ausdruck irgendwo zwischen Wut und Verzweiflung, während in ihren Augen wieder Tränen schimmerten. »Heißt das«, fragte sie mit gepresster Stimme, »es gilt als Nachteil, wenn ich diesen Killer schnappen will?«

»Also gut.« Winterfeld seufzte. »Ich spreche mit Bellmann und beantrage, dass er Ihnen die Erlaubnis erteilt, weiter an dem Fall zu arbeiten. Ich werde ihm sagen, dass ich keine Einwände habe. Und das mit dem Krankenhaus regeln wir schon. Die Medien wissen nicht, dass Sie an dem Fall dran sind, und so wird es auch bleiben, wenn wir Glück haben.« Sein Blick schweifte noch einmal zu den Zweigen der großen Eiche vor dem Fenster. »Aber Sie müssen mir auch helfen.«

»Und wie?«

»Sie müssen mit Bellmann sprechen. Er ist gestern Nacht aus Frankfurt zurückgekommen und hat die Story mit Ihnen live mitgekriegt. Sie müssen ihn überzeugen, dass Sie die Sache psychisch und physisch durchziehen können.«

Clara schüttelte den Kopf. »Ich bin Ihnen dankbar für die Hilfe, aber ich glaube, es kostet mich mehr Energie, Bellmann zu überzeugen, als den Killer zu fangen.«

Winterfeld stand auf. »So sind die Regeln. Und er ist der Boss.« Er deutete zur Tür. »Ich kläre das mit dem Krankenhaus, und Sie sprechen mit Bellmann. Sagen Sie mir, wann Sie bereit sind, dann holen wir Sie ab.«

Clara nickte und versuchte, entschlossen dreinzuschauen, doch sie wusste, dass es nicht funktionierte.

3.

Andira Althaus, *die Sünde*, kam gerade vom Fitnessclub in ihre Wohnung zurück, eine WG, wo sie mit zwei Freundinnen lebte, als ihr Handy klingelte.

Ihre ganze Woche war durchgeplant wie die eines Topmanagers. Fitness, Yoga, Modeltermine für Dessous. Andira sparte auf die nächste Schönheits-OP; Körbchengröße DD sollte es demnächst schon noch werden. Sie hatte es auch schon im Escortservice versucht, im Hochpreissegment. Es war zwar erniedrigend, in irgendwelchen Fünf-Sterne-Suiten für dickbäuchige Vorstände die Beine breitzumachen, aber es gab wenige andere Jobs, wo man ohne Studium mehr als 4000 Euro verdienen konnte – pro Tag. Und die Kunden waren hundert Prozent diskret, weil sie es sein mussten. Keine Fotos, keine Filme, kein Gerede.

The Sky is the limit, dachte Andira. Sie war Miss Shebay, und die Welt stand ihr offen. Sie hatte gleich mit ihrem Agenten telefoniert. *Das ist eine Superchance*, hatte der Agent gesagt, *lass dich gut verkaufen, aber lass dich nicht verheizen. Und bevor dieser Torino dich fallen lässt, lässt du ihn fallen. Unser Ziel ist Hollywood, klar?*

Klar, hatte sie gesagt.

Sie schaute auf das Display ihres Handys.

Eine US-Vorwahl.

Hollywood?

Andiras Herz schlug schneller.

Sie nahm das Gespräch an. »Hallo?«, sagte sie.

»Hallo.« Eine Stimme mit amerikanischem Akzent. »Ist da Andira Althaus?«

»Ja.« Sie warf ihre Sporttasche aufs Bett und ging ins Wohnzimmer. »Mit wem spreche ich?«

»Wir haben uns gestern kurz gesehen, in der Sendung mit Albert Torino. Hier ist Tom Myers von Xenotech.« Eine kurze Pause. »Du weißt, wer ich bin?«

Ihr Herz schlug noch schneller. Und ob sie das wusste! *Xenotech. USA. Kalifornien.*

»Sie sind Managing Director, nicht wahr? Sie sind für die Filmrechte auf Xenotube zuständig?«

»Das und vieles mehr«, sagte die Stimme. »Pass auf, ich habe nicht viel Zeit. Dein Auftritt gestern war allererste Sahne. Aber du bist zu schade nur für Deutschland. So eine wie du kann in den USA eine große Nummer werden.« Wieder eine Pause. »Willst du groß rauskommen?«

Sie glaubte zu träumen. *Hollywood. Beverly Hills.* »Na logo!«

»Pass auf«, sagte Myers, »ich bin im Hilton am Gendarmenmarkt. Mein Fahrer kommt gerade von Tegel zurück. Er hat ein paar Koffer aus den USA für mich abgeholt und fährt durch Wedding nach Mitte. Er könnte dich mitnehmen, und wir reden dann im Hilton. Kann er dich unterwegs aufsammeln?«

Sie dachte an einen Termin, den sie gleich hatte, und löschte ihn sofort in einem imaginären Kalender.

»Klar, Müllerstraße achtunddreißig, Ecke Seestraße. Wenn der Fahrer aus Tegel kommt, kommt er genau da vorbei.«

»Klasse. Ich rufe ihn an. Sei am besten in fünfzehn Minuten unten. Bis gleich.«

Er legte auf.

Andira war glücklich wie selten zuvor.

Sie würde die nächste Viertelstunde nutzen, um sich schick zu machen und dann, mit Sonnenbrille und Mütze, damit nicht jeder sie erkannte, auf den Fahrer warten.

4.

Wenn Clara nicht weiterwusste, betete sie. Um Klarheit, Stärke und Kraft. Mehr Kraft, als sie besaß.

Sie kniete in der kleinen Kapelle des Krankenhauses, den Blick auf den Altar gerichtet, wo Jesus am Kreuz hing, die Nägel durch Hände und Füße getrieben. Wenn Clara lange genug hinschaute, kam es ihr so vor, als würde Blut aus den Wunden sickern. Vielleicht war das einer der Nachteile ihres Jobs, dass jegliche Inszenierung von Gewalt und Tod für sie immer etwas Reales hatte. Vielleicht war es aber auch ein Zeichen. Vielleicht war sie es selbst, die blutete. Vielleicht war sie es, die wie Jesus sterben musste, um als neue, stärkere Clara wiederaufzuerstehen.

Das Gespräch mit der Krankenschwester und Winterfeld hatte sie für kurze Zeit abgelenkt; jetzt aber waren die Bilder wieder da. Die Bilder und die Erinnerungen.

Sie zitterte noch immer, trotz der Beruhigungsmittel, während sie gegen die Tränen ankämpfte und immer wieder das Bild des Grabsteins vor ihren Augen auftauchte. Und diese Bestie, Ingo M., hatte auf der Beerdigung neben ihr gestanden. Hatte ihre Schwester nicht nur vergewaltigt und getötet, sondern sie selbst im Tod nicht in Frieden gelassen.

Sie presste ihre gefalteten Hände so fest zusammen, dass die Knöchel weiß hervortraten und ihre Hände wie eine Faust erschienen, mit der sie dem Namenlosen den Schädel zerschmettern wollte.

Du hasst den Namenlosen, aber Ingo M. hasst du noch mehr, oder?, fragte sie sich. *Und weil der Killer, den du fangen wolltest, schon tot ist, musst du jetzt den fangen, der noch lebt.*

Clara musste sich eingestehen, dass nicht die Morde an den jungen Frauen der Hauptgrund waren, weshalb sie den Namenlosen fassen wollte. Es war die Tatsache, dass der Namenlose Ingo M. getötet hatte. Den Mann, den sie ein Leben lang gejagt hatte. Den Mann, wegen dem sie zum LKA gegangen war und der ihr Leben zu einem Albtraum aus Schuld und Versagen gemacht hatte.

Clara hasste den Namenlosen, weil er die Bestie getötet hatte, die sie selbst töten wollte – töten *musste*, um wieder Frieden zu finden.

Doch nun kniete sie hier in der Kapelle des Krankenhauses, offiziell arbeitsunfähig, und die Kollegen vom LKA berieten mit Bellmann, ob sie weiterarbeiten könne. Doch Bellmann konnte stur sein. Vielleicht zog er sie von dem Fall ab, sodass jemand anders den Killer verhaftete und die potenziellen letzten Opfer rettete.

Das darf nicht geschehen, beschwor Clara sich. *Du musst es zu Ende bringen, oder du wirst dich nie mehr im Spiegel anschauen können.*

Sie musste alle davon überzeugen, dass sie die Richtige für diesen Job war. Sie musste deutlich machen, dass die Tatsache, dass es hier um etwas *Persönliches* ging, die Sache eher einfacher als komplizierter machte. Rache war wie Feuer. Eine saubere Sache. Einer schlägt, der andere schlägt zurück. Genauso hart oder noch härter. Aber dazu brauchte man Kraft. Clara musste diese Kraft wecken und einsetzen. Die Kraft, Bellmann zu überzeugen. Die Kraft, ihr Trauma in zwei Stunden zu überwinden statt in zwei Jahren. Die Kraft, wieder an sich selbst zu glauben.

Sie blickte zum Gekreuzigten. *Sag mir, dass ich stark sein kann,* flüsterte sie und schloss die Augen.

Und allmählich formten sich Bilder heraus. Bilder, die nur acht Tage alt waren. Es war der bisher schrecklichste Tag in Claras Karriere bei der Polizei gewesen, doch am Ende war es ihr größter Triumph.

Sterben und auferstehen.

* * *

Die Bilder wurden deutlicher.

Clara lag auf dem Boden. In sechs Metern Entfernung von ihr das Gesicht des Werwolfs. Die Augen dunkel vor Hass. Marc und Philipp hatten sich am Eingang postiert. Clara lag auf dem Teppich. Auf einem umgekippten Stuhl vor ihr ruhte die Heckler & Koch PSG1, die sie einem der MEK-Beamten abgenommen hatte, nachdem der Werwolf ihm die Nase gebrochen und beinahe den Kehlkopf zerschmettert hatte. Ihr rechter Zeigefinger lag am Abzug, und der Laserpointer des Zielfernrohrs wies direkt auf die Stirn des Psychopathen. In der Finsternis seiner Augen blitzte eine destruktive Energie, die ebenso hell zu leuchten schien wie das Licht des Lasers.

Clara hatte ihn im Visier. Doch er hatte eine Geisel. Eine der beiden Frauen. Die, die noch am Leben war.

Clara hatte hinterher erfahren, was sich in der Wohnung zugetragen hatte. Das letzte Opfer des Werwolfs. Es war ein lesbisches Paar gewesen. Dass Frauen sich miteinander vergnügten, während er leer ausging, musste in Bernhard Trebcken eine grauenvolle Raserei der Blutlust und der Zerstörungswut ausgelöst haben. Er hatte eine der beiden Frauen gefesselt, die andere vor den Augen ihrer Partnerin mehrmals vergewaltigt und ihr anschließend mit einer Geflügelsäge die Halsschlagader durchgeschnitten. Dann hatte er – wieder vor den Augen der vollkommen traumatisierten Partnerin – die Leiche des ersten Opfers mit einer Axt in Stücke gehauen.

Clara schätzte die Distanz ab, die Jäger und Gejagten trennte, während der Geruch nach Blut und Tod, den sie so gut kannte und fürchtete, in der Luft hing, dieser Geruch nach Angst, Schmerz und Innereien.

Der Geruch des Bösen.

Abgetrennte Gliedmaßen, Füße, Hände und der Kopf des ersten Opfers lagen auf dem Teppich. Überall waren Blutspritzer. Direkt vor Clara lag ein Finger. Sie erkannte den Nagellack. Dunkelviolett mit weißen Blitzen. *In einem Studio gemacht*, dachte sie. Sie wischte den Gedanken beiseite. Ihr Blick huschte weiter über den blutgetränkten Teppichboden, über die Beine der zitternden Geisel, über Trebckens rechte Hand, die die blutige Geflügelsäge umklammerte, und weiter nach oben bis zu den dunklen Augen voller Hass, die sie penetrant anstarrten wie die Augen eines Toten.

Der Werwolf saß auf dem Boden, die Überlebende der beiden Frauen neben ihm. Die Hände gefesselt, den Mund mit silbernem Isolierband geknebelt. Die linke Hand in die Haare der Frau gekrallt, zog er ihren Kopf mit brutaler Gewalt nach hinten, wobei er ihr die Geflügelsäge an den Hals drückte, den Finger am Einschaltknopf. Die Frau blutete aus zahlreichen Wunden an den Beinen, die Trebcken ihr beigebracht hatte, um zu zeigen, dass er es ernst meinte.

»Nimm die Waffe runter, Schlampe«, schrie er nun Clara an, »oder ich säg ihr den Kopf ab!« Er drückte die Geflügelsäge an den Hals der totenblassen, zitternden Frau.

Clara versuchte, den Blick der Frau auf sich zu ziehen. *Sieh mich an, nicht dieses Monster. Sieh mich an.* Tatsächlich blickte die Frau zu ihr. Alles Vertrauen, alle Hoffnung, aller Glaube an das Gute war aus ihren Augen gewichen.

»Lassen Sie die Säge fallen, Trebcken, und Ihnen passiert nichts«, sagte Clara.

Der Werwolf spuckte angewidert aus und drückte die Säge fester gegen die Halsschlagader der bebenden Frau.

»Fick dich, du Miststück! Verschwinde, oder ich mach die

Schlampe alle.« Speichel rann seine Mundwinkel hinunter. Das Zittern seines Opfers übertrug sich auf ihn, sodass die Speichelfäden in bizarren Schlangenlinien zu Boden tropften. »Verpiss dich, oder ich säg ihr den Kopf ab!«

Clara überlegte.

Eine Bewegung seines Fingers, und die Frau wäre tot, verblutet in weniger als fünf Sekunden.

Die Situation schien ausweglos.

Doch es waren diese Augenblicke, in denen Clara wusste, warum sie in diesem Beruf arbeitete und in keinem anderen. Es waren solche Extremsituationen, in denen sie die Kraft und Sicherheit fand – woher auch immer –, das Richtige zu denken und das Richtige zu tun. Und nur das Richtige.

»So weit wird es nicht kommen«, sagte sie, und ihre Stimme hörte sich an wie die einer anderen. »Ich will dir sagen, was passiert. Ich werde den Abzug betätigen, und eine Patrone wird mit siebenhundert Metern pro Sekunde deine Stirn durchschlagen und dein Nervensystem im Zentralhirn in eine schleimige, graurote Masse verwandeln. Innerhalb von Mikrosekunden bist du vom Halswirbel abwärts tot, ohne dass du es weißt. Und dein Finger an der Säge ist dann genauso nützlich wie ... der da.«

Sie hob das Kinn und zeigte auf den abgeschnittenen Finger, der vor ihr lag, mit dem Nagellack aus Violett und weißen Blitzen.

»Glaubst du das?«

Die Zeit schien stillzustehen. Alles bewegte sich wie in Zeitlupe, als wäre das Getriebe der Realität zwei Gänge heruntergeschaltet worden. Clara kam alles unwirklich vor, träge und langsam.

Der Werwolf schrie und sprang auf, riss die Frau mit sich hoch. Speichel spritzte aus seinem Mund und reflektierte das Licht des Laserpointers. »Fick dich, du Schl...«

Weiter kam er nicht, denn in dem Moment ertönte die ploppende, gedämpfte Explosion der Heckler & Koch. Etwas Metallisches jagte mit doppelter Schallgeschwindigkeit wie ein grauer Nebel durch den Raum, und dann war da, wo zuvor noch das rote Licht des Laserpointers wie ein Wundmal auf der Stirn des Werwolfs ruhte, plötzlich ein größeres Loch. Seine Augen wurden zu einem Standbild zwischen Erstaunen und Leere, bevor der Hass in ihnen erlosch und im selben Moment sein Gehirn explodierte. Ein, zwei Atemzüge lang stand er aufrecht da, die eine Hand noch immer in das Haar seines Opfers gekrallt, die andere an der Geflügelsäge, während Blut, Knochensplitter und Hirnpartikel an die weiße Wand hinter ihm spritzten und sein Gesicht umrahmten wie ein dämonischer Heiligenschein. Dann brach sein Blick endgültig. Er kippte nach hinten und fiel mit einem nassen, klatschenden Geräusch auf seinen aufgesprengten Hinterkopf.

Clara atmete aus.

»Getroffen«, sagte sie.

* * *

Sie öffnete die Augen.

Noch immer sah sie das Kreuz. Die Hände, die Füße, das Blut.

Wahrscheinlich war es so.

Wahrscheinlich musste sie immer durch eine Hölle aus Angst, Blut und Tränen gehen, um am Ende zu siegen.

Wahrscheinlich war der Schmerz die Eintrittskarte zum Sieg.

Doch ihre Zweifel waren verschwunden.

Es gab nur zwei Möglichkeiten: Entweder der Namenlose starb – oder sie.

Und sonst nichts.

Clara erhob sich, noch ein wenig wackelig auf den Beinen,

doch ihre Augen waren von eisiger Klarheit, als sie ein letztes Mal das Kreuz wie ein Laserpointer fixierte.

Der Namenlose, dachte sie.

»Ich werde ihn finden«, sagte sie mit leiser Stimme, während sie den Gang der Kapelle betrat. »Und ich werde ihn töten.«

5.

Ein schwarzer Mercedes S-Klasse blinkte rechts und hielt an der Müllerstraße 38. Die getönte Scheibe glitt nach unten. Ein Fahrer im schwarzen Anzug und mit Krawatte beugte sich über den Beifahrersitz und schaute aus dem Fenster. Andira ging auf die Limousine zu.

»Sie sind Andira Althaus?«, fragte der Fahrer und öffnete die Beifahrertür.

»Bin ich. Und Sie? Sind Sie der Fahrer von Tom Myers?«

»Richtig«, sagte er. »Macht es Ihnen etwas aus, auf dem Beifahrersitz Platz zu nehmen? Mr. Myers wird länger als geplant in Deutschland bleiben, und ich habe gerade seine Koffer vom Flughafen abgeholt.« Er zeigte mit dem Daumen nach hinten. »Sind heute Nacht mit Fedex gekommen. Der Kofferraum ist voll und die Rücksitze leider auch.«

Andira schaute belustigt auf die Samsonite-Koffer, die die gesamte Rückbank einnahmen.

»Kein Problem«, sagte sie und stieg ein. »Vorne sieht man sowieso mehr.«

Der Fahrer reichte ihr einen mehrseitigen Farbprospekt. »Das hier soll ich Ihnen schon mal geben. *American Diamond.* Ist ein Star-Format aus Los Angeles. Ich nehme an, Mr. Myers möchte mit Ihnen darüber sprechen.«

Der Mercedes glitt die Müllerstraße Richtung Stadtkern entlang, während Andira voller Spannung den Prospekt durchlas. Auf der letzten Seite waren die Kooperationspartner der Sendung aufgeführt: CBS, Warner Brothers, Trump Inc. Vor ihren Augen erhoben sich Amerika, Los Angeles, Beverly Hills, Las Vegas,

New York. Es war kaum zu glauben. Gestern noch ein No-Name, und heute war das Glück zum Greifen nahe. Es war der American Dream, und es schien Andira, als wäre sie schon in der Neuen Welt.

Aus diesem Grund bemerkte sie nicht, wie der Fahrer etwas aus einem kleinen Fach nahe dem Lenkrad holte.

Und den Stich der Spritze in ihrem Bein merkte sie nur für die Zehntelsekunde, bevor sie aus dem Wachbewusstsein gerissen wurde und in einer Nacht aus Schwärze versank.

Der Fahrer wendete auf Höhe der Chausseestraße und fuhr zurück in Richtung Stadtautobahn, während er seine Brille zurechtrückte.

Eine Brille mit einem Rahmen aus mattem Edelstahl.

6.

Das Büro von Dr. Alexander Bellmann, Chef des LKA Berlin, sah aus wie eine Kommandozentrale. Der Blick hinaus auf den Tempelhofer Damm und die riesige Fläche des ehemaligen Tempelhofer Flughafens, davor der wuchtige Schreibtisch mit dem großen Ledersessel, hinter dem Schreibtisch Regale und einige wenige Fotos. Auf den Fotos Bellmann, mit seinem hageren Gesicht und den graumelierten Haaren, neben berühmten Persönlichkeiten. Dem Bundespräsidenten, dem Chef von Scotland Yard und dem Direktor des FBI. Ein Foto zeigte ihn irgendwo in Asien mit Condoleezza Rice.

Der Schreibtisch war wie leergefegt. Zwei Fotos von seiner Frau und seinen beiden Töchtern, die ihn wohl nur aus der Zeitung kannten, ein großer Monitor, ein Laptop mit Dockingstation und zwei Telefone. Daneben ein Blackberry. Auf dem Tisch noch ein Ordner und ein Eckspanner, ein Block und ein Stift. Sonst nichts. Kein Schnickschnack, wenig Persönliches, keine Aktenstapel wie in Winterfelds Büro. Hier saß ein Mann, der nur Augen hatte für das, was im Moment wichtig war.

Fakten und Resultate.

Erfassen und erledigen.

Entsichern, zielen, feuern.

Und den Nächsten ins Visier nehmen.

Es war keine Seltenheit, dass Bellmann am Samstag in seinem Büro war. Besonders, wenn er in der Woche kaum zum Arbeiten gekommen war. Die vergangene Woche war er in Wiesbaden gewesen, beim BKA, in Meetings, Vorträgen und Konferenzen. Alles, was in dieser Woche liegen geblieben war, arbeitete er heute ab. Am Montagmorgen würde seine Sekretärin wie immer in solchen Fällen einen Riesenstapel Papier mit unterschriebenen Anweisungen auf ihrem Schreibtisch finden sowie eine Inbox mit mehr als fünfzig E-Mails. Sonntags hingegen war Bellmann nie im Büro. Dieser Tag war dann doch mehr oder weniger für die Familie reserviert.

Er hatte gerade einen Ordner geöffnet, als Clara das Büro betrat. Mit einer knappen Geste zeigte er auf einen der Stühle vor dem Schreibtisch, während sein Blick weiter über die Papiere flog. Dann ließ er den Ordner ruckartig zuschnappen wie eine Bärenfalle.

»Wie Sie wissen«, begann er statt einer Begrüßung und schaute erst aus dem Fenster, bevor er sich Clara zuwandte, »wie Sie wissen, ist es unsere Aufgabe, Verbrecher zu fassen. Einige davon sind extrem gefährlich, andere weniger. Einige sind wahnsinnig, andere nicht.«

Clara ruckte unruhig auf ihrem Stuhl, während sie versuchte, ruhig und konzentriert zu wirken. Solche Einleitungen Bellmanns, die mit dem Thema zunächst einmal wenig zu tun hatten, waren meist kein gutes Zeichen.

»Sie wissen, Frau Vidalis, dass ich Sie sehr schätze und für eine der Besten halte, wenn es darum geht, psychopathische Killer zu jagen. Killer wie den Werwolf. Wahnsinnige halt.«

Und den Namenlosen, dachte Clara. Aber diesen Namen erwähnte Bellmann nicht.

»Doch muss ich, um solche Leute zu jagen, muss *ich* als Chef des LKA Berlin dafür ebenfalls wahnsinnig sein?« Er lächelte kalt, zeigte mit dem Daumen auf sich selbst und blickte Clara fest an.

»Ich verstehe nicht ...«, sagte sie verwirrt.

Bellmann öffnete den Ordner, zog etwas heraus, das wie eine Zeitung aussah, und tippte mit dem Finger auf das Titelbild. »Denn ich müsste in der Tat wahnsinnig sein, wenn ich Sie nach dem, was letzte Nacht vorgefallen ist, weiter an diesem Fall arbeiten lasse.«

Clara blickte auf die Zeitung.

Blutige Online-Mordserie in Berlin.

Hat der Facebook-Ripper schon 14 Frauen getötet? Gibt es eine Verbindung zwischen Kommissarin Vidalis und dem Killer?

Bellmann schüttelte langsam den Kopf. »Ich weiß nicht, wie die Presse es schafft, immer wieder an solche Informationen zu kommen, aber so ist es nun mal. Möglicherweise hilft der Täter dabei sogar ein wenig nach, aber das wissen wir nicht.«

Bellmann legte die Zeitung so auf den Tisch, dass Clara den Artikel lesen konnte, und fuhr fort: »Sie haben gemeinsam mit Dr. Friedrich das Täterprofil dieses ›Namenlosen‹ erstellt«, er zog eine Mappe hervor und klappte sie auf, »und sagen dort selbst, dass ihm die Inszenierung wichtig ist. Und je besser und reißerischer die Story, und je dümmer wir dastehen, desto besser für ihn.«

»Dann sollten wir ihn so schnell wie möglich fangen«, sagte Clara, die sich dabei ertappte, wie sie eine der Büroklammern auf dem Tisch verbog. Bellmann hatte es sofort bemerkt.

»Das sollten wir«, sagte Bellmann und klappte die Mappe zu. »Allerdings nicht so, wie er es sich vorstellt. Nicht so, dass es zum Rachefeldzug einer seelisch verletzten, gesundheitlich angeschlagenen Kommissarin wird, die vor Hass nicht mehr klar denken kann.«

»Bei allem Respekt, Dr. Bellmann, aber ich kann nach wie vor klar denken.«

»Das bezweifle ich nicht«, sagte Bellmann, »aber in diesem Fall?« Er schaute auf die verbogene Büroklammer und dann auf

Clara. »Nein.« Er lehnte sich zurück. »Sie sind persönlich in die Sache involviert. Der Killer hat den Mann getötet, der vermutlich Ihre Schwester ermordet hat. Und das vergessen Sie ihm nie.« Er schaute wieder aus dem Fenster. »Und das nimmt Ihnen die objektive Schärfe, die wir in diesem Beruf brauchen.«

Clara dachte angestrengt nach. *Sie sind persönlich involviert.* Zugegeben, das konnte ein Nachteil sein, aber auch das genaue Gegenteil.

»Dr. Bellmann«, sagte sie, setzte sich aufrechter hin, nahm alle Kraft zusammen und vergaß die verbogene Büroklammer. »Was Sie als Nachteil sehen, kann durchaus ein Vorteil sein.«

Er zog die Augenbrauen zusammen. »Ach? Das müssen Sie mir erklären. Aber versuchen Sie nicht, Nachteile als Vorteile zu verkaufen. Versicherungsvertreter-Dialektik funktioniert bei mir nicht.«

»Ich weiß«, sagte Clara. »Aber es ist doch so: Der gemeinsame Hintergrund, dass wir beide, der Killer und ich, von Ingo M. verletzt und gedemütigt worden sind, macht aus der Täter–Kommissar-Beziehung ein Spannungsfeld, das zwar *er* ausnutzt, das aber auch *wir* ausnutzen können.«

Bellmann hörte zu, ohne etwas zu erwidern.

Clara fuhr fort: »Der Nachteil, den Sie sehen, wenn ich an dem Fall dranbleibe, weil ich möglicherweise zu sehr von Rachewünschen getrieben bin, kann für den Namenlosen ebenfalls ein Nachteil sein. Nämlich dann, wenn er meint, er müsste mir den Todesstoß versetzen und dabei unvorsichtig wird.«

Bellmann runzelte die Stirn. »Sie meinen, er erlaubt sich einen Patzer, aber nur, solange Sie an dem Fall arbeiten und er ausreichend motiviert ist, für Sie seine spezielle Show abzuziehen?«

»Genau. Wenn ich aus dem Spiel bin, könnte er seine Killerrituale im Stillen weiterführen, wie er es mit den zwölf anderen

Frauen gemacht hat, von denen wir noch immer nicht wissen, wo die Leichen liegen – falls es sie gibt.«

»Sie sagten ›Todesstoß‹. Ist Ihnen schon mal in den Sinn gekommen, dass er auch Sie töten könnte?«

Clara presste die Lippen zusammen und nickte. »Ja. Ich habe darüber auch mit Dr. Friedrich gesprochen. Die Möglichkeit besteht. Aber wir halten es insofern für unwahrscheinlich, als ich sein Werk nur dann begutachten kann, wenn ich lebe. Einer Toten kann er nichts zeigen, nichts erzählen.«

Bellmann ließ sich Zeit, bevor er entgegnete: »Gesetzt den Fall, Sie bleiben an der Sache dran, werden Sie jeden Ihrer Schritte mit Kriminaldirektor Winterfeld und mir abstimmen. Sie werden uns über jede Mail, jede CD, oder was auch immer Sie von diesem Geisteskranken bekommen, unverzüglich in Kenntnis setzen, egal, zu welcher Tages- und Nachtzeit. Haben Sie verstanden?«

Clara nickte. »Ich habe verstanden.«

Es vergingen zehn Sekunden, in denen Bellmann noch einmal nachdenklich aus dem Fenster schaute.

»Gut«, sagte er schließlich und klopfte auf den Tisch. »Ich spreche gleich mit Dr. Friedrich bezüglich des Täterprofils.« Er schaute wieder in die Mappe. »Aber trotzdem wäre ich verrückt, Sie an dem Fall zu lassen.« In Clara stieg Verzweiflung auf. War das eine boshafte Finte gewesen? Hatte er Hoffnung in ihr geweckt, um sie nun zu zerstören? Bellmann fuhr fort: »Aber ich wäre genauso verrückt, wenn wir unseren winzigen Vorteil nicht nutzen würden, nämlich den, dass der Killer Ihnen eine Show bieten will und deswegen einen Fehler machen könnte.«

»Heißt das …?« Claras Gesicht hellte sich auf. Sie hatte Mühe, ihre Euphorie zu verbergen. Gefühle zu zeigen schadete in ihrem Job fast immer. Gefühle, die man freiließ, waren wie Blut, das die Haie anlockte.

»Das heißt, dass ich mit Dr. Friedrich spreche und Sie dann von mir hören.« Bellmann wies mit dem Kopf zur Tür, was bedeutete, dass er das Gespräch als beendet betrachtete. »Aber gehen wir mal davon aus, dass Sie, Frau Hauptkommissarin, weiter diesen Namenlosen jagen.« Er lächelte, sofern man bei Alexander Bellmann überhaupt von Lächeln sprechen konnte. »Ich werde die Presse so lange hinhalten. Und Sie versprechen mir, diesen Verrückten *schnell* zu fangen.«

»Mit dem größten Vergnügen«, sagte Clara und erhob sich.

* * *

Sie hatte sich an der rumpelnden Kaffeemaschine in der Küche im dritten Stock einen Kaffee eingeschenkt und damit eine Beruhigungstablette heruntergespült. Vorher hatte sie mit Winterfeld wieder am offenen Fenster gestanden, der hastig einen Zigarillo geraucht und die Kippe nach draußen geworfen hatte.

MacDeath war in Bellmanns Büro. Sie besprachen das Täterprofil. Hermann hatte nichts Neues von der IT-Front zu berichten, und die Krankenhäuser hatten die DNA, die sie in dem Käfer isoliert hatten, noch immer nicht identifizieren können. Es sah so aus, als hätte diese Spur ins Leere geführt. Dafür richtete sich Claras ganze Hoffnung jetzt darauf, mehr über Ingo M. zu erfahren. Es war nicht nur eine persönliche Sache. Ingo M. hatte den Killer gekannt. Vielleicht wurde er zu einer Spur, die auch zum Killer zurückführte?

Die Beamten, die damals auf die verbrannte Leiche gestoßen waren, hatten Clara die Akte geschickt und sie bereits mit einigen Kontakten versorgt. Sie hatte schon bei mehreren dieser Leute angerufen. Doch an einem Samstag war bei den meisten leider nur der Anrufbeantworter zu erreichen. Also wieder warten und warten.

Clara hasste das Warten, bis Bellmann sich endgültig entschieden hatte. Sie hasste das Warten, bis jemand sie wegen Ingo M. zurückrief. Sie hasste das Warten, bis die IT-Leute etwas Neues hatten. Doch Warten schien das Einzige zu sein, was sie im Moment tun konnte. Warten auf die Entscheidung. Warten auf das »Go« von Bellmann.

Und auf das nächste Lebenszeichen des Namenlosen.

7.

Winterfeld kam in die Küche und stellte seine leere Kaffeetasse in die Spülmaschine.

»Eine gute und eine schlechte Nachricht, Señora«, sagte er. »Kommen Sie schnell mit.«

Clara folgte Winterfeld, der mit eiligen Schritten den Korridor hinunterging. »Was ist die gute Nachricht?«, fragte sie.

»Sie arbeiten weiter an dem Fall.« Sie bogen um eine Ecke. »Sie haben bei Bellmann ja schon gute Vorarbeit geleistet, und MacDeath und ich haben den Sack dann zugemacht.«

Gott sei Dank. Clara dachte an den Augenblick vorhin in der Kapelle des Krankenhauses, während sie und Winterfeld die Treppe in den vierten Stock nahmen.

»Und die schlechte?«

Winterfeld hielt ihr oben die Tür auf, zeigte in Richtung der IT-Abteilung und ließ Clara den Vortritt. »Wir haben wieder ein Filmchen für Sie.«

Clara war, als hätte sie Kokain anstelle der Beruhigungstablette eingenommen.

»Wieder von *ihm?*«, fragte sie.

»Sieht ganz danach aus.« Winterfeld öffnete die Tür zum IT-Raum. Hermann saß dort mit zwei Technikern, die heute, am Samstag, ebenfalls Dienst hatten. Einer der großen Apple-Monitore glühte im Halbdunkeln. Eine Videoseite war geöffnet. Es war die Landing Page von Xenotube. Clara trat näher heran. Es war eine Filmdatei von knapp zwei Minuten Länge. Titel: *Shebay-Erwachsenenversion – präsentiert vom Namenlosen.*

»Das ist die Landing Page von Xenotube«, sagte Clara.

Hermann nickte resigniert.

»Das sehen Millionen Leute, wenn mich nicht alles täuscht.«

Wieder nickte Hermann.

»Und dort hat er ein Video platziert? Auf der Landing Page?«

Die Frage war rhetorisch gewesen, denn das Video war da. Gleich würde Hermann auf den Play-Button drücken und irgendetwas Grauenvolles, Dunkles würde Claras Seele in einen dämonischen Klammergriff nehmen.

Ein Snuff-Video auf der Landing Page von Xenotube?

Clara atmete tief ein. Vielleicht war dieser Killer doch ihr Untergang. Vielleicht war er so stark, dass dies ihr letzter Fall werden würde. Oder vielleicht existierte er gar nicht. Vielleicht war er so unsichtbar wie die U-Bahn, wenn sie im Untergrund fuhr, wie der Schwarze Mann, der unter dem Bett lag und nur in der Nacht hervorkam. Der in der Dunkelheit lebte und als Teil der Nacht in unseren Albträumen erschien. Vielleicht war er der Teufel selbst.

»Bringen wir es hinter uns«, sagte Clara.

Hermann drückte auf den Play-Button.

Der Bildschirm war schwarz, während aus dem Off eine dunkle Stimme ertönte.

»Ich habe mir erlaubt, Ihnen, Clara Vidalis, wieder eine Kostprobe meines Könnens zu zeigen. Und Ihnen, Torino, Sie Drecksack, habe ich Ihre Sendung und Ihren Star weggenommen. Denn jetzt kommt die *Shebay*-Erwachsenenversion.«

Es war die verzerrte Stimme, die Clara schon am gestrigen Abend gehört hatte. Sofort war das alte Grauen wieder da, stärker als zuvor.

Die Stimme sprach weiter. »Für Sie, Torino, ist es Geldmacherei, für mich ist es ein heiliges Opfer, das der Welt das Finale zeigen wird. Den Abschluss meines Werkes.«

Jetzt war ein Bild zu sehen. Ein dunkles Kellergewölbe mit feuchten Steinen, von einer schummerigen Neonlampe beschienen. Irgendjemand saß dort auf einem Stuhl. Gefesselt. Eine

Frau, Mitte zwanzig, mit einer Figur wie ein Model. Sie trug ein weißes Kleid.

Julia Schmidt hat auch so ein Kleid getragen.

Über den Kopf der jungen Frau war eine Art Kappe aus Stoff gezogen. Sie gab erstickte Geräusche von sich wie jemand, der durch einen Knebel zu sprechen versucht.

»Du darfst jetzt etwas sagen«, erklärte die Stimme, und die Kamera schwenkte zur Decke. Die Neonlampe war zu sehen. Und moderige, feuchte Steine.

»Ich werde hier festgehalten! Ich weiß nicht, wo ich bin!«, schrie die Frauenstimme. »Ich bin Andira Althaus, der Star aus *Shebay*. Helft mir! *Holt mich hier raus!*«

»Sie werden dich rausholen«, sagte die Stimme aus dem Off, während die Kamera immer noch die düstere Kellerdecke zeigte, »aber sicher nicht so, wie du es willst.«

»Tom Myers hat mich angerufen«, rief Andira. »Myers, können Sie mich hören?« Und dann, noch schriller: »Wo ist er? WO IST ER?«

»Tom Myers?«, sagte die dunkle Stimme. »Oh, der ist hier.«

Ein Geräusch war zu hören wie von einer Tür, die sich öffnete. Dann ein schriller Schrei der jungen Frau, gefolgt von dem würgenden Geräusch, das entsteht, wenn jemand einen Knebel in den Mund gestopft bekommt.

»Für alle *Shebay*-Freunde«, sagte die verzerrte Stimme. »In einer Stunde folgt die Fortsetzung. FSK 18!«

Der Bildschirm wurde schwarz.

* * *

Clara musste sich setzen.

Sie musste an die Worte denken, die ihr der Killer in der ersten Mail gesandt hatte. Es war am Donnerstag gewesen, doch es kam ihr vor, als wäre es Jahre her.

Wo die anderen Schatten sind, da bin ich die Nacht.
Wo die anderen Mörder sind, da bin ich der Tod.

»Wie viele Leute haben das Video schon gesehen?«, fragte sie.

»Vier Millionen«, sagte Hermann. »Es ist die deutsche Landing Page von Xenotube, dem größten Videoportal der Welt. Und wenn wir davon ausgehen, dass das Video kopiert und noch woanders gepostet wird, sind es wahrscheinlich sehr viel mehr.«

Clara stützte den Kopf in die Hände und rieb sich die Stirn. »Das ist der absolute Super-GAU. Jeder sieht, was dieser Kranke macht, und wir wissen immer noch nicht, wer er ist.«

Dafür kannte jetzt jeder Claras Namen. Genau das, was Bellmann unbedingt verhindern wollte.

Hermann und Winterfeld schauten sich ratlos an.

»Bellmann hat das noch nicht gesehen?«, fragte Clara.

»Kann ich mir nicht vorstellen«, sagte Hermann. »Der ist eher unverdächtig, sich solche Seiten anzuschauen. Lenkt ihn nur ab.«

»Haben wir die IP-Adresse, von der aus er gesendet hat?«

»Wir sind dran, haben bisher aber nichts. Könnte verschlüsselt sein.«

»Wie zum Teufel ist er auf die Landing Page gekommen?«

Wieder resigniertes Schweigen.

»Und wer ist dieser Torino?«, fragte Clara. Sie hatte sich sofort den Namen notiert.

»Er hat gestern diese Sendung moderiert, *Shebay*«, sagte Hermann. »Hab kurz reingezappt. Eine ziemlich geschmacklose Castingshow. Die Brutalo-Version von *DSDS*.«

»Ich brauche die Nummer von dem Mann«, sagte Clara. »Festnetz und Handy. Und die Adresse. Firma und privat. Sofort.«

»Wenn alle Jobs so einfach wären«, sagte Hermann und hackte die Anfrage in eine Datenbank ein.

8.

Albert Torinos Kopf schien die Größe eines Einbauschranks zu haben, als ihn das penetrante Klingeln seines Handys, das er nicht abgestellt hatte, aus einem bleiernen, verkaterten Schlaf weckte.

Er lag neben einer jungen Dame in seinem großen Wasserbett. Eine leere Champagnerflasche und ein Aschenbecher voller Kippen lagen auf dem Boden. Dem Licht draußen nach zu urteilen, musste es später Nachmittag sein.

Sie waren im Grill Royal gewesen und dann noch in zwei Clubs, hatten sich mit ein paar Mädchen vergnügt und ordentlich auf das gelungene Debüt von *Shebay* angestoßen. Torino hatte sich erst geärgert, dass Myers sich nicht mehr gemeldet hatte, doch irgendwann war er betrunken genug gewesen, dass ihm auch das egal war. Sie hatten eine Million Zuschauer gehabt. Am ersten Abend. Das war ein Killer-Ergebnis. Ob mit oder ohne Xenotube.

Das Handy klingelte penetrant weiter. Torino trank den letzten Rest Champagner aus dem Glas auf dem Nachttisch, um seinen Mund zu befeuchten. Seine Zunge klebte wie ein vertrockneter Fisch am Gaumen. In seinem Rachen war ein Geschmack, als hätte jemand seinen Mund über Nacht als Toilette zwischenvermietet, und sein Kopf fühlte sich an, als wäre er gerade in eine Unterdruckkammer gesteckt worden.

Ein wenig blöde schaute er auf das noch immer klingelnde Handy und dann auf die junge Frau, die jetzt ebenfalls wach wurde. Wie hieß sie noch mal? Monique oder so ähnlich. Er würde ihr gleich bei Starbucks einen Kaffee und einen Muffin ausgeben, sie dann wegkomplimentieren und so schnell wie möglich mit Myers sprechen. Vielleicht war es ja sogar Myers, der ihn gerade anrief.

Doch die Nummer im Display kannte er nicht.

»Hallo«, sagte Torino.

»Guten Tag, hier ist Clara Vidalis vom LKA Berlin, Kriminalpolizei. Spreche ich mit Albert Torino von Integrated Entertainment?«

Er war schlagartig hellwach.

Monique, oder wie immer sie hieß, war jetzt ebenfalls wach geworden. »Was ist los?«, fragte sie. »Wer ist das?«

»Halt's Maul«, zischte Torino.

»Was sagten Sie?«, fragte die Stimme am anderen Ende.

»Nichts, nichts ...«, sagte Torino. »Hier ist noch jemand.« Dann, nach einer Pause: »Wie war gleich der Name?«

»Clara Vidalis, Hauptkommissarin, LKA Berlin«, wiederholte die Stimme ein wenig genervt. »Ich arbeite in der Mordkommission, Abteilung für Pathopsychologie.«

Torino fühlte einen Stich. »Habe ich etwas verbrochen?«

»Sie nicht, aber jemand anders. Sagt Ihnen der Name *Shebay* etwas?«

»Was soll diese Frage?« Torino setzte sich aufrecht. »Das ist meine Erfindung!«

»Wussten Sie, dass es eine Fortsetzung gibt?«, fragte die Kommissarin. »Und zwar heute? Auf der Landing Page von Xenotube?«

Torinos Augen leuchteten auf. Er verstand zwar nicht, warum ihn deswegen ausgerechnet die Polizei anrief, aber vielleicht hatte Myers endlich getan, was er tun sollte. Vielleicht hatte er Teile aus der Sendung auf der Landing Page platziert, und jemand hatte sich wegen Verletzung der Moral oder irgendwelchem Schwachsinn bei den Bullen beschwert. Trotzdem seltsam, dass Myers die Sache nicht mit ihm, Torino, abgestimmt hatte. Und noch seltsamer, dass ausgerechnet die Mordkommission anrief.

»Auf der Landing Page von Xenotube?«

»So ist es«, sagte die Stimme. »Bis jetzt haben vier Millionen Menschen das gesehen. Fast so viele wie beim *Dschungelcamp*.«

»Äh ... ist doch toll.«

»Ich bezweifle, dass Sie das toll finden werden«, sagte die Kommissarin. »Jedenfalls nicht mehr, sobald Sie es sehen.«

Torino stand auf und eilte mit ungelenken Schritten zu seinem Schreibtisch, auf dem sein iPad lag. Er öffnete Xenotube. Es war tatsächlich auf der Landing Page. Er sah das Video. Hörte die Stimme, die aus dem Off erklang – und es hätte nicht viel gefehlt, und er hätte sich übergeben.

Er sah sein Gesicht, das sich in der schwarzen Scheibe des iPads spiegelte. Leichenblass. »Scheiße!« Ihm war, als würde sein Magen auf die Größe einer Erbse schrumpfen.

»Haben Sie's gesehen?«, fragte die Kommissarin.

»Ist das Andira?«, fragte Torino anstelle einer Antwort. »Die Stimme kam mir bekannt vor.«

»Gut möglich.«

»Verdammt noch mal, wer macht so was?«

»Wir hatten eigentlich gehofft, das von Ihnen zu erfahren.« Als keine Antwort kam, fuhr die Kommissarin fort: »Das macht jemand, der gefährlich ist. Sehr gefährlich.« Eine Pause am anderen Ende. »Wann können Sie hier sein? LKA, Tempelhofer Damm zwölf. Rufen Sie mich auf dieser Nummer an, sobald Sie hier sind.«

»Zwanzig Minuten«, keuchte Torino und stürzte ins Bad.

Monique blickte ihm verständnislos hinterher. »Was war das für ein komisches Video? Das klang ja unheimlich.«

»Halt's Maul«, sagte Torino und sammelte seine Kleidungsstücke zusammen.

»Ich dachte, wir würden jetzt schön frühstücken gehen. Hast du mir gestern versprochen.« Sie zog einen Schmollmund. »Und sag nicht immer ›halt's Maul‹ zu mir.«

»Halt's Maul.«

Er hüpfte auf einem Bein mit der halb angezogenen Hose zu seinem Schreibtisch, steckte seinen Bluetooth-Ohrhörer ins Ohr und wählte die Nummer von Andira.

Nur die Mailbox.

Dann die Nummer von Myers.

Nur die Mailbox.

Er hinterließ beiden eine kurze Nachricht, dass sie ihn so schnell wie möglich zurückrufen sollten.

Und spürte, dass irgendetwas nicht gut gelaufen war.

Gar nicht gut.

* * *

Vladimir schaute auf die zwei Handys, die beide nacheinander geklingelt hatten.

Dann blickte er in den Nebenraum, in dem Andira gefesselt auf dem Stuhl saß.

Und dann schaute er hinter sich, wo Tom Myers mit gebrochenem Genick in der Ecke lag, die weißlichen Augen leer und glanzlos zur Kellerdecke gerichtet.

Vladimir lächelte. Kalt und gefühllos wie eine Echse.

Der Plan war fast vollendet.

Zeit für das Finale.

9.

Claras Handy klingelte. Es war Albert Torino.

»Warten Sie unten«, sagte sie, »jemand bringt Sie nach oben in den vierten Stock.«

Im vierten Stock, in der IT-Abteilung des LKA, herrschte nackte Verzweiflung. Hermann und die Computerexperten hatten herausgefunden, dass der Killer auf irgendeine Weise an den Code gekommen war, mit dem man Dateien direkt auf der Landing Page von Xenotube platzieren konnte. In dem Video war von einem Tom Myers die Rede gewesen, der angeblich »auch da war«. Tom Myers war Managing Director bei Xenotech, hatten sie herausgefunden, und hielt sich zurzeit tatsächlich in Berlin auf, wie eine rasche Überprüfung bei den ortansässigen Fünf-Sterne-Hotels ergeben hatte. Vielleicht hatte der Killer den Mann entführt und gezwungen, den Code herauszugeben. Dann hatte er einen Trojaner auf dem Xenotube-Server installiert, der über einen Tunnel die Verbindung aufrechterhielt. Die einzige Möglichkeit, das Video von der Seite zu bekommen, bestand darin, den Hauptserver von Xenotech in Palo Alto, Kalifornien, abzuschalten und die Seite eine Zeit lang vom Netz zu nehmen.

Bellmann war jetzt selbst in den Fall involviert und telefonierte mit dem BKA in Wiesbaden, um über Interpol eine Sperrung der Website in den USA zu erwirken. Denn mit dem Tunnel und dem Trojaner konnte der Killer weitersenden und weitere Filme platzieren.

»Wir müssen das Ding sofort vom Netz nehmen«, hatte Bellmann in den Hörer gebrüllt, als er mit dem IT-Experten des BKA telefoniert hatte. »Zur Not scheuchen Sie die Botschaft auf oder den Außenminister, aber es kann nicht angehen, dass dieser Perverse seine Videos für Millionen Nutzer sichtbar präsentiert und wir nichts dagegen tun können!«

»Wir sind hier nicht in China«, hatte der IT-Experte zurückgeblafft, »wo die Regierung mal eben alles abschalten kann. Und die Server sitzen in Kalifornien. Wissen Sie, wie spät es da jetzt ist? Kurz vor acht Uhr morgens an einem Samstag. Eine tolle Zeit, um irgendetwas zu bewegen.«

»Der Typ ist schlau«, hatte Clara gesagt. »Er hat sich genau die richtige Zeit ausgesucht. Er nutzt die Ferne und handelt aus der Nähe.«

»Ich denke auch, er ist hier irgendwo in Berlin«, hatte Winterfeld erklärt. »Er ist nicht in Russland oder China. Er kennt sich bestens mit den lokalen Gegebenheiten aus, er ist mobil und weiß genau, wie lange er braucht, um von A nach B zu kommen. Er hat diese Andira höchstwahrscheinlich entführt und bereitet das große Finale vor. Und was das ist, wollen wir uns lieber nicht ausmalen.«

Die Tür öffnete sich, und ein untersetzter Mann mit gegelten, zurückgekämmten Haaren betrat das Zimmer, gefolgt von einem Polizisten. Sein braun gebranntes, unrasiertes Gesicht war blass, und seine Augen waren klein vor Müdigkeit und zugleich vor Schreck geweitet, was ihm ein groteskes Aussehen verlieh.

»Sie sind Albert Torino?«, fragte Clara.

»Allerdings«, sagte der Mann und wischte sich mit einem Taschentuch den Schweiß von der Stirn. Er war offenbar die Treppen im Eiltempo nach oben gerannt, anstatt den Aufzug zu nehmen. Clara roch Reste von Alkohol.

»Was will dieser Perverse?«, fragte Torino. »Was wissen Sie über ihn? Und warum entführt er Andira?« Er rieb sich übers Gesicht. »Wie hat er sie überhaupt gefunden?«

»Der Kerl ist wie Google«, sagte Hermann und blickte Torino finster an. »Der findet jeden.«

Torino musterte Hermanns massige Gestalt, die im Sitzen nicht viel kleiner war als er im Stehen. »Ach, Sie kennen ihn schon?«

»Andira ist nicht sein erstes Opfer«, sagte Clara. »Ich nehme an, Sie haben die Zeitungen gelesen. Der Facebook-Ripper?«

»Das ist dieser Typ?« Torino schüttelte den Kopf. »Aber warum kommt er auf die Landing Page von Xenotube? Und was hat er vor?«

»Wir dachten eigentlich, dass Sie uns das sagen können«, erwiderte Clara. »Sie haben doch Andira entdeckt. Und Ihren Freund Tom Myers hat er in dem Video erwähnt.«

»Er hat Myers gezwungen, ihm die Zugangsrechte zur Landing Page zu geben«, sagte Torino. »Vollkommen klar. Es kann gar nicht anders gewesen sein.« Wieder wischte er sich über die Stirn.

»Wann haben Sie Myers zuletzt gesehen?«

»Gestern Abend, im Grill Royal. Er sagte, er müsste noch im Hotelzimmer in Ruhe telefonieren und würde dann wieder zu uns stoßen.«

»Im Hotel ist er nie angekommen«, sagte Clara. »Wir haben eben mit dem Hilton telefoniert.«

»Scheiße«, fluchte Torino. »Aber warum Andira, warum Myers, warum *Shebay*, das weiß ich nicht.« Er fingerte eine Aspirin aus seiner Sakkotasche und schluckte sie trocken. »Abgesehen davon, ihr seid doch hier das große LKA, das alles weiß und alles kann. Ihr müsst doch herausfinden, von welcher IP-Adresse aus dieser Perverse sein Video gesendet hat. Da würde ja sogar ich draufkommen. Bei dem müssten doch schon drei Einsatzfahrzeuge vor der Tür stehen.«

»Das erkläre ich gleich«, sagte Hermann, während er ein paar Gummibärchen zerkaute. »Es ist leider nicht so einfach. Erst mal sind Sie dran.«

»Hören Sie«, übernahm Winterfeld. »Ihre Sendung *Shebay*

ist nicht gerade das, was man als Rettung des Abendlandes bezeichnen würde. Sie ist geschmacklos, menschenverachtend und stumpfsinnig, schlimmer noch als *Dschungelcamp*.«

»Und bringt gute Quote«, knurrte Torino.

»Das eine schließt das andere nicht aus«, sagte Winterfeld. »Im Gegenteil.« Er fuhr sich durch die Haare. »Könnte es nicht sein, dass es Leute gibt, denen Ihre Sendung nicht gefallen hat? Die eine Rechnung mit Ihnen offen haben? Und die Ihnen das jetzt heimzahlen? Denn eines dürfte klar sein: Selbst wenn nach diesem Video nichts mehr kommt, Ihr *Shebay* ist gestorben.«

Torino rieb sich die Hände und sah sich um. »Gibt's hier irgendwo einen Kaffee?«, fragte er. »Ich klapp gleich zusammen.«

Einer der IT-Techniker stand auf. »Ich hole Ihnen eine Tasse. Milch und Zucker?«

»Schwarz.« Torino setzte sich auf den Tisch.

»Also«, sagte Clara. »Ihr Kaffee kommt. Und Sie überlegen, ob Sie sich nicht doch in letzter Zeit Ärger mit irgendjemandem eingefangen haben.«

»Wer sollte das sein?« Torino schüttelte den Kopf. »Klar, wenn man ein erfolgreicher Geschäftsmann ist, hat man immer Feinde, die neidisch sind oder sauer, weil sie vor tausend Jahren mal von mir gefeuert wurden oder weil ich ihnen einen Deal weggeschnappt habe. Viel Feind, viel Ehr. Aber wer ist zu so etwas fähig? Scheiße, mir fällt keiner ein.«

»Rechtsradikale? Linke Splittergruppen? Religiöse Fanatiker?«, fragte Winterfeld.

Clara war sich nicht sicher, ob dieses Gespräch viel brachte. Den Namenlosen, wie sie ihn kannte, konnte sie sich in keiner dieser Gruppierungen vorstellen. Selbst für einen religiösen Fanatiker war er zu überlegt und berechnend.

Der Kaffee kam. Torino trank in kleinen Schlucken.

»Während Sie trinken, kann ich ja mal erklären, warum wir

nicht an die IP-Adresse kommen«, sagte Hermann und ging zu einem Whiteboard an der Wand. »Und vielleicht fallen Ihnen«, er nickte Torino zu, »in der Zwischenzeit doch noch irgendwelche Feinde ein.« Er wischte ein paar Kritzeleien weg. »Hat schon mal jemand vom TOR-Netzwerk gehört?«

Niemand antwortete.

»Bleiben wir mal bei der Reise nach Rom«, fuhr Hermann fort. »Clara kennt die Story bereits.« Er zeichnete ein Dorf und eine große Stadt an die Tafel. »Jemand will von diesem Dorf, Dorf A, nach Rom. Dorf A ist der heimische Rechner, Rom ist der Server, auf dem dieser Typ etwas posten will. Wenn alles so läuft, wie es normalerweise laufen sollte, kann man vom Server aus die IP-Adresse erkennen. Man weiß in Rom, aus welchem Dorf der Mann kommt.«

»Und wieso TOR?« Torino zerbröselte eine Aspirin in seinen Kaffee. Clara schaute angewidert zu.

»TOR ist eine Abkürzung für ›The Onion Ring‹«, sagte Hermann, »wie ein Zwiebelring. TOR installiert einen Client, einen sogenannten Onion Proxy. Dieser Client lädt eine Liste aller vorhandenen TOR-Server herunter. Diese sind mit einer digitalen Signatur versehen. Sobald die Liste steht, wählt der Onion Proxy eine zufällige Route über die TOR-Server. Der Client verhandelt mit dem ersten TOR-Server eine verschlüsselte Verbindung. Wenn diese aufgebaut ist, wird sie um einen weiteren Server verlängert. Und so weiter.« Er malte mehrere Boxen, die Server darstellen sollten, an die Tafel. »Jeder Server kennt nur seinen Vorgänger und seinen Nachfolger, sodass der Sender der Nachricht anonym bleibt.«

»Noch mal auf Deutsch«, sagte Clara. »Der Client sendet nicht von seiner IP-Adresse aus, sondern verteilt die Nachricht über verschiedene Server von Dritten, die dem End-Server nicht bekannt sind?«

»Richtig.« Hermann nickte, als wäre es die einfachste Sache

der Welt. Was sie für IT-Leute sicher auch war, aber nicht für Normalsterbliche.

»Warum bleiben wir nicht bei dem Rom-Beispiel?«, fragte Clara.

»Gute Idee.« Hermann zeichnete weitere Dörfer an die Tafel. »Anstatt aus Dorf A direkt nach Rom zu gehen, geht unser Mann über Dorf B, Dorf C und Dorf D. Von Dorf D gelangt er schließlich nach Rom.«

»Was weiß man in Rom über ihn?«, fragte Clara.

Torino, der das Gespräch mit verwirrter Miene verfolgt hatte, schaute blinzelnd auf die Tafel.

»In Rom weiß man nur, dass er aus Dorf D kommt.« Hermann malte einen Kreis um Dorf D. »Der Rest ist verschlüsselt. Dorf B weiß, dass er aus Dorf A kommt, Dorf C weiß, dass er aus Dorf B kommt, und Dorf D weiß, dass er aus Dorf C kommt.« Er blickte in die Runde. »Aber keiner weiß alles.«

»Und wer kann diese Server zur Verfügung stellen?«, fragte Clara.

»Jeder, der einen Rechner hat und Speicherkapazität, kann sich dort anmelden. Das ist die Idee von TOR«, erklärte Hermann. »Unser Killer hat von Dorf A aus gesendet. Dorf B ist vielleicht ein Server irgendwo in Russland, Dorf C ein mobiles Rechenzentrum von Google irgendwo in der Antarktis …«

»Google in der Antarktis?«, fragte Torino verwirrt.

»Ja, die haben schwimmende Rechenzentren im Eismeer, kein Witz.« Hermann nickte. »Da kriegen sie die Kühlung kostenlos.«

»Verrückte Welt«, sagte Clara und schüttelte den Kopf.

»Also Google im Eismeer und Dorf D«, fuhr Hermann fort. »Irgendein Server in China, Indien oder wo auch immer.«

»Verdammt komplex«, sagte Clara. »Aber man kann doch von Dorf D aus nachforschen? Das muss doch gehen?«

Hermann nickte. »Kann man. Dummerweise muss man sich

sehr beeilen.« Er senkte die Stimme. »Die Verbindungsstrecken werden mindestens alle zehn Minuten gewechselt. Statt Dorf D ist es dann plötzlich Dorf M, statt Dorf C ist es Dorf X. Und so weiter.«

»Verdammt.« Clara schüttelte den Kopf. »Dieser Typ ist unglaublich.«

»Es muss doch möglich sein, mit Polizeigewalt dahinterzukommen«, meinte Winterfeld. »Es geht hier nicht darum, dass irgendwelche Geheimniskrämer irgendwelche Nacktfotos anonym weiterleiten, von denen die Ehefrau nichts wissen darf. Das hier ist ein laufendes Ermittlungsverfahren gegen einen Serienmörder.«

Hermann nickte wieder. »Die IT-Experten im BKA sind schon dabei, den ersten und den letzten Knoten der Verbindung, also Dorf A und Dorf D, zu überwachen. Dann kann man eine statistische Auswertung fahren, und wenn man Glück hat, kommt man auf die IP-Adresse des Ursprungsservers. Das Problem ist nur …«

»… dass es lange dauert.« Clara lächelte verzweifelt. »Habe ich recht?«

»Mindestens eine halbe Stunde«, sagte Hermann. »Und wenn der Killer in der Zwischenzeit offline geht oder sich über ein neues TOR-Netzwerk einwählt, ist die Sache erledigt. Und wenn er nicht dumm ist, tut er genau das.«

Resigniertes Schweigen breitete sich aus.

Schließlich sagte Clara: »Warten auf die DNA-Analyse, warten auf Interpol, warten auf das BKA, warten auf den richtigen Server, warten, bis Herr Torino sich erinnert, welchen Feind er sich vielleicht gemacht hat, warten auf Informationen über Ingo M. … Können wir noch etwas anderes tun als warten?«

Hermann hatte gerade die Xenotube-Website geöffnet. Plötzlich weiteten sich seine Augen.

»Das können wir«, sagte er. »Ich fürchte, es gibt etwas Neues.«

10.

Albert Torino war ausgezogen, die deutsche Medienlandschaft das Fürchten zu lehren.

Um etwas zu machen, was härter und extremer war als *Fear Factor*, zynischer als das *Dschungelcamp*.

Er hatte gedacht, die deutsche Medienlandschaft wäre New Orleans und er, Albert Torino, wäre Hurrikan Katrina.

Doch jedes Extrem fand ein größeres Extrem. Jeder Orkan fand seinen Tornado. Jedes Feuer fand seinen Vulkanausbruch. Und am Ende geriet jeder Dämon an den Teufel.

* * *

Hermann hatte den Film gestartet.

Der Bildschirm blieb ein paar Sekunden lang schwarz; dann sah man wieder die gefesselte junge Frau auf dem Stuhl. Es war tatsächlich Andira, geknebelt mit silbernem Klebeband, in dem weißen Kleid, das wie ein Grabtuch aussah.

Sie zitterte, und ihre Augen zeigten jenen eigentümlichen Glanz, den man bei Menschen sieht, die vor Panik bereits resigniert haben, weil sie ahnen, dass das Unvermeidliche geschehen wird.

Neben Andira stand der schwarze Mann.

Mit der undurchsichtigen Brille.

Mit der schwarzen Maske.

Mit den schwarzen Handschuhen.

Wie auf der CD, die Clara vor drei Tagen bekommen hatte. Doch diesmal größer. Schlimmer. Viel schlimmer.

Die verzerrte Stimme sagte: »Ich halte mein Versprechen.«

Die schwarze Gestalt stellte sich neben das Mädchen, das in dem weißen Kleid auf dem Stuhl saß. Clara kam das Bild wie ein dunkles Herrschergemälde des Todes vor.

»Zehn Millionen Zuschauer«, sagte Hermann resigniert und zeigte auf die Anzeige neben dem Video. »Mehr als *Dschungelcamp*.« Clara nickte nur. Sie wusste nicht, was schrecklicher war: diese Information oder das, was sich vor ihren Augen abspielte.

»Ich halte mein Versprechen«, wiederholte die Stimme. »Die Fortsetzung von *Shebay* beginnt jetzt, und genau wie bei *Shebay* könnt ihr da draußen wählen, *was* geschehen soll.«

Im unteren Teil des Films wurde eine Website eingeblendet. Clara notierte sich rasch die URL. Hermann gab auf einem anderen Monitor die Adresse ein. Was Clara aus den Augenwinkeln erkennen konnte, war ein Fragebogen. Man konnte etwas anklicken und dann die Antwort absenden.

Der schwarze Mann blickte in die Kamera. Clara hatte das Gefühl, als würde er direkt in ihre Seele schauen.

»Mein Werk ist fast beendet«, sagte er. »Ich bin der Namenlose, und ich werde sie töten.«

Er verschwand aus dem Bild. Die Kamera fuhr über einen Tisch, auf dem Instrumente und Gegenstände lagen. Einige waren Waffen, andere waren nicht zum Töten gedacht. Doch hier, in diesem dunklen Kellerverlies auf dem staubigen Tisch mit der verwackelten Kamera, wurden sie zu einem Mysterientheater des Schreckens. Eine Axt, ein Messer, eine Bohrmaschine, eine Stichsäge, eine Pistole, ein Vorschlaghammer. Und noch mehr. Die Namen dieser Werkzeuge tauchten auch auf dem Fragebogen auf der Internetseite auf. Zum Ankreuzen.

Clara hätte am liebsten weggeschaut, doch ihr Blick hing wie magnetisiert an diesem fürchterlichen Video, das nicht nur die Fortsetzung von *Shebay* war, sondern auch die Fortsetzung der teuflischen ersten CD, mit der dieser grauenvolle Fall für sie begonnen hatte.

»Ich werde sie töten«, sagte die Stimme noch einmal, und die Kamera fuhr zurück über den Tisch mit den Mordwerkzeugen. »Und ihr da draußen«, jetzt war die schwarze Gestalt wieder zu sehen und wies mit beiden Zeigefingern in die Kamera und auf die Zuschauer wie ein Showmaster des Schreckens, »ihr könnt euch aussuchen, *wie* sie sterben soll.«

Die Kamera zoomte nach vorne, sodass jetzt nur das von der schwarzen Maske und der Schweißerbrille unkenntliche Gesicht zu sehen war, das wie ein Totenschädel in die Kamera starrte.

»Willkommen«, sagte der Schädel, »willkommen in der Mitmach-Community des Todes. Willkommen beim User-Generated Content des Grauens. Willkommen, Ladies and Gentlemen, zu Tod 2.0.«

11.

Panik hatte das LKA erfasst. Das Video war überall zu sehen, und es sah verdammt so aus, als wäre es echt, genauso echt wie die Waffen und das Opfer. Und der Killer schien es todernst zu meinen.

Tod 2.0, die Mitmach-Community, das Medium, das die Zuschauer aus der passiven Betrachtung hin zu einer aktiven Gestalterrolle bringen sollte, war hier an eine Grenze gebracht worden, gegen die selbst die Gladiatorenspiele im alten Rom harmlos erschienen. *Ich werde sie töten. Und ihr könnt euch aussuchen, wie sie sterben soll.* Ein interaktives Snuff Movie, wo die Zuschauer den Mörder dahingehend beeinflussen konnten, wie er sein Opfer töten sollte. Diese kranke Idee hatte bisher noch niemand gehabt. Das Fernsehen hatte zwar begonnen, die letzten sozialen Tabus zu brechen, denn Tabubruch bringt Quote, doch es gab nicht nur die Quote. Es gab auch die Gummiband-Theorie: dass es ständig mehr werden musste, immer extremer, immer schlimmer. Im *Dschungelcamp* waren Menschen bereit, für ein paar zehntausend Euro Insekten zu essen, im Dreck zu wühlen und sich tagelang in ihrem Dschungelgefängnis begaffen zu lassen. Bei *Shebay* suchten junge Frauen den Ruhm und waren bereit, dafür zu Prostituierten zu werden. Wenn Menschen sich für zehntausend Euro in der Öffentlichkeit zum Volltrottel machten und sich für zwanzigtausend öffentlich prostituierten – was würden sie dann erst für viel mehr Geld machen? War Tod 2.0 erst der Anfang? Würde es Menschen geben, die sich für eine Viertelmillion live den Arm absägen ließen? Und andere, die sich für zwei Millionen töten ließen, nachdem sie vorher drei Jahre lang in Saus und Braus leben durften?

In die Panik hinein klingelte Claras Telefon.

»Vidalis«, sagte sie knapp.

»Guten Tag, Frau Vidalis, mein Name ist Kosinsky vom Klinikum Marienburg. Ein Kollege vom LKA hat mir ihre Nummer gegeben.«

»Was gibt's?«, fragte Clara. In diesem Moment konnte sie sich keinen Reim darauf machen, was ein Herr Kosinsky von ihr wollte.

Die Antwort kam prompt.

»Ich habe die Information über Ingo M.«

Endlich.

»Sie sind mein Retter«, sagte Clara. »Wer ist es?«

»Ingo M. war seit 1982 Pfleger im Kinderheim der Thomas-Crusius-Stiftung. Und es wundert mich nicht, dass er in Schwierigkeiten geraten ist.«

»Wie meinen Sie das?«

»Ingo M. war mehrerer Missbrauchsfälle an Kindern und Jugendlichen verdächtig, aber ihm konnte nie etwas nachgewiesen werden. Möglicherweise auch deshalb, weil die Heimleitung das nicht so genau genommen hat.« Dann sagte er. »Aber da ist noch mehr.«

»Und was?«

Clara blickte nach draußen auf den regenverhangenen Himmel und kritzelte ein paar Notizen.

»Während der Zeit, als er in dem Heim beschäftigt war, sind mehrere Kinder spurlos verschwunden, darunter ein Geschwisterpaar, Elisabeth und Vladimir Schwarz. Die beiden gelten seit 1982 als vermisst. Damals waren sie fünfzehn und dreizehn Jahre alt.«

Clara notierte die Informationen hastig auf einen Zettel.

»Elisabeth Schwarz, fünfzehn, und Vladimir Schwarz, dreizehn Jahre«, murmelte sie. »Aus welchem Grund haben Sie die Information über die Geschwister?«

»Wir haben vor fünf Jahren die Klinik des Kinderheims der Thomas-Crusius-Stiftung übernommen. Vorher hatte das Heim seine eigene Klinik, aber dann wurde fast alles dichtgemacht. Ist ohnehin asbestverseucht. Wie auch immer, auf diese Weise kamen die Papiere der früheren Bewohner zu uns.« Er machte eine Pause. »Sie haben Glück gehabt. In einem halben Jahr wäre die Lagerfrist abgelaufen. Wir hätten alles vernichtet.«

»Ein zweites Mal Glück gehabt, würde ich sagen«, sagte Clara. »Elisabeth Schwarz und ihr Bruder gelten also als vermisst? Seit 1982? Haben Sie Informationen über ihr persönliches Umfeld oder Details darüber, wo sie zuletzt gesehen wurden?«

»Wir leider nicht«, sagte der Arzt. »In dem Kinderheim könnte allerdings noch eine Akte liegen. Aber da würde ich mich beeilen. Das alles ist so lange her, dass wohl bald alles eingestampft wird. Das Kinderheim ist ohnehin schon dreimal verkleinert worden und wird demnächst wahrscheinlich mit einer größeren Einrichtung zusammengelegt. Gut möglich, dass der jetzige Standort dann endgültig dichtgemacht wird.«

»Ich schaue es mir an«, sagte Clara. »Können Sie mir die Adresse und einen möglichen Ansprechpartner geben?«

»Selbstverständlich, suche ich Ihnen sofort raus.«

* * *

Winterfeld ging nervös auf und ab, während er sich Claras Bericht anhörte. Auch MacDeath war zugegen, der kurz zuvor bei Bellmann gewesen war, um für die Presse eine möglichst kurze Erklärung der Vorgehensweise des Killers vorzubereiten, die einerseits plausibel klang, andererseits aber nicht zu viel verriet.

»Elisabeth Schwarz war fünfzehn, als sie vermisst wurde?«, fragte Winterfeld. »Und ihr Bruder war dreizehn?«

»Ja.« Clara nickte. »Das ist verdammt lange her, aber möglicherweise lässt sich noch ein Zusammenhang mit dem Mord an Ingo M. herstellen. Es könnte ja sein, dass die Geschwister zu seinen Missbrauchsopfern gezählt haben.«

»Eine ziemlich vage Vermutung nach so langer Zeit«, sagte Winterfeld.

Clara zuckte die Schultern. »Haben wir etwas anderes?«

»Nein«, meldete MacDeath sich zu Wort. »Haben wir nicht. Wenn man zu sterben droht und nur ein einziges Gegengift hat, sollte man sich nicht über die Farbe der Pillen streiten.«

»Ich sag ja gar nichts mehr«, lenkte Winterfeld ein. »Sie fahren los. Ich halte hier mit MacDeath die Stellung.« Er schaute Clara an, wieder der gütige Lehrmeister. »Seien Sie vorsichtig, klar, Señora? Auch wenn der Killer sicher nicht im Kinderheim aus dem Schrank kommt – eigentlich hat Bellmann von Ihnen erwartet, dass Sie sich in Ihrem Zustand nicht von hier wegbewegen.«

Clara lächelte und erhob sich. »Wenn wir Glück haben, bewegt sich nur das Auto.« Sie zog ihren Mantel an und steckte ihre Waffe ins Holster. »Ich rufe sofort an, wenn ich Neuigkeiten habe. In vierzig Minuten sollte ich wieder hier sein.«

»In Ordnung«, sagte Winterfeld. »Wenn es sein muss, rufen Sie gern eher an.«

Sie zwinkerte ihm zu, ging in die Tiefgarage, verließ das LKA über einen Hinterausgang und fuhr den Tempelhofer Damm Richtung Süden, während sie die Meute der Reporter und Berichterstatter sah, die sich vor dem Haupteingang drängte.

12.

Die Journalisten und Reporter vor dem Eingang des LKA noch immer vor Augen, fuhr Clara den Tempelhofer Damm nach Süden. Auch wenn die Presse auf manchen Missstand, den die Politik verdrängte, hinwies, was der Arbeit der Polizei oft zugutekam, so fand Clara eines doch immer wieder merkwürdig: Bei einem medienwirksamen Verbrechen waren sie alle zur Stelle und erwarteten Lösungen, schnelle Lösungen. Doch die Tausende von Opfern anderer Krimineller, die auf weniger spektakuläre Art und Weise umgekommen waren wie die Opfer des Namenlosen, oder die, die ein Leben in Angst und Paranoia führten, weil sie mit dem nächsten, diesmal tödlichen Schlag rechneten – all diese Opfer waren der Meute dort vor der Tür offenbar herzlich egal.

Ein Toter ist eine Tragödie, hatte Stalin gesagt, *eine Million Tote reine Statistik.*

Dass die Polizei nicht als »Freund und Helfer« gesehen wurde, hatte Clara schon früh erkannt – genauso wie die Tatsache, dass nicht nur die Verbrecher ihre Feinde waren, sondern gewisse Vertreter aus Justiz und Politik. Ein Polizist, der einen gewalttätigen Demonstranten bewusstlos schlug, erregte mancherorts mehr Empörung als drei cracksüchtige Wiederholungstäter, die ein junges Mädchen vergewaltigten und auf einem abgelegenen Feldweg aus dem Auto warfen.

Warum waren Justiz und Politik niemals auf ihrer Seite? War es eine perfide Faszination der Mächtigen an der Grenzüberschreitung, wie man sie schon bei den reichen Baronen in den Erzählungen des Marquis de Sade lesen konnte? Je schlimmer und brutaler die Straftat, desto unwahrscheinlicher war es, dass sie bestraft wurde, als wäre die Gesellschaft ein überdimensionales Snuff Movie oder Horror-Porno, den sich die Mächtigen sabbernd vor Geilheit und obszöner Gier anschauten, während ihr Tatendrang, das Verbrechen zu bekämpfen, sich nur auf unbedeutende Vergehen richtete. Die Autos des Normalbürgers waren voller Feinstaubplaketten, Umweltzonenausweise, Parkzonenausweise, automatischer Parkgebührenabrechnungskarten und anderer Kontrollmechanismen, bei denen jedes Falschparken sofort geahndet wurde, doch der wiederholungsgefährdete Kinderschänder wurde in Freiheit entlassen, weil er sich weigerte, sich einer stationären psychologischen Behandlung zu unterziehen, sodass die Polizei gezwungen war, ihn rund um die Uhr zu observieren – was mehr Geld kostete, als das Leben, die Freiheit und die Rechte von einem Dutzend Kinder zu schützen. Shakespeare hatte von der Welt als Bühne gesprochen. Heute war die Realität manchmal ein Echtzeit-Dschungelcamp des Todes.

Warum die da oben das Verbrechen lieben?, hatte Winterfeld einmal über die Politik und die Justiz gesagt, als er ein paar Glas Rotwein zu viel getrunken hatte. *Ganz einfach. Weil sie selbst Verbrecher sind.*

Doch auch deren Welt war in Gefahr, wie das Beispiel Berlins zeigte. Denn Feuer diskriminierte nicht. Es verbrannte alles, was brennbar war. Und die Brände wurden größer. Es war eine Welt, die allmählich aus den ohnehin hochexplosiven Randbezirken überkochte und in das bürgerliche Berlin-Mitte eindrang. Denn so, wie die Gewalt und das Verbrechen aus dem Süden der Stadt und aus Neukölln nach oben stiegen wie eine von fauligen Gasen aufgeblähte Wasserleiche, so drang aus Wedding die gleiche Bedrohung herab, sickerte nach unten, wie das Blut eines Erstochenen im vierten Stock sich einen Weg in die Wohnung darunter sucht, bis es sich als hässlicher rotbrauner Fleck an der Decke zeigt und die ersten Tropfen drohend nach unten fallen.

Sie sind wie Kinder, dachte Clara. *Menschen, die glauben, die Bedrohung sei nicht da, solange sie die Augen geschlossen halten. Wenn ich sie nicht sehe, sehen sie mich auch nicht.* Das Geschrei wurde erst dann groß, wenn diejenigen, die stets beschwichtigten und verharmlosten, selbst getroffen wurden. Wenn eine Journalistin der selbst ernannten »liberalen« Medien von hinten mit Zaunlatten halb totgeschlagen wurde und dann – willkommen in der Realität – herausfand, dass die Schläger jugendliche Wiederholungstäter waren, die auch diesmal wieder ohne Strafe davonkamen, war das Grauen da. Trotz geschlossener Augen.

Nichts überzeugt mehr als fünf Zentimeter beißender Stahl im Körper, hatte einmal ein Gruppenleiter des Mobilen Einsatzkommandos gesagt, der einem Entführer beim Verhör ein Messer in den Oberschenkel gebohrt und es dann gedreht hatte. Bei fünfundvierzig Grad Drehung hatten die Beamten gewusst, wo Frau und Tochter jenes Mannes versteckt gehalten wurden, den der Entführer erpressen wollte. Frau und Tochter wurden gefunden – dehydriert, psychisch am Ende und halb verhungert, aber noch am Leben. Und Karl, der Gruppenleiter, wurde mit sofortiger Wirkung entlassen und bekam eine Anzeige an den Hals.

Sie waren allein. Bellmann und Winterfeld, Hermann und MacDeath, Clara und all die anderen. Wenn sie sich nicht selbst halfen, tat es niemand.

* * *

Das Kinderheim der Thomas-Crusius-Stiftung sah aus, als sollte es jeden Tag geschlossen werden. Leere Korridore, rostige Fensterrahmen, bröckelnder Putz an den Wänden. Nur hier und da ein paar Kinder und ab und zu eine Schwester oder ein Aufseher.

Zehn Minuten später saß Clara im Büro von Direktor Mertens, der seine Stelle nur noch für vier Wochen innehatte und dann in einem anderen Heim arbeiten würde; wo, wusste er selbst noch nicht. Er war Mitte vierzig und ein wenig übergewichtig, aber eifrig bemüht, Clara zu helfen. Er war extra an diesem Samstag ins Heim gekommen, um mit ihr zu sprechen. Die Zeitung gelesen hatte er aber offenbar nicht, denn er hielt sich mit Fragen zum Namenlosen zurück, was Clara nur recht war. Ein Ordner mit Ausdrucken lag vor ihr, einige noch in vergilbtem Matrizenpapier mit blauer Schrift, deren Aussehen und Geruch sie an die Grundschulzeit erinnerte.

»Viel gibt es nicht mehr, wie Sie sehen«, sagte der Direktor und stellte zwei dampfende Becher Kaffee auf den Tisch. Dann setzte er sich. »Und ich bin auch erst seit fünf Jahren hier. Der damalige Direktor ist vor zwölf Jahren an einem Herzinfarkt gestorben.«

Tolle Zeugenlage, dachte Clara. Sie trank von dem heißen Kaffee und überflog die Seiten. »Gibt es irgendwo Informationen, mit wem Elisabeth ihre Zeit verbracht hat?«

Mertens schüttelte den Kopf. »Ich glaube nicht, dass es da jemals schriftliche Notizen gab, und fast dreißig Jahre später ist schon gar nicht damit zu rechnen.« Er blätterte in den Unterlagen ein paar Seiten nach vorn. »Sie ist mit ihrem Bruder hierhergekommen, nachdem ihre Eltern gestorben waren.«

»Was war passiert?«, fragte Clara.

»Autounfall, beide Eltern tot.« Mertens zuckte mit den Schultern. »Soweit ich weiß, waren es Russlanddeutsche, die hier keine Verwandten hatten. Deshalb kamen die Kinder ins Heim. Sie wieder zurückzuverschiffen war den Behörden wohl zu kompliziert. Und beide sprachen perfekt Deutsch.« Er blätterte wieder ein paar Seiten nach vorne. »Elisabeth war eines Tages plötzlich weg, nachdem ihr Freund ebenfalls verschwunden war.«

»Ihr Freund?«

»Ja, Tobias Schäfer, hier steht's.« Mertens fuhr mit dem Finger über die Seiten. »Sie sind oft zusammen gesehen worden. Dann war Schäfer plötzlich verschwunden, und Elisabeth kurze Zeit später ebenfalls. Wir vermuten, dass sie gemeinsam ausgerissen sind.«

»Hat man je wieder von ihnen gehört?«

Mertens kniff die Lippen zusammen und schüttelte den Kopf. »Nein. Ihre Story hat mich neugierig gemacht, deshalb habe ich mir die Akte mal angeschaut, kurz bevor Sie gekommen sind. Ich wusste vorher auch nichts davon.« Er trank einen Schluck Kaffee und zog die Lippen kraus. »Jedes Heim hat seine unheimlichen Geschichten, und die Story mit Elisabeth und Tobias ist offenbar die unheimliche Geschichte *dieses* Heims.«

»Und Vladimir?«

»Er war Elisabeths Bruder. Auch er war plötzlich wie vom Erdboden verschluckt.« Mertens runzelte die Stirn. »Doch bei ihm sprach alles dafür, dass er sich umgebracht hat.«

»Sich umgebracht?«

»Ja. Er hat sich offenbar im See ertränkt, hier gleich um die Ecke.« Er zeigte mit dem Daumen nach draußen.

Clara zog die Augenbrauen zusammen. »Wurde seine Leiche gefunden?«

Mertens schüttelte den Kopf. »Hier steht jedenfalls nichts davon. Wahrscheinlich nicht.«

In Claras Kopf arbeitete es. *Vladimir.* Menschen, die sich in einem See ertränkten, wurden fast immer an Land gespült und dann entdeckt. Vielleicht hatte der Junge sich gar nicht umgebracht? Vielleicht hing das Verschwinden von Elisabeth und Tobias mit ihm zusammen? Aber das alles lag dreißig Jahre zurück.

»Hat man nach Vladimir gesucht?«

Mertens gähnte. »Ja. Es wurden sogar Tauchteams losgeschickt. Irgendwann haben sie dann aufgegeben. Es gab auch kaum Druck von außen. Keine Angehörigen, keine Verwandten. Man hat einen Totenschein ausgestellt, und das war's.«

Clara schaute Mertens an. »Und wenn er gar nicht Selbstmord begangen hat und stattdessen irgendwohin verschwunden ist?«

Mertens zuckte mit den Schultern. »Da fragen Sie mich zu viel. Das alles ist lange her. Ich habe die Beteiligten von damals nie gesehen. Ich wüsste auch nicht, wohin der Junge gegangen sein könnte. Er hatte ja niemanden außerhalb des Heims. Nein, ich bin ziemlich sicher, dass er sich tatsächlich umgebracht hat. Wollen Sie wissen, warum?«

»Selbstverständlich«, sagte Clara.

»Erst sterben seine Eltern. Seine Schwester ist alles, was er noch hat. Dann brennt seine Schwester mit diesem Tobias durch. Auf einmal sind alle fort. Vater, Mutter, Familie, Schwester.« Er nickte. »Das kann zu viel sein für so ein Kind.«

Clara dachte kurz nach. Tobias oder Vladimir. Könnte einer von beiden der Killer sein? Könnte einer derjenige gewesen sein, der Elisabeth getötet hatte? War Tobias mit ihr durchgebrannt und hatte sie beseitigt? Oder hatten beide gar nicht mehr durchbrennen können, weil sie schon tot gewesen waren? Getötet von jemand anderem? Von dem, der seine Schwester nicht verlieren wollte? Von Vladimir?

»Ich danke Ihnen, Herr Mertens«, sagte Clara. »Fällt Ihnen noch jemand ein, der mit Elisabeth, Tobias oder Vladimir damals in direktem Kontakt gestanden hat? Jemand, der heute noch lebt?« Sie dachte an den alten Direktor, der an einem Herzinfarkt gestorben war.

Mertens schaute ein paar Sekunden lang zur Decke.

»Frau Borchert«, sagte er. »Dr. Silvia Borchert. Aber sie ist schon vor Jahren gestorben.«

Clara notierte sich die Angaben. Sie würde gleich Hermann anrufen wegen des Namens. »Was hat sie gemacht?«

»Sie war damals noch für kurze Zeit die Heimleiterin«, sagte Mertens, »der gute Geist des Hauses. Unter ihr wäre so ein Typ wie Ingo M. niemals eingestellt worden. Ein paar Mal hat sie die Kinder zu sich nach Hause eingeladen. Da sind dann alle mit dem Bus hingefahren. Sie hatte ein Haus, ein paar Kilometer von hier. Es dient heute als Lagerhaus und Geräteschuppen. Alle Jubeljahre fährt der Hausmeister dorthin und holt Streusalz oder irgendwas. Jedenfalls, wenige Tage, nachdem Vladimir und Elisabeth hierherkamen, wurde Frau Borchert pensioniert und hat dann den größten Teil der Zeit im Ausland gelebt, auf Mallorca, soviel ich weiß. Das Haus hat sie aber behalten bis zu ihrem Tod.«

»War sie nach ihrer Pensionierung denn nie mehr dort?«

Mertens schüttelte wieder den Kopf. »Keine Ahnung. Wenn, dann eher selten. Aber jetzt ist das Haus ja ohnehin ein Lager- und Geräteschuppen, wie ich bereits sagte. Strom und Telefon gibt es da noch, das läuft alles über unser Kinderheim, aber es würde mich nicht wundern, wenn die Bude irgendwann in sich zusammenfällt. Spätestens, wenn das Heim hier dichtgemacht wird, gehen auch da endgültig die Lichter aus.«

»Haben Sie die Adresse?«

Mertens öffnete eine Schublade und wühlte darin herum. »Sicher, eine Sekunde. Der Hausmeister könnte es ihnen genau sagen, aber der ist heute nicht hier.« Er kramte in der Schublade, bis er einen Zettel zutage förderte. »Hier haben wir's.« Er reichte Clara den Zettel. Sie schrieb die Adresse in ihr Notizbuch und machte mit ihrem Handy noch ein Foto davon.

»Besten Dank«, sagte sie, zog ihren Mantel an und schüttelte Mertens die Hand. »Ich rufe Sie an, falls ich weitere Fragen habe, aber erst einmal sind wir durch. Vielen Dank für die schnelle Hilfe.«

Sie stieg mit eiligen Schritten die Treppe hinunter, bevor Mertens vielleicht doch noch Fragen zum Facebook-Ripper stellte. Dann setzte sie sich in ihren Wagen, schaute sich die Adresse des Hauses von Silvia Borchert noch einmal an und fuhr los.

* * *

Mitten in einem Waldgebiet befand sich eine große Lichtung mit einer Anhöhe, auf der das Haus stand, das nun als Lager diente. Graue Wände, so trostlos wie die bleierne Farbe des Himmels, verschlossene Fenster, die wie blinde Augen ins Nichts starrten. Zersplitterte Baumstämme ragten wie abgebrochene Zähne aus dem schlammigen Waldboden. Die Bäume, die noch standen, reckten ihre mittlerweile fast kahlen Äste gen Himmel wie ein gigantischer Krake.

Das Haus hatte etwas Gedrungenes wie ein Tier auf der Lauer, als hätte es sich der Stürme und der tief hängenden Wolken wegen, die über die Anhöhe hinwegzogen, eingegraben und würde mit seinen grauen Fenstern und der Tür aus dem Boden hervorspähen wie ein Soldat aus einem Schützengraben.

Die Wahrheit liegt unter der Oberfläche, dachte Clara. Sie dachte an den Vergleich mit den Steinen, die sie in ihrem Beruf immer wieder umdrehen musste – Steine, die oben glatt und sauber aussahen und unter denen, sobald man sie hochhob, Maden und Insekten inmitten von Aas und Exkrementen wimmelten.

Und dieses Haus? Dieses gedrungene große Haus? Sie wusste jetzt, dass es nicht mehr bewohnt wurde, aber es strahlte irgendetwas Düsteres, Bedrohliches aus. *Beinahe wie ein Spukhaus*, ging es Clara durch den Kopf.

Sie nahm die Waffe in die rechte Hand und schob sie in die rechte Manteltasche. Dann ging sie auf die Haustür oberhalb der Veranda zu. Eine massive Tür und ein vergilbtes Klingelschild.

Der Name darauf war nicht mehr zu erkennen.

Sie drückte vorsichtig die Klinke herunter. Die Tür öffnete sich. Nicht mit dem unheimlichen Knarren, das Clara erwartet hatte, sondern leise und mühelos. Die Tür gab den Blick frei auf einen dunklen Korridor.

Clara holte tief Luft, öffnete die Tür noch ein Stück und trat über die Schwelle.

13.

Im Haus war es totenstill.

Ein seltsames Gefühl überkam sie.

Spukt es in diesem Haus tatsächlich?

Angst kroch in ihr hoch. Trotz ihres pochenden Herzens atmete sie, so leise sie konnte. Nicht nur wegen der lastenden Stille und der bedrückenden Atmosphäre. Es gab noch einen weiteren Grund: Clara hatte das unbestimmte Gefühl, dass jemand anders sie hören könnte.

Das trübe Licht der grauschwarzen Abenddämmerung schien von draußen in den Korridor und warf Claras Schatten in matten Farben auf den knarrenden Dielenboden. Luft zog von irgendwoher über den Flur. Sie war kalt und muffig, als käme sie aus einer unterirdischen Höhle.

Clara öffnete vorsichtig die Tür zu ihrer Rechten, die Pistole in der Manteltasche entsichert und fest im Griff. Sie gelangte in ein Wohnzimmer. Das Materiallager schien im hinteren Teil des Hauses zu sein; hier sah alles noch so aus, als wäre die Zeit stehen geblieben. Nur wenig Licht fiel durch die halb geschlossenen Jalousien in den Raum. Eine Couch, ein Tisch mit einer altmodischen, vergilbten Tischdecke. In der Nähe der Tür stand ein Telefon. Staub und Schmutz lagen auf den Regalen. Und als Clara die Tür geöffnet hatte, war irgendetwas über den Teppich gehuscht.

Ratten.

Zu ihrer Linken befand sich ein weiterer Raum. Offenbar ein Gästezimmer, denn Clara erblickte eines der altmodischen Betten mit riesigen Sprungfedern in der Matratze, die um die Länge einer Hand nachgaben, sobald man sich daraufsetzte. In diesem Zimmer waren die Jalousien ganz unten. Clara knipste die Taschenlampe an. Der Lichtstrahl kroch über die Wände und über einen altmodischen Servierwagen, auf dem verstaubte Gläser standen.

Hinter dem Korridor befand sich eine weitere Tür. Clara öffnete sie vorsichtig und bewegte sich tastend in den Gang, die Taschenlampe auf den Boden gerichtet.

Hier ist niemand, sagte sie sich. *Du verschwendest deine Zeit.*

Dennoch ging sie mit langsamen Schritten weiter, den Lichtstrahl auf den Boden gerichtet, die Waffe in der rechten Tasche fest umklammert.

Nach einigen Metern kam sie zu der Öffnung, wo ihr der kalte, muffige Wind entgegenströmte. Eine Luke im Boden war geöffnet, und eine schiefe Treppenflucht führte nach unten. Zugige, nach Erde riechende Luft wehte aus der Öffnung, die sich vor Clara auftat wie ein fauliger Rachen. Sie tastete sich die Treppe hinunter, die Taschenlampe in der einen Hand, die Waffe in der anderen. Durch einen langen Flur. Dahinter eine Tür. Die Tür ließ sich leicht öffnen. Fast zu leicht.

Clara gelangte in ein großes Gewölbe. Vor Angst und Anspannung nahm sie es nur schemenhaft wahr.

Plötzlich stockte sie.

Was war das da in der Mitte des Raumes? Eine große Tafel? Ein Tisch?

Irgendetwas lag auf diesem Tisch.

Vielleicht wäre es besser, überlegte sie, *die Waffe zu ziehen, damit …*

Und dann zuckte sie so heftig zusammen, dass sie fast aufgeschrien hätte.

Sie hatte ein Gesicht gesehen, eine lippenlose Fratze mit goldenen Haaren und gelben Zähnen, zu einem Grinsen gebleckt. Die Haut war wie Pergament, die geschlossenen Augen waren zur Decke gerichtet.

Unvermittelt, mit einem lauten Schlag, krachte die Tür hinter ihr ins Schloss. Diesmal erschrak Clara so heftig, dass sie die Taschenlampe fallen ließ. Sie spürte irgendetwas zu ihren Füßen – *ein anderer Fuß?* –, und die Taschenlampe schlitterte über den Boden, bis sie am Ende des Korridors liegen blieb und ihr matter Strahl nutzlos einen Teil der fleckigen Steinwand erhellte.

Dann hörte sie ein unterdrücktes Atmen, ganz nahe, irgendwo im Halbdunkeln.

Sie fuhr herum und wollte die Waffe ziehen, als eine kräftige Hand ihr ein Tuch auf Mund und Nase presste.

Clara kannte den Geruch.

Chloroform.

Verdammt, das ging daneben, dachte sie noch, bevor alles um sie herum schwarz wurde.

14.

Winterfeld blickte auf sein Handy und las die Textnachricht, die er gerade eben erhalten hatte. »Scheiße!«, fluchte er.

Er rannte den Gang hinunter und rief dabei das Mobile Einsatzkommando an. »Fünf Männer, sofort!«, sagte er, »Treffen in drei Minuten am Ausgang. Alles Weitere gleich!« Er schaute noch einmal auf das Handy und stieß die Tür von Hermanns Büro auf.

»Wir haben Schwierigkeiten«, sagte er. »Check mal diese Adresse.« Er legte Hermann das Handy vor den Rechner.

»Clara?«, fragte er.

Winterfeld nickte nur. »Wir haben sie in die Höhle des Löwen laufen lassen.« Er rief MacDeath an, während Hermann das Kürzel in der Textnachricht entschlüsselte.

»HRMSDRF DM 18 N BER«, las Hermann vor, »das kann nur der Hermsdorfer Damm sein. N BER heißt Nordberlin. Und da gibt es nur einen Hermsdorfer Damm.« Er erhob sich, zog seine Lederjacke an und schaute Winterfeld an. »Fünfzehn Minuten, wenn wir fahren wie der Teufel.«

»Was denn sonst?«, entgegnete Winterfeld und klopfte ihm auf die Schulter. »Und du bleibst hier, wir brauchen jemanden online in der Kommandozentrale.« Hermann nickte widerwillig.

Als Winterfeld in die Tiefgarage kam, warteten dort bereits MacDeath sowie fünf Männer des MEK mit Heckler & Koch-Gewehren. Sie stiegen in den Einsatzwagen, der mit kreischenden Reifen losjagte, vorbei an der Reportermeute, die sich immer noch vor dem Eingang drängte. Mit Blaulicht rasten sie mit hundertzwanzig Sachen über den Tempelhofer Damm in Richtung Norden zur Stadtautobahn.

»Eine Nachricht von Clara, sagten Sie?«, fragte MacDeath, der hinten bei den MEK-Leuten saß, während er sich hastig anschnallte.

Winterfeld nickte und zeigte ihm die SMS, wobei er den Kopf schüttelte. »Das ist beschissen gelaufen«, sagte er. »Gut, dass Clara noch schreiben konnte.«

MacDeath und die MEK-Beamten beugten sich über das Handy.

BIN GEFANGEN.
HRMSDRF DM 18 N BER
CLARA

15.

Es war das gleiche Ritual wie immer, als sie das Haus am Hermsdorfer Damm erreicht hatten. Wie immer, wenn es darum ging, ein Gebäude zu stürmen oder zu durchsuchen. Zwei MEK-Männer drangen in den Garten vor, zwei andere warteten hinter einem Wagen, der direkt vor dem Haus geparkt war. Der schwarze zivile Bus der Polizei stand etwas abseits und war nicht von einem normalen Fahrzeug zu unterscheiden.

Die Beamten hatten die Waffen in der rechten Hand verdeckt an den Oberschenkel gedrückt, als Winterfeld auf die Klingel drückte. MacDeath und zwei weitere MEK-Beamte standen ein Stück abseits auf dem Weg zwischen Gartenpforte und Haustür.

Winterfeld klingelte noch einmal. Ein Mann Mitte vierzig mit schütterem Haupthaar öffnete die Tür.

»Ja, bitte?«, fragte er.

»Winterfeld, Kriminalpolizei«, sagte Winterfeld und hielt dem Mann einen unterschriebenen und gestempelten Brief vor die Nase. »Das hier ist eine einstweilige Verfügung, die uns zu einer Hausdurchsuchung berechtigt. Lassen Sie uns bitte herein, und verhalten Sie sich friedlich.«

Der Mann drückte sich an die Wand und schüttelte verständnislos den Kopf, als Winterfeld und das Mobile Einsatzkommando an ihm vorbei wie eine Lawine ins Haus vorrückten.

* * *

»Das hätte ich Ihnen auch gleich sagen können«, schimpfte der Mann kopfschüttelnd. Sein Sohn und seine Frau standen fassungslos daneben. »Sehen wir aus wie Entführer?« Auf seiner Stirn stand eine steile Zornesfalte, während er Winterfeld feindselig anstarrte. Dem war die Sache sichtlich unangenehm, so oft, wie er sich durch die Haare fuhr.

»Was wollten die ganzen Polizisten hier, Papa?«, fragte der vielleicht zwölfjährige Sohn aufgeregt, der das Ganze wohl spannend gefunden hatte.

»Weiß ich nicht«, sagte der Mann, schüttelte den Kopf und blickte Winterfeld an. »Ich habe keine Ahnung.« Er schaute abwechselnd auf Winterfeld, auf den schwarzen Bus, auf die MEK-Beamten und dann wieder auf Winterfeld.

»Kümmern Sie sich lieber um all die Mörder und Vergewaltiger, die frei herumlaufen, anstatt nur Falschparker aufzuschreiben und anständigen Menschen das Wochenende zu versauen.« Er verschränkte die Arme. »Und Verfügung hin oder her – das wird ein Nachspiel haben, Herr Winterfeld. So was lasse ich mir als gesetzestreuer Bürger nicht bieten. Wir sind nicht mehr in der DDR. Die Stasi gibt's nicht mehr.«

Winterfeld seufzte, blickte auf die Uhr und auf sein Handy. Er hatte es zu eilig, um lange mit dem Mann zu diskutieren. Er musste schleunigst herausfinden, wo Clara denn nun wirklich steckte.

»Es tut uns leid«, sagte Winterfeld, »eine Fehlinformation. Und glauben Sie mir – Ihre Mörder und Vergewaltiger jagen wir gerade.«

»Dann jagen Sie am falschen Ort«, sagte der Mann, dessen Lippen nur noch ein dünner Strich waren. »Und jetzt tun Sie uns den Gefallen und verschwinden Sie.«

* * *

»Verdammt!«, rief Winterfeld, als sie wieder im Bus saßen, und wählte eine Nummer. Er hatte gerade versucht, Clara anzurufen, doch niemand hatte sich gemeldet. Jetzt telefonierte er mit der IT. »Hermann«, sagte er, »bist du sicher, dass es nur einen Hermsdorfer Damm gibt? Was? Noch einen bei Dresden? Nein, das wäre allerdings nicht mehr Nordberlin.« Er blickte auf die Einfamilienhäuser, die rechts und links an dem fahrenden Bus vorüberzogen. »Können wir herausfinden, wo das Handy ist, von dem wir die SMS erhalten haben? Claras Handy?« Er lauschte Hermanns Antwort. »Können wir, dauert aber ein wenig? Dachte ich mir. Ich ruf gleich wieder an.«

Er ließ das Handy sinken und schaute nach hinten auf MacDeath und die MEK-Leute.

»Irgendetwas stimmt hier nicht. Irgendetwas stimmt hier ganz und gar nicht.« Noch einmal wählte er Claras Nummer. Das Freizeichen ertönte.

Einmal.

Zweimal.

Dreimal.

16.

Das Klingeln eines Telefons weckte Clara aus bleiernem Schlaf. Der Lappen in ihrem Mund hatte einen staubigen Geschmack, der sie würgen ließ. Sie saß auf kaltem Boden, hinter ihr eine ebenso kalte Wand. Sie wollte sich bewegen, stellte aber fest, dass es ihr unmöglich war. Blinzelnd öffnete sie die Augen und sah einen Raum, von dessen Decke eine einzelne Glühbirne hing. In einer Ecke des Raumes stand ein Eimer. Daneben war eine Steckdose. Es erinnerte Clara auf unangenehme Weise an das Gewölbe, in dem der Namenlose Andira gefilmt hatte.

Das Telefon klingelte immer noch. Ähnlich penetrant wie am gestrigen Abend, als sie den grauenhaften Film des Namenlosen gesehen und das Bewusstsein verloren hatte. Sie öffnete die Augen jetzt vollständig. Ihr Blick folgte der Quelle des Geräusches und schweifte zur Tür, wo sie zwei schwarze Stiefel sah, zwei Beine und den kräftigen Torso eines großen, schwarz gekleideten Mannes. In der linken Hand hielt er das klingelnde Handy wie eine Trophäe in die Höhe. Er schaute erst das Handy an und richtete seinen Blick dann auf Clara, musterte sie mit seinen blauen Augen durch die Gläser seiner Brille.

Eine Brille mit mattem Edelstahlrahmen.

»Wissen Sie, wer Sie da gerade anruft?«, fragte der Mann.

Clara war noch zu benommen vom Chloroform, als dass sie Angst empfand oder auch nur schreien konnte. Doch irgendwie schien es ihr, als hätte sie die Stimme schon einmal gehört. So, wie sie jetzt war, unverzerrt.

Die Stimme fuhr fort: »Ihr väterlicher Freund Winterfeld.« Der Mann öffnete das Handy und nahm Akku und SIM-Karte heraus. »Falls Ihre Freunde vorhaben sollten, per GPS-Tracker das Handy zu lokalisieren, bräuchten sie noch fünf Minuten …« Er zerknickte die Karte zwischen Daumen und Zeigefinger und hielt Akku und Handy in der linken Hand, die dabei ein wenig zitterte. »Und diese fünf Minuten sind jetzt um.« Er schaute kurz auf die zerstörte SIM-Karte und richtete den Blick dann in die Weite des Raumes, dorthin, wo Clara saß, während er seine Brille zurechtrückte.

»Clara Vidalis«, sagte der Mann, »ich weiß, dass Ihr Kollege Winterfeld überaus besorgt ist. Ich habe ihn nämlich gerade auf eine Reise nach Nordberlin geschickt, wo er Sie zu treffen erwartet hat. Dummerweise sind wir vierzig Kilometer von Nordberlin entfernt – und Sie sind gefesselt.«

Clara gelang es erstaunlich gut, ihre Angst unter Kontrolle zu halten. Sie hatte keine Ahnung, was der Mann mit ihr anstellen würde, aber dafür wusste sie fast hundertprozentig, wer er war, auch wenn sie es sich nicht erklären konnte, warum sie gerade in diesem Haus gerade *ihm* in die Fänge geraten war. Doch irgendetwas sagte ihr, dass es besser war, ihm zuzuhören. Je mehr Zeit verging, desto größer war die Chance, dass Winterfeld sie doch noch fand oder sich ihr die Gelegenheit zur Flucht bot. Wenn es tatsächlich der Mann war, für den sie ihn hielt, musste hier irgendwo Andira sein. Dann musste er seine Show zu Ende bringen, und das erforderte Konzentration.

Es sei denn, dachte sie, und der Gedanke erfüllte sie mit Grauen, *er macht es sich leicht, indem er mich einfach auch tötet.*

Doch würde das zu ihm passen? Sie sollte sein Spiel doch bis zum Ende verfolgen. Das hatte auch MacDeath gesagt. Und das konnte sie nur, wenn sie lebte. So war es doch? Oder redete sie es sich nur ein, um die letzten Minuten ihres Lebens nicht in unbeschreiblicher Furcht zu verbringen? Denn der Mörder hatte keine Maske getragen, hatte ihr direkt ins Gesicht geschaut. Und sie war LKA-Kommissarin. So offen gab man sich doch nur zu erkennen, wenn man seine Geisel später töten wollte, oder?

Clara hatte sich immer gefragt, wie es sein würde, wenn es sie einmal erwischte. Ein *nicht natürlicher Tod,* wie die Rechtsmediziner sagten. Ein Messerstich, ein tödlicher Schlag, eine Kugel, ein Sturz aus einem Fenster. So viele Menschen es gab, so viele Todesarten gab es.

»Wenn es dich erwischen sollte«, hatte Karl damals zu ihr gesagt, der MEK-Mann, der suspendiert worden war, weil er dem Entführer ein Messer in den Oberschenkel gebohrt hatte, »wenn es dich erwischen sollte, dann bete, dass es jemand ist, der gut schießen kann.« Er hatte böse gelächelt. »Ich habe schon zu viele Geschichten gehört von Menschen, die stundenlang verblutet sind, wahnsinnig vor Schmerzen. Und ein Bulle bei der Mordkommission, der seinen Job ernst nimmt, stirbt nicht immer eines natürlichen Todes.«

Kein natürlicher Tod.

Clara hatte gewusst, was Karl gemeint hatte: Die Bereitschaft, den Tod auf sich zu nehmen in dem Wissen, dass er unvermeidbar ist und jeden Tag kommen kann. Denn Tag für Tag werden Karten ausgeteilt, die für den, der sie bekommt, das Ende bedeuten. Und irgendwann ist man selbst an der Reihe.

»Ich habe keine Ahnung, wie Sie hierhergefunden haben, Frau Vidalis«, sagte der Mann, der der Namenlose war, »aber Sie haben es geschafft. Ich bin beeindruckt.«

Er verließ kurz den Raum und kam zurück, einen Gegenstand in der Hand. Bei näherem Hinsehen sah Clara, dass es ein Tauchsieder war. Angst durchfuhr sie, als wäre sie auf eine Stromleitung getreten. Was hatte dieser Irre vor?

Er blieb in einer Ecke des Raumes stehen, ohne näher zu kommen. »Sie werden besser«, sagte er. »Vorher haben Sie nur jahrzehntelang vor dem Grab Ihrer Schwester gestanden … dem *leeren* Grab Ihrer Schwester wohlgemerkt.«

Clara verspürte das unbändige Verlangen, diesem Hurensohn mit einem der großen Wandsteine den Schädel einzuschlagen.

»Ingo M. haben Sie jahrzehntelang nicht gefunden«, sagte er. »Aber jetzt finden Sie mich. Gratulation.«

Ja, sie hatte ihn gefunden. Aber nicht so, wie sie es sich gedacht hatte. Das Video mit dem toten Ingo M., das ihr vom Killer geschickt worden war, hatte sie auf den Mörder ihrer Schwester gebracht und schließlich auf die Spur des Täters. Aber das spielte jetzt keine Rolle mehr, denn sie befand sich in seiner Gewalt.

Und niemand wusste, dass sie hier war.

»Ingo M.«, sagte er und schien es zu genießen, wie viel Schmerz er Clara mit diesem Namen zufügte. »Er wirkte so bieder, so angepasst, so gewöhnlich. Aber das sind sie ja alle.« Clara fiel auf, mit welcher Herablassung er von anderen Mördern und Kriminellen redete. Als wäre er etwas Besseres. Als wäre er bedeutender.

Der Wortlaut der Mail kam ihr in den Sinn.

Ich bin mehr als all die dummen kleinen Kriminellen, die ihr jagt und irgendwann fasst. Diese naiven, schwanzgesteuerten Triebtäter laufen früher oder später in eure plumpen Fallen, weil sie nichts weiter sind als hirntotes, zuckendes Protoplasma. Ich aber bin mehr, ich bin größer, ich bin überall. Ich bin es, der euch *die Fallen stellt.*

Er hatte ihr tatsächlich eine Falle gestellt, vielleicht sogar eine tödliche.

»Der gute Ingo machte einen sehr gewöhnlichen Eindruck«, wiederholte der Mann. »Aber ich versichere Ihnen – das, was er mir erzählt hat, war selbst für meine Ohren *ungewöhnlich.*«

Er ging ein paar Schritte auf Clara zu und blieb in der Mitte des Raumes stehen. »Wir sind alle nicht besonders gut darin, unsere Schuld zu bekennen. Wir sagen gerne, dass wir schuldig gewesen sind, aber wir sagen selten *alles.* Sie auch nicht – stimmt's, Frau Vidalis? Oder haben Sie am letzten Mittwoch in der Sankt-Hedwigs-Kathedrale alles gesagt?«

Er schaute sie erwartungsvoll an, während es Clara eiskalt durchfuhr. *Die Beichte! Woher wusste dieser Kerl davon?*

»Wissen Sie noch, was ich zu Ihnen gesagt habe?«, fragte er. »Am Mittwoch vor der Marienstatue? Ich sagte, dass wahre Schönheit immer unnahbar sei.« Er nickte. »Und so ist es auch.«

In diesem Moment traf Clara die Erinnerung mit der gleißenden Helligkeit einer Atomexplosion. Der große Mann, der mit ihr an der Marienstatue in der Sankt-Hedwigs-Kathedrale gestanden hatte. Das metallische Geräusch der Münze, die neben Clara in den Opferstock gefallen war. Seine Bewegungen, seine Geschmeidigkeit – genau wie bei diesem Mann. Die Haare blond und kurz geschnitten. Eine Brille aus mattem Edelstahl.

Das kann nicht wahr sein, dachte Clara.

Ingo M. hatte am Tag der Beerdigung ihrer Schwester neben ihr gestanden.

Und dieser Mann hatte am Todestag ihrer Schwester, an dem sie, Clara, gebeichtet hatte, neben ihr gestanden.

An dem Tag, an dem sie abends die Snuff-CD bekommen hatte.

Von ihm.

Dem Namenlosen.

»Sie haben Ihre Schuld gebeichtet«, sagte er, »aber ich bin sicher, auch Sie haben nicht alles gesagt.« Er ging wieder ein paar Schritte zurück. »Wie Ingo M.« Er hob dozierend den Finger. Clara ertappte sich dabei, dass er sie ein wenig an MacDeath erinnerte. »Ingo M.«, fuhr er fort, »war ein Sadist, der seine

Monstrosität zur Normalität gemacht hatte, aber vor der Welt verborgen hielt, sodass seine perversen Triebe in seinem Inneren vor sich hin faulten, bis sie irgendwann freigelassen wurden und die Umgebung mit ihrer Leichenfäulnis verpesteten.« Er schaute sie an. »Je schlimmer die Taten wurden, die er mir beichten sollte, desto härtere Maßnahmen musste ich ergreifen, damit er diese Taten auch wirklich bekannte. Denn ich wusste, sie waren da.« Er faltete seine großen Hände und ließ die Gelenke knacken. »Dass er von den Grabsteinen seiner Opfer Fotos aufgenommen hat, vor denen er zu Hause onanierte, hat er mir erst anvertraut, als ich ihn mit einer Kneifzange und einem Lötkolben ein bisschen gesprächiger gemacht habe.« Wieder ging er ein paar Schritte vor. »Doch ich wusste, da war noch etwas, tief in seinem Inneren, das herausmusste. Und erst nachdem ich seine Amalgamplomben unter Strom gesetzt habe, hat er mir erzählt, dass er Ihre kleine Schwester wieder ausgegraben hat. Und dass er Sex mit der Leiche hatte. Mehrmals.«

Ein kurzes Lächeln des Namenlosen, so kalt wie das Ende des Universums.

»Doch wir müssen es zu Ende bringen, Frau Vidalis«, sagte er und ließ Clara keine Zeit, über all das nachzudenken, während ein Chaos von Gedanken durch ihren Kopf wirbelte. »Sie sind meine Zuschauerin und Richterin, wie Sie vielleicht schon vermutet haben, aber ich werde nicht zulassen, dass Sie mein letztes heiliges Opfer stören. In fünfzehn Minuten werde ich Andira töten. Dann ist mein Werk vollendet.«

Er blickte Clara fest in die Augen und verbeugte sich.

»Ich werde Sie nicht töten«, fuhr er fort. »Aber ich werde auch nicht zulassen, dass Sie mir bei meinem heiligen Opfer in die Quere kommen. Sie hätten nicht herkommen dürfen, so wie ich es Ihnen geschrieben habe. ›Ihr wolltet mich fangen und werdet von mir gefangen. Und wenn ihr mich töten wollt, werdet ihr getötet.‹« Er ging zwei Schritte zurück. »Bei Ihnen wird es so sein wie bei Ingo. Ich selbst werde Sie nicht töten, sondern das Feuer. Das hier, Sie haben es vielleicht schon gerochen«, er tippte mit dem Fuß gegen den Eimer, »ist Benzin.« Mit diesen Worten schloss er den Tauchsieder an die Steckdose an und warf ihn in den Eimer.

»Leben Sie wohl«, sagte er und verbeugte sich noch einmal. »Ich hoffe, Sie haben gute Lungen. Denn es stinkt höllisch, bevor es bumm macht.«

Er blickte Clara ein letztes Mal an und ließ die Tür hinter sich ins Schloss fallen.

17.

Clara saß in der Finsternis des Verlieses, während der Benzingestank ihr Tränen in die Augen trieb und das Blubbern der Flüssigkeit im Eimer allmählich lauter wurde.

Nur noch wenige Minuten, dann würde es vorbei sein. Die Wände waren stabil genug, um die Explosion aufzuhalten, sodass die Druckwelle sie, Clara, in eine schwarze, verrußte, zerrissene Puppe verwandeln würde.

Hier musste sie sich nicht ausmalen, wie es enden würde. Entweder ging es ganz schnell – ein greller Blitz, und es war vorbei –, oder sie würde qualvoll verbrennen, während der gnädige Erstickungstod ihr Sterben vielleicht ein wenig verkürzte.

Aber warum tat er das? Er wollte doch, dass sie bei seinem Spiel dabei war, dass sie es begutachtete? Und nun brachte er sie um?

Plötzlich sah sie MacDeath' Gesicht vor ihrem geistigen Auge und hörte seine Worte. *Sie übersehen die einfachste Antwort auf die Frage, warum dieser Mann völlig widersprüchliche Dinge tut.*

Und wie lautet diese Antwort?, hatte sie gefragt.

Weil er wahnsinnig ist.

Das Bild von MacDeath verblasste, als Clara von den Benzindünsten allmählich in einen bleiernen Zustand der Beinahe-Bewusstlosigkeit gezogen wurde.

Mit letzter Kraft riss sie die Augen auf.

Nimm dich zusammen.

Und wieder kam so ein Moment, wo sie glaubte, sie würde sich von einer höheren Warte aus selbst betrachten, und wo sie plötzlich die Kraft hatte, das Notwendige und Richtige zu tun. Das zu tun, was sie in den Kampfsport- und Yogakursen theoretisch gelernt, aber noch nie angewandt hatte. Was schrecklich schien, aber möglich war. Was sie jetzt tun musste, um nicht zu sterben.

Sie musste sich selbst den Arm auskugeln.

Kann nützlich sein, das mit dem Armauskugeln, hatte Winterfeld noch am Mittwoch zu ihr gesagt. Und heute war es nicht nur nützlich, heute war es notwendig, wollte sie überleben.

Der Schmerz in ihrem Gelenk loderte wie Höllenfeuer, als würde der Benzineimer genau in ihrer Schulter explodieren. Als ihr linker Arm schließlich schlaff herabhing, war sie schweißgebadet. Sie zog das Schultergelenk nach unten und hatte das Gefühl, als würde flüssiger Stahl durch ihre Knochen fließen. Beinahe hätte sie aufgeschrien und dadurch die Aufmerksamkeit des Namenlosen auf sich gezogen, doch es gelang ihr, das Gelenk bis unterhalb der Ketten zu ziehen, die sie fesselten. Der Druck auf ihren Körper war gelöst, die Ketten hingen nun lose herab, und sie konnte ihren unversehrten rechten Arm aus den metallenen Schlingen ziehen. Sich mit ihrer rechten Hand abstützend, schälte sie sich aus den Ketten wie ein Schmetterling aus einer Puppe. Dann zog sie ihren Mantel aus und legte ihn in den Raum, erhob sich und ging mit taumelnden Schritten zur Tür.

Der Namenlose schien sich seiner Sache sicher zu sein, denn er hatte nicht abgeschlossen. Clara öffnete mit letzter Kraft die Tür, während der Benzingestank ihr fast die Besinnung raubte. Sie schaute sich auf dem dunklen Gang um, schloss die Tür hinter sich und taumelte nach draußen.

Sie hatte sich gerade in einem dunklen Nebenraum auf den Boden geworfen, als eine gewaltige Explosion die schwere Stahltür des Verlieses, aus dem sie soeben geflüchtet war, erzittern ließ.

Clara atmete keuchend die modrige Luft, schloss die Augen und dachte nach, während in dem ausgekugelten Schultergelenk der Schmerz wühlte.

Was würde ich jetzt tun, wenn ich der Killer wäre?, fragte sie sich und gab sich gleich selbst die Antwort: *Mich überzeugen, ob meine Gefangene tot ist.*

Der Namenlose hatte seine Opfer gewissermaßen digital am Leben gelassen, damit niemand sie vermisste. Bei Clara war es umgekehrt. Sie musste so tun, als wäre sie tot, damit der Irre sie in Ruhe ließ.

Sie stolperte zurück in den Raum, der penetrant nach Rauch und Benzin stank und dessen Wände nun rußverschmiert waren. Sie zog sich den zerfetzten, verkohlten Mantel über und legte sich regungslos auf den Boden.

Sekunden später erklangen Schritte auf dem Flur.

18.

Der Namenlose öffnete die schwere Tür zu dem Verlies, in das er Clara gesperrt hatte, ließ den Blick durch den Raum schweifen, sah das verkohlte Bündel in der Ecke liegen und verzog in einer Mischung aus Trauer und Genugtuung das Gesicht. Er ging zurück an seinen Computer. Er würde den Fragebogen auswerten müssen, würde sehen müssen, was die User angekreuzt hatten und auf welche Weise Andira getötet werden sollte. Seine Blicke huschten über die Werkzeuge: *Axt, Bohrmaschine, Kettensäge, Vorschlaghammer*… Doch er hatte noch ein Kommentarfeld hinzugefügt. Nur aus Neugier. Und fast noch schlimmer als die Waffen selbst waren die Vorschläge mancher User, *wie* er Andira töten sollte. Sogar Vladimir Schwarz war entsetzt, was scheinbar normale Menschen sich in ihren blutigen Phantasien ausmalten.

Wer ist hier eigentlich der Normale?, überlegte er und bereitete sich auf die Sendung vor.

19.

Clara atmete tief durch, als sie wieder auf dem Gang stand. Sie hatte die ganze Zeit die Luft angehalten, während der Namenlose den Kopf zur Tür hineingesteckt hatte. Sie hatte seine Blicke gespürt und darum gekämpft, nicht die verseuchte Benzinluft einzuatmen und erneut bewusstlos zu werden, was ihren sicheren Tod bedeutet hätte.

Die Zeit hatte gerade noch ausgereicht. Nun atmete sie wie hysterisch die Luft im Kellergewölbe und bemühte sich dabei, nicht zu laut zu sein. Die modrige Luft kam ihr vor wie die reinste und klarste Luft, die sie jemals geatmet hatte.

Sie schlich den Korridor entlang und bewegte sich langsam auf der Kellertreppe nach oben. *Das Telefon im Wohnzimmer*, dachte sie. Das Handy war zerstört, aber sie musste Winterfeld erreichen, irgendwie.

Schließlich stand sie dort, wo sie vor Kurzem schon einmal gestanden hatte. Vor dem beigefarbenen Telefon, das von einer dicken, schmierigen Staubschicht bedeckt war. Bisher hatte sie gedacht, solche Modelle kämen nur in Horrorfilmen vor und dass diese Telefone in derartigen Filmen immer dann nicht funktionierten, wenn die Helden sich vor den Verrückten in Sicherheit bringen mussten oder wer immer ihnen auf den Fersen war.

Doch hier war der leibhaftige Horror zu Hause. Hier gab es dieses Telefon wirklich. Genau wie die fleckige Couch, den Tisch mit der altmodischen vergilbten Tischdecke, den Staub und die Ratten.

Clara hörte das Freizeichen. Ihr fiel ein Stein vom Herzen.

Anders als in den Horrorfilmen funktionierte der Apparat tatsächlich. Wahrscheinlich benutzte ihn der Hausmeister des Kinderheims, wenn er hier irgendwelche Materialien einlagerte oder abholte. Und der Irre, der im Kellergewölbe hauste, hatte dieses altmodische Telefon absichtlich behalten, um damit anonym, ohne Rufnummer-Erkennung, seine Opfer anzurufen.

Clara drehte mit zitternden Fingern die Scheibe und wählte Winterfelds Nummer. Die Wählscheibe schien sich quälend langsam zu drehen.

»Winterfeld«, meldete er sich. Noch nie war Clara so glücklich gewesen, seine Stimme zu hören.

»Hier ist Clara«, sagte sie mit einer Stimme, die keinen Widerspruch duldete. »Wir haben ihn. Kommen Sie, so schnell es geht.« Sie nannte ihm die Adresse.

»Das ist südlich von Mariendorf«, sagte Winterfeld aufgeregt. »Ein paar Minuten werden wir schon brauchen!«

»Fahren Sie wie der Teufel. Und nehmen Sie das Einsatzkommando mit.«

»Das haben wir schon, Señora«, sagte Winterfeld. Clara hörte die Freude, aber auch die Furcht, die in seiner Stimme mitschwang. »Halten Sie die Stellung.«

* * *

Sie waren tatsächlich gefahren wie der Teufel.

Nun rannten die Beamten des MEK mit Sturmgewehren die Kellertreppe hinunter und sicherten die Räume zur Rechten und zur Linken, während Winterfeld, MacDeath und Clara, die kaum noch einen Fuß vor den anderen setzen konnte, ihnen folgten.

Vorbei an dem dunklen Korridor.

Vorbei an dem Verlies, in dem Clara beinahe verbrannt wäre.

Auf den Raum zu, in dem das Ritual stattfinden sollte.

Eine merkwürdige Stille herrschte.

Marc brach die Tür mit dem Rammbock auf und sprang zurück, falls der Killer von drinnen mit einer Pumpgun schießen sollte.

Doch im Raum dahinter blieb es still, sah man vom hysterischen Schluchzen Andiras ab, die gefesselt auf dem Stuhl saß, neben dem Tisch mit dem grauenvollen Sortiment an Waffen und Werkzeugen. Noch immer trug sie das weiße Kleid, das nun von grünlicher, erbrochener Galle befleckt war.

Doch wie es aussah, war die junge Frau unverletzt.

Zwei Beamte befreiten sie, während die anderen den langen Flur hinuntereilten, an dessen Ende sich die hohe, breite Tür befand, die Clara an die Schlafzimmertür von Jasmin Peters erinnerte, hinter der all das Grauen seinen Anfang genommen hatte. Die Tür, die ihre dunklen Geheimnisse nur preisgab, wenn sie gewaltsam geöffnet wurde.

Alles geschah wie in Trance.

Die letzten Schritte durch den Gang.

Die um sich schlagende, traumatisierte Andira im Zimmer hinter ihnen, der die Polizisten den Mund zuhalten mussten, damit sie den Killer nicht herbeischrie.

Die schwere Tür, die das MEK-Kommando langsam öffnete und die nach innen schwang wie die Pforten der Hölle, als würde Charon, der Bootsmann, der die Seelen über den Styx brachte, ihnen wie in Dantes *Inferno* entgegenrufen: *Ihr, die ihr kommt, lasst alle Hoffnung fahren.*

Und etwas Großes, Unfassbares baute sich vor ihnen auf.

20.

Der Namenlose hörte die Stimmen und die Schritte. Er wusste, dass sie kamen.

Doch sein Werk war vollendet. Anders, als er es geplant hatte, aber dennoch vollendet.

Sein Blick, der sich allmählich trübte, schweifte in die Weite des Gewölbes, über das Blitzen der Monitore und das Flackern des Feuers – und über den Sarg, auf dem *sie* lag.

Seit Jahren.

Seit Jahrzehnten.

Verloren, aber nicht vergangen. Verborgen, aber nicht vergessen. Tot, aber träumend.

Und je mehr sein Blick sich verschleierte, umso schärfer wurde sein inneres Auge, je näher er der anderen Welt kam. Er sah all die Menschen, die er geopfert hatte, in gehorsamem Schweigen an ihrem Meister vorüberziehen.

Er sah Tobias, den er im Heim mit dem Hammer erschlagen hatte und dessen Schädel so zerquetscht gewesen war wie ein Karton im Altpapier. Der umgefallen war wie eine Steinsäule. Dessen tiefgefrorene Leiche er zersägt hatte, um die Teile dann die Toilette hinunterzuspülen. Es hatte ihn an die Fischmärkte erinnert, die er als Kind an der Ostsee gesehen hatte.

Er sah Ingo M., der ihn missbraucht und misshandelt hatte und dessen schlimmster Albtraum er wurde, bis zur Unkenntlichkeit verbrannt und gefesselt auf dem Stuhl im dritten Untergeschoss des Bunkers. Die skelettierte rechte Hand, aus der schwarze Knochen zwischen verkohlten Fleischstreifen ragten, hing nach unten, wo das Wakizashi lag, das Kurzschwert der

Samurai, mit dem er sich mit einem verzweifelten Schnitt die Halsschlagader durchschnitten hatte. Er sah das Blut, das aus der Arterie spritzte und dessen Tropfen ins Feuer fielen, wo sie sich in geisterhaften roten Rauch auflösten.

Und er sah Jakob Kürten, den Giftgiver, SM-Fetischisten und Aids-Virus-Verbreiter, den es, wie er gesagt hatte, *erregte, ein Erreger zu sein.* Der sich die Skalpelle selbst bestellt hatte, mit denen er schließlich getötet worden war und mit denen der Namenlose auch die anderen Opfer ermordet hatte. Dem er einen Orgasmus des Todes verschafft hatte, um ihm dann die Kehle durchzuschneiden, sodass sein Blut in einer zweiten Ejakulation des Todes aus seinem Hals gespritzt war. Dessen Samenzellen er mitgenommen hatte, um sie in der Vagina von Jasmin Peters zu platzieren, eine Vergewaltigung vorzutäuschen und die Ermittler in die falsche Richtung zu locken.

Jakob Kürten war der Erste gewesen, den er getötet, ausgeweidet und mumifiziert hatte. Nun zogen andere Männer schweigend an ihm vorbei – Männer, die ebenfalls seine Marionetten geworden waren und die noch immer vertrocknet in ihren Wohnungen lagen, mit zu Eiweißresten zerbröckelten Augen zur Decke starrten und darauf warteten, entdeckt zu werden.

Er sah Jasmin Peters, die die Rede zu ihrem eigenen Tod gehalten und deren Opferung er gefilmt hatte. Er sah Julia Schmidt, der er den Kopf abgetrennt und den USB-Stick mit der Nachricht für Clara Vidalis durch die Nase ins Hirn getrieben hatte.

Und er sah mehr als zwölf andere Frauen, von denen niemand wusste, wo ihre Leichen lagen – nicht einmal, dass sie überhaupt tot waren.

Noch nicht.

Als Letzten sah er Tom Myers, dem all seine Aktienoptionen und all sein Geld nichts geholfen hatten, der nun mit gebrochenen Augen und verdrehtem Genick in dem Kellerverlies an der

Wand lehnte, die Hände im ewigen Todeskampf zusammengekrampft, die Augen voller Panik weit aufgerissen, so als wehrte er sich noch immer gegen den Tod, der ihn längst ereilt hatte.

Sie alle waren gestorben. Von seiner Hand.

Denn, wo die anderen Schatten waren, war er die Nacht. Wo die anderen Mörder waren, war er der Tod.

Er war das Nichts, und er war das Alles.

Er war der Sensenmann. Er war der Untergang.

Er war der Namenlose.

Es würde weitere Opfer geben.

Das Ritual war noch nicht zu Ende.

21.

Als Erstes hörte Clara ein monotones Piepen, vermischt mit dem aggressiven Knistern und Rauschen von Feuer.

Wieder betrat sie das Kellergewölbe, das sich bedrohlich vor ihr und den Männern öffnete. Es sah aus wie die Internetzeitalter-Variante einer Höllenvision von Hieronymus Bosch, eine elektronische Welt, in der die Herrscher nicht Larry Page und Mark Zuckerberg hießen, sondern Gilles de Rais und H. P. Lovecraft.

Mehr als zwanzig Meter lang und vier Meter hoch erstreckte es sich vor ihnen wie der Magen eines gigantischen Leviathans. Zur Rechten ein mannshoher Kamin, in dem ein rußiges Feuer loderte, dessen Flammen tanzende Schatten an die modrigen Wände warfen. Dagegen das kalte Blinken der Server und Monitore, die sich an der Wand auf der gegenüberliegenden Seite reihten und deren sterile High-Tech-Ästhetik in einem eigentümlichen Widerspruch zu dem höhlenartigen, tropfenden und moosüberwucherten Kellerverlies stand. Es war ein danteskes Purgatorium, eine bizarre Geisterwelt, so unwirklich und zugleich bedrohlich wie das Internet, in das die Server und die Dutzende Computer den Herrscher dieser Unterwelt gebracht hatten.

Auf einem langen Tisch lagen mehr als zehn Laptops, darauf Wohnungsschlüssel, Pässe, Kreditkarten und Fotos, daneben Einbruchswerkzeuge wie Zangen, Brecheisen und Drähte.

Die digitalen Identitäten derer, die virtuell noch leben, obwohl sie real längst tot sind.

Dahinter Instrumente, die für andere Zwecke gedacht waren.

Gummihandschuhe, Spritzen und Einwegskalpelle. Metallschalen, Schläuche und Kanister.

In zwei Terrarien, so groß wie Badewannen, krabbelten die schwarzen Käfer. Der zitronenhafte Geruch, den sie verströmten, vermischte sich mit dem rußigen Aroma des Feuers, dem sterilen Geruch nach eingebrannter Elektronik und der moderigen Atmosphäre des Kellers zu einem Gesamteindruck, den man nur als unwirklich bezeichnen konnte.

Doch der Mittelpunkt dieser Unterwelt schockierte Clara am meisten, obwohl sie vor Stunden bereits einen kurzen Blick darauf geworfen hatte, bevor der Irre sie überwältigen konnte. In der Mitte des Gewölbes stand ein steinernes Podest, einem ägyptischen Sarkophag nachempfunden. Auf diesem Sarkophag lag die Leiche eines jungen Mädchens, wie Clara erst jetzt erkannte, präpariert wie eine Mumie, die Augen geschlossen und blind zur Decke gerichtet, die Haut wie trockenes Leder, die skelettartigen Hände über der Brust gefaltet, die gelben Zähne im lippenlosen Mund zu einem grässlichen Grinsen gebleckt. Die blonden Haare strahlten dank irgendeiner Behandlung noch immer wie flüssiges Gold. Sie lag in einem weißen Kleid, einer Mischung aus Totenhemd und Brautkleid, wie eine verstorbene Königin auf ihrer ewigen steinernen Ruhestätte.

Elisabeth.

Sie war es, der geopfert worden war.

Vor dem Sarkophag stand ein altarartiger Marmorblock, auf dem unterschiedlich große Messinggefäße verteilt waren. Daneben lagen Klingen und Schlachtermesser. Die einst weiße Oberfläche war dunkel von geronnenem Blut.

Das Blut und die Innereien.

Die Opferungen.

Und davor saß *er.*

An unterem Ende des Sarkophags, zu Füßen der Mumie, die hier offenbar seit Jahrzehnten lag.

Vor vier großen und drei kleinen Monitoren in einem Gewirr aus Servern, Rechnern und Tastaturen, Webcams und Mikrofonen saß der Herrscher dieser virtuellen Unterwelt, der König dieser digitalen Hölle. Der, der die Nacht war, wo andere Schatten waren. Der der Tod war, wo andere Mörder waren. Er saß dort mit gesenktem Kopf, eine Brille aus mattem Edelstahl auf dem Tisch vor sich.

Der Namenlose.

Hier hatte er seine Schachzüge geplant, mit falschen Identitäten ahnungslose Opfer kontaktiert, diese besucht, gefilmt, getötet, ausgeweidet und ausbluten lassen, die Innereien und das Blut hier auf dem Altar und im Feuer geopfert, bevor es an das nächste Opfer ging. Nummer 11, Nummer 12, Nummer 13, Nummer 14 …

Hier war er. Unbeweglich und still, der Kopf auf die Brust gesunken – er, der so viel Angst und Tod gebracht hatte, war reglos wie eine Statue.

Auf einem der Monitore war ein E-Mail-Programm geöffnet. Claras Blicke huschten zu dem Monitor.

In ihrer Zeit beim LKA hatte sie gelernt, mit einem Blick alle bedeutsamen Details zu erkennen und Wichtiges von Unwichtigem zu trennen, denn genau das konnte darüber entscheiden, ob sie die nächsten Augenblicke überlebte oder nicht.

Deshalb nahm sie das Kellergewölbe, den Sarg und die Computer in weniger als zwei Sekunden in sich auf.

In der nächsten Sekunde sah sie den Pulsfrequenzmesser, den der Namenlose mit einer Sonde an seinem Hals befestigt hatte und der ihren Blick zu dem EKG-Gerät lenkte, das vorher so monoton gepiept hatte und jetzt kaum mehr zu hören war, da sich die Herzfrequenz des Mannes am Tisch dramatisch verringerte. Das EKG-Gerät wiederum lenkte Claras Blick zu einem Zeitzünder, der mit vier Kabeln in die vier Ecken des Gewölbes führte.

Clara waren die vier großen Tonnen schon vorher aufgefallen, doch sie hatte sie nur schemenhaft wahrgenommen, so, wie man etwas aus den Augenwinkeln bemerkt. Jetzt zoomte ihr Blick wie ein Teleobjektiv näher an diese Tonnen heran. Sie sah das chemische Zeichen auf der blauen Oberfläche der Behälter. $C_7H_5N_3O_6$. Sie war keine Chemikerin, aber sie kannte die Formel. C_7H_5, eine *Toluol*-Verbindung, bestehend aus sieben Kohlenstoff- und fünf Wasserstoffatomen, verbunden mit drei Gruppen von Stickstoffdioxid, NO_2 , wegen der dreifachen Nitro-Struktur auch genannt *Tri-Nitro-Toluol.*

Oder kurz: *TNT.*

Clara schrie, so laut sie konnte:

»RAUS HIER! SOFORT RAUS!«

Und rannte.

22.

Die Wucht der Explosion war verheerend. Clara und die anderen stürmten durch die Haustür und warfen sich hinter die Einsatzwagen, die mit Blaulicht vor dem Haus standen, zu Boden.

Die Druckwelle fegte über sie hinweg wie der Atem eines zornigen Gottes. Bretter, Steinbrocken, Möbel, Fensterrahmen und Glas wurden wie in einer Vulkaneruption in die Höhe geschleudert. Glaswolle aus dem Dach verfing sich in den Ästen der kahlen Bäume. Balken und Möbelteile landeten krachend in fünfzig Metern Entfernung vom Haus auf der vom Regen aufgeweichten Erde. Krähen und andere Vögel erhoben sich mit panischem Krächzen aus dem umliegenden Wald, und ein Regen aus Asche und Staubpartikeln fiel vom Himmel, als sich die Wolken lichteten und die letzten Strahlen der blutroten Abendsonne zögernd durch den Nebel stachen.

Der Namenlose hatte sich selbst getötet. Und er hatte alle anderen mitnehmen wollen. Deshalb hatte er Andira in dem Kellerraum zurückgelassen. Warum nur einen Menschen töten, wenn man auch zehn töten kann? Robert Ressler hatte auf den Unterschied zwischen Serienkiller und Massenmörder hingewiesen. Der Namenlose war Serienkiller *und* Massenmörder gewesen.

Claras Ohren pfiffen wie nach einem Heavy-Metal-Konzert. Die letzten Sonnenstrahlen des Tages beleuchteten das zerstörte Haus, das wie ein rauchender, aufgesprengter Krater aus der brennenden Erde ragte, gleich einem zerplatzten Schädel, den ein Selbstmörder sich mit einem Schuss in den Mund zerschmettert hatte und dessen Innenleben in den Bäumen hing wie Gehirnspritzer an der Zimmerpalme. Sie sah Winterfeld, der sich mit unsicheren Schritten auf seinen Wagen zubewegte, sah MacDeath, dessen Brille zerbrochen war, sah Marc und Philipp, die beide ihre Helme verloren hatten, ihre Heckler & Koch-Gewehre aber weiterhin umklammert hielten.

Und sie sah die zwei Polizisten, die Andira in die Obhut der Notärzte und des Polizeipsychologen gaben, nachdem sie die junge Frau, die hysterisch schrie und um sich schlug, aus dem todgeweihten Haus gezerrt hatten. »Es ist vorbei!«, rief einer der Polizisten ihr zu und schüttelte sie, während sie mit leeren, glasigen Augen vor sich hin starrte. »Es ist vorbei. Er kann dir nichts mehr tun. Er ist tot. *Tot!*«

Clara verbiss sich die Schmerzen im linken Arm, der schlaff von ihrer Schulter hing, und erhob sich. Mit vorsichtigen Schritten ging sie auf das Haus zu, schaute zur Seite, zu Andira und dem Notarztwagen, blickte in die untergehende Sonne und sah schließlich auf den Boden. Und dort fand sie das, was sie eben aus den Augenwinkeln gesehen hatte, etwas, das beinahe unbeschadet dieser Flammenhölle entkommen und inmitten des Chaos träge zur Erde geschwebt war.

Sie hob es auf.

Es war ein Schwarzweißfoto.

Es zeigte ein junges Mädchen, ungefähr zehn Jahre alt. Die blonden Haare zu Zöpfen geflochten, die Augen wach und voller Leben und Neugier. Auf der Rückseite stand, ein wenig verwischt und mit altmodischem Füller geschrieben: *Elisabeth, 1978.*

Clara schaute durch das Schwarzweiß des Fotos hindurch, das sich mit dem roten Licht der sterbenden Sonne mischte, und blickte auf die graue, rauchende Ruine des Hauses. Tränen schimmerten in ihren Augen.

Elisabeth.

Ein wenig sieht sie aus wie Claudia.

Clara ging mit langsamen Schritten weiter, das Foto in der zitternden Hand, in Richtung der untergehenden Sonne, die zwischen den grauschwarzen Regenwolken das Feld mehr und mehr der Nacht überließ. Sie wollte jetzt mit niemandem sprechen.

Noch einmal blickte sie auf das Foto, auf die strahlenden Augen des Mädchens, in denen so viel Neugier und kindliche Freude lag.

Und endlich kamen die Tränen.

Elisabeth und Claudia.

Beide waren viel zu früh aus dem Leben gerissen worden, beide durch einen schrecklichen Akt der Gewalt. Beide hatten die Welt der Erwachsenen nur dadurch kennengelernt, indem sie durch ebendiese Welt gestorben waren. Doch was blieb, waren die Ehrlichkeit, die aufrichtige Freude und die Neugier, mit der sie als Kinder das Leben entdeckt und erkundet hatten, und die Erinnerung bei jenen, die zurückgeblieben waren. In der wirklichen Welt. Der Welt aus Angst und Schmerz und Blut und Tod.

Und so wie ein Foto immer das Schöne und das Unzerstörbare zeigte, egal, was sich in der Wirklichkeit seitdem tatsächlich ereignet hatte, so würden auch Claudia und Elisabeth nun ewig Kinder sein und für immer die Welt eines Kindes in ihren Seelen tragen, egal, wohin die Schwingen des Todes sie gebracht hatten. Und genauso würden sie auch denen in Erinnerung bleiben, die in der Welt der Lebenden zurückgeblieben waren.

Wunderschön, unschuldig und unzerstörbar.

In den Herzen aller, die sie liebten.

Für immer.

Epilog

Je länger ein Mensch tot ist, desto besser versteht man ihn.

Und Clara schien es, als habe sie ihre Schwester noch einmal gesehen, wie sie unbeschwert über die grünen Wiesen lief und die Kühe zum Narren hielt – dank des Fotos im Flammeninferno.

Clara trug den Arm in einer Schlinge. Mindestens zwei Wochen würde sie ihn ruhig halten müssen. *Das wird ein eher geruhsamer Urlaub*, dachte sie. Vielleicht würde sie gar nicht weit wegfahren, vielleicht nur an die Ostsee oder nach Dänemark. Würde alte Freundinnen anrufen, die sie seit Ewigkeiten nicht gesehen hatte. Und sie würde sich schon einmal Gedanken machen, was sie Freunden und Verwandten zu Weihnachten schenken konnte. Bald war November, und zu früh war besser als zu spät.

Bellmann war noch im Büro, gratulierte Clara und schüttelte ihr lange die Hand, ebenso Winterfeld, Hermann und die Jungs vom Mobilen Einsatzkommando.

Als Letzter kam MacDeath. Da seine alte Brille zerbrochen war, trug er ersatzweise ein äußerst hässliches Kassengestell.

»Jetzt, wo alles erledigt ist«, sagte er und kniff ein Auge zu, »können wir an unseren Whisky denken, was meinen Sie?«

Clara musste lachen. Herzhaft und befreiend.

»Mit der Brille?« Sie lachte noch lauter und wusste nicht, warum. »Ich weiß nicht recht ...«

MacDeath hatte mit einigen Antworten gerechnet, aber nicht mit dieser. »Montag habe ich eine neue.«

»Ich rufe Sie gleich an«, sagte Clara und lachte noch immer.

Sie ging in ihr Büro und setzte sich an ihren Schreibtisch, ein letztes Mal vor ihrem Urlaub, klappte ein letztes Mal ihren Laptop auf, prüfte ein letztes Mal ihre Mails – und erstarrte.

Ein Mailabsender stach ihr ins Auge.

Vladimir Schwarz

War das die Mail, die er abgeschickt hatte, kurz bevor sie in das unterirdische Mausoleum eingedrungen waren? Die Mail eines Mannes, der nicht mehr existierte, der aber noch einmal die Hand aus dem Grab ausstreckte?

Sie öffnete die Mail. Wieder eine Mediendatei. *Liesmichzuerst.* Daneben ein PDF. *Liesmichdanach.*

Mit zitternden Fingern machte sie einen Doppelklick auf die Mediendatei.

Der Bildschirm war schwarz.

Dann sah sie das Gewölbe.

Das gleiche Gewölbe, das sie vorhin in dem verfluchten Haus gesehen hatte, kurz bevor alles explodiert war.

Und dann sah sie Vladimir.

Den Namenlosen.

Er trug ein schwarzes T-Shirt, genau so, wie sie ihn vorhin gesehen hatte, und blickte starr in die Kamera.

»Clara Vidalis«, sagte er, und sein Schlangenblick bannte ihre Augen. »Viele von uns hoffen, Schauspieler zu werden oder Rockstar oder irgendeine andere Berühmtheit.« Er schüttelte mit einem sadistischen Grinsen den Kopf. »Werden wir aber nicht. Wir werden einsam, krank und verzweifelt alt. Und wenn wir Glück haben, werden wir irgendwann sterben.« Er fletschte die Zähne. »Und wenn wir dann noch einmal Glück haben, ist *alles* zu Ende. Wenn wir Glück haben, erwartet uns keine Hölle, die genauso eintönig, trostlos und voller falscher Hoffnungen ist wie das Leben, das wir jetzt führen – dann allerdings nicht nur für achtzig Jahre, sondern für immer und ewig.«

Er starrte Clara ein paar Sekunden lang unverwandt an.

»Aber kommen wir zur Sache. Wenn Sie diese Mail öffnen können, haben Sie überlebt. Ich gratuliere. Doch bevor Sie jetzt anstoßen und sich auf die Schulter klopfen, möchte ich Ihnen gerne die Nüchternheit zurückgeben, die Sie in Ihrem Beruf so dringend brauchen.

Sie, Clara, glauben vielleicht, dass Sie gesiegt haben, dass Sie etwas erreicht haben, was Ihre Schuld ein wenig mindert. Doch am Ende haben Sie nur einen einzigen Menschen gerettet. Und wie viele sind in den Tod gegangen? Bei wie vielen ist genau das geschehen, was ich Ihnen jetzt zeige?«

Er hielt inne. Clara fragte sich voller Entsetzen, was geschehen würde. Was wollte er ihr zeigen?

Plötzlich hielt er zwei Skalpelle in den Händen. Er setzte sie jeweils am Ellbogen des anderen Armes an und schlitzte sich mit zwei schnellen, ruckartigen Bewegungen die Unterarme auf. Dann hielt er beide Arme in die Höhe. Helles Blut spritzte auf sein Gesicht, auf sein T-Shirt und die Tastatur. Ein einzelner Tropfen traf die Webcam, die nun alles durch einen bizarren Rotfilter zeigte wie vorhin die sterbende Sonne auf dem Feld. Seine Augen wurden glasig, doch er sprach weiter, als würde das alles gar nicht geschehen, als würde es ihn nichts mehr angehen, als würde ein anderer sprechen.

Doch er war es. Vladimir Schwarz.

Der Namenlose.

»Im Anhang finden Sie ein PDF«, sagte er. Clara konnte hören, wie seine Stimme immer schwächer wurde. »Es enthält die Namen und Adressen all meiner Opfer. Gehen Sie hin, und schauen Sie sie an. Die restlichen zwölf Frauen und sechs Männer, die Sie alle noch nicht gesehen haben.« Er hustete und sprach weiter.

»Genauer gesagt, sieben Männer. Denn ich habe mich nicht nur selbst getötet, um das heilige Opfer der Fünfzehn zu erfüllen, ich nehme Ihnen auch die Möglichkeit, mich in irgendeiner Anstalt wie eine Trophäe ausstellen zu lassen und in die Hände sogenannter Analytiker zu geben.«

Er hob die Hände an die Stirn, einem Denker gleich, während das Blut aus den klaffenden Wunden auf sein Gesicht spritzte. Clara wusste nicht, was schrecklicher war: Das Blut, das groteske Muster auf Vladimirs Antlitz malte, oder die Tatsache, wie gleichgültig ihm dieses Blut, *sein* Blut, zu sein schien.

»Sie haben ein Opfer gerettet, Clara. Ein gerettetes Opfer auf Ihrer Seite, vierzehn tote Frauen und sieben tote Männer auf meiner Seite.« Er grinste diabolisch aus einem Gesicht, das bereits so eingefallen und aschfahl aussah wie das eines Toten und aus dem die Farbe des Lebens entwich, so wie vorhin das Sonnenlicht vor dem zerstörten Haus aus der Welt geflüchtet war. »Macht einundzwanzig zu eins für mich.«

Noch ein verzerrtes Lächeln, die Zähne um die blutleeren Lippen gebleckt, was ihm das Aussehen eines Totenschädels verlieh.

»Es werden andere nach mir kommen, die die Zahl erhöhen werden, die weit über die Einundzwanzig hinausgehen werden. Und Sie? Werden Sie über Ihre Eins hinausgehen, oder werden Sie nur untätig vor sich hin brüten, so wie Sie jahrelang vor dem leeren Grab Ihrer Schwester gestanden haben?«

Clara bekam kaum noch Luft, konnte nicht sprechen, konnte nichts tun, konnte nur gebannt zuhören.

»Denn ich bin nicht der Erste«, sagte der Namenlose. »Und ich bin nicht der Letzte.«

Die gleichen Worte, die auch Jasmin und Julia gesprochen hatten.

Er hob ein letztes Mal die weißgrauen Hände. Clara schaute in Augen, die sie mit einer Mischung aus Gleichgültigkeit und

Kälte anstarrten und in denen das Leben beinahe schon erloschen war, während die Blutfontänen allmählich versiegten.

»Clara«, sagte er ein letztes Mal. »Ich bin Vladimir. Ich bin bereits tot. Doch das Chaos geht weiter.«

Der Bildschirm wurde schwarz.

Werde Teil der Bastei Lübbe Welt
You Tube
www.luebbe.de/Meinewelt
Lesen, rezensieren, Bücher gewinnen
Lerne Autoren, Verlagsmitarbeiter und andere Leser kennen